Natsuo Kirino
柔らかな頬

柔嫩的脸颊

[日] 桐野夏生 著

史诗 译

目录

第一章	末班车	1
第二章	水的气息	39
第三章	漂流	86
第四章	洪水	133
第五章	浮标	179
第六章	水源	241
第七章	栈桥	292
第八章	溯航	362
第九章	放流	409
第十章	砂岩	432

一九九四年八月

现代的神隐？愈加深重的谜题——小有香失踪案

八月十一日早晨，从事印刷制版工作的森胁道弘先生（四十四岁）的长女、托儿所幼儿有香（五岁）从位于千岁市支笏湖町泉乡的石山洋平先生家外出散步，就此失去音讯，相关人员立刻打110报警。如今事发一周，小有香仍然下落不明，毫无线索。森胁先生住在东京，一家人利用暑假到朋友石山先生的别墅游玩。

事发现场为海拔五百米的别墅区，地形倾斜，五岁的儿童不可能移动太远，搜查队投入五只警犬，对石山先生家半径两公里以内的山林进行了搜索，并对附近的别墅居民进行了取证调查。

最让人牵挂的是小有香的安危。即使是夏天，该地区的海拔导致夜间温度也会降到十度以下。相关人员认为，如果在山中迷路，而且没有食物，凭借五岁儿童的体力，希望渺茫。当地有传闻称，小有香被带走是精神异常者的恶作剧行为，或是有人为了隐瞒交通事故的证据。

对此惠庭警察局称：①现场位于别墅区最里面，几乎没有人从外部出入；②失踪时，下方的管理事务所没有见到车辆；③附近的别墅居民没有目击到可疑人员；④附近没有交通事故的痕迹。由此认为，此案不太可能是卷入案件或事故后造成的。

第一章　末班车

1

　　石山的小腿上有儿时被铁丝网扎伤的痕迹。那是一道附着在坚硬骨头上的、小而深的褐色伤痕。他在原野上被绊倒，铁丝深深地刺了进去，连拔出来都费了很大力气。一定很疼吧？佳澄温柔地抚摸着伤痕，对少年时代的石山表示同情。当时不顾旁人目光哭过了吗？还是说逞强不让朋友知道呢？喜欢上一个男人，便会孕育出对这个男人所有时间及各种状况的想象。佳澄想，要是自己能遇到那个时候的石山，像守护自己的孩子一样守护他就好了。

　　但是，石山只对现在的佳澄感兴趣。他说，我只喜欢现在的佳澄。佳澄甚觉不可思议：石山，你就不想遇到相识前的我吗？你就不想知道我是怎么变成现在这个样子的吗？石山也许隐隐察觉到佳澄在否定过去的她，不，是她的过去，所以他才会这样想。那也是出于石山对她的爱情吗？想不明白的时候，佳澄便会直接发问：

　　"你为什么不想遇到过去的我？"

　　"因为我喜欢现在的你。"石山做出了同样的回答。

　　"你就不觉得过去的我也是我吗？"

"不觉得，因为我在你年轻的时候没感觉到魅力。"

"再往前啊。我们相遇之前。"

"那不都一样吗？"

"那你现在为什么喜欢了？"

"因为我现在很了解你。"

这可不算回答。佳澄坐立不安。

"要是过去了解得更多，你也许早就像现在一样喜欢上我了。"

话虽然说出了口，佳澄却明白一切都是谎言。两人十多年前就在工作中认识了，从没想过事到如今成了恋人。而且直到最近，佳澄才知道石山的小腿上有这样的伤痕。真正"了解"对方也许是从今以后的事。若是如此，石山连自己的伤痕都没有看过。

佳澄的嘴唇悄悄靠近石山的伤痕。石山一副很痒的样子，缩回腿，两手一伸，拉起了佳澄。僵硬的床单擦过后背，阵阵发热。石山的肌肉上略带脂肪，身体充满弹力，束缚一般包裹着佳澄的全身。佳澄喜欢那样的感触，但回去的时间近在眼前。了然的悲伤和漠然的内疚，让佳澄说出了这样的话：

"不走不行啊。"

脸被牢牢压在石山胸口，佳澄通透的声音听起来含混不清。石山动了动身体，低沉的声音穿过胸口直接在佳澄耳边响起：

"嗯，我知道。"

"下次什么时候能见面呢。"

石山沉默了。他沉默的时间长得让人忧心。不能再见面。佳澄一直以来只害怕这点。

"我决定买个别墅。"

为什么要说这个？佳澄从石山的胸口抬起脸颊，仰望着那盏小灯将白花花的天花板半边染成了淡橘色。视线缓缓滑动，浴室的玻璃窗依旧因水蒸气而起雾。啪嗒、啪嗒的水声不时传来，一定是水龙头没有拧紧。这小小房间的每个地方都寥落得让人心痛。只有床上是二人世界，没有可仰望的天空，泛黄的遮光窗帘外究竟是怎样的风景，一次也没有看过。回过神来，佳澄发现石山一直盯着她的眼睛。

"看什么呢？"

"天花板。"

"为什么不看我？"石山强硬地捕捉到佳澄的视线。

"先别说这个，为什么提到别墅？"

"那样就可以和你无拘无束地见面了啊。"

石山黑色的虹膜中空无一物。佳澄疑惑着：到底是什么意思？

"那要买哪里的？"

"北海道的支笏湖。那里有好多河，可以钓鱼。"

"但是太远了，不是很难说去就去吗？"

"所以啊……"石山轻轻地放开佳澄，扭过身子，叼起一支烟。仿佛想丢掉苦涩的心情，他朝昏暗中吞云吐雾。

"也就是说，我老婆和森胁先生不是就都来不了吗？"

佳澄叹了口气：我们的关系已经这么深了吗？她感到欣喜。为了她，石山说出了买别墅的话。两人在某一天突然产生了关系，两颗心时近时远地走过了两年多时光。如今，想要彼此相拥的焦躁不断沸腾，甚至产生了此生不愿分离的强韧念头。但是石山的决定意味着退路已断，这让佳澄感受到了些微的不安：他们已经无法返回。

"那样做没问题吗？"

"你指什么？"

"很大胆呢。"

仿佛为了稳固佳澄内心的动摇，石山紧紧抓住了她的小臂。

"我很想见你。"

"我也一样啊。"佳澄喃喃道。

"你只要说回北海道的老家就好。我就说去钓鱼。怎么样？"

"是啊。"

佳澄的脸是背过去的，石山应该不会看到她复杂的表情。她确实出生在北海道，也告诉了石山。但是自从十八岁离家出走离开村子，她一次都没回去过，和家里也没有联系。她想过告诉石山其中的理由，但出生在东京富裕家庭的石山一定无法体会。这道感情的深深的褶皱仍旧无用地存在于她的心中，而石山一无所知。她有过的决心，是石山从未下过的。仅凭这点，佳澄就感觉自己比石山更强大。

佳澄的脑海中突然铺展开一片灰色的大海，那是从草坪参差不齐的校园里望到的景象。

即将入冬的大海波涛汹涌。左侧是雄冬岬，右侧是延绵到稚内的笔直海岸线。海边被混杂着小石子的黄色沙粒覆盖。海岸上捡到的石子究竟是从哪里漂来的？它们就像是一团散沙形成的，用手一掰就断了。儿时，玩伴只有野狗，总是一个人捡石子掰了玩儿。那时曾想，如果将要注视着这片大海终老一生，那么死亡比活着更好。

初中坐落在一座平缓的丘陵的半山腰，除了学生没有他人，足球的球门柱旁总是乌鸦成群。就算有学生追赶，乌鸦也没有飞起来的意思，每次都灵巧地嘭嘭跳过校园里的土堆逃走。麒麟草在海风中摇曳，浓云低垂。登上老旧的二层校舍背后的山坡，顶部有座宠物陵园。挂着札幌车牌的车不时会开上这里，焚烧猫狗的尸体，葬在俯瞰原野的陵园中。也许是因为建成时日尚浅，扁平的花岗岩墓石稀稀疏疏。深深插在墓石旁边地上的赛璐珞风车或红或粉，边转边发出割开风的声音。

同学们招呼也不打，都骑着自行车从佳澄身边超过。从大海来的冷风掀起藏青色雨衣下摆，佳澄总是独自回家。

佳澄格外显眼，因为她的模样与别人不同。表妹穿剩下的雨衣与别人无异，但佳澄自己将雨衣连同裙子一起改短了长度。藏青和绿色的苏格兰格子围巾是模仿杂志上的方法系的，自己剪的童花头两侧戴着的发卡用旧缎带做成。她没有拿学生书包，而是将祖父的旧书包斜挎在肩上。然而就算如此下功夫打扮得时髦，也没有人会留意。就算想顺道一逛，附近也没有粗点心店或快餐店。

蹒跚地走下被踩得结结实实的平缓山丘，穿过宽阔的国道，立刻就能看到自己的家。那是空旷的海边孤零零的小食堂"喜来庄"。村里唯一的餐厅就是佳澄的家。在短暂的夏季，这里会成为海边小屋，旅行旺季时则以自驾客人为目标。到了大雪纷飞的冬天，这里就会变成当地人聚集的酒馆。

佳澄其实并不讨厌陌生人的光临，但是她厌恶母亲在煮面或给盖饭浇甜酱汁时萎靡的表情，厌恶始终开着收银台算钱的父亲的冷脸，因此不会让自己置身其中。因为不穿过店面就没法进入二楼自己的房间，佳澄每天都会想象着这天客人的样子，打开镶有木格子的拉门。如果有陌生的客人，佳澄便会坐在楼梯中段倾听客人的谈话，在那里吃着零食做作业。当村里的人过来，就着各种谣言和父亲喝酒时，佳澄便会在房间里闭门不出。她不喜欢听到同学们的哥哥姐姐们的坏话。什么某家的女儿和某人偷偷搞上了，在某处堕了胎，另一家的儿子进了监狱。不知何时，她自己也肯定会被说三道四。在她看来，这个村里的大人们百无聊赖，所以都期待着孩子们能早日成长，引发个骚动，好让他们有话题可聊。

那天，从札幌来了自驾的客人。看到店门口停着札幌车牌的红色进口车，佳澄有种将要发生什么的预感。嘎啦嘎啦拉开拉门，放在榻榻米座位上的电视机大开，新闻综合节目的主持人的声音刺耳。父亲兴高采烈，时而坐在椅子上，时而起身拿过烟灰缸。榻榻米座位上，一个年轻男人正背对着窗户喝啤酒，旁边有个看起来很老实的女人伺候着，捧着啤酒瓶给男人倒酒。女人描着当时流行的浓眉，涂着鲜艳的口红，妆画得格外艳丽，但除了年轻并没有任何特点。从粉色迷你裙伸出的粗腿白花花的，让人厌恶。佳澄不由得垂下目光。但就算面对那样的女人，佳澄的父亲也喜形于色。

母亲依旧一脸郁郁寡欢的表情，正专心地切着什么，恐怕没有留意到佳澄的归来。佳澄暗地里瞧不起母亲，觉得她已经把自己的人生抛弃在了某处。父亲似乎在等佳澄归来，高兴地转向佳澄"噢"了一声。

"这是我家女儿。"

"哎呀，这不是个美人吗？完全不像父亲。"

佳澄的余光捕捉到了男人眼中的好奇。

"佳澄，怎么不打声招呼？"

佳澄点头鞠躬，男人笑着抬起一只手。他穿着黑色西装，打着红色领带，西服布料的磨损和小波浪短卷发都让佳澄觉得此人品味极差，但那双如年轻渔夫般俊俏的眼睛却熠熠生辉。女人则面无表情地打量着佳澄。佳澄立刻就跑上了二楼。她脱掉校服，换上牛仔裤和毛衣,便来到楼梯中段坐下,胳膊肘支在膝头,托着腮细听男人的话。男人正用低沉的声音向父亲谈起中标的内幕。和学校打交道啊,意外地需要女人呢。他们喜欢女人呀。看到这种丑女人也会屁颠屁颠地跟过来,色鬼还真是好对付哇。男人似乎是在指着那年轻女人说话。父亲发出了佳澄闻所未闻的猥琐笑声。啤酒换成了清酒,店里飘荡起热酒呛人的气味和烤鱿鱼干的香气。佳澄打开英语读本,翻开辞典,开始查找不认识的单词。

"这位小妹。"

近旁传来声音。抬起头的佳澄惊讶地合上了辞典。男人登上数级台阶,来到了她的面前。

"你在这种地方学习吗?"

"是的。"

台阶下端的尽头是店里和家中共用的厕所。恐怕男人是来解手时仰望楼梯,才发现佳澄的存在。佳澄慌慌张张正准备上二楼,男人伸手抓住了佳澄的手腕。炽热的手。

"小妹,你将来想做什么?"

"设计师。"

"服装吗?"

"不,平面设计。"

"这样啊。不过,你可是独生女啊。"

"对。"

男人一脸共犯式的表情暗暗笑了。店里传来父亲正向女人示好的话语,但女人没有回答。男人瞥了那边一眼,向佳澄低语道:

"你要是想离开这里,联系我就好,我会出钱给你逃离的机会。我不会做什么坏事的。"

"真的吗？"

佳澄盯着男人的眼睛。男人一副微醺的模样，但绝不是在开玩笑。他一脸认真地深深点头。

"我很明白你的心情。"

男人从口袋里掏出名片，塞进佳澄手中。名片似乎是手工和纸做的，颇为高级。佳澄把名片夹在读本中。看到她的反应，男人放心似的笑了笑，便飞快跳下台阶进了厕所。出来时，他已经不再看向佳澄，而是招呼那女人：

"该回去了。我喝醉了，你想不想开车？"

"开玩笑吧！"女人第一次发出疯狂的声音，两人边笑边结账离开了。佳澄回到自己的房间，拿出名片放在桌上。年轻男人名叫古内，在札幌北部经营一家建筑公司。佳澄把名片藏在钱包里，她后来并没有联系古内，也没有拜托对方做什么。但是那次相遇确实成为了分界点，让她的脑中形成了所谓的决心。

"你在想什么？你怎么想？"

石山两手温柔地托起佳澄的脸颊。

"我很高兴。"

虽然如此回答，但石山想为幽会而买的别墅恰巧就在自己舍弃的故乡附近，这一事实让佳澄感到畏惧。她意识到，喜悦有多大，罪恶感就有多深。

"你怎么想？"石山又一次询问，"如果你同意，我明天就签约。"

"我真的很高兴，但我也许没法立刻就去。我很忙，孩子也还小，目前还无法出远门。"

石山藏起失望，提议道：

"这样啊,那就这么办吧。今年暑假,要不要试试大家一起来?也带上有香和梨纱。我也带上家人,应该没有什么问题吧。森胁先生那边我去打招呼。"

"要是你去说,那个人不会拒绝。"

石山没有说话。佳澄的丈夫森胁道弘经营一家不大的制版公司,石山则是一家大型广告公司的平面设计师。石山常说"森胁先生技术很好",总是指定由他制版。因为有石山打招呼,道弘也接到了那家广告公司的工作。佳澄则在"森胁制版"担任总经理助理。石山是"森胁制版"的大主顾,和道弘也是朋友。

"我也会提前和典子说的。"

"不会被典子发现吧。"

"那家伙从没想过我的对象是你。"

佳澄想起了典子美丽的脸庞,秀丽的额头尤其让她印象深刻。她们只见过几次面,但典子的一切都与佳澄相反。典子和四十岁的石山同岁,听说也是平面设计师。她和石山在相似的环境中成长,具备与年龄相应的沉稳和无懈可击的态度,是个有品位的女人。只要高雅的典子在场,佳澄就会觉得自己像个乡巴佬。而典子对森胁和佳澄的漠不关心也让人光火,也许她认为他们只不过是家分包商。如果知道了佳澄和石山的亲密关系,想必典子会受到巨大打击,自负之心也会相应地摇摇欲坠。典子之所以毫无怀疑,是因为她觉得佳澄和石山毫不般配。佳澄的心被囚禁在黑漆漆的思绪中,有时甚至会被粗暴的冲动驱使,觉得粉身碎骨也要让典子知道。但她没有那么做,那样就无法再和石山见面。不,不对,在石山面前也能感觉到的名为强大的优越感,阻止了佳澄的行动。

佳澄第一次见到石山是在刚进入"森胁制版"工作的时候。她想成为平面设计师，上了设计专科学校，但机会并没有光顾她。在辗转打了各种零工后，她加入了道弘那只有四名职员的公司，主要工作是照相排版和原稿制作。她想在公司里了解一线工作，继续学习设计，但在这种仅完成订单就要持续加班的职场终究是不可能的。加班费少得等于没有，工资低，没有父母支援的佳澄为了生活已经拼尽全力，学习的欲望也被逐渐抹杀。但是那样就好，因为佳澄的首要目标是独自在东京生活下去。她开始周末在公寓旁边的小酒吧打工，收入用来买衣服或看电影，生活紧紧巴巴。

　　从佳澄进入公司的几年前开始，石山就已经把几乎所有订单都交给了道弘，还特意前往森胁制版亲自指挥。他说着"大公司都太粗糙了，但森胁先生的技术可是厉害"，站在操作台旁边，认真地注视着道弘操作鸭嘴笔的精巧手法。穿着亮色夹克的石山只要来到公司，灰色的逼仄职场就会吹进一股别样的风，变得清爽起来。那股风展现出一个佳澄还无法了解的世界，那是从奢侈和游刃有余中生出的魅力与能力。自己终于从那个村子逃了出来，但有人从出发点上就与自己不同，这样的事实让佳澄心中充满了纯粹的惊异。比她大六岁的石山来自成熟的世界，并未引起佳澄的兴趣。

"第一次见面时，你看起来一直心不在焉的。"
"那时我没钱，累得不得了。"
"但你还真是优哉游哉啊。"
"年轻嘛，就算穷也很自由幸福。"
石山歪头想了想。
"咱们在新宿偶遇过一次吧，是个冬天的星期天。你刚买完新衣服，我觉得你很可爱就邀请你了，可总觉得没能聊得很愉快。"

那时候啊。佳澄想起了傍晚飘荡在街头的汽车尾气的臭味和装着新衣服的纸袋沙沙作响的感触。那时，石山突然出现在她的面前，就在纪伊国屋书店下方的路上。虽说买了新衣服，佳澄也绝没有走得兴致勃勃。那天她和朋友一起出门购物，发生了让她心头一沉的事。

朋友穿着土里土气的天蓝色男士外套，几乎拖地。看到佳澄，她为难地笑了笑。

"我爸突然从冲绳来了。他第一次在冬天来东京，于是就穿了这么夸张的外套。"据说她父亲在那霸开出租车。"我跟他说，就算东京再冷，也没有穿这种颜色外套的男人。结果他说是为了留给我才买的天蓝色。真是土得掉渣了，可我又不能不收下。父母总是有些不可理喻的想法呢。"

话里满是抱怨，可朋友一脸满足。佳澄再次看向朋友的外套，清澈美丽的颜色就像初秋的天空，只是对朋友来说太大了。佳澄一时间恍恍惚惚地盯着外套。来到东京后，她第一次对抛弃家人、逃离村庄感到后悔。她打算摆脱一切，心底却依然沉潜着如此心绪，既对自己生气，又寂寞难耐。

就在那样的时刻，听到偶然遇到的石山说"你去买东西了吗？看起来真享受"，佳澄立刻对他的迟钝和乐天充满了憎恶。她也明白这只是石山一次运气不佳的自说自话，但是她却擅自认为，石山之所以不考虑她的复杂情感与状况，全都是因为他的家境优渥。石山毫无顾忌地表示自己看完电影正要回家，并邀请佳澄到中村屋吃咖喱。至于当时说了什么，佳澄已经完全不记得了。她只是心情抑郁，想尽早回到自己的房间。自那以来，石山邀请她吃过好几次饭，她却从不觉得愉快，恐怕就是那件天蓝色外套一直盘桓在心。

"你是喜欢上森胁先生才结婚的吗？"

石山的右手始终爱抚着佳澄的身体，却突然提出了触及核心的问题。每到临近回去的时候，石山就会这样责问佳澄。

"因为那个人帮过我。"

佳澄知道这样说对丈夫不甚礼貌，但还是直率地做出了回答。在连电车票都买不起的困难日子，她曾从钱包拿出古内的名片静静注视。名片的角已经磨圆了。打个电话试试吧。她每次拿起听筒，却都在最后一刻停住，就这样一次又一次。从那以后已经过了将近十年，如今再求助于身在札幌的男人也已经无济于事。而且古内的工作实在可疑，也许他只是个伪装得体的人贩子，但现在佳澄也不可能再装成不谙世事的初中生，她已经过了二十五岁。

向佳澄伸出援手的是雇主道弘。道弘比佳澄大十岁，那弓着背面向原稿的身影和公司里三位刚步入老年的技师一样，让人想象他会带着对这个小小职场的满足生活下去。他默默地走在早已预知的人生路上，以自己的技术为傲。佳澄确实尊敬他，却没有把他当男人看。然而道弘并没有那么迟钝。

一天，当佳澄决定省掉一顿午饭时，道弘把佳澄叫到房间一角，低声问道：

"佳澄，午饭怎么回事？是不是手头困难？"

"不，没什么。"

"别勉强，我会提前付你工资的。"道弘害羞地继续小声说，"作为交换，你能不能辞掉小酒吧的打工？"

"我给您添麻烦了吗？"

"不，我只是觉得你太辛苦了。"

道弘又表示可以补贴一半的房租。进入公司五年，佳澄已经兼任森胁制版的会计，成为了道弘在工作上不可或缺的助手。佳澄想，道弘大概是不希望她辞职。

"非常感谢。但只有我多拿钱好吗？"

"没关系。"

"为什么？"无法释然的佳澄单刀直入地问。

"因为我喜欢你啊。"

道弘似乎对直言的自己十分惊讶，低下头闭上了嘴。佳澄压抑心中的悸动，望向这幢老楼里三张作业台和一新一旧两台照排机。午后的阳光斜照进来，除了一直开着的FM广播和三位年长的技师认真作业的声音，什么都听不到。室内空气沉稳，与平常并无不同。那时，佳澄觉得是古内变成了道弘出现在她面前。或者是那件天蓝色外套变的。过了半年，道弘求婚，佳澄考虑后答应了。她认为，正因为想都没想过这样的人生，所以才有尝试的价值。

石山早就和同学典子组成了家庭。和道弘结婚后，佳澄惊讶地发现石山和道弘的私交也很好。从那时起，不仅在工作上，佳澄也开始以道弘家人的身份与石山来往。石山经常出现在两人位于中野的新家中，但道弘和佳澄却一次都没有收到过典子的邀请，石山的家庭生活始终是个谜。孩子一个接一个降生的事实，似乎诉说着石山生活的安宁。

"我从没想过会和你变成这样。"

佳澄喃喃道。石山的怀抱就像甜美的牢狱。时间正在迫近，佳澄却想永远被囚禁其中。

"是吗？"石山将这牢狱般的怀抱收得更紧，将佳澄关在里面，"我还以为你一直明白。"

"明白什么？"

"我的话不太客气，抱歉，但你一直没安定下来啊。"

"什么没安定？"

"所有。"石山没再说下去。

所有。那是指道弘，还是指工作？或是自己选择的道路？那自己该怎么办才好？石山明明不想了解自己的过去，为什么还要那么说？佳澄凝视着房间角落的黑暗。

那是前年春天。为了交付原稿，佳澄去了趟八王子，傍晚回到公司所在的神田。那时她刚生下梨纱半年，累得在电车里抓着吊环就能睡着。她想直接回家，但又必须给彻夜工作的道弘他们准备晚餐，处理会计事务。

这并不是因为订单太多。公司正走向若无法不厌其烦地完成加急的订单就无法生存的境地。随着电脑的普及，通过照相排版来制作原稿的工作突然变得不再必需。回到公司让佳澄非常痛苦。技师们一看到佳澄，就会明显地移开视线。

佳澄已经让最年长的职员辞了职，她打算迟早辞掉所有人。技师只需道弘一人就好，多出来的人工费可以购入电脑，然后再雇几个会用电脑的年轻人。也许是知道了这一计划，公司里的氛围急剧恶化，有时连道弘也毫不掩饰责难的目光，依稀可见他对佳澄的强势和执行力无计可施的样子。最想并肩而行的伙伴背叛了自己，佳澄格外孤独。自己下定决心实施计划确实艰难，但若没有人如此果断，到头来一家人只能流落街头。无动于衷只待全面溃败，唯有这件事她绝不愿看到。佳澄的原动力就在这里，然而这种时候，道弘却沉默得仿佛甘愿接受这份命运。

　　佳澄从中央线的电车内望向外堀堤上盛开的樱花。那花映在微蓝的灰色天空下，美得让人浑身起鸡皮疙瘩。樱花迅速远离了视线。电车在神田站停靠，佳澄走出检票口，傍晚的冷风夹带着灰尘扑进了她的怀中。她哆哆嗦嗦地拉紧轻薄的开衫：自己为什么会在这种又脏又冷的地方呢？

　　昔日，在那个村庄里，为了和他人打扮得不一样，佳澄甚至会自己制作没有的东西，那又是为什么？因为她拼了命也要强调自己和别人不一样。如今她既没有那份活力，也没有那份气魄。她穿着打折时买的不相称的毛衣和裤子，头发只用黑色头绳一扎了事，成了个不施粉黛、疲于育儿和工作的女人。别说打扮的工夫，她连想都没时间想，也没有悠闲赏樱的余力。她突然感觉到了自己的悲惨：这就是她逃离村庄后梦想的生活吗？难道不是因为她那天甘心接受了道弘的好意吗？

　　古内曾经是将佳澄心中尚未成形的决心放入容器凝固起来的男人的象征。这决心正是从佳澄坚定的自我主张中生成的，而古内瞬间看穿了那一点。道弘不是古内，他的兴趣只在于带给他满足的原稿制作。他并不想理解佳澄，只打算沉浸在森胁制版这一自我世界中。接受道弘求婚时，自己无疑犯了错误。她茫然地呆立原地。城市曾经溢满了解放感，眼前的一切都新鲜而充满惊奇，此时却又改变了模样，呈现敌意，将无力的佳澄包围其中。佳澄发现自己已无处可去，只得仓皇地眺望着夕阳西下的城市。

　　森胁制版所在的路上有很多小酒馆，从营业前就人来人往。跟跟跄跄的佳澄一脚撞到了酒馆缠着电线的招牌，撞出一块淤青。她揉了揉小腿前面，一抬头，店前随意摆放着装脏擦手巾的篮子。一想到擦手巾的冰凉，佳澄立刻起了一身鸡皮疙瘩。不要！激烈的想法出现在她脑中。她必须穿过这杂乱的街区回到道弘身边。她咬紧嘴唇，又迈开脚步。

走进森胁制版所在的老楼，电梯门恰巧就要关上。佳澄犹豫着是否要进，一时停下了脚步。她不想回公司，可就要关上的电梯门仍然开着，穿着藏青色夹克和红色POLO衫的石山按着按钮，正在等她。佳澄不由得被那身姿吸引了，石山的笑容仿佛让她快进去。她冲入电梯，继而不顾一切地把自己塞进石山的双臂中。她想走进一无所知的不同世界。

"怎么了？"

石山惊异地抱住佳澄，在她耳边低语。佳澄抬起脸，盯着石山的眼睛，把他拉下来吻了他。动作那么轻柔，却又那么强硬。嘴唇相离后，她说：

"樱花，去看吗？"

石山似乎在询问佳澄的真意，就那样盯着她的瞳孔看了片刻。佳澄也同样凝视着他。石山眼眸中的惊讶消失，不一会儿便闪现出不可思议的蓝光。

"可以是可以，还真突然啊。"

"我刚想到的。"

石山温柔地笑了。电梯一直没停，带着两人来到六楼。门开了，正面就是公司的门，贴在玻璃上的纸上呈现着照排出来的公司名。"森胁制版"，一百二十号的NAR体。日光灯的光线从屋内将玻璃窗照得苍白，照排的声音隐约流出。佳澄飞速地伸出手，按下关门的按钮。

"哪里开得正好呢？"

在下行的电梯中，石山只是这么嘟囔了一句。佳澄一言不发，拉着石山的手走出大楼。酒馆一条街还没有亮灯，佳澄的目光在昏暗中左右游移。自己想做什么，想去哪里，为什么拉着石山的手，她全然不知。

"你想去哪儿？"

石山把装着原稿的袋子换了手，担心地看着佳澄。

"爱情旅馆。"

佳澄回答。石山拦下了开过来的出租车，告知司机目的地，随后便双手握紧佳澄那冰凉的手，仿佛害怕她改变主意。石山的手很温暖，佳澄想让身体也暖和一下，便钻进了石山的夹克里。车在汤岛的爱情旅馆前停下，两人进了一间只有双人床的小房间。佳澄的心中反复涌起不可置信的感觉：为什么会和石山在这种地方？希望进入不同的世界，却来到了如此逼仄的空间。但是，她没有犹豫。也许她是想，就算让看起来安住在完美世界的石山受伤也无所谓。她的感情就是这么不可思议：不断被吸引，也从未停止憎恨。这一刻，佳澄还憎恨邀请石山的自己。她站在双人床和窗户间的窄缝里默默地脱去开衫，任其落在有污渍的地毯上。

"发生什么事了？"

"别管了，抱我。"

"怎么做？"

"你来决定。"

哪里都没有热乎乎的食物。佳澄觉得自己饥饿难耐。她先躺到床上，冰冷的床单让她为之一颤。好冷，好冷，她低喃着裹上了床单。石山粗暴地扯开床单，在佳澄的惊讶中压住了她的双手。佳澄心中的某个地方一直期待着石山应该会有的温柔,此时却感觉遭到了背叛。粗暴的举动延续到了交合中,佳澄几次发出抗议的声音,甚至报复地咬了石山。两人的举动充满野蛮,与快乐相距甚远。结束后,石山抚摸着佳澄的头发说:

"我下次会温柔的,所以你也要温柔些。"

还有下次。相互间明明如此过分,石山却还想和自己保持关系吗?佳澄惊讶地抬起头。

"为什么?"

"你和谁都行吧?"

佳澄一时失语,陷入了思考:果然和石山以外的男人也可以吗?

"你在想啊。是那样吧?"

"我觉得不是。"

看到电梯中的石山,佳澄觉得自己被吸引了。

"那可真高兴啊。我会珍惜你的。"

"什么意思?"

"谁知道呢,到时候再说。"

如果说古内是将佳澄稚嫩的决心坚定下来的男人,那么道弘通过苦涩的现实让佳澄品尝到了它的滋味。但如果和石山在一起,佳澄觉得似乎会进入另一个未知的世界。她曾固执地认为石山是完美世界的居民,但现在看来是错误的,不如说自己和道弘才是如此。

那天晚上,她晚了两个小时回到公司,道弘和两个职员正在吃买来的便当。日光灯下,被梅干染红的白饭看起来冷冷冰冰。道弘放下一次性筷子,一脸不高兴地瞟着佳澄。

"对不起,回来晚了。"

"托儿所来电话了。"

"怎么了?"

"也不说一声就迟到,当然会来电话啊。"

"我还要回这里,接孩子怎么都会迟到啊。"

佳澄一边从壶里倒茶一边说。

"问题不是这个吧。你在干什么啊,我这么忙还得去买便当。"

面对这既不是夫妇吵架也不算同事纷争的争论,职员们都一言不发地吃着便当,本应最仇视佳澄的半老男职员同情地瞥了佳澄一眼。那视线让佳澄受到了伤害,她轻轻把石山交给她的原稿放在桌上。

"那是什么?"

"正好在楼下碰到了,就交给我了。"

"石山先生说了急着修改吗?"

"不知道,你自己问不就好了?"

"真没办法,就算让小孩帮忙也比你强啊。最近你可太松懈了。"

确实很松懈。但是带着两个孩子,又要照常工作,单靠振作心情是无法做到的。佳澄心中不由得发出悲鸣。这里既没有温情,也没有体贴。直到刚才,佳澄还为自己和石山在道弘扒拉冷饭期间去爱情旅馆感到抱歉,却又突然觉得道弘就像故乡的灰色大海。逃离。她无法抑制这样的思绪正油然而起。石山的那句"下次",成了她唯一的救赎。

"真不错啊,我会买的。"

石山压在佳澄身上,看着她的眼睛,那是拼命想要汲取真意的眼神,让佳澄回想起电梯中的石山。

"嗯。"

"我觉得我正在做一件不得了的事呢。可是,我想和你一起去谁都不在的地方。"

"我知道。"

"一起去吧。"

"嗯。"

佳澄一边和石山接吻,一边睁开眼睛看着天花板。那份决心让她想到了什么。

那是在佳澄终于离家出走的时候。

父母害怕佳澄从当地的高中毕业后会离家出走,始终带着监视的目光。如果去札幌的专科学校尚可接受,去东京可就岂有此理了。佳澄想去东京。札幌坐巴士三个小时就到,绝不算远,若有万一很可能会被带回家中,父母也能随时随地前来查看。佳澄用父母给的钱偷偷申请了东京的设计专科学校。

如果不去札幌,就去不了东京。去札幌的大巴早上和傍晚各有两班,再加上中午一点和晚上八点各一班,一共六班。时刻表上,晚上八点那班旁边写着"末班车"几个小字,佳澄认为那是唯一的机会。父母晚上都在店里忙着收拾,若有喝酒的客人,则会被工作步步紧逼,而且他们似乎想都没想便认定佳澄不可能选择半夜到达札幌的巴士。那么,就把这个空子钻到底。

每次看到"末班车"这几个字,佳澄的决心都会更加坚定:就坐那趟巴士离开村子,再也不回来。"终点站"字面上孤寂,但不再回到故乡的想法让佳澄心情低落。想去,但又害怕。自己真的可以做到这么鲁莽的事?从古内那里得到的名片成了佳澄的护身符。

她握紧名片，每天都想象自己坐上了"末班车"。

毕业典礼一结束，父母每天都会早早起床窥探佳澄的房间。一看不到佳澄的身影，两人便轮流监视巴士站。佳澄拜托朋友把小件行李藏在了巴士站背后的枯草中。在决定出发的当晚，她泡了澡，和父母一起看了电视，装得悠闲自在。

晚上七点半一过，佳澄保持着电视的高音量，偷偷换好衣服，从二楼小小的双层窗户来到了铁皮屋顶上。踏过铁皮的脚步声传向四周，每次都让佳澄的心跳几乎停止，竖起耳朵倾听。店内传来母亲放松地洗餐具的声音，她已经安下心来，认为今天女儿不会走。收银台的声音时时响起，是父亲在计算营业额。佳澄呼地吐出一口气，抬头望向天空，一弯月牙高挂在上。虽说已是三月末，洗过的头发还是在寒夜中让脸颊冰冷。佳澄在带兜帽的粗呢短大衣里穿了好几件内衣和毛衣，一身臃肿便从屋顶上跳了下去，咚的一声，响动比预想的还要大。父母注意到了吗？佳澄吓得胆寒，但什么都没有发生。她全力冲向步行十分钟便可到达的巴士站。

国道上时而有车开过，大海呼呼的鸣叫就在耳边。吹过原野的风也发出同样的声音，威胁着佳澄。她的右脸感受着漆黑的大海升腾的大量水气，左脸则感受着同样漆黑的原野上的莫大荒凉。佳澄拼命奔跑，觉得必须逃离这两方的包围。如果巴士开走了怎么办？那岂不是要被独自留在不见五指的黑夜了吗？只有这点让她担心不已。

终于到了巴士站，佳澄立刻打开手电寻找行李。行李用垃圾袋包着，就在背后的草丛里。佳澄连忙背上行李。没过一会儿，远处的国道上便开来一辆亮着远光灯的巴士。佳澄一个劲儿地挥舞手电，向巴士示意。

"现在停车。这是开往札幌的末班车。"

当司机咻的一声打开车门时，佳澄腿都软了。她无视司机不可思议的表情，在最后一排坐下。没有其他乘客。巴士启动了，佳澄战战兢兢地回过头，村子里的灯光渐行渐远。终于做到的喜悦和对未来生活的巨大不安交织在一起，会有希望吗？还是失望？两种截然相反的激烈感情从未像此时这样共存。

石山的提议难道不就和"末班车"相同吗？这份思绪萦绕在佳澄心中。离家出走的成就感和希望确实曾经存在，而和石山的相逢，与其说存在希望，不如说只有当下的喜悦。"末班车"意味着不会再折返，但无论现在的生活多么闭塞，佳澄都不会考虑丢下两个女儿。

"啊，已经太晚了。"

看了一眼表的佳澄起身快速穿上衣服。她捡起掉在地板阴影处的内衣，开始寻找被石山脱掉的衬衫。似乎感到失望而仍然留在床上的他柔声说道：

"那你多小心。在北海道再见吧。"

"嗯。"

佳澄莞尔一笑，挥了挥手，一边用手抚平头发，一边走出了旅馆的房间。情事的痕迹也许仍清晰地留在身上，连确认的时间都没有。即便如此，佳澄仍然想和石山拥抱到最后一刻。

佳澄骑上放在中野站前的自行车，回到自家的公寓。她担任了幼儿园的监护人组织活动的干事，谎称是去开会，外出了两个小时。最近石山都会配合佳澄来到附近。

道弘似乎正在给梨纱洗澡，浴室传来梨纱的欢闹声和飞溅的水声。佳澄敲了敲浴室门,告诉道弘自己已经回家。

"我回来了。"

她在更衣处被热气笼罩的镜前整理好乱蓬蓬的头发,发现自己面红耳赤。和石山见面的日子,她的眼睛总是比平时更加熠熠生辉。

"妈妈,你去哪儿了?"

五岁的有香站在旁边仰着头。她的敏锐总是与她的年龄不符。佳澄有些畏惧有香强烈的视线,说出已经想好的谎言。

"咖啡厅。去和小美衣的妈妈,还有幸人君的妈妈碰面了。"

"喝酒了吗?"

"为什么这么说?"

"你的脸很红。"

有香轻蔑似的丢下一句话,便跑去有电视的房间了。看着她换好粉色睡衣的背影,佳澄两手撑在洗脸台上。她对跟幼儿都要说谎的自己感到无地自容,原来怀抱不可告人的想法生活就是这么回事。这时,浴室的门开了,抱着梨纱的道弘出现在眼前。梨纱的脸红通通的。

"真晚啊。"

道弘用浴巾裹住梨纱,看了看佳澄。

"对不起,不知不觉就聊多了。"

四十四岁的道弘头发渐疏,洗澡后贴在头皮上,皮肤清晰可见。如果这个男人是石山——这样的想法填满了佳澄的胸口。她立即对刚刚结束情事的自身的罪恶感到恐惧,但是超越罪恶感的喜悦就在与石山的相逢中。她绝对不会停下,停下就无法活下去。只有与石山的相会,才是自己如今的"逃离"。

2

　　石山躺在凌乱的床上,慢吞吞地抽着烟。佳澄惦记年幼的孩子,为时间所迫。和这样的她缠绵,总是结束于匆忙的告别。心神不定穿好衣服的佳澄先走一步,留下的石山在爱情旅馆里冲个淋浴,收拾好房间,结清房费。这样已经持续了两年,但他怎么也无法习惯被独自留下的时间。

　　石山想和佳澄度过更多的时间,想要目不转睛望着佳澄,逐一确认她的困惑、迷茫与愤怒。他怀念起佳澄眼角上翘的细长眼睛和丰满的嘴唇,刚刚他还用手指划过它们,现在却感觉那已是遥远的往昔。仔细看去,佳澄的五官大得颇为大胆,但整体的平衡却格外精妙,充满女性的韵味。石山就像在美术大学期间画素描一样,回忆着佳澄的眼睛、鼻子和嘴唇的形状,用空想的笔试着描绘出来。然而浮现在他脑海中的,却只有佳澄趴着寻找掉在地板上的衣服时伸出手臂的样子,以及和他见面的瞬间喜悦乍现的表情。他已经无法再将佳澄分成若干部分了。对他来说,佳澄是能够映照出他这个男人的宝贵存在,也是将他带向丰盈未来的希望。他按灭香烟,对无法得到佳澄的自己感到焦躁。

　　虽说如此,究竟要不要做出在北海道买别墅这种傻事,石山其实犹豫了很长时间。这不是金钱上的问题。虽然是别墅,因为是在北海道,所以和在轻井泽买有天壤之别,自己这个工薪族也不是买不起。石山继承了位于目黑区驹场的六十坪[1]的房子，生活上也很有分寸。他也打高尔夫，但并没想过买会员权，也不像其他设计师伙伴那样沉迷进口车，或是一有假期就带着家人去国外旅行。今后要花的钱只有两个孩子的教育费，这并不让他担心。他喜欢的是垂钓，休息日会早起到奥多摩或丹泽，独自逆流而上寻找合适的地点，然后垂下鱼线，钓上半天便满意而归。这是个不怎么花钱的爱好。

和佳澄说起别墅一事时，佳澄回应了一句"很大胆呢"。他明白佳澄的心情，自己说出为了情事而买别墅的话语，恐怕让佳澄感到不安，但他希望佳澄能更加发自内心地感到喜悦。这也许只是他自己任性的烦恼吧。

石山现在犹豫的，是如果就这样买了别墅，反而只会让佳澄成为他的情人，两人的关系只会固定在情人的层面上，这让他颇为不安。他已经向看不见的未来投出了一块石头，佳澄恐怕就是这么想的。石山在梦想中已经设定好了更远的情景：自己有一天从公司辞职，离婚，把目黑的房子交给典子，然后佳澄也为他离婚，两人在别墅生活。他一直在秘密地培育这天真的空想，但还没有足够的勇气说出时，佳澄就已经怀抱不安回去了。自己的梦想确实幼稚，但并非不可能实现，只要妻子、孩子、森胁和佳澄的孩子们一个个做出牺牲。他十分清楚这是自私的，却没想到自私竟然需要这等勇气。就算甩掉一切，他也想做他自己。至今为止，他还从未有过这样的想法。如果无法成为自己，那么今后的生就与死无异。

石山从冰箱里拿出小瓶啤酒，稍微有些温吞。他一边考虑喝还

---

[1] 1坪约为3.3平方米。

是不喝，一边用两只手掌摆弄着酒瓶，思考着没有佳澄的人生。不行。他摇了摇头。和佳澄的相遇彻底改变了他。感情中既有深谷也有高峰，理解他人会让自己欣喜，安定和满足是由紧张来支撑的——活到现在，他从未在乎过这些事。只要事业成功，那么其他的一切差不多就好。他就这样漠然地想着活到现在。佳澄则更加混沌，因此感情率直得就像小狗，始终自由地流淌。那样就好。还有别的吗？

佳澄身上拥有石山全然未知的世界。未知的部分还有很多。要是放在以前，即使窥探未知的世界，石山也不会打算留在那里。然而如今，他就在那个世界旅行，甚至想两人一起一路掘进到地球背面。

石山拿过床上的手表戴在手腕上。晚上十一点。他很想赶紧离开这空虚的房间回去，但最好等典子入睡。石山打开啤酒瓶盖，泡沫喷涌，顺着握住瓶子的手一直弄湿了手表。他用旁边的浴巾擦了擦手腕，没把酒倒进杯中，对嘴便喝。注意到浴巾是佳澄用过的，他想起了在森胁制版第一次见到佳澄的情景。那已经是十二年前的事了。

森胁制版技术过硬，着迷于此的石山从不把原稿交给跑腿的人或森胁的业务员，而是亲自拿给森胁道弘，还喜欢在旁边观看原稿制作的全过程，给出详细指示。工作进展顺利，妙趣横生。那个时候，他燃起了成为制作局首席设计师的野心，也开始有得心应手之感。他确信广告业界属于自己的时代即将到来。

在秋老虎发威的九月初，石山漫无目的地拜访了森胁制版。他偶然来到附近，便想顺道看看之前委托的报纸广告的原稿有没有完成。一个没见过的年轻女人坐在作业台前，穿着橄榄绿色的圆领背心和工裤般的卡其色裤子，一个劲儿地说着"好热好热"，团扇扇个不停。气温高达三十五度，可空调却坏了。然而所有人仍然工作得热火朝天，石山在极度的闷热中脱掉了夹克，用手绢擦着喷涌的汗水。

注意到石山后，女人略显不耐烦地站了起来，深深的肚脐瞬间从短款背心下露出。她打扮得像个士兵，皮肤却白净净的，从肩膀到手腕的线条柔和，很有女人味儿，坚挺的臀部和松垮的裤子格外相称。但她似乎并未察觉到自己散发出的性感魅力，粗鲁的举动反倒更显可爱。来了个有趣的孩子啊，石山想。

"请问您是哪位？"

女人用通透的声音生硬地问道。

"我姓石山。"

森胁从自己的作业台旁回过头，目光先被女人夺去，继而转向石山，举起了手。

"啊，你好。已经做好了。"

女人似乎在说没自己的事了真是太好了，朝石山微微一笑，笑容无忧无虑。用这种笑法面对客户多少有些旁若无人，在这家只有规规矩矩的技师存在的土气公司里，这女人明显是个与众不同的存在。因酷暑而一个个变成锻炼装束的半老男人们也时不时在意着女人的一举一动。在这只有中老年男人的职场，以前最年轻的是业务员，其次是经营者森胁。被森胁带到角落的沙发时，石山指了指女人。

"是新人吗？"

"没错没错，虽然还只是实习生。喂，佳澄，过来一下，我给你介绍我们的客户。"

叫佳澄的女人放下团扇,跳着舞一样跑了过来。

"这位是协广社的石山先生。这是刚刚进入公司的滨口佳澄。"

佳澄似乎还没有得到名片,只是无事可做地站着。她身材高大,长长的手脚碍事般伸向四方。与其说她像个孩子,不如说她心不在焉。石山打了招呼,佳澄依旧报以僵硬的鞠躬,随即赶紧跑回自己的座位。见她并不机灵,森胁只得苦笑着自己从冰箱里拿出大麦茶倒给石山。

"那孩子想当设计师呢。"

"哦,是吗?"

石山觉得佳澄很是可怜。竞争激烈,为了获胜留在业界,不仅需要才能,还需要运气。也有制版公司设置了设计室,但森胁制版只进行纯粹的照排和原稿制作,大概是因为被订单追着没时间磨炼技术,而且也没有机会。也许是敏感地察觉到了石山的思虑,森胁补充道:"虽然很不好意思,但如果她问你什么,还请教给她。"

"如果我能胜任,当然没问题。"

石山瞥了佳澄一眼。佳澄偏茶色的短发因汗水而贴在额头上,她正在拼命练习使用鸭嘴笔。石山暗自想象起来:那肚脐是不是也积满了汗水呢?

"她在原稿制作上怎么样?"

森胁在桌子下方偷偷用手指打了个叉。

"不行啊。我是准备再锻炼锻炼她,可她手不太巧,可能不适合吧。她的想法总是很奇特呢,有点奇怪。不过她出人意料地很认真,而且我们这里一个女孩子都没有。我倒想着让她什么时候负责会计。"

"可是她想当设计师吧。"

"不,那孩子的想法似乎变得很快呢。"

石山对森胁的说法很是反感,但注视着佳澄的森胁眼睛眯成了一条缝,那双眼正自言自语着真可爱。石山很中意仿佛吹来别样之风的佳澄,可如果她变成了森胁话中的样子,就太无聊了。他多少有些失望。

那天晚上,石山接受了森胁的邀请,到新宿喝了酒。森胁喝得大醉,一个劲儿地只谈佳澄。

"那孩子,有点像野生动物吧?有种会被人抓住养起来的感觉吧?算了,我这种人已经上了年纪,不合适了。"

石山心生怪异:就算这么说,但还是看上她了啊。那时,森胁三十二岁,从大型制版公司独立出来创建公司已有三年,正是业务走上正轨,可以喘口气的时候。

"没什么不合适的。那孩子多大?"

"二十二吧。"道弘不停地用手指推着金属眼镜框中间的鼻梁架。他的体型纤瘦灵活,很有理科技术从业者的风貌。"来我们公司之前,她好像在设计相关的公司辗转打工呢。"

"听起来很自由啊。"

"现在她周末在酒吧打工,坚强得出人意料呢。"

森胁似乎对石山的话深感不满,立刻出言庇护。石山想起了佳澄的肚脐,他并非不想和她玩儿上一把,但森胁似乎对她非常着迷,因此作罢。对男人们来说,佳澄只是这样的存在,无论是谁都认为她终会找到更合适的工作一走了之。

几个月后,和同事午饭归来的石山在前台看到了正在等待的佳澄。她抱着巨大的原稿袋,像个修学旅行的学生一样好奇地望着铺有大理石的玄关，一身白T恤、黑色开衫加休闲裤的打扮也很像学生。

"森胁制版的客人。"

听到石山叫出公司的名字，佳澄一脸失望地回过头。她大概是想更自由地参观一下吧。石山把她带到前台旁边的沙发，收下了原稿。当他从袋子里拿出原稿查看时，佳澄饶有兴趣地注视着也有摄影师或模特出入的广告公司的开阔大堂。石山想起佳澄想当设计师，觉得她可能多有憧憬，然而她就像在动物园里一样，双眼放光地欣赏着各式人物的进进出出。

"很少见吗？"

"嗯，很有意思。"

佳澄重新转向石山，不动声色地答道。她的一头直发比以前长了，已经垂到肩膀，笔直的头发每一根都闪动着光泽，充满张力。石山一瞬间想起了她濡湿的头发贴在额头上的模样和她深深的肚脐，不由得看向被黑色开衫遮住的腹部。视线一上移，便停在了开衫间被丰满的胸部顶起的T恤上。佳澄至今还对自己的魅力毫无自觉吗？石山觉得森胁等人很是可怜。

"工作怎么样？已经习惯了吗？"

"嗯，渐渐习惯了。"

"森胁先生好好教你了吗？"

正因为了解森胁心中的迷恋，石山才问出了多余的话。佳澄低下头思考片刻，做出了这样的回答：

"是的。只是我不论做多少年，都做不到那个程度。"

一本正经的回答让石山不知所措。

"可你想当设计师吧？"

石山还想接上一句"没必要学制版吧",佳澄却露出了困惑的目光,似乎在寻找正确的语句。

"以前是那样的。"

"现在已经不那么想了吗?如果想做,或许能在我这里打工,只是要对森胁先生保密。"

"那就不用了。"佳澄干脆地拒绝了。

"你是在尽情分吗?"

"不,那种情况只会带来麻烦。"

"但你是想当设计师才来东京的吧?"

"是的。但是我的目的是一个人在东京生活。"

石山一惊。佳澄既非受到挫折,也没有死心,他只明白了一点,她怀着某种不同的想法。她将在东京独自生活作为目的,可石山并不觉得东京有如此魅力。但他想起了森胁口中"野生动物"的评价,只觉得那真是一语中的。佳澄想在这里生存。那么,森胁能驯养这个姑娘吗?作为旁观者,石山觉得这很有意思。

在佳澄和森胁结婚的两三年前,一个星期天的傍晚,石山曾在新宿偶然遇到过她。佳澄已经背叛了大部分职员的预想,成了森胁制版不可或缺的存在。原稿的管理由她负责,道弘不擅长的会计和总务类工作也全部由她处理。石山偶尔拜访时,佳澄总是坐在桌前专注地写着什么,或是频频应对电话,忙得不可开交。生存总算成功了吧?石山突然就对佳澄失去了兴趣。

在人山人海中遇到的佳纯带着石山迄今为止从未见过的、灵魂出窍般的表情,让石山连打招呼都踌躇起来。

"佳澄。"

佳澄不由得用手中的纸袋遮住脸。被人看到恍惚的状态也许让她很为难吧，石山装出没有注意到的样子。然而意外见到的佳澄的寂寞表情吸引了石山。

"去买东西了？"

"嗯，买了毛衣。"

什么颜色呢？石山想象着纸袋里的东西。佳澄很朴素，却自有一番搭配，让他感到中意。那天她也只是穿着粗犷的黑色男式外套搭配红色围巾，围巾的系法有种难以言喻的俏丽。与众不同的气氛飘荡在佳澄周围。

"什么颜色？"

"漂亮的天蓝色。明明没钱，真像个傻瓜。"

"天蓝色？应该很适合你吧。"

"或许吧。"

听到佳澄不同往常的低落声音，石山几乎要说出毛衣什么的多少件我都买给你，好不容易才忍住。要是那么做，肯定会被这个女人瞧不起吧。这样的预想很容易就能得出，但石山还是难以离开，便试着邀请：

"要是方便，一起吃个饭怎么样？"

石山刚决定和美术大学时期的同学典子结婚，却突然又对这个叫佳澄的女人产生了兴趣。她不是自己想象的那个女人。不，她与自己至今所知的女人们截然不同，甚至超越了他的想象。他有那样的预感。

佳澄老实地跟来了，两人却始终聊不起兴。是不是发生了什么？石山想了解佳澄的内心，很想问上几句，可是佳澄完全没有敞开心扉的迹象。后来他们又见了好几次面，可石山最终只是被佳澄坚固的壁垒弹了回去。自己大概一辈子都无法得知佳澄魅力背后的秘密了吧。死心的石山在半年后按计划与典子结婚，进入了保证富裕与安稳的婚姻生活。

他与佳澄的碰面开始只限于前往森胁制版的时候。听闻佳澄和森胁结婚时，他还担心森胁能否理解佳澄。他心中也曾存在秘密的欢喜，认为只有自己才知道佳澄那不安的表情，然而在流逝的时光中，他连那点都忘记了。

两年前的四月，就在电梯里，佳澄突然主动冲进了石山的怀抱。那时的惊异，他大概一辈子都不会忘记。她的神色与八年前在新宿一样，充满迷失方向的不安。从未敞开过心扉的佳澄这次主动想要递出钥匙。石山犹豫了，然而无论如何也无法获知佳澄心中秘密的遗憾就像一路挖掘找到的地下水一样汩汩溢出，让他自己也大吃一惊。

刚才石山对佳澄说，我对相识之前的你没有兴趣，也不觉得年轻时的你有什么魅力。其实基本都是谎话。他恐怕从初次见面时就喜欢上她了。之所以不能明明白白说出来，也许是因为佳澄在新宿没打算敞开心扉这一点强烈地伤害了石山，还因为石山觉得，他们为此绕了远路。没错，自己没有佳澄那么直率。

石山喝完一瓶啤酒，走进浴室冲澡，手里拿着佳澄用过的浴巾。他打开热水，忍着哈欠开始考虑第二天的工作计划，立刻忧郁起来。工作实在无趣，广告界也不甚景气，已经进入了只求稳妥设计的时代，设计师也到了新老交替的时期。他想成为"设计"这一现场的匠人，但时代正演变为寻求设计师的总监素质，需要能统率整体广告项目。石山对这一偏离感到痛苦，内心某个角落开始考虑辞职。但如果把这一愿望告诉佳澄，那么也许会让她怀疑这份爱情：难道是为了辞职，才以两人为借口买了别墅吗？石山突然失去了信心。自己也许并不是完全信任佳澄,那么,佳澄又信任自己吗?佳澄的那句"很大胆呢",那不是证明了她并非真心吗?疑神疑鬼,但这肯定是恋爱的陷阱。疑心源于想要无限掌握对方的一切却无法掌握,石山断定那是一种嫉妒。正因如此,在见到对方的瞬间,怀疑就会溶解,曾经有多大疑惑,此时就会有多大的欢喜取而代之。石山想象起架在他和佳澄之间的桥,那应该比他们认为的更加坚固,更能承受冲击。这点程度的事情明明不会造成任何动摇,可自己到底在害怕什么呢?

石山让出租车在自家门前停下。因典子喜欢而种在墙边的栀子花在黑暗中散发出甜香。旧式宅院集中的街区也在房主的更替中毁了宽敞的庭院,建起一栋栋以出售为目的的小楼。然而石山家到了石山这一代,仍勉强保住了原样。

石山打开上了锁的玄关。只有玄关处的灯亮着,其他房间漆黑一片。多亏他打发了时间,似乎不用再和典子说话。他蹑手蹑脚地登上楼梯,轻轻打开二楼尽头的卧室门,窗边的床发出了响声。

"别开灯,会晃眼的。"

典子翻了个身。

石山在微弱的光线中开始换衣服。典子咻咻地闻了闻气味。

"老公,有股不一样的肥皂味儿。"

"可能因为刚才我在酒馆洗了手吧。"

妻子的嗅觉让石山心头一跳,他厌烦地转过身背对典子。他对典子没有任何不满,两人从学生时代起就脾气相投,是一起四处玩乐的伙伴。典子志趣高雅,做起家务也滴水不漏。在小儿子进入幼儿园的同时,她也重返职场,进入一家小型的设计事务所。始终衣着得体、颇显年轻的典子怎么看都像是会在女性杂志中登场的女人，无论什么样的男人和她结婚，恐怕都会觉得娶她为妻实属幸福。她是个好母亲，到了假日会精心制作料理，还会给孩子们烤手工蛋糕。工作日她会开心地前去工作，在商场停留买好熟菜，顺道给自己买些衣服或书，是个随心所欲享受生活的妻子。她不像佳澄那样怀有对前路的不安，也没有隐藏起石山一无所知的世界。她的世界中的一切都与石山身边的什么人完全一样，或是和杂志、电影中一样，一目了然。只要和典子一起，石山今后也只会继续着预想的轨迹吧。那是可以预知的生活。

精致的日子存在魅力吗？比起典子选择的雪铁龙，还是佳澄总会站立的地铁车厢连接处；比起典子典雅的白色办公室，还是夕阳中森胁制版百叶窗的影子——为什么会觉得后者孕育着更加丰富的色彩呢？就算控制自己不能这样对比，但不断涌上的微小比较，还是让石山痛苦不堪。

典子模糊的声音从被子的包裹中传来。

"今晚有位和泉先生打来了电话。"

姓和泉的老人是支笏湖的别墅开发商。石山想起和对方说过，决定了就打电话，不禁感到对方在逼他决断。

"老公，你想买别墅吗？和泉先生说等你明天的电话。"

典子的语气充满责备。石山一句都没和她商量过，让她有怨气吧。石山边脱POLO衫边辩解："我一直想和你商量来着，支笏湖有个房源呢，是以前国铁的用地，就在从支笏湖稍往山里走一点儿的地方，有不少河，可以钓鱼。"

"很远吧？"

典子似乎毫不上心。

"从千岁过去三十分钟，很近的。"

"去的话难道不会花钱吗？"

"不会怎么去的，毕竟是用来投资的。"

"要是投资倒还不错。问问爸爸？"

一听到投资，典子似乎暂且同意了。她的父亲曾在银行工作。

"不，不用了。"

石山换上干净的内衣和T恤，躺到床上。典子动了动身体。

"不洗澡吗？喝醉了？"

这种事管它干什么？伴随着内心的愧疚，石山也在压抑着想要怒吼的冲动。以前每次受到妻子怀疑，他总会拼命辩解，但最近开始嫌麻烦了，甚至一心认为，要是知道了也好。他如此喜欢佳澄，要是不能和佳澄在一起，那就活不下去了。果然还是买下别墅吧，他下定决心。

"喂，如果买了别墅，夏天大家一起去吧？"

"倒也可以。"典子的声音带着困意。

"也邀请上森胁先生一家。"

"为什么？"

"森胁先生拜托我教他钓鱼啊。"

典子用睡着后的呼吸声回应了石山的谎言。石山松了口气，紧紧闭上眼睛，试图想起打来电话的和泉正义的模样。

上个月去札幌出差时，石山看到了别墅的广告，甚至去了当地。那时，和泉正义亲自开着四驱车把石山带到了支笏湖泉乡的别墅所在地。和泉是别墅用地的产权人，七十岁，他说自己也和妻子一起住在这一带。他头发已白，笔挺的脊背和粗野的举止仍然带着精悍，与其说是老人，不如说是饱经岁月的男人。当石山回东京时,和泉甚至把他送到了千岁机场。

"你钓鱼吗?是用拟饵吗?"

"是的,我喜欢那种。"

"我啊,总是开这辆车出门。一看到河,觉得能钓,就会搭起帐篷睡在那里。所以我无论何时都会带着帐篷。"

"真好啊,是我的梦想。"

"是吧。"和泉笑着看向石山,"对了,你不打猎吗?要是打,下次咱们一起。"

石山摇头说不,和泉对他说:"我会打北海道鹿,解禁前也有地方能打,是个叫白糠町的地方。因为北海道鹿是害兽,所以随便打。猎人们会在四驱车上堆上好几头猎物,流出的血都能把道路染得通红。"

这辆车也堆过吗?石山不由得回头望向后座。

"有意思吗?"

"当然有意思喽。"

"我是怎么也没法杀生。"

石山瞥了一眼穿过原野的柏油路旁。森林似乎是种植的,白桦树宛如一列列柱子般排得笔直,极不自然,他怀着奇异感注视两百米长的林带。与和泉的话完全相反,充满了人工的色彩。和泉用粗犷而嘶哑的声音问道:

"你钓上鱼来会放生吗?"

"是的,我会。"

"反正浑身是伤,到头来还是会死的。那样也是杀生吧。北海道的男人绝对不会做那种糊弄自己的事,一定是哪里还流着狩猎民族的血啊。"

石山沉默不语，和泉随即指向正要开过的桥下的河。充盈的水流缓缓流过，很像是会有马苏大马哈鱼的河。

"你可以五点的时候来看，男女老少都会拿着鱼竿聚集在一起，来钓晚饭的配菜。"

若能如此生活，自己或许也会发生改变。石山被和泉口中的"狩猎民族"吸引住了，因为森胁所说的"佳澄是野生动物"，就在他内心的某个角落里牵动着他。佳澄具备石山未知的东西，但石山不是狩猎民族，因此无法获知。他将在佳澄出生的地方拥有一幢房子，这也是他执着于北海道这片土地的原因。真是个笨男人，石山在黑暗中笑话着自己。

第二章　水的气息

1

来到该来的地方了吗？明明是遵从自己的意志再次回到北海道，却感到正在被某种东西拖拽，这又是为什么？佳澄并不是被石山拖拽过来的。石山是有引力，但并不具备让他人服从的强烈意志。如果自己说不愿意，石山绝不会勉强。那么，难道是被两人想要见面的情热拖拽过来的？那可不像自己。虽是自己决定的事，佳澄却感到像是坐在一把不舒服的椅子上，始终难以平静下来。这种时候必然会发生什么糟糕事。预感是佳澄生来就具备的悟性，她小心翼翼地环视四周。

一棵棵粗犷的大树茂密繁盛，就像从原始状态中生长出来的，比本州的树更加野蛮。大叶栎，椴树，库页冷杉。也许因为是国立公园，道路两侧的树上规规矩矩地贴着写有树名的木板。刚刚记住片假名的有香一个接一个念出了声，但厌倦后便睡去了。向森林深处窥去，阴沉昏暗，阳光照不到的地面、树木和苔藓都呈现一种濡湿的黑土的颜色，相互融在彼此之中。

驾驶着帕杰罗的石山默默地指了指前方，支笏湖忽然出现在去路上。佳澄和道弘几乎同时看到了湖面。浑浊的灰色湖水完全没有映出天空的颜色，没有波纹，宛如一种与水不同的物质大量聚积在一起。佳澄被那超乎想象的量压倒，感到呼吸困难。她回想起右侧脸颊曾经感觉到的、昏暗的大海逼近的气息。于是她试图不看湖面，让视线在铺满光滑圆形石头的水边游走。

帕杰罗跟在自驾游的车辆后面，悠然沿着湖边行驶了半圈，再次进入山路。不一会儿，右侧边出现了一条布满裂缝的柏油小路，上方可见一块生了锈的拱形白色招牌，上面写着"泉乡别墅地"几个大字，下面是"居住者以外禁止入内"。这一整座小山就是别墅地。

"要去别墅就从这里上山，不上山沿着这条路直走，就是大崎温泉。过去没有这条路，人们似乎是从那边的湖畔乘船过来。"

石山向道弘说明。

"明明是国立公园，能有别墅用地吗？"

道弘问道，看起来并没有那么大兴趣。

"很奇怪吧，听说这里过去是国铁的土地，后来出售，在支笏湖也仅有这一处别墅地呢。"

"哦。"道弘应和了一声，带着买不起的讽刺。有香和梨纱两个女孩一个叠一个，已经酣然入梦。看到山中的大湖，仿佛因为终于来到目的地，车内的空气缓和下来。佳澄的目光透过后视镜与石山相遇。"我好想见你。"石山焦急的目光在倾诉他的迫切，在说，我现在就想抱你。这时，道弘回过头。

"很怀念吧？"

佳澄惊讶地看向丈夫。石山让她充满怀念，所以她误以为丈夫是在绕弯子说话。

"怀念什么?"

"当然是北海道啊。"

是啊。佳澄压抑住悸动,暧昧地答道。她再次向窗外眺望,这次换成石山发问。

"佳澄,这可是北海道啊。你老家在哪儿来着?"

"在一个叫留萌郡的地方,是海边的小村子。"

"好想去看看啊,肯定很不错。"石山的脸依旧冲着前方。

"东京那边更好哦。"

佳澄笑了。她笑,是出于放弃,觉得谁也不可能理解自己的心情。

"东京哪里好了?"石山换挡减速,"人又多,空气又脏。"

"对了,今天早上的废气很严重啊。"

道弘嘟囔了一句。像今早一样感觉被废气覆盖的早晨的确罕见。烟雾阴沉,又潮又热,就算关上窗户打开空调,都觉得二氧化硫的臭气从窗外渗透进来。佳澄透过帕杰罗敞开的窗户嗅着山中带有湿气的凉爽空气,想起了今早与道弘的对话。

"行李只有这些吗?"

道弘指了指佳澄昨晚装好的行李箱。佳澄点了点头。偷偷买的好几件新内衣和两个女儿的衣服混在一起,就藏在行李箱底层。让道弘拿着这样的行李,佳澄感到十分愧疚,背叛家人的总是自己。道弘似乎什么也没有察觉,将行李箱和商场的纸袋搬到了玄关,纸袋里放着他选作礼物买给典子的两瓶葡萄酒。

"我也不太懂,就买了贵的。明明该是我们招待他们的,不买贵的就没面子了。"

道弘自从听石山说了要去北海道以来就十分为难，始终顾虑着典子。

"有什么不好？石山先生不是也过意不去吗，说对不起让咱们花交通费了。"

"那为什么要招待咱们？"道弘一脸疑惑，"你觉得是为什么？一般情况下应该相反吧。"

"该相反么。"最近道弘有点爱发牢骚，佳澄避开视线回答道，"因为他和你关系好吧。"

"是吗？最近石山先生很奇怪，总是顾着我。"

"那是因为你总是神经紧绷啊，谁都会担心你的。"

这种时候，佳澄有着甚至让自己惊讶的冷酷。尽管这是她自身的原因，但她还是很讨厌迟钝的道弘，竟然看不出妻子的变化。

"是因为不景气啊。"

不景气确实是原因之一，但无法跟上时代趋势的道弘那顽固的匠人气质也是问题。佳澄并未对此再说什么。

"说到北海道。"道弘看向佳澄，"你很久都没回去了吧？"

"从高中毕业以来吧。"

"偶尔也回去露个面啊。"

"是啊。"佳澄笑着糊弄过去了。她曾告诉道弘，自己是"和父母相处不好，所以像离家出走一样来到东京，然后就音信不通了"。她不知道道弘是否接受，但道弘似乎明白其中有隐情，并未继续质问。结婚时，佳澄到相关机构直接请求户籍誊本。父母有可能顺着记录找到佳澄的住处，但至今还没有发生什么。佳澄由此将这件事遗忘在日常生活之外。无论如何，任性的都是她自己。如果说有什么人她想见见，那不是父母，而是那个叫古内的男人。名片早就扔了，可佳澄并不觉得遗憾，或许是因为时间已过了太久。如今，从佳澄内心满溢而滴落的是对石山的思慕。

"妈妈，你过去在北海道住过吗?"

一直在旁边听两人对话的有香轻轻拍了拍佳澄的手腕，那动作是为了吸引母亲的注意，很可爱。佳澄双手托住了有香柔嫩的脸颊。这让有香开心极了，发痒似的笑出了声。五岁的她是佳澄最中意的。

"没有哦。"

"说谎，住过吧?"

"我说了没有。"

有香的娃娃头两侧别着卡子，让佳澄仿佛看到了幼时的自己。她盯着那张脸入了神。孩子会带来已经遗忘的时间。有香似乎不能接受，又跑到正在穿鞋的道弘那里去问。

"爸爸，妈妈在北海道住过吗?"

"这个嘛，我也不知道啊。"道弘装傻。

"可是我只有爷爷奶奶啊。"

"妈妈是独自一人哦。"

道弘只说出了那一部分的事实。舍弃的故乡是已经不会再去的、没有现实感的地方，事到如今，连曾经居住在那里的经历都像做梦一样。为了中断话题，佳澄开始催促两个孩子。

有香在飞机上很不高兴。佳澄抱着已经沉睡的、像沉重的橡胶人偶一样瘫软的梨纱，用别扭的姿势让有香看窗外。透过圆角的长方形窗户，湛蓝的天空和洁白的云海清晰可见。

"瞧，能看到云海。快看，那么漂亮。你不是一直都很期待坐飞机吗?"

无论佳澄怎么说，有香都只是瞥上一眼。她那比同龄孩子娇小的身体像埋住座位一样趴在上面。约好在途中为她录像的道弘为了腾出长假连夜工作，一上飞机就昏睡过去了。佳澄觉得有香是因此才兴致恹恹。

"爸爸很累了哦。之后再录像吧。"

"那种事怎么都好。"

有香说了句大人话。

"那是为什么？"

佳澄觉得让女儿高兴起来很麻烦，但还是继续询问。她的心已经和先去一步的石山在一起了。过冷的空调让她起了一身鸡皮疙瘩。

"不是那样的。"有香摇了摇头，"我就是不想去。"

"会很开心哦。附近有个叫支笏湖的大湖呢，听说可以在那里划船。瑠璃子和龙平两个小朋友也在等我们哦。瑠璃子七岁，龙平四岁，正合适吧。"

有香就像表示才不上当一样嘴唇紧闭，没有回答。早上的欢闹消失到哪儿去了？如今让幼小的女儿消沉的东西是什么？是自己在故乡一事上说谎的缘故吗？还是女儿注意到了自己和石山的秘密计划？那不可能。为了安抚内心的情热和由此生出的疑虑，佳澄不停地摩擦着冷透了的皮肤。再次望向窗外时，漆黑的山峦从云海的裂隙中露出，距离意外地近。一阵寒意划过佳澄的后背，在耀眼的云层下发现潜藏于那里的黑色山峦，让佳澄心生畏怯，离家出走那晚的狂暴海潮声和吹过原野的风声突然在记忆中苏醒了。她曾将那情形当作她抛弃的那个世界的最后的抵抗，但显然是错的，那或许正是从此以后将要发生的事的预兆。莫名的不安瞬间掠过她的大脑。

但是，石山在等她。和石山的幽会难道不正是如今的"逃离"吗？

石山的后背就在眼前。佳澄想象着他灰色T恤覆盖的肉体，又想象着被那肉体按倒的自己。他人的肉体切切实实地进入自己的肉体，而有的东西只有通过肉体的接合才能明白。在佳澄看来，只有这点，才是排除今后可能出现的困难的唯一依靠。要与典子面对面，让佳澄的心情重重地低落下去。

帕杰罗穿过拱形招牌，驶上连错车都颇显困难的狭窄山路，事务所的平房出现在视野中。"泉乡别墅管理事务所"的小招牌挂在门口，周围茂盛地生长着黄色的一枝黄花、高大的高山蓍以及和黄花龙芽很像的泽兰等。佳澄想起了初中校舍所在的丘陵，令人怀念的北海道的花儿们夺去了她的视线。道弘注意到后院的晾衣竿上整齐地晾着床单和毛巾，便问石山：

"那里一直有人住吗？"

"管理员水岛先生住在那里。他退休前是自卫官，知道很多乱七八糟的东西呢，还教给我钓鱼的要点。"

经过管理事务所后，道路变成了陡峭的上坡，两旁都是苍郁的原生林。随着车的上行，森林的芳香和山间散发出的湿气越来越强，那呛人的气味让人在车里也感到窒息。

"别墅有几栋？"

"有七栋，但现在只有我家和另外一栋有人。啊，那是这里业主的家，姓和泉，所以这里叫泉乡。"

从管理事务所向上一百米左右，有一栋红色屋顶的巨大住宅。一小片平坦的草坪生长在斜坡上，周围盛开着向日葵和大波斯菊。玄关和窗户都是双层构造，格外坚固，符合寒冷地区的别墅特点，但雅致的造型又像极了明信片上瑞士一带的画面。房子旁边是车库，一辆古老粗犷的四轮驱动车停在那里。

"冬天要怎么生活呢？没有车会死吧。"

道弘与己无关似的悠然嘟囔道。

"这里似乎会冷得全都冻上，听说冬天是真没办法。"

"这种地方的别墅还真奢侈啊，石山先生。"

道弘的语气透着嘲讽，但石山却回答得很认真：

"不，只要住进来，就没有不能住的事。现在和泉先生就住着呢。"

"工作怎么办？"

"工作上也可以转成自由职业，总之会有办法的。"

"设计师真不错啊，那么自由。"道弘羡慕地笑了。

听到道弘的话，石山露出复杂的笑容，透过后视镜看着佳澄。石山刚才所说的计划，根子上恐怕是有佳澄存在的。她感到欣喜，但对于深知北海道严冬的她来说，又不得不觉得那就像是荒诞故事。

这片土地酿出的漠然的不安开始在佳澄心中生根，一定都是因为那巨大的湖让她感受到了和漂浮在故乡村子里的一模一样的水的气息。对于她来说，水的气息并不意味着丰饶，而是绝对无法抵抗的荒凉的象征。但是，佳澄的这份不安并没有传达给石山，这是本应一心同体的石山和她之间微小的偏离。她的心中充满焦躁与强烈的后悔：她不该离开东京，也不该归来。

经过据说在薄野经营连锁酒馆的丰川家，道路尽头出现在眼前。那里就是山顶，他们已经从管理事务所往上开了两百多米的山路。开阔的空地似乎能停下好几辆车，一辆藏青色的吉普停在那里，应该是丰川家的。

"这里是停车场吗？"道弘问。

"也是调头的地方，因为路上没法错车。"

右侧是颇有角度的斜坡，附带一段陡峭的水泥台阶，上面就是石山的别墅。别墅共两层，属于大量使用圆木的北欧风格。家门前与和泉家一样，是一块铺着草坪的小庭院，少女正一边荡白色秋千一边俯瞰这边。那应该就是石山的长女瑠璃子吧。佳澄一挥手，瑠璃子便开心地跳下秋千，跑到台阶旁。

"啊，到了啊。别顾虑，慢慢来。"

典子伴着两个孩子出现了，一条印度印花布长裙搭配颜色相称的T恤，体态优雅。已经好几年没见了，佳澄咽了口吐沫。她不能让典子看破他们的事，但又不想体会失败感，同时心中也怀有愧疚。所有这些迅速在佳澄心中混成一团，让她疲惫不堪。她最不擅长为别人着想，只想尽快解放内心，奔向自由的方向。石山笑容满面地站在妻子旁边。当佳澄告诉自己得学着他，露出苦涩的笑脸时，典子一脸亲昵地招呼起佳澄他们来。佳澄觉得被占了先机。

"欢迎。真是好久不见啊。"

"谢谢你们的招待。"道弘报以僵硬的寒暄，"我一直受到石山先生的照顾，却还厚着脸皮来打扰，真不好意思。"

"不，我们才是，石山总是受你们的照顾。虽说是个偏僻的地方，还请多多放松。孩子们也一直期待能见到你们。"

典子的话语就像悦耳的音乐流入耳朵。石山的孩子们默默地注视着第一次见到的客人。七岁的瑠璃子身体结实，眼睛大大的，长得与石山格外相像。四岁的龙平则小巧白皙，看起来十分老实，额头像典子。

"真是个好地方啊。"

佳澄牵着稍显紧张的孩子们，登上陡峭的台阶。

"是吗？购物也很困难，实在不方便啊。我是想到石山喜欢钓鱼就没再反对，但应该不会再来了。还是请各位使用吧。"

典子瞪着石山，开玩笑一般说道。道弘露出谄笑。

"那可就太可惜了啊。"

"就算想在山上走走，森林里也没有路，进不去。如果没车，就哪儿都去不了。无事可干还真让人头疼。我还是更喜欢札幌。"

石山的话语在佳澄的大脑中苏醒："也就是说，我老婆和森胁先生不是就都来不了吗？"一切都像最初担忧的一样，以至于让人害怕。

"对孩子们来说不错吧。"道弘调解般说道。

"是啊，但别墅区不是要适当整备一番才好吗？网球场啊，游泳池啊，还有便利店之类。"

石山苦笑着。

"这不是挺好吗，什么都没有，我是觉得很舒服。"

"你是只要能钓鱼就行。"

"你也钓不就好了，很有意思呢。"

"哎呀哎呀，钓什么好呢？晚上的小菜？每天晚上都吃红鳟鱼，可是会腻的。"

"不会钓上来那么多的，你过于自信了。"

这是一对关系良好的夫妇的对话。佳澄心中不快，道弘也不好意思地望向湖的方向。但是支笏湖被高大的树木阻挡，从这里无法看到。有香和梨纱快步跑到了庭院里的秋千旁，石山的孩子们则不情愿地注视着，抗议般仰望着典子。佳澄为了看住两人而得以离开，这让她放松下来。

"对了，森胁先生，你们吃午饭了吗？"

"啊，吃了些。"

道弘客气地撒了谎。下到湖畔也只有休息处的食堂，使用不怎么相熟的人家的厨房做午饭也很麻烦。孩子们饭量小，不如玩起来更开心。听到道弘的回答，佳澄松了口气。

"我们这里什么也没有，但我准备了三明治，请用吧。"

典子的态度无懈可击。

"不，不用了。"

石山若无其事地忽略了道弘的客气，提出晚餐的方案。

"晚上去湖边的店吃烤肉吧，稍微休息下。"

"就那么办吧。"道弘败下阵来，瞥了佳澄一眼，"可以吗？"

"嗯。"

"那也喝点儿啤酒吧。"

听到佳澄的回应，男人拿着行李走进了别墅。佳澄没有可去之处，连旅途的衣服都没有换下，就那样站在典子旁边。她犹豫着是否要去在庭院里开始玩耍的孩子们身边，但又觉得对典子失礼，始终心神不宁。她很想嘲笑自己的笨拙，惯于交际的典子已经将她彻底压倒。午后的阳光透明而炫目，典子在阳光中眯起眼睛，笑着看向佳澄。

"真的好久不见了啊。你还好吗？"

"嗯，偶尔也请来我家坐坐吧。"

"不好意思，石山总是打扰你们。"

典子周到地表示谢意。佳澄不快地沉默不语。一瞬间，典子似乎忘了先前的笑容，眼神空虚地看向森林。是因为石山，佳澄如此直觉。一想到在这里的自己才是让典子痛苦的罪魁祸首，她曾格外难受。但是真正与典子面对面后，除了羡慕她与石山生下孩子、与石山共同生活的这一切，一种喜欢同一个男人的连带感也悄然涌出，真是奇妙。

"佳澄，你来过北海道吗？"典子突然问。

"嗯，来过。"

佳澄仍然没能说出她是在这里出生长大的。

"我啊，总觉得这里让人很不舒服。"

"怎么说？"

"我也说不好，但这里的草叶什么的那么大，很恶心吧。我总觉得自己被带到了原始时代，森林那边似乎会啪的一下冒出恐龙的头来。"典子似乎觉得自己说了傻话，不好意思地笑了，"还有支笏湖。我们问了水岛先生，那是火山湖，所以湖底有树枝，透明度高的时候看起来就像白骨一样。听说还有动物的尸体之类的被树枝挂住浮不上来。有点毛骨悚然吧。"

典子和自己的心情一样。石山和道弘都没注意到，只有典子感应到了和自己相似的东西，实在不可思议。

"我说了多余的话。佳澄，你们很忙吧，你家的行业也很不容易吧。"

典子的说话方式让人感觉到了年长者的从容。

"是啊，我家的工作很零散。"

"哪里都不景气啊。"

典子的回答毫无破绽，似乎不想再深入这个话题，但也许更是因为她对制版业并无兴趣。

"佳澄，你要是做什么菜，请不要客气，用我家的食材就好，米和鸡蛋都有很多。如果你不嫌弃,还请尝尝我做的。"

"真不好意思。"

佳澄像穷学生一样低下头。在典子面前,她感到自己成了一无所能的尚未成熟的年轻人。因为背叛才来到这里,石山的妻子却如此亲切相迎。石山真的明白佳澄的困惑吗?这无疑也是"偏离"之一。

到了下午,孩子们也已经打成一片,在院子里玩儿得入了迷。这座别墅位于最里面,无需担心有车来。周围是郁郁葱葱的森林,也没有会让人迷失的道路。只要注意石阶,连幼儿也可以放任不管。

别墅一楼有浴室、厨房和玄关旁边用作储藏室的四叠半[1]房间,以及直通屋顶的宽敞客厅,二楼则有三间大卧室,佳澄他们借住了其中一间。稍事休息后,大人们集中到了客厅里。家具几乎没有任何装饰色彩,但也搭配了暖炉和宽大的布沙发。暖炉上方,一大束野草点缀着白花插在大罐中,配以美丽的树枝和树叶。典子端出公司三明治,又将加了核桃的沙拉分给每个人,根本轮不到佳澄出场。

"这里不会有棕熊什么的吧?"

初访北海道的道弘一边眺望院子里的孩子们,一边担心地说。石山打开罐装啤酒请道弘喝。

"我问了水岛先生,听说有是有,但不会下到这里,应该没问题吧。"

每个住在北海道的人都会担心在进山时遇到棕熊。佳澄正带着

---

[1] 1叠约为1.6平方米。

这样的思绪发愣，发现石山正从桌子对面注视着自己。她抬起眼睛，两人的目光在瞬间交错。仅仅如此，她便感到一阵心跳加剧的喜悦。石山看向佳澄的眼神比注视其他人时要更加温柔，时不时流露出男性的欲望。自己恐怕也是如此吧，佳澄不禁担心起他们的感情是不是太过浓密欲滴，不由得偷偷看向道弘和典子。两人仍在继续棕熊的话题。

"棕熊会游泳吧。"

"要是在支笏湖上划船时有棕熊游过来就麻烦了。"

"不至于。"

典子一脸愉悦地笑道。看到典子如此平易近人，道弘或许是安心下来，一副满意的模样，只与典子说个不停。典子一边应和道弘，一边用两只手拢起撒在桌布上的面包屑，不停地往烟灰缸里扔。男人们一摁灭烟，就会点燃面包屑，房间里瞬间充斥着吐司的香气。这个女人深知家人团聚时的温暖，而且似乎并不认为卷入石山的交际圈有多麻烦。对方无论年龄、环境还是生活方式都明显与她不同，她却有着不露声色的聪慧。看到道弘带来的葡萄酒，她也大为欣喜。

"从来没买过这么高级的葡萄酒，真开心。"

佳澄回忆起婚礼上见过的典子的朋友们那优雅的姿态，都是需要花费金钱与时间的趣味与服装。年轻时她空想过的生活就在那里：如果结婚对象是有钱人——净是此类幼稚的空想。例如在庭园里种上喜欢的花草，摆上海边捡来的石头。不是故乡海滨那种满地都是的脆弱砂岩，而是南方海岛上由洁白的珊瑚形成的坚硬石头。然后将摘自庭园的花做成插花，再选择自己喜欢的家具，像是高昂的熟皮椅子或用光泽的木材制成的桌子。还有中东地区的地毯，以及外形和颜色皆中意的车。一切都曾是佳澄的梦。就像故乡的生活如梦中世界一样，那些想象也只不过存在于梦中世界。佳澄拥有的只是夹在两者之间的现实生活。但是在这世上，确实有现实生活与佳澄的梦境一致的人。一边是父母在那海边，另一边是典子这样的人，这曾带给佳澄纯粹的惊异。自己是不是就像个孩子？佳澄望着典子那毫无炫耀色彩的银手环和保养极佳的皮肤。

在佳澄看来，自己和道弘应该都不会引起典子的兴趣。就拿衣服来说，道弘是土气的POLO衫搭配便宜的裤子，自己则是从结婚前就开始穿的男式衬衫加休闲裤，简直就像是穿去超市购物的。他们的生活没有歌剧、绘画或小说，考虑的只有票据的支付。孩子们的衣服也明显不同。有香与梨纱穿着从邻居那里收到的旧T恤，而瑠璃子一身简洁的印花布无袖夏装，和典子的是亲子款，格外雅致。但是，佳澄想：如果你生在我的村子，你就会像我一样。她一边确信着这点，一边望向典子标致的侧脸。她丝毫没有嫉妒或羡慕典子境遇的意思，但是那个疑问仍像夏日的云一样从她内心的一角涌出。明明有这么出色的妻子，为什么石山会爱上自己这样的女人？她不自卑，也不觉得自己低人一等，只是这种不妨说是感到人真是不可思议的情绪捉住了她不放。典子注意到了佳澄投来的呆滞目光，便温柔地回望过去。

"佳澄，怎么了？累了吗？"

"不，没关系。"佳澄摇了摇头。

"看你有些恍惚呢。"典子起身为佳澄倒了杯冰水，"喝点凉水怎么样？"

庭院前方传来一阵吵闹。一看，孩子们一起带着一位老人走了过来。

"有客人呢。"

"敝姓和泉。"

白发男人穿着褪了色的钓鱼背心,双手扶膝,弯下腰身,不苟言笑地打了个郑重的招呼。那样子仿佛身体里长了个讨厌的虫子,一直在意得不得了,怎么也提不起兴趣。众人被这份气势压倒,全都默不作声。老人姿态挺拔,被太阳晒黑的粗壮脖子刻着一层又一层深深的皱纹。这就是和泉带来的印象:他就像一棵纹丝不动的大树。

"让您特意前来真是抱歉,我们本想去拜访您的。"

石山惶恐地站起身。和泉用关节突出的大手制止了他。

"不。刚才丰川先生家院前死了条狗,所以我和水岛来看看。说是顺便过来实在不妥,但你们难得来一次,我就想着过来打个招呼。"

"这附近有野狗啊。"道弘一脸惊讶。

"不,没有。"

和泉摇摇头,冷冰冰地否定了。随后他看向佳澄的眼睛,又礼貌地低头致意。

"夫人,感谢您买了这么偏僻的地方。"

佳澄没能立刻做出反应。典子一副妻子的模样,就默默坐在石山身边,而自己和道弘相邻,应该不会弄错。和泉的误会难道有什么意图?石山也动摇起来,瞬间倒吸了口气。典子颇觉奇怪地笑了出来。

"和泉先生,我是石山的妻子。"

"哦呀,是吗?"

和泉也没有道歉，来回看了看典子和佳澄，微微思考了片刻，那表情似乎在说自己竟然弄错了，真是不可思议。石山慌忙说道：

"这是我妻子典子。那边是森胁两口子。"

"你们好。"

和泉向道弘轻轻致意。道弘一脸莫名其妙，氛围变得微妙起来。典子像打圆场般问道：

"和泉先生，那狗到底是哪里的狗？"

"那是旺季过后被抛弃的猎狗。可能是迷路了吧。可是竟然爬到这里，也太不聪明了。湖边的话有剩饭，还可能被游客收养呢。"

"是怎么死的啊？"

"是饿死的。"

"真可怜。"

"太悲哀了。"

典子和道弘都皱起鼻子，但佳澄没有任何感觉。那种狗就是走向死亡的命。儿时和野狗在海边玩耍的记忆在佳澄脑海里复苏，野狗们就靠佳澄家里的剩饭生存，正因为知道这一点，它们才只对佳澄友好。

石山请和泉进屋。"和泉先生，一起坐坐怎么样？"

"不，不了。"和泉明确地举起了拒绝的手，面向庭院招呼道："喂，水岛，不打个招呼吗？"

中年男人从院中探出脑袋，不知从何时起就在那里了。他似乎很喜欢孩子，和龙平牵着手。

"你们好，我是水岛。"

"石山先生已经知道了吧，我是这里的管理员，有什么问题请告诉我。"

水岛是个秃头的中年男人，体形粗壮，一身工作服搭配橡胶长靴。演员般的五官长在轮廓鲜明的脸上，声音也朗朗有力，只有柔和的目光打破了平衡。典子瞬间露出了不快：她显然是讨厌那双处理过野狗尸体的手接触孩子。

"那我就此告辞。"

和泉和水岛刚匆匆离去，典子便长出一口气。

"不好意思，总觉得累了。我能不能去睡个午觉啊。"

"我来看孩子。"

"我去洗盘子。"佳澄说道。

典子说着抱歉，脚步沉重地走向二楼。佳澄碰了碰道弘的胳膊。

"你不累吗？一直熬夜。躺一会儿怎么样？"

"也好。"道弘起身伸了个懒腰。佳澄和石山都满怀期待地等着道弘从视线中消失。佳澄觉得自己和石山真是恶魔，背叛彼此的配偶，蔑视他们，伤害他们。但是她无法抵抗。一时间，两人就这样麻痹般相向而坐。

"妈妈呢？"

瑠璃子突然从院中向屋内张望。石山咽了口吐沫，装作毫无异常般点了根烟。

"妈妈在午睡。"

"又午睡啊。"

瑠璃子毫不关心地丢下一句话，重新回到了游戏中。四个孩子在庭院里重新玩起了在地上挖洞灌水的游戏。石山看了看佳澄。

"去储藏室吗？"

"再过一会儿。"

"我已经不能忍了。"

"那你先去。"

在来别墅之前，两人已经约好在储藏室偷偷会面。石山若无其事地走向玄关旁边的四叠半房间，佳澄则迅速在厨房洗好餐具。她侧耳倾听二楼的动静，确认鸦雀无声后，便追在石山后面。这份胆量让她的腿微微颤抖。轻轻一敲，石山打开门，立刻将佳澄拥入怀中。这是一间只在高处有一扇小窗的西式房间，阳光照不进来，散发出霉味儿的被子和靠垫杂乱地堆在一起，里面有张只有床垫的窄床。

"我好想你。"

佳澄心神不宁地瞄向走廊的方向。石山性子很急，搂过佳澄就去解她裤子的拉链。

"还是算了吧，我很担心。"

嘴上这么说，佳澄却拉着石山的手伸进衬衫去摸自己的胸部。她一直处在亢奋中，不知是因为家人就在同一屋檐下，还是因为和泉把她错认成石山的妻子，让她觉得额头上盖了个印记。哪个理由都好。她陷入了连自己都感到惊讶的迷乱，喘息着，却又压住声音，紧紧搂住石山不放。她的兴奋也传递给了石山，让他比平时更用力地咬住了她的嘴唇。"抱歉。"石山声音嘶哑地道了歉，"好像出血了。"

那种事怎样都好。快把我毁掉吧——对于佳澄来说，自己这样的想法才是最可怕的。

佳澄移开嘴唇，恳求道："我说，还是走吧。"

看到佳澄变了主意，石山失望地松开了手。

"我知道了。我先出去。"

石山用手背擦了擦嘴唇。他打开门，来到走廊上，不一会儿便嘟囔了一句"没问题"，于是佳澄也跟着出来了。出发前，两人商量好其中一方要立刻出门装成散步的样子。有那么一瞬间，佳澄从走廊仰望了二楼一眼，那里没有道弘，也没有典子。石山已经趿拉着拖鞋出去了。佳澄走向厨房，看向餐具架的玻璃门映出的自己，被咬过的嘴唇稍有些肿。她在玻璃杯中倒满自来水，端到嘴边。脸上的热正在冷却，她盼望着，要是心也能渐渐平静就好了。庭院中，孩子们依然在欢笑玩耍。这夏日的傍晚如此安稳，以至于让她觉得刚才就像做了场白日梦。

2

一觉醒来，已近上午九点。明明睡眠不足，身体却重得要命。被石山拥抱的记忆不仅留在心里，还遍及了全身，从脚趾尖直至发丝。那份记忆已然变成了一种充实感，让佳澄的血液静静地沸腾。喝多了的道弘就在旁边，打着酣睡得正香。虽然对道弘感到抱歉，但佳澄总是不觉间就做出了比较。和石山在一起，她无时无刻都想让身体的某个部分和他触碰，因为和石山之间的一切，不，是肉体上的一切，似乎都像是为佳澄量身定做般那么天衣无缝。她想在石山的怀抱中睡到天亮，只要一晚就好。在爱情旅馆短暂相逢时，她曾企盼两人能在一起超过两个小时，哪怕没有肉体的结合，但欲望似乎是始终无限膨胀的东西。达成了一个，便会想要再进一步，更进一步。佳澄轻轻吐了口气，在轻柔的羽绒被里伸了个懒腰。抬眼一看，窗帘的缝隙中是北国那带着白光的蓝天。来到这片土地曾让她感到漆黑的不安，然而如今却成了笑话。她带着胜利者的骄傲再次抬眼望向天空，这才察觉到和平时截然不同的安静。孩子们似乎已经自己起来出去了，被子也成了空壳。佳澄慌忙收拾完毕，来到楼下。

朝阳斜射的客厅沉淀着酒精的臭气，光带中飘浮着细小的尘埃。是廷德尔效应。教给佳澄这个词的也是石山。葡萄酒瓶、啤酒罐和开了封的零食袋乱七八糟地散在桌上，让早晨清澈的氛围黯淡了下来。但是，把收拾的工作拖到现在的不是别人，正是他们自己。昨晚，道弘醉得一塌糊涂，典子则早早就钻回了卧室。天赐良机，佳澄和石山在客厅的沙发上吻着对方，急匆匆地交缠了一次。罪恶就在这里，佳澄环视房间。她也逐渐有了确认有没有留下什么痕迹的强韧与冷静。

佳澄想去找孩子们。哪里都看不到她们的身影，也听不到声音。虽说不用担心交通事故，但身处寂静山中本身就勾起了佳澄的不安。不仅如此，她和石山宁可背叛彼此的家人也要成全欲望，这件事也让她抬不起头。她的心底有种畏惧：难道不会像来的途中看到的摇摇欲坠的别墅一样被森林的气势吞没吗？

本应在玄关的孩子们的鞋全都不见了，四个人肯定一声没吭就出了门。佳澄下到水泥地上，正在系运动鞋的鞋带，恰巧起来解手的道弘沿着楼梯下来了，身上还飘着一丝酒臭。

"昨夜到很晚了吗？"

"差不多喝到了三点吧。"

"你没收拾吗？这可是别人家。"

道弘不满地看着客厅的样子。

"石山先生说不用管，我就先睡了。你自己还不是醉得一塌糊涂。"

佳澄偷偷地藏起自责的念头，换作抗议。这真是任性的狡猾，但道弘却直率地道了歉。

"对不起，肯定是因为工作太累了。"

说出工作两个字的瞬间，道弘露出了想起苦涩事情的表情，两手搓了搓迷蒙的脸。

"有香她们呢？"

道弘眯起眼看向庭院。

"似乎是大家一起擅自出门了，我去外面看一眼。"

"我也去。"

两人来到屋外。气温有点低，只穿一件短袖T恤会感到冷。对面环抱湖水的山脚飘着一层白雾，从湖面上方缓缓消散，蓝天越来越浓。真是个美丽的夏日清晨。佳澄走下石阶来到路上。

"去哪儿了呢？"

两人开始沿着黑色的沥青路向下走。一种发现堵塞了佳澄的心：对于欺骗道弘一事，她已经渐渐不再有罪恶感了。她和石山切切实实地破坏了彼此的夫妻关系，一刻不停地构筑起新的关系，速度之快让人恐惧。他们始终明白，破绽终会从某一方到来，一方崩塌了，另外一方也难逃此命。他们走在道路的边缘——佳澄盯着路肩旁的排水沟想道。排水沟里堆积着掉落的虫子尸体和枯叶。若从边缘掉落，便会被埋在底下生活。但佳澄觉得那样也不错。

五十米开外的右下方出现了丰川的别墅。佳澄想起，昨天和泉提到，在丰川的庭院里收拾了狗的尸体。就在这时，坡道下方传来了孩子们的喧闹声。他们不由得跑过去一看，孩子们就在丰川家前面。一个年轻的男人坐在道路正中，孩子们在周围时而七嘴八舌，时而捡捡树叶。

"妈妈!"

很快便发现佳澄的有香和梨纱跑向这边。坡道很陡,无法立刻过来。

"那是丰川的儿子吧。"

年轻男人缓缓站了起来,一边掸着短裤臀部的灰尘,一边等着佳澄他们。有香猛地撞向佳澄的腹部,气喘吁吁地抖动着肩膀。不知何时,她已经穿上了喜欢的绿色T恤。这件总要趁晚上洗了晾干,若不给她每天穿,她就会情绪低落。

"不说一声就出门可不行啊。"

"对不起。"

"都去哪儿了?"

"去了下面的房子,但还在睡觉,门关着。"

"哪里的房子?"

"和泉先生家。"瑠璃子回答。

孩子们你一言我一语地说了起来。四个人似乎走到和泉家又回来了。佳澄惊讶地和道弘面面相觑,年轻男人往前探头,打起了招呼:"你们好。"

"是丰川先生吗?"

"嗯。"

不知是不是因为害羞了,丰川的儿子看向一旁。他眼形细长,身材瘦高,红褐色的头发系在后面。佳澄想起了那个在故乡的海边只住了一个夏天的男人。男人有二十五六岁,他告诉当时还是高中生的佳澄,自己已经过了两年多的帐篷生活——

"这两年我一直在印度和巴基斯坦旅行。我不想回来,但签证到期了，就回来了。一看机票，写着可以选择到成田或札幌。我苦恼了一阵子，因为还不想回东京，就选择了札幌。但那里和我合不来，我就在各处的海边辗转，终于到了这里。总之我觉得最中意这里。"

"好在哪里呢？"

"谁知道。"男人一副自己也不明就里的样子侧过头，看着发黑的沙子。

"印度啊，巴基斯坦啊，是什么样的地方？"

听到佳澄的问题，男人仰望着阴天思考了片刻。

"就是时间不会流动呢。我时不时会想，浦岛太郎过的应该就是这样的生活。"

男人说到这里，露出了略显心不在焉的笑容。佳澄惊讶于去过海外的男人竟然也会喜欢这种海边，于是每天都去找他玩。男人在岩石背后支起橙色的小帐篷，一天到晚几乎都在睡觉。他有一台音质很差的小随身听，总是反复听同一盘磁带。一听到吉米·克里夫的《不速之客》，他必定会满眼陶醉地露出幸福的微笑。每当他拿着树脂桶到佳澄家取水，父亲便会表现出露骨的厌恶。"不劳者不得食啊。"每次听到这话，男人只会浮现似笑非笑的表情，一言不发。暴风雨到来的那晚，男人终究还是收起帐篷离开了。

丰川的长子很像那个青年。佳澄盯着他：难道他转世了？

"阿姨，哥哥那里有只狗死了呢。"

龙平特意跑来告诉佳澄。道弘背着梨纱刚迈开步子，回过头来说了声"是啊"。

"死在哪里了？"

佳澄问丰川的儿子。他回头看了看家的方向。

"院子里。我妈说有臭味，我爸就去看了看，结果发现了狗的尸体，全家都慌了。"

"那死了有些日子了吧。"

道弘一脸嫌恶，但丰川的儿子面无表情。毫不受他人感情影响这点也和那个男人一模一样。

"唔，好像是的。大家都没看院子，谁也不知道。"

"水岛先生是怎么收拾的？"

"这个嘛，就是拿了塑料袋过来，说着好臭好臭，跟和泉先生两个人一起装进去了。"

龙平炸锅般地笑开了。"好臭好臭！"有香也饶有兴趣地一起重复。"好臭好臭！"丰川的儿子看着胡闹的孩子们，少年的脸上露出了笑容。

"你们快别这样了。"稍微年长的瑠璃子制止了两人，语气有点像典子。

"那院子里岂不是也很臭吗？那种气味很难消除呢。"

"但是院子谁都不去，我妈也说反正会下雪。"

"真不敢相信，要是我绝对很不舒服。"

在回去的路上，道弘一腔不满，下雪这个理由恐怕让他很难释然。佳澄觉得很好笑，如果换成道弘，也许会消毒后再把土全部扔掉。在这里，一下雪，地面就会冻上，半年间不再露面。等到春天一来，大家已经忘得一干二净了。

过了十点才终于起床的石山听到孩子们早上的冒险，心情似乎十分愉快。他叼着烟，笑眯眯地摸着得意洋洋地向他汇报的龙平的头。乱糟糟的胡茬，起床后的沙哑声音，穿久了的T恤勾勒出显眼的肩胛骨和脊柱之间的凹陷。佳澄拼命压抑着想要跑到石山身边的冲动，她想嗅着石山皮肤上的气味，想用手指摩挲着那脊柱。

佳澄一直觉得石山是个光滑的男人，仿佛被打磨过的大理石。他总是衣冠整洁，用灵巧的指尖写出圆体字，讨厌粗鲁的言语，也不喜欢粗糙的工作。但是，现在的石山粗犷而野性，在佳澄眼里成了全新的魅力。她强烈地想要更多容器，以便能容下石山。今早感受到的身体和心灵的充实感正在像退潮一样干涸。现在就想得到。对石山的全新渴望折磨着佳澄，仿若炼狱。为了自我克制，佳澄呼出一口气，垂下眼帘，用余光发觉典子冰冷的视线一直都在观察自己，她的脸不由得僵住了。石山的声音传来："好，明天就把和泉先生敲起来。"

龙平露出得意的笑容。典子那染成了茶色的头发乱蓬蓬的，和昨天完全不同。她双手压住头发的样子就像在压抑着愤怒。

"那样岂不是给人家添麻烦了。"

"我当然是在开玩笑，可别给我当真啊。"

愤怒从石山的脸上凸显出来，典子眉间立刻蒙上了阴云。两人从走下楼梯开始就剑拔弩张，连踩在楼梯上的脚步声都高了八度。昨晚的事情暴露了吗？佳澄坐立难安。她拉起龙平和梨纱的手，招呼道："去院子里吧。"两人高兴地跑了出去，只有有香停在原地，用不同寻常的不悦表情疑惑地仰望着石山他们。讨厌争吵的道弘瞥了一眼石山二人，说了句"我再睡一会儿"，便匆匆去了二楼。

"孩子总会立刻就想行动，不要给他们灌输奇怪的想法。"

佳澄装作边看庭院边喝咖啡的样子，竖起耳朵听着。像道弘那样回避可能更好，但只要是石山的事，她都想注视到最后。

"那种事就算是孩子也不会做的，你别想多了。"

"我可没想多，你才是反应过度。"

"在别人面前适可而止吧。"

石山这顾及佳澄的说法让她回头看向了典子。典子眼中带刺。佳澄静静地回望着她，自卑感已然消失，有的是从心底爱着石山的自信。对佳澄来说，就算在这里露出破绽也无所谓了。

典子低声说道："因为是在佳澄面前吧。"

"你什么意思啊？"

"我没什么意思啊。"典子似乎有些不解，总之先向佳澄道了歉。"对不起，佳澄，让你见笑了。"

"不会。"

有香茫然地望着大人们的往来。佳澄牵起有香的手，硬是把她带到了阳台上。有香被佳澄拽着，眉头始终没有松开。她似乎认为是自己或自己的家人做了坏事，才让石山和典子吵架的。

"有香，如果只有你们小孩子去散步，一定要和妈妈说哟。"

佳澄叮嘱了大清早散步的事，有香老实地点点头，恢复了精神，终于跑去加入到游戏的队伍中。佳澄回到客厅，但石山已经不见踪影，典子背影僵硬地站在厨房，正准备煮午饭的素面。佳澄想回到卧室躺在道弘旁边看书，爬上楼梯。没有车就无法到镇上，附近也没有散步的地方，眼前只有下山的一条路，仿佛被关在了苍郁昏暗的原生林中。

"佳澄。"

典子回头招呼道。佳澄停在楼梯中间。

"怎么了？"

"适可而止吧。"

佳澄的身体冻住了，和典子四目相对。那目光中若是潜伏着愤怒或憎恨倒也还好，可典子分明是在蔑视她。

她终于问了出来："你指什么？"

"我是知道的。别让我再说了。"

典子扔下这句话，迅速转过身去，朝咕嘟咕嘟煮沸的热水中扔进一把素面。素面很快就会煮好吧。佳澄开始上楼，脑海中浮现出典子粗暴地将热水倒掉的样子。每迈上一级台阶，佳澄便会咬紧槽牙，决心更加坚定，更加不可动摇。她没有考虑该怎么办才好。道弘也好，孩子们也好，自己也好，典子恐怕会继续一成不变地对待，若是如此，那自己家这边不也只能像以前一样吗？就算明白那是背叛，但她是为了和石山见面才来的。

道弘一直在一无所知地张着嘴睡觉。佳澄他们的房间就在玄关的正上方，能俯瞰庭院。佳澄打开蕾丝窗帘，两肘支在窗框上，托着腮，心不在焉地看向外面。四个人在草坪上你追我跑，孩子们的无忧无虑不由得勾住了佳澄的目光。他们终究会忘掉石山夫妇的争吵，但是孩子的记忆中总会留存着一些意想不到的细节，时不时让佳澄惊讶。她想起了有香畏怯的脸庞：这件事到底会怎样留在有香的心中呢？当女儿终有一日明白错不在他处，而正在于佳澄时，会不会心生怨恨呢？那种事已经无所谓了。佳澄觉得自己正身处荒野，风从对面直吹而来。她将脸埋进双手。

石山一直站在庭园一角。他装作一边抽烟一边看着孩子的样子，冲佳澄晃了晃手表，然后右手伸出两根手指。夜里两点。佳澄点点头。

蹑手蹑脚在黑暗中前行，前方立刻出现了石山的气味凝成的固体，那是肥皂和沁入身体的河川的气息。佳澄冲进了那个怀抱，就像在那个电梯中一样。

"你真的来了啊。"

"你才是,典子已经发现了。"

"我知道,是我不好。"

"但是,我……"

"什么都别说了。"

两人在耳边嗫嚅着,如纠缠般牵着手快速钻进了玄关旁边的小屋。屋里一股霉味儿,伸手不见五指。但那又算什么呢。两人连脱掉衣服的耐心都没有,就那样抱着倒在只有冰冷床垫的床上。在一片漆黑中,佳澄用手探索着压在身上的石山厚重的身体,抚摸着他的脸颊,连小腿上的伤痕都用脚趾去触碰,确认着他的全身。

"真想就这样直到永远。"

"就这样吧。"

"到什么时候?"

问出这句话,佳澄不禁想:自己到底在追求什么?破灭已经清晰可见。能从破灭中创造出只属于两人的新世界吗?但是哪怕只有一刹那,这间又潮又暗的房间确实就是只属于两人的新世界。当石山进入佳澄的体内,佳澄发出了高亢的声音。若是能这样和石山生存下去,她甚至觉得抛弃孩子也在所不惜。

八月十一日早晨,枕边啪嗒啪嗒的声音吵醒了佳澄。有香和梨纱起得很早,穿好了衣服。两人都穿了绿色T恤和白色短裤。

"已经起了吗?"

"妈妈,早上好。"

有香在枕边盯着佳澄,原本剪得整整齐齐的刘海睡得东跳西翘。佳澄伸手为她弄好头发,问道:"现在几点了?"

"不知道。"五岁的有香时间观念还很模糊。身旁醒来的道弘看了看手表,代而答道:"不到七点。"

"让我再睡一会儿吧,拜托了。"

道弘窸窸窣窣似乎要起来。

"那今早我先起了。"

"谢谢。有香,天气还冷,穿上开衫,梨纱也一样。"

佳澄盯着女儿们在T恤外面套上黑色的棉针织开衫。一闭上眼,有香就凑过来。

"妈妈,你困吗?"

"我很快就起,对不起啊。"

佳澄双手捧住有香的脸,摸了摸她的头。见此情景,梨纱也撒娇似的靠了过来,于是佳澄又重复了一遍。听着三人走出房间的声音,佳澄闭上眼睛。回到这个被窝里不过三个小时,她被羽绒被的温暖缠绕,心想,石山的身体更加炽热。感触的回味到底有多幸福呢。佳澄用皮肤回忆起了石山。睁开眼睛,现实正在等着自己,是和典子对抗的现实。多想在梦中再漂浮一会儿。

不知睡了多长时间,直到道弘"喂"的一声把佳澄摇醒,她都在做梦。她梦见和石山、有香一起在支笏湖上乘船。山峦直逼眼前,水深得让人不可置信,溢满了四周,佳澄他们无依无靠地浮在表面。石山连桨也没拿,只是眺望着群山。涟漪荡起,船晃晃悠悠,佳澄不安难耐,石山和有香却愉快地笑着,凝视着佳澄的眼睛。梦如此奇妙,仿佛他们三个就是一家人。

"喂,有香不见了。"

佳澄惊得一跃而起,一看表,七点四十五分。她也不知道究竟发生了什么，慌忙穿上衣服。

"到底怎么回事？"

"刚才孩子们一起去散步了，但梨纱说想上厕所。我进到家里的工夫，有香好像一个人又出去了。我立刻去追她，可哪里都找不到。"

"怎么会这样！"

话一出口，声音就慌得开始颤抖。立刻就会找到，着什么急——想是这么想，但昨晚那抛弃孩子也在所不惜的念头和刚才梦里的光景浮现在脑海中，心中涌起的净是不祥的预兆，让佳澄无所适从。

"家里呢？"

"找了啊。没找的就是……"道弘停了一下，"只有石山先生他们那里。"

"怎么会，不可能在那儿吧。"

佳澄瞬间想到是否要把他们叫起来找找他们的房间，但那也许只是杞人忧天，而且一大早就打扰也实在抱歉，她感到犹豫。道弘似乎也抱有同样的想法，断言道："在外面，绝对的。"

剩下的三个孩子正在楼下安安静静地喝牛奶。亲眼确认少了有香，黑暗的不安立刻袭向了佳澄。

"在这里别动啊，我们去找姐姐。"

孩子们神情黯淡地一齐点了点头。有香发生了什么。就算再年幼，也明白这一点。

佳澄和道弘藏起焦躁的内心，将别墅周围的山路找了个遍，连空房子的地板下面也窥探过了，但哪里都找不到有香。别墅就在仅有的道路尽头，要说有香去哪儿了，只可能是沿着道路向下走。无路可走的山中生着茂密的原生林，连大人进去都困难。然而路上并没有有香的身影。

"再说得详细点儿啊。"

佳澄冲下晨间的山路，厉声追问道弘。她的鞋带已经开了，脚下绊了好几下。或许是因为惊慌失措，道弘也说得磕磕巴巴。

"是这样，四个人一直散步到丰川先生家下方，结果梨纱说要上厕所，大家就立刻回到别墅来了。有香说想再走一会儿，看起来不太高兴，于是我说稍等一下，便赶紧带梨纱去厕所了。回来一看，只有有香不在。我问瑠璃子和龙平'有香呢'，他们说她'一个人下台阶去路上了'。我把三个孩子留在别墅里去找，一路向下，却哪儿都没有。和泉先生家也去了，可对方说没来。我也担心留下的孩子们，总之先回来把你叫醒。"

"梨纱去厕所用了几分钟？"

"只有三四分钟吧。"

"要是那样，怎么可能会到和泉先生家？孩子的速度走到那里要花七八分钟啊。"察觉自己的语气已经变成了责问，佳澄的眼泪都要流出来了。"对不起。"

"没关系。然后我也去了丰川先生那里，但他们还在睡觉。夫人一脸麻烦地出来说：'不知道，没来，我一次都没见过你家女儿。'"

"是什么样的人？"

"像男人一样的大婶。"

"那个儿子呢？"

"在啊，但他说睡着了不知道。"

"我说，到底该怎么办啊？"

轻轻的脚步声从背后靠近。是有香吗？充满期待地转过身，结果是瑠璃子。大概是等待让她很不安，所以追过来了吧。小小的肩膀一起一伏，气息慌乱。

"阿姨。"

"瑠璃子，回家吧。"佳澄紧紧拥住瑠璃子。看到佳澄的眼泪，瑠璃子也湿了眼眶。

"阿姨，有香怎么了？"

"我也不知道。瑠璃子，谁都没来过吧？也没有车来过吧？"

"我不知道。"瑠璃子哭着摇头。

如果被人开车带走，就会有声音。走下去的时间是不够的。有香肯定就在山路上，可哪里都不见踪影。她究竟去哪儿了啊？也许飘在空中？佳澄甚至仰头看了看天。远方的山脚下白云弥漫，头顶是一片初秋的蓝天。什么都没有，哪里都没有。佳澄要发狂了。

随后，佳澄和道弘又分头在山路的各处找了一阵子，但毫无结果。当他们找累了回到别墅，已经过了九点。道弘说要继续在山里寻找，于是佳澄一个人进了家门。典子已经起床了，她来迎佳澄，苍白的脸上满是担心。孩子们老老实实地在吃典子准备好的牛奶麦片和香肠。

"有香找到了吗？"

"没有。"

佳澄觉得自己的脸大概抽搐得格外丑陋。典子下定决心般停顿了片刻。

"佳澄，话说在前面。"

"什么？"

"我再怎么恨你，也不会做出那种事。"

"我明白。"

"因为孩子与这无关。"

"嗯。"

"要是能尽快找到就好了。"

典子说着移开了视线。典子有典子的自尊心,这一点佳澄是明白的。典子看了看手表,焦躁起来。

"都这种时间了,还在干什么呢。我现在就去叫石山起来。"

"不用。"佳澄阻止道,"我去让他叫警察。"

不顾典子一脸的不情愿,佳澄跑上楼梯,猛敲石山的房门。石山独自使用三间卧室中的一间。

"石山先生,不好意思,请起床。"

"来了。"含糊的声音响起,石山立刻打开了门。他一头乱发,T恤翻卷着。看到佳澄的脸,他想要露出微笑,但似乎察觉到发生了什么,随即变了脸色。

"怎么了?"

"有香不见了,能帮我报警让他们去找吗?"

"哎?难道不是在什么别的地方吗?"石山说得轻松,但看到佳澄眼中的泪光,他也立刻慌了。佳澄三言两语说明了情况。她的那种忐忑,仿佛有香在说话之间已经从这里远去,又像是深陷洞中氧气正在被渐渐夺走时坐立不安的恐惧。

石山听罢断言道:"不可能会不见的。"

"但我们从刚才起就一直在找啊,你怎么就听不明白呢?"

佳澄的嗓子破音了。石山就像被打了一下,全身都僵住了。佳澄立刻就反省自己说过了头,但几欲跳出的心脏怎么也压不回去。

"对不起,我也马上去找。"

石山搂住佳澄的肩膀安抚道,快速吻了她的唇。佳澄与体内的冲动斗争着，让身体不要倒在石山的怀中。放下呆立不动的佳澄，石山率先冲下了楼梯。当佳澄终于从身后追上时，石山已经开始给各处打电话，和泉、丰川等近处的住户，还有管理员水岛。他拜托和泉给支笏湖旁边的派出所打电话。

"哪儿都没有啊，到底怎么回事。"

道弘带着徒劳的空虚回到了别墅，换成石山外出寻找。看到大人们脸色难看地进进出出，其他孩子都大气不敢出地缩在房间的一角，胆小的梨纱抽抽搭搭。过了十点，佳澄终于喊了起来："在丰川先生家，一直都被藏在那里是吧！"

"喂！"道弘想要抱住佳澄的肩膀，却被佳澄用自己也无法相信的力气挣脱开了。充满恶意的大人带走了女儿，这样的确信不知为何挥之不去。有香不可思议的失踪仿佛突然之间从天而降，佳澄实在不知该如何应对。

"绝对是有人藏起了有香！"

佳澄冲着在厨房徘徊的典子也发起了火。

"看什么看！不是自己的孩子，所以心平气和吗？"

典子抱起梨纱，悲伤地摇了摇头，往二楼走去，瑠璃子和龙平也像是要安慰母亲一样跟在后面。对于佳澄来说，这也是一种打击。自己的家庭少了一个人，正在走向崩溃，典子却安然无恙。支离破碎了然于心，只能说佳澄心中的野蛮正在咆哮着寻找猎物，所以才发火。

"你给我适可而止吧！冷静点儿！"

佳澄的肩膀被道弘用力抓住摇晃，无力的脖子松松垮垮地前后晃来晃去。任其摆布的她也将咆哮转向了丈夫。

"不都是因为你没看好吗？"

和泉、水岛和警察三人尴尬地站在客厅的入口，无疑目睹了整个过程。和泉和水岛都和前天一样的打扮，表情也没有变化。佳澄觉得女儿和狗的尸体受到了同等对待，心生不快。

"怎么了？有什么事？"

面对佳澄一字字的逼问，和泉一脸平静地回答："夫人，请冷静下来吧。"

和泉拍了拍佳澄的肩膀，和石山相同的河川气息瞬间掠过鼻尖。佳澄突然力气尽失，这才意识到，自己希望石山就在身边。

"这位啊，是派出所的巡警胁田。"

胁田是个年轻的男人，也许是因为长期住在寒冷地带，脸颊上纤细的毛细血管清晰可见，看起来格外纯朴，并不像是那种不可靠的警察。胁田轻轻敬了一礼，利落地问道弘："能请您先说明情况吗？"

一直站在房间一角的水岛摘下帽子，同情地看着佳澄。"夫人，您很担心吧。"他说了一句，便垂下目光。

和泉点上烟，把手中的地图拿给胁田，随即断言道："你也知道这里的情况吧。绝对不可能有什么不见了的情况，不是很奇怪吗？"

"是啊。"

"让他们派狗来吧，胁田先生。"

"听说会从札幌来。"

所谓狗，应该是警犬吧，佳澄想道。道弘和他们一起指着地图，说明了今早的情况。佳澄重重地叹了口气，胁田也许是听到了，回过头来。佳澄恍惚地望着胁田那摘下警帽的额头上冒出的汗珠。

"支援也很快就会到，夫人，请放心吧。"

在胁田与和泉的再次催促下，道弘又一次从头开始说明同样的事。

"果然，找不到啊。"

石山两眼充血地回来了，佳澄站起身，盯着石山的脸。石山跑过来搂住佳澄的肩膀。

"绝对会没事的，别那么担心。"

"嗯。"

包围着石山和佳澄的男人们眼中渗出了某种目光，萦绕在两人间的信任发散出来，仿佛从缝隙中漏出的风。佳澄挑衅般地回瞪着男人们。你们懂什么。关于我们，你们懂什么。她遇上了道弘的视线。道弘第一次露出疑惑的表情，注视着佳澄的眼睛深处。石山毫不畏惧地抚摸着佳澄的后背。

"没关系，你就在这里等着，绝对会找到的。"

"嗯。"

石山对自己如此温柔，是因为犯下了相同的罪过，因为两人一起制造了原因。两人都曾在瞬间想到过，即使抛弃孩子也在所不惜。自己与石山都知道这一点，因此才会相互安慰，并对这罪过感到恐惧。

丰川夫妇、惠庭警察局的刑警们以及前来商量巡山的当地消防员们交替进出，但佳澄只是低着头，一切应对都由道弘和石山承担。

一个星期过去了。有香的行踪仍然不明。没有任何痕迹或信息。就像神隐一样，有香突然消失了。典子早就带着孩子们回东京了，怎么也无法请假的道弘和石山也不得不和梨纱一起回去。

在三人就要回去的那天上午，佳澄刚在别墅前的水泥台阶上坐下，就感觉到石山正从背后走来。河川的气息已经渐渐从不再钓鱼的石山身上消失。

"佳澄。"

"怎么办？"佳澄从正面注视石山的脸，从她的嘴里冒出了这句话。"你说有香去哪儿了啊？我该怎么办？"

"找吧，她一定还活着。"石山拉起佳澄冰冷的手。

"是啊。"

佳澄无力的目光望向原生林。她感到植物的能量正在衰弱，大山已经开始为过冬做准备。到了夜晚，气温便会更低一层。每到这时，佳澄就会倍感折磨：有香难道不是正在某个地方挨冻吗？深知佳澄的憔悴，石山也无精打采。

"我接下来要说的话，你能别生气地听完吗？"

"生气？"自己已经没有了生气的力量。佳澄就像眺望陌生人一样看着石山。

"有香不见了是我的责任，因为是我买下这里，然后硬带你来的。我忍受不了了。"

"忍受不了吗？"

佳澄看着石山枯槁的脸。

"是的，我忍受不了你遭遇不幸。而且我也忍受不了典子被讯问。"

"什么事？"

"有人怀疑我和你的事。在警察那里，有人向典子暗示了这一点。她似乎很干脆地说了不知道，但只要我和你的关系暴露一点儿，典子就会陷入艰难的立场，别人会认为她是因为嫉妒才将有香怎么样了。不，所有人都会无端遭到怀疑。所以关于我们的事，你能对所有人都保密吗？典子也发誓她绝对不会说。"

佳澄抬起头。

"你是说就当我们的事不存在？"

"我没这么说，因为本来就是存在的。只是最好不要告诉别人这样的事实，否则典子就会被怀疑。森胁先生不是也被拐弯抹角打听过了吗？要是事情变得一团糟，大家都会受伤，那也会让我忍受不了。"

发觉石山的决心已经成了过去式，佳澄眺望着惠庭岳顶上正午冒出的月亮。

"是说到此为止了吗？"

"不是啊，毕竟我喜欢你。"

石山留意着道路的方向，时不时回过头。道弘带着梨纱去跟和泉道别。

"那要怎么办？不再见面吗？"

"见不了啊。"石山的声音仿佛从身体深处挤出一般，"我该用什么表情面对你？因为我的错，你的孩子不见了，你叫我用什么表情见你？我忍受不了，所以你能等我一段时间吗？"

"等？多长时间？"

"等有香找到了，我这边也整顿好了之后。"

"你要整顿什么？"

"和典子的事，那需要一些时间，对不起。"

石山点上烟，眺望着右侧的小院子。秋千下面扔着一把黄色小铲子，似乎是龙平的东西，那鲜艳的色彩刺痛着眼睛。

"你能等我吗？"

石山问佳澄。佳澄一言不发,盯着自己的运动鞋。石山再一次恳求道:"佳澄,你能等我吗?"

"等什么?"

佳澄从正面注视着石山惊愕的眼神。

"等我啊。"

"等了又会怎么样?你不帮现在的我,所以毫无意义。"佳澄摇摇头,低声喃喃道:"为了将来的什么事而做什么,或是等待什么,我做不到。至今我没这么做过,也不想做。对我来说,永远只有当下。"

"是啊。"石山叹了口气,"你一直都是如此。"

"如果你现在不能和我在一起,那我就只能独自去找有香了。"

"我不能和你在一起,对不起。我还有家人。"

佳澄感觉听到了啜泣声,但她没有看石山。远处传来脚步声和说话声,道弘似乎带着梨纱回来了。石山站起身,默默地走进了别墅。

三人乘坐下午的飞机回去后,佳澄一个人留在了空荡荡的别墅中。她打算再待一个月。有香回来时,如果她不在,那有香就太可怜了。日落之后,佳澄一间间转遍了每个房间。她仿佛能从昏暗的角落里听到有香的嗫嚅声:"妈妈,妈妈。"那个孩子,是想捉迷藏吗?佳澄不由得溢出一丝笑容,一次又一次召唤道:"快出来吧。"最后,她走向玄关处的四叠半房间。自从那晚以来,她一步都没踏进过其中。她将耳朵贴在房门上,里面传来石山和她的喘息声。只在那一瞬间,她曾觉得那是只有两个人的新世界。但是,她一直以来就是为此而活的。耳朵离开房门,佳澄第一次发出了细微的呜咽声。她想念石山，想念有香。

门禁的对讲机响了。是有香看准只剩下佳澄一人，所以回来了吗？佳澄擦去泪水，带着些许期待，将房门开得大大的。渐暗的蓝色天空下站着丰川一家人，妻子像男人一样一头短发，穿着粗犷的男式夹克，没有化过妆的痕迹，显得粗枝大叶，但压低的声音带着同情。

"大家都回去了吧。我想你一个人肯定很孤单。"

"谢谢您惦记。"

佳澄并不掩饰自己的失望。

"不嫌弃的话，到我家吃晚饭怎么样？"

眼睛和其长子十分相似的丰川邀请道。他是个脸色苍白的粗脖子胖男人，看起来是个常喝酒的人。身后的长子诚惶诚恐地低着头。

"非常感谢，但我没那个心情。"

"是会那样吧。那一会儿我们给你送点儿什么吧。"

见佳澄坚决推辞，妻子有些为难地说：

"其实啊，我们明天就要回去了。我们打算在这一季卖掉别墅。有香不见了，别墅也变得难卖了，但我们将来总归要卖，还请别生气。"

"为什么觉得我会生气？"

"因为有香回来的时候，要是没什么认识的人，该多可怜啊。"

长子悲伤地皱着眉头。佳澄的眼泪突然涌了出来。原来他们因为要卖掉，所以死了狗的院子怎样都无所谓。因为下雪时他们已不在了。房屋成群，却无人居住。自己好不容易从那座村子逃出来，却在如此孤寂的地方弄丢了有香。想到有香那么可怜，佳澄再也无法止住眼泪。这是她第一次在别人面前嚎啕大哭。三个人面面相觑，畏畏缩缩地站了片刻，但最终还是回去了。

那天晚上，在道弘的电话之后，石山打来了电话。他似乎用的是公用电话，身后男男女女的说话声和车辆的声音格外嘈杂。佳澄怀念地听着从东京传来的声音。

"一个人不寂寞吗？"

"没关系。"佳澄撒了个谎。

"我的情绪可是很低落。有香的事我有责任，对你我也有责任。我不知道该怎么办，所以决定不再钓鱼和抽烟了。我觉得必须做点儿痛苦的事才行，很傻吧？"

"没有那回事。典子呢？"

"没什么精神，也不怎么和我说话。我让你遭遇了这种事，她也有她生气的地方。"

"或许吧。"

"是的，恐怕谁都不会原谅我吧。"

石山孤独地说。

"我没那么想过。"

佳澄没有想过什么原谅不原谅对方。对她来说，"对方"经常只有她自己。

"是吗，谢谢。总之我等着找到有香，等着你打起精神。"

佳澄说了声"谢谢"挂断电话，却又一次想到：如果石山不能和她一起找有香，那一切话语就都毫无意义。

佳澄每天都走到附近的山中找有香，然后再前往惠庭警察局，看看有没有什么消息，这是她每日的功课，而水岛每天都开着吉姆尼接送佳澄去警察局。就这样过了一个星期，在一个寒冷的早晨，佳澄在别墅前的路上等着水岛，结果对方比平时来得晚了一些，旁边坐着和泉的妻子茑枝，穿着大红色的罩衫，在车中礼貌地向佳澄致意，佳澄已经见过茑枝好几次了，但每次都觉得她是个奇怪的女人。年过六十仍然妖艳，似乎毫不关心外面的世界发生了什么。据说她的兴趣爱好是打理庭院和做菜，冬天则窝在家里做手工。明明有小女孩在自己的别墅区域内失踪了，却事不关己地嘟囔着"是不是埋在什么地方了"，让道弘大为光火。看到茑枝一同前来，佳澄充满疑惑。

水岛走下车，殷勤地致歉道："夫人，不好意思，其实我接下来要带社长夫人去札幌那边。一会儿社长会来，能请您坐他的车吗？"

一点头，两人慌忙将车掉头，茑枝笑眯眯地行了个礼。这明明是打个电话就能解决的事。要是这样，只要把佳澄带到湖边，她总会有办法回来。莫名的焦躁涌上心头，但佳澄又想到，茑枝也许是想见自己才上到这里的，真是不可思议之人。她暂时回到别墅里，为了防寒重整衣装，此时传来了车的声音。这次是和泉，他穿着黑色羽绒夹克，比平时显得年轻。

"夫人，请上车。"和泉打开四驱车的车门喊道。

"不好意思，让您特意过来。"

佳澄坐进副驾驶席，和泉并没有立刻发动车子，而是看向佳澄的侧脸。

"夫人，您有驾照吗？"

"没有，我没有驾照。"

"但是本田幼兽的话，练习一下立刻就能骑吧。反正，警察不会说什么的。"

"什么意思？"

"我会找一辆二手的本田幼兽给你，你住在这儿期间，可以骑那个到处跑。"

"非常感谢，但您为什么要这么做？"

"也没什么，就是我老婆嫉妒，说会被你抢走，已经没法再接送你了。"

佳澄惊讶地看着和泉。这边女儿都失踪了，茑枝还在嫉妒。这算怎么回事？

"但是让我坐车的是水岛先生。"

说到这里，佳澄才意识到茑枝的嫉妒不是源于和泉，而是水岛。和泉一脸苦涩地发动了车子。驶过如今空无一人的丰川家旁时，和泉对佳澄说：

"我啊，夫人，对于您女儿失踪一事，我非常震惊。这样的事情发生在自己的别墅区里，我觉得十分抱歉，无论如何还请让我负责。"

究竟要怎样负责，佳澄无法想象，也不太能理解和泉为什么会感到有责任在身。她只是觉得对于和泉来说，有香的事和丰川家的狗的尸体一样，大约都属于别墅区的麻烦吧。下了山，离开道路靠近湖边，和泉叹着气问佳澄："石山先生会不会把那里卖了啊？"

"谁知道会怎么样呢，我也不清楚。"

"你不清楚石山先生的事吗？"

和泉看着佳澄，那副模样就像在说"不可能吧"。佳澄僵住了。和泉似乎有种特别的敏感。直到开到惠庭警察局，佳澄都看着一旁。那一年，她与和泉说话的机会到此为止。

一拿到本田幼兽，佳澄就感觉得到了自由。她精神饱满地奔驰在山路上，拜访各处人家，询问有没有什么消息，连她自己都不知道哪里来的如此行动力。她不时从车上下来，走上随着入冬红叶如滑行般色泽急速变深的山路，沙沙地踏着霜柱四起的地面，寻找有香。北海道的森林粗暴而狂野，大气如同凝冻般寒冷。佳澄憎恨这里的一切，觉得这片土地正在向自己复仇。

一天，佳澄像往常一样到惠庭警察局露面，负责的刑警浅沼招呼她去小房间。

"夫人，可以过来一下吗？"

"有什么情况吗？"

承受着佳澄的期待，浅沼为难地挠挠头，但目光中的好奇却忽隐忽现。

"其实啊，道内有消息说，有个孩子和有香一模一样。"

"在哪儿？"佳澄来了精神。

"留萌郡喜来村。"

面对呆立不动的佳澄，浅沼继续说："而且是三十年前的事。"

那是佳澄自己。看着和幼年的自己一模一样的有香，佳澄曾觉得孩子是带着时间而来的。流逝的时间又在这里露面了。她一片茫然。

"那是你吗？"

"是的。"

"你老家是那里？本籍写的长野，我还以为肯定是那边。"

"我结婚后就入了丈夫的本籍，但我是留萌郡的。"

"是吗？那个来电话的人说，和失踪的孩子一模一样的姑娘很久以前就从村子里消失了。"

"有些不顺利的事。"佳澄吞吞吐吐。她担心打来电话的人就是她的父母。"高中毕业后,我就没回去过。"

"你不会是离家出走吧?"

"不是,没有那回事。那个,来电话的人叫什么呢?"

浅沼说出了一个平凡的姓,是佳澄不认识的。来电的不是父母,这让佳澄放下心来,但已经舍弃的故乡被人以这样的形式发现,心中的不甘让她咬紧了牙关。

"那个,请不要告诉那人有关我的情况。"

"可以是可以,但你要是对父母不孝可不行啊,会有因果报应的。"

佳澄第一次意识到,对父母来说,自己和那天突然不见的有香是一样的。因果自有报应,别人的这种想法让她深感痛苦。

再过几天就要回东京了。佳澄骑着本田幼兽驶在支笏湖畔的道路上,皮肤忽然感受到了湖中的水量,不由得回望湖面。但支笏湖与往日一样,平静得没有一丝涟漪。有香也许就住在湖底的骨之森林中,就像石山钓的鱼一样。至今从未有过的想象不经意间涌出,佳澄也知道惠庭警察局在搜索湖中,但她一直坚信是有人囚禁了有香。

佳澄把本田幼兽停在路旁,抑住心中的悸动,望向湖面。望着那微波漾起的庞大水池,氛围的裹挟让她恐惧起来。胸中无法言喻的深刻愤怒像要呕吐一样翻滚上来,佳澄不由得向下冲到岸边,在潮湿的土地上激烈地捶胸顿足。为什么有香必须有如此的遭遇?难道就像浅沼说的,是因为自己抛弃了父母吗?是因为自己和石山幽会吗?若女儿是因为自己的罪过被夺走的,那就要战斗到底。

佳澄捡起水边的圆石扔进湖里。石头并没有飞多远,一声不响就被湖水吞没了。她觉得那情景就像自己的无力,于是扔了一块又一块。

　　我独自一人在这里。有香也独自一人在某个地方。

　　愤怒很快就化作了无边无际的悲伤，佳澄扑倒在滚满石块的岸边嚎啕大哭。从这一刻起，她的漂流开始了。

第三章　漂流

1

从黑暗与噪音中脱离出来，佳澄安心地抬起了头。地铁东西线的列车钻出了地表，正在接近中野站。但是好不容易看到的天空暗得简直难分昼夜。大颗的雨滴打在玻璃窗上，粗粗的水柱流向背后。大雨瓢泼，打中的一切仿佛都要噼噼啪啪地爆裂。列车左右摇晃甩落雨滴，滑入中野站的站台。被阵雨抓了个正着。佳澄一边做下车的准备，一边想着必须得买把伞。但即使有伞，也必然会被这大雨浇透。她冲下车站的台阶，瞟了一眼手表。已经过了五点，想避雨也没时间了。接下来办完事，就必须立刻去武藏境的学童保育俱乐部接梨纱。在这种时候，佳澄总会痛切地感受到她正过着无论时间还是心情都毫无闲适可言的生活，不由得悲从心来。

佳澄在便利店买了蓝色的塑料伞，握着伞的手指上沾上了闪闪发亮的白色粉末。一摩擦，粉末就像细米粉一样咯吱作响。有那么一会儿工夫，佳澄就这样举着廉价的雨伞，呆立在车站内。雨滴四溅，连房檐下方也毫不放过的雨势压住了佳澄。尖叫着冲入车站内的乘客都像洗了个澡一样，头发和衣服淋了个透。佳澄正在琢磨，一个看到她的中年男人冲她搭话道,最好先别出去。佳澄的表情一瞬间放松下来,但立刻又恢复了走钢丝般的紧绷。自从有香失踪后,一种与快乐无缘的不可思议的表情就附着在了佳澄脸上。

佳澄伸着脖子仰望下雨的天空。雨还是没有停下的趋势,要是能坐出租车该多轻松。和总是被时间追赶一样,经济上也没有任何宽裕之处。但是,今天是十一日这一事实轻易改变了佳澄的想法。因为是十一日,就算用上出租车也无所谓,必须快速行动。因为是十一日,要是斤斤计较,也许就会发生后悔的事。正因为是十一日,所以要到学童俱乐部,去接本没必要接的梨纱。那是从曾经无法挽回的经历中产生的痛切感情。佳澄打开刚买来的伞,带着渐渐牢固的决心,走上通向出租车候车处的路。

几分钟后,出租车抵达佳澄曾经住过的"中野集体住宅"前。佳澄拜托司机在玄关前等候,自己走进入口。从结婚到两年前,她已经在这座公寓住了八年,熟知这里的一切。公寓里共有八十四户,信箱自不用说,她连垃圾投放处的密码都还记得。两居室绝不算宽敞,但离中野站很近,对双职工的他们来说非常方便。

佳澄看向写有自己曾经居住的房间号码的信箱,一心想要确认有没有重要的东西寄来。相熟的管理员似乎已经回家,管理室的窗户上拉着被太阳灼晒过的白色棉窗帘。佳澄迅速确认了没有人影,然后拨动密码,轻轻打开信箱的不锈钢门。里面堆满了邮寄的广告和传单。佳澄失望地又关上了门。

管理室旁边摆着软木板,是住户们的告示牌。佳澄瞥了一眼贴在角落里的一张小纸,只是将一篇照排文字复印了一遍,简洁明了。那就像葬礼的指南一样,似乎一触碰就会被判罪,没有人在上面涂写,也没有遭遇恶作剧。它不脏,也没有污渍,与一个月前毫无变化，就那样静静地贴着，这反而让佳澄感到沮丧。将这张纸换成新的，再询问管理员有没有异常发生，是佳澄每月十一日的工作。以前管理员觉得她可怜，总是认真地听她说话，但最近似乎也唯恐避之不及。人会习惯一切。佳澄怀着既非悲伤也非绝望的心情，想着他人的漠不关心。

有香

爸爸和妈妈搬到了这里写着的地址。
大家一直都在等你，一定要联系我们啊。
武藏野市境町 6－3－6
电话 0422－36－00××

森胁道弘
佳澄
梨纱

玄关门被打开了，激烈的雨声和湿气涌了进来。佳澄回过头，一个穿红雨衣、带着小男孩的女人冲她点了点头。

女人收起伞，向佳澄搭话道："雨真大啊。"

"真的。"

雨滴顺着雨伞垂落，转眼间就在铺着瓷砖的地面上形成一个水洼，雨衣也啪嗒啪嗒一刻不停地滴着水。看到佳澄正在重新钉好小纸的图钉，女人压低声音问："恕我失礼，您是贴这张纸的人吗？"

"是的，我是森胁。"佳澄回头道。

女人并不掩饰心中的好奇，直直地盯着佳澄的眼睛。

"那个，到底发生什么事了？我是去年搬来的，一直都很在意这张纸。"

"我女儿在北海道失踪了。"

女人一惊，难过地按住胸口。

"是在北海道吗？"

佳澄用习惯的语气淡淡地说：

"嗯。熟人的别墅就在支笏湖旁边。就在那里，一天早上就突然不见了。"

"真是太不幸了。令爱当时多大了？"

"五岁。"

"那警察呢？"

"当然帮我们搜索了，还出动了警犬，但最终还是不知去向。"

"是事故吗？"

"也不知道是案件还是事故。"

"真是。"女人一时语塞，"是什么时候的事？"

"已经是四年前的事了。我们以前住在这里，但前年搬走后，我就很在意。孩子要是回来了，谁都不在，该多可怜。"

"是啊。"

年轻的母亲似乎害怕自己的孩子现在就会消失，紧紧地握住了孩子的手，眼里甚至噙着泪花。

"管理员非常亲切，让我贴在这里，所以每月十一日我都来看看。"

"十一日吗？"女人一脸惊异。

"嗯，是八月十一日失踪的。今天是七月十一日吧，再有一个月就整整四年了。已经九岁了呢。"

女人一言不发，沉重地点点头。佳澄想象对方心中恐怕在想："要是活着的话……""要是活着的话。"她明白这句话是大家的忌讳。没有人认为有香还活着，但只有佳澄相信有香活在某个地方。事到如今，这不仅是信念，更接近一种信仰，它督促着佳澄的行动，给予佳澄勇气。从失去有香后的下一刻开始，生存就只是呜咽叹息时的希望，而且是那样脆弱无常，一旦被囚禁在伸手不见五指的绝望的黑暗中，就会迅速走向消亡。

"我也不知道她在哪里，但已经小学三年级了，应该认字了。"

听到佳澄的话，女人似乎有些为难，暧昧地点点头。

"要是找到就好了。"

"嗯，要是有什么消息，请给这里打电话。"

"当然。"

女人的脸上浮现出从沉重中解脱的缓和表情。佳澄无视这样的变化，走出了公寓。雨势已经稍微平缓，但消失的激烈也抹去了将会骤停的预感，已经完全变成了雨夜。

坐进等待的出租车，佳澄告诉司机在下个红绿灯处左转。车一启动，佳澄便将额头贴在车窗上，目不转睛地眺望着被雨濡湿的道路，那里充满了她骑自行车接送女儿的回忆。还有一份回忆也在这里：这是她为了和石山短暂约会而骑车飞驰的道路。

"请在这里等一下。"

佳澄让出租车停在繁华街上的一座砖砌的商住楼前，不打伞就冲了进去。狭小的电梯间里有小酒馆和美发室等各种招牌，但旁边不起眼地贴着和中野集体住宅里一样的纸。这里的纸也一尘不染，却散发出存在于不合时宜场所的孤零零的寂寞感。

这座商住楼的最上层曾有一家无照托儿所，有香曾在那里上了三年学。佳澄觉得万一有香循着儿时的记忆回到这里，决不能让她失望。一回到车里，似乎一直在观察佳澄的司机露出想要询问的表情。

"忘东西了吗？"

"嗯，算是吧。"

佳澄应付了一句，又在心里自己回答道："正是如此。"至今为止的四年间，她一直在寻找丢失的东西，因为在那一刹那，她曾经想过忘记孩子、舍弃孩子也在所不惜。胸中的沉重让佳澄叹了口气。被这样的小事一撬开口，佳澄的想念就会开始一成不变的虚无循环。

司机愉快地插嘴道："还是说猫丢了之类的？"

佳澄注视着前挡风玻璃上忙个不停的雨刷。到底是谁忘了什么，自己在寻找的究竟是什么，她越来越不明不白。她确实一直在寻找叫有香的女儿，但过了四年的今天，佳澄觉得自己不只丢失了有香。她不知道那是什么。司机或许感到自己问了个糟糕的问题，于是迅速说了句"从五日市街道过去"，就此闭口不言。佳澄在静默的车内闭上了眼睛。

"要到车站的哪边呢？"

疲劳似乎让佳澄睡着了。不知何时，车已经到了武藏境。透过街灯看了眼手表，时过六点。佳澄告知了学童保育俱乐部所在的儿童馆的方位，顺便决定让出租车在那里也等一会儿。豁出去坐了出租车，自己倒是轻松，却因为堵车接晚了，这让佳澄感到自责，其中也不能说没有对自身想法的责备：她总是只考虑失踪的有香，梨纱永远都在第二位。

急匆匆走进儿童馆，梨纱正背着书包，焦急地在玄关跺着脚等佳澄。其他孩子都已经回家了，剩下的只有梨纱。佳澄摸了下梨纱的短发。上小学一年级的梨纱身材修长，像男孩子一样活泼，但并不具备有香的敏锐。佳澄就是会这样私下进行比较。那孩子要是在，就能互补了——这样的瞬间总会让佳澄有如此想法。

梨纱浑身散发出学校午餐的炖肉般的奶香。好久都没有闻过这样的气味了。怀念的感觉捉住了佳澄，让她停下脚步。孩子们就算早上沾了家中的气味，一到傍晚便会染上托儿所的气息。有香在那所无照托儿所中也是如此，只是她那时多是点心时间吃的零食味儿。那也是悲伤的回忆之一。

"下雨了呢，妈妈，伞呢？"梨纱噘起嘴唇。

"我坐出租车来的，不要紧。你先上去吧。"

"为什么？"梨纱不安地看着佳澄，"为什么要先上去？"

"我有话要和老师说。"

"什么话？"

"今天是十一日吧，所以啊。"

"啊，小有香的事呢。"

对于自己的家庭来说，今天是个特别的日子。梨纱的年龄已经超越失踪当时的有香，她就这样称呼姐姐。佳澄面对这不可思议的情形，时常哑口无言。梨纱一副彻底放弃的样子，独自快步出去了，自从记事起，她就学到了失踪的有香是生活的最优先事项。

儿童馆里，无论鞋柜还是脱鞋处的地板条栅，一切都是儿童的小尺寸。佳澄觉得自己已然成了巨人，她脱掉鞋，换上客人用的拖鞋，走向里面的职员办公室。俱乐部的老师只剩下两人，佳澄向熟识的指导员打招呼，那是个打工的主妇。

"老师，今天是十一日，没发生什么特别的事吧？"

"十一日?"穿着训练服的三十多岁的老师困惑地望向黑板上的日程表,又看了看同事。"什么事来着?"同事似乎快速递了个眼色。

"那个,今天是我的大女儿失踪的日子。"

有香失踪时还在上托儿所,跟儿童馆并无关系,但佳澄每月都必须来确认。

"啊,是的,这个月什么都没发生。我没注意到,真对不起。"

"不,我只是为了以防万一。那我告辞了。"

"好的,再见。"

对话一结束,不知为何,大家的声音和表情都变得畅快起来,仿佛从忧郁中解放了一样。是因为从短暂瞥见的黑暗中回到了明亮安全的、理所当然的日常中,所以安下心来了吗?自己这失去女儿的日常,难道就是永恒的黑暗?

"妈妈,你还是第一次打车来接我呢。怎么了?因为是十一日?"

"不是,因为下雨了啊。"

虽然这么回答,佳澄却在一瞬间忘了不是十一日就不会坐出租车的事实。因为她正陷入沉思:自己的日常生活何时才能和大家一样,变得明亮而又安全?

那天晚上,道弘回来得异常晚。佳澄一边淘米,一边担心是不是在自己离开后来了紧急的工作。为了准备晚饭,佳澄总是先行一步离开森胁制版。她把有香的饭碗和筷子也摆好,和梨纱一起吃了简单的晚餐。仿佛有香何时回来都没问题,饭菜总会多准备一人份。洗完碗筷,佳澄给北海道打了电话。首先是水岛那里。

"喂喂,我是森胁……"

"啊，您好您好。"还没说完，水岛洪亮的声音就已传来，辅音清晰，仿若能窥视到他端正的姿势。"大家都还好吗？"

"嗯，都还好。那个……"

在佳澄发问前，水岛就打断了她。

"已经是十一日了啊。我在日历上做了标记，所以一直期待着，不知电话何时会响。虽然期待什么的对夫人您来说很不恰当。"

"你那边天气怎么样？"

"今天晴空万里，气温二十六度，湿度百分之十八。一片云都没有，真是个夏日的好天气。"

佳澄偷偷地想象着独自走在那片天空下的有香。想象中的有香无论何时都是一副幸福满足的模样。

"没有什么情况发生吗？"

"没有什么特别情况啊。"水岛的声音与其说带着歉意，不如说充满悲伤，"只是啊，关于别墅告示板上的照片，那是有香五岁时的吧。我也觉得那照片非常可爱，但如今应该已经长大了，会是什么样呢？"

"是啊，长相也许已经变了。"

佳澄在便笺上做了记录。在有香消失的石山的别墅前为他们张贴告示板，写下"如在附近看到女孩子，请联系"的，是和泉。

"嗯。然后丰川先生突然过来玩儿，真是吓了一跳。"

"丰川先生吗？"

佳澄的脑海中鲜明地浮现出站在蓝色天空下的一家人。长子应该已经大学毕业了吧，还会露出那种浅笑吗？

"是，生意还是那么兴隆，算是飞黄腾达了呢。听说他家儿子进了信用金库工作，头发也剪了。丰川先生挂念着呢，说不知有香怎么样了。那件事成了大家的伤口啊。"

"是啊。"

"对不起，森胁女士是最痛苦的，我却这么说。"

"没关系。对了，和泉先生的夫人还好吗？"

"哦，很好，昨天也说要去札幌看电影，我们就一起去了。十二月就是三周年忌日了，真快啊。"

和泉正义遭遇了破产的忧愁，前年在钏路的狩猎场用猎枪自杀了。得知消息时，佳澄想起了分别时和泉对她说的"要负责"。大家都说自杀的原因是破产，但佳澄有时觉得，和泉或许是为了有香而死的。

"真遗憾。"

"因为社长的责任感很强啊。"水岛痛切地说。

别墅区的经营母体已变，但水岛仍在管理事务所工作。不过没有买家，如今已经成了只有和泉一家的幽灵镇。水岛处在给孤身一人的茑枝打杂的境况，说不定已经和那妖艳的寡妇住在一起了。

"那个，夫人。"水岛似乎难以启齿，"接下来也要给和泉的夫人打电话吧？"

"是的，我是那么打算。"

"我说出这种话，希望您不要生气。"水岛正在选择用词，"那个啊，夫人的身体状况有些不好，所以能请不要再给夫人打电话了吗？"

"这是什么意思？"

"关于有香的事，我会负起责任继续搜索，请不要再波及夫人了。"

"我的电话带来麻烦了吗？"

"不，没有那回事。每月您一来电话，夫人就会感到自身有责任，似乎非常痛苦。"

"我只是想问问有没有什么情况。"

"我明白，我痛切地明白您的心情。只是啊，这样每个月必来一次，也有人会情绪消沉的。"

茑枝并不关心有香的失踪。佳澄隐隐明白这一点，却感到自己被乏力感囚禁起来了，仿佛正在滑向什么抓手都没有的昏暗谷底。有香的存在正像这样被大家遗忘。自己的问题对他人来说不足挂齿，而难以形容的孤独感则在增加，让她愈发没有容身之处。

"非常抱歉。"水岛在电话另一端发出像是在低头鞠躬般的悲痛声音，"伤害了您的感情，真的很对不起。"

"不，没什么。"

"对不起。不过夫人，我一定会找到有香，请放心。对了，下个月您会来这边吧？"

"嗯，我打算去。"

佳澄每年八月都会去现场。

"是吗，那我期待您的到来。"

期待。那不就像是去享乐吗？佳澄难以处理这种无法告诉任何人、即使传达出去也无法得到理解的违和感，就像无法散发出去的热量。与有香失踪相关的人们似乎都想把这一事件埋葬在过去。

眼前站着不知何时回到家的丈夫道弘，他看上去比佳澄先一步离开公司时更显萎靡。他年近五十，怎么擦拭也无法消失的疲劳感已经刻入了他的脸庞，原本就瘦削的身材越发干枯。这不仅是因为有香，近期窘迫的经营状况也让他心痛。再没有人像曾经的石山那样赞美道弘的匠人工作，如今他甚至渐渐陷入了不被需要的境地。

在同行陆续停业的今天，连生存下来都很困难。佳澄之前解雇了职员，引入电脑，想要重整旗鼓，但有香的失踪让目标远未达成，些微的改革刚刚起步便遭遇挫折。最后的职员今年也辞职了，道弘独自一人勉强维持着工作。

"你回来了。"佳澄放下听筒，"我也刚回来不久。"

"是吗，突然来了紧急的工作，一会儿还要去。"

为了生存，只能作为大型制版公司的分包商，接受时间紧迫的工作，大多是年轻人不喜欢的彻夜项目。

"真辛苦啊，我也想去，但今晚必须要到绪方老师那里。"

"又去吗？"

道弘皱起眉头，但佳澄完全无视。

"比起这件事，你帮我给石山先生打电话了吗？今天可是十一日啊。"

给石山和当地的警察打电话询问情况，是道弘的任务。

"今天早上打了。"道弘就像突然感觉到重力一样，头都抬不起来了，"打是打了，但谁都没接。"

"那我来打一遍吧。"

"不，不用了。其实我一直没说，从好几个月前开始就联系不上了，可能是搬家了吧。"

佳澄凝视着道弘的脸。

"家里呢？"

"最近打过去也没人接。我也觉得麻烦，就一直说谎了。"

要是如此，就必须赶紧联系上，不问出情况可无法放心。佳澄焦急地咬住了指甲。她知道自己对每个月的十一日异常纠结，但如果不能像这样把拼图一块块拼起来，她就怎么也无法前进。

"大概搬家了吧。"

"不知道联系方式吗?"

"嗯。"

"那今后跟谁去打听有香的事呢?"

"已经够了。"道弘低声吐出一句,"就别再去找那些家伙了。"

"为什么?"

"总被别人责备,心情肯定不好吧。"

"但接个电话总可以吧?"

佳澄不禁抬高了声音。在房间一角看电视的梨纱无法再容忍般走了出去。就像刺破火烧的燎泡涌出的浆液一样,佳澄的真心突然破膜而出。尤其在今天,佳澄的心上的膜很容易破开。道弘改变了话题。

"我给浅沼先生打电话了,但他说没有任何消息。"

浅沼是惠庭警察局负责的刑警。

"那个人就知道打高尔夫。"

道弘露出苦笑,但佳澄实实在在发了火。浅沼在有香的搜索上并不是特别上心。

浴室传来水声,应该是很快就要返回公司的道弘在使用。趁此间隙,佳澄拿起听筒,按下快速拨号的按键。那是石山公司的号码。事发后,石山从广告代理公司辞职,在横滨从事户外用品的采购工作,听说生意顺风顺水。但是拨了好几次,"您所拨打的是空号"的声音始终固执地重复着。她又试着给石山家打了电话,但谁也没接。佳澄胸中一阵躁动,她翻开地址簿,一咬牙给典子的办公室也拨了过去。

"您好,这里是K设计工作室。"

已经过了八点，不知是不是还在加班，恰好是典子自己接了电话。

"典子，我是佳澄。"

和典子说话还是事发后第一次。典子明显倒吸一口凉气。

"是佳澄吗？好久没联系了。有香怎么样了？"

"还没找到。"

"是吗？真遗憾啊。"

典子声音低沉，背后传来同事们高亢的说话声。

"石山先生怎么样了？今天是十一日，给他打了电话，可是没人接。"

"啊，你不知道吧。"典子疲倦地压低了声音，"其实我们一年前离婚了。"

"我不知道。"佳澄一阵茫然。

"那你和那个人已经断了关系？"

典子的声音如喃喃自语，问题却单刀直入。佳澄深深感到，经历了离婚，典子的心中也端起了利刃。

"是的。那时很抱歉。"

"没什么。有香的事你也很不容易。"

典子宛如在说"我们打了个平手"，这理由让佳澄沉默下来。她无法忍受典子的恶意历经时日仍然喷薄而出。

"那石山先生现在怎么样了？"

"谁知道，我们没有联系，也不清楚。他背着债务，恐怕不轻松。"

"他背了债务吗？"

"是啊。结果工作似乎也不太顺利。我在那之前已经得到了目黑的房子，但最近搬家了，搬到了公司和孩子的学校之间。"

典子并没有说出地点。佳澄致谢后挂了电话。在别墅前的台阶上，石山曾向佳澄恳求"请等到我整顿好了"，看来他现在已经整顿完毕，失去了工作和家庭，他本人也消失不见。他现在在哪里，又在做什么？这样的想象同样适用于有香。两人到底怎么样了？佳澄回忆起四年前那个夏天的孤独。

"给谁打电话了？"

穿着T恤和短衬裤的道弘湿着头发站在眼前，佳澄回过神来。

"和泉先生的夫人。"她撒了个谎。

"说什么了？"

"说让我不要再打电话了。"只有这句话是真实的。

"别在意，大家都已经习惯了。"

"习惯什么了？"

佳澄抬起头，盯着道弘的眼睛。道弘点上烟，一边吞云吐雾，一边讽刺地答道："习惯了这个事态。大家都没有我们这么沉重，也就是那么回事。世上本就如此啊。我说，每个月十一日就不要再给各处打电话了吧？"

"为什么？"

"今年是第四年了。大家都已经厌烦，而且要是有什么消息，肯定会联系咱们的。所以就别打了吧？而且你也应该稍微接受点儿现实，这样才会幸福。"

佳澄完全不明白道弘想说什么。

"我觉得我已经接受了现实，接受了有香不在的现实。我难道不是这样活着的吗？那时我难受得都想死了，光是活着这一点，难道不是证明我已经接受现实了吗？"

"可是我们不能死是因为还有梨纱,而且因为有香是失踪了,对吧?在知道那孩子的生死之前,我们不能死,是吧?"

"是啊。"

"那样不是真正的活着啊。你一直充满希望,认为有香绝对还活着,所以无论经过多久都无法接受命运。也就是说,你没有真正地接受现实,而是活在梦里。你说,这岂不是就永无终结了?绝望也是必需的。"

"绝望就意味着那孩子已经死了。"

"我知道承认那点很难,那今后的人生你也要这样继续寻找吗?"道弘疲惫地揉了揉眼皮,"我啊,已经有点儿累了。有香确实可怜,但我也觉得已经没办法了。"

"你放弃了啊。"

佳澄感觉到了丈夫的背叛,皱起眉头,深邃的悲伤一口气涌上心头。道弘心痛地望着她表情的变化。

"我心里有种近乎放弃的感觉,毕竟找了那么久都没有,所以如今我也认为她可能真的神隐了。而且你要总是那种状态,我和梨纱又会变成什么样?只要你那样攥着希望活在梦里,活着的人就得永远忍耐下去。"

"那是什么意思?"

"我说,差不多该原谅我和梨纱了吧。不,还有石山他们。"

"什么叫原谅?"

佳澄脸色苍白。道弘继续道:"你谁都没有原谅啊,一次都没有,所以才那么痛苦。"

"我不太明白,你不说清楚我可不明白。"

"你无法原谅有香在我离开的间隙不见了,无法原谅梨纱说想上厕所,然后也无法原谅石山邀请我们去了别墅。难道不是吗?"

道弘垂下目光,语速越来越快。

"不是的。"

佳澄明确地否定道。这也太偏离实际了。做了无法原谅之事的是她自己,是石山。但那同时也是会被原谅的。就算是周围人无法原谅的背叛行为,石山与她也为此而生存至今。对于佳澄来说,没有什么人不会被原谅,包括她自己。

"怎么不是啊?算了,下次再说吧。"

道弘叹着气走出房间,佳澄一动不动地呆立在客厅正中。屋内明亮如昼,佳澄却有种独自一人在暗夜的大海中漂流的无依无靠感,连曾经想法相通的石山也朝着陆地游走了。

道弘返回公司后,佳澄让梨纱睡下,随即出了家门。雨还在下,佳澄撑着伞,走在昏暗的住宅区路上。街角紧凑地并立着一片为出售而修建的小型住宅,她转过那里,又穿过长屋模样的古老都营住宅。不一会儿,一座旧平房出现在视野中,门牌上写着"绪方"。佳澄一直在拜访这个姓绪方的初老男人,为了离他家近,还特意从中野搬到了武藏境。绪方家的庭院前方停着一辆大巴,就像是硬塞进去的一样,车尾露在外面。巴士很旧,没有车轮。主屋一片漆黑,但在发电机的作用下,巴士如夜店般亮着青白色的煌煌灯光。

"晚上好。"

佳澄把淋湿的伞放在巴士的台阶处,敲了敲门。门上贴着塑料牌子,上面用万能笔写着"天堂会"。

"哪位?"男人的声音传来。

"老师，我是森胁。"

"是佳澄吗？请进请进。"

一个比佳澄更瘦小的初老男人打开了折叠门。由于窗户紧闭，巴士里格外闷热，电风扇晃着脑袋搅拌着车内温吞的空气。

"很热吧？蚊子会进来，所以我就关上窗户了。"

"这么晚了对不起，老师。"

佳澄一边在意着露在伞外被淋湿的一侧 T 恤袖子，一边走进车中。已经有客人先来了，是两个中年女性，正在角落安静地读着《圣经》。佳澄和女人们点点头，在绪方面前跪坐下来。绪方穿着白色的开领衬衫和灰色裤子，也轻快地在小坐垫上坐下。他的服装常年不变，冬天只在外面披一件肘部磨薄了的夹克衫或起满毛球的毛衣。他年龄稍过六十，但眼神犀利，相貌年轻。

"今天是十一日啊。发生什么了吗？"

绪方一直记得今天对佳澄来说是重要的日子。佳澄点了点头。

"嗯，发生了很多事。"

"不是好事吧？"

"嗯。石山先生离婚了，而且背着债务行踪不明，是他夫人告诉我的。"

"石山先生吗？"绪方一脸不可置信的表情，"到底是怎么回事啊？"

佳澄在这里说出了不能对道弘说的所有话。她不是绪方所信仰的基督教的教徒，但她将绪方作为谈话的对象，每天都去。

"那件事以后，他和典子大概相处得不好吧。"

"可你不是那样期望的吗？"

"不是的。"佳澄摇了摇头，"我只是希望他能和我一起找有香。"

"简直就像个孩子啊。"

"为什么?"佳澄牢牢瞪着绪方的脸。

"没什么,没什么。"绪方苦笑着,像要安抚佳澄似的拉过她的右手,"那么,你对这件事怎么想?"

明明如此闷热,绪方的手掌却没有渗出一丝汗水。被这柔滑的手掌包裹,佳澄安下心来。

"我觉得果然走到了这一步,但也非常寂寞。以前的我无论发生什么都无动于衷,但自从有香不见了,我就完全失去了自尊心,我已经不再是我了,已经受不了了。"

"这不是理所当然的吗。"绪方摩挲着佳澄的手背,"是理所当然的,因为人类本就是脆弱的东西。过去的你太强硬了,现在的你恍恍惚惚的,我更喜欢这样的你。"

"但是,我很讨厌。"

"讨厌自己时,真正的幸福是不会到来的。"绪方断言道。

"那也没办法,我就是讨厌现在的自己。"佳澄像磨人的孩子一样说了一遍又一遍,"真的很讨厌,遇到什么总是立刻就畏畏缩缩。我到底是怎么了?"

"因为你遭遇了很痛苦的不幸啊。"绪方一脸认真地从正面捕捉佳澄的目光,"这也没办法,回到从前是需要花时间的。"

"老师,该怎么做才能平静下来? 一到十一日,我一整天都会很奇怪。"

"怎么奇怪了?"

"我会想重新过这一天,也会不允许自己失败。"

"但不是已经无法重新过了吗? 那种时候要怎么办?"

绪方笑了,一笑便能看见他缺了好几颗门牙。

"什么都做不了啊,只是那样度过一天。"

佳澄断断续续地说明着,觉得自己真是不幸。究竟怎么办才好?她完全看不到出口。

"我说,来为你的愿望祈祷怎么样?你想要什么?"

"找到有香。"

"然后呢?"

"能让我轻松的方法。我只有和老师您说话时才感到轻松。"

绪方轻轻地抚摸着边角已经被磨圆的《圣经》。佳澄用余光看着这一幕,耳边聆听着雨的声音。

2

佳澄曾经有过奇怪的想象:有香变成了另外的模样,终有一日会出现在自己面前。她有着不可动摇的自信,无论到时有香变成什么样子,她绝对都能认出来。就算变成在路旁徘徊的小狗或围墙上的野猫,甚至变成开在宅地上的荠菜花,佳澄也能认出那是有香。哪怕混在早晨开窗时灌入的冷空气中,佳澄恐怕也能感觉到有香就在那里。但是期望虽然如此之大,有香仍没有出现在任何地方。

每年快到八月十一日的时候,道弘和佳澄都会带着梨纱前往支笏湖畔。他们住在泉乡附近的旅馆里,沿着有香消失的山路到处寻找。佳澄总会想:我们到底在寻找什么?是已经长大的有香走路的身影?是至今无法得知的信息?还是有人带走有香的痕迹?或是有香的幻影?对佳澄来说,一切都是她要寻找的。这寻找也是她在逐一描画出自己犯下的罪行:和石山数不清的幽会,两人之间的秘密约定，那个储藏室里发生的事，深知典子的苦恼却无法停止的行为，对道弘的迟钝的蔑视。

去年夏天，佳澄的脑海中涌出了这样的想象：有香难道变成了某种没有语言的姿态吗？那时她从石山曾经的别墅出发，走过丰川家别墅的废墟，正在眺望森林。惹人怜爱的三叶草，尚未长大的厚朴树，还有野兔，甚至连踩实的干土块儿在佳澄眼里都可能是有香。她压住悸动的胸口，目光飘来飘去。但道弘只是沮丧地从路上望着佳澄呼唤着有香的名字在森林中彷徨的样子。两人分头在森林中和道路上，几乎走出了两条平行线。

"你在看什么？"

两人的目光越过道旁的胡枝子碰在一起。

"没有，我只是担心你。"

佳澄瞪着道弘的眼睛。

"我没什么奇怪的，倒是你，是在找那孩子的墓地吧？"

"墓地？"

道弘突然露出一副呆滞的表情，没有焦点的目光环视着四周。

"你和浅沼先生一样，都认为有香已经被杀了，就埋在这座山的某个地方。你们的眼神都一样，下意识地就在找有香的墓地。"

"我可没那么想。"道弘支支吾吾。

"不，就是那样。所以我觉得应该去找那孩子的生命。就算只有我们，也应该相信那孩子还活着。"

道弘仿佛有话堵在喉咙般想要开口，却什么也没说。佳澄背过身，朝森林更深处走去。她胸中充满愤怒。有香一定活在某个地方，正因为有这样的希望，他们夫妇才不能死。有香也好，他们也好，在知晓生死前，都会永远处于飘在空中的状态。如果这样的残酷就是命运，那么佳澄绝对无法接受。不，是不能接受。正因为不停寻找失去的小时钟，才能刻下同样的时间。道弘已经掉队了。

佳澄始终认为自己丢失了一个名为有香的小时钟。孩子是表示时间的存在。从怀孕开始数着一周两周，直到满十个月降生，那个孩子生存的年月就会成为父母的记录。那是填满多样未来的时间，是在相互的记忆中风化的时间。刻下那一切的正是孩子。佳澄的人生中丢失了一个时钟，她连有香这个时钟如今到底在哪里都不知道。佳澄感受到了恐惧：她自己的时钟里曾经包含着有香的时钟，如今却在欠缺的状态下走向毁坏。这是谁也无法理解的恐惧。不，只有一个人能理解。佳澄相信绪方从本质上理解着她。

七月过了一半，第四次的支笏湖之行越来越近。看着迟迟不着手准备的道弘，佳澄焦躁不堪。

"飞机票怎么办？能买到吗？"

"那件事啊，今年你能一个人去吗？"

"为什么？"

"又要花钱，而且我觉得去了也没用。"

佳澄一边留意着坐在沙发上看漫画的梨纱是否能听到，一边压低声音问："没用？你说得好像有香已经死了一样。"

"不是的。但我已经不愿意再去那里了，去了也什么都没有，只会更伤心。一想到有香是在这种地方失踪的，我就忍受不了。你不这么想吗？"

"我也受不了啊。但我有种义务感，就算为了那孩子，我们也只能去。"

"我明白。你去年说过我在找有香的墓地吧？那个时候我就想，不要再来这里了。我肯定会再去找有香的墓地的。我并不愿意去想有香已经死了，我一直盼望她还活着，可是一回过神来，就发现自己已经下意识地那么做了。这也许是我希望了结有香这件事的证据。我们必须把梨纱抚养长大，必须活下去。所以我觉得还是在家等待有香的消息更好。"

"我一想到有香独自一人在那片土地上，就坐立不安。"

"我明白。"道弘一次又一次点头，"那想象太痛苦了。可是如果她还活着，难道不会有消息吗？至今为止可是什么都没有。警察也都一直在帮我们搜索，但不是什么都没发现吗？"

"你是想要当作有香已经死了，重新开始是吧？"

佳澄憎恨着道弘的变化。

"开始？"道弘似乎非常意外，"开始什么？我是想让一件事完结，必须有意识地那么做。前一阵子我说过了吧？绝望也是必需的。"

"为什么？"

"因为意识不到就不会完结啊。是这一类的问题。"

"但是绪方老师说不用考虑那种事。"

佳澄刚一提及，道弘立刻怒气迸发般皱起眉头骂道："那个占卜师吗？我是觉得你可怜，所以什么也没说，但我从没想过你会相信那种东西。"

"老师不是占卜师。"佳澄平静地抗议，"他只是位宗教家。我不可能信教，只是因为老师理解我，我很高兴才会去。"

"那就好，我知道那支撑着你。但是无论做什么都是要花钱的啊，你雇的侦探啊、占卜师啊，你以为至今已经花了多少钱？已经超过两百万了。"

"绪方老师不收钱。"

"是。但是你会拿礼物过去，偶尔还捐钱吧？而且还为了绪方先生搬了家。寻找有香给我们的未来带来了多少负担，你有没有想过？"

给未来带来负担。这句话强烈地刺伤了佳澄。对佳澄来说，寻找有香和活着是同义词。她为了将来的未知而等待，为了未知而忍耐，她无法预见未来然后做出准备，至今为止她也没这么做过。绪方是现在的佳澄必需的重要人物。一陷入沉默，道弘立刻道歉："我说得太过分了，对不起。但我只希望你明白一点，你考虑过梨纱的心情吗？"

"考虑过啊。让那孩子忍耐了那么多，太可怜了。"

"那你就稍微积极些向前看啊。每年暑假都为了找有香去北海道，梨纱还那么小，占用她的暑假做那种事合适吗？偶尔带她去海边玩玩不是更好吗？有香的事让大家很痛苦，但我总觉得别扭。这种事无休无止地做下去好吗？工作也没法顺利进行。再这样下去，我们会崩溃的。"

说完能说的话，道弘走出客厅去看梨纱。独自留下的佳澄心乱如麻，恍恍惚惚呆立原地。屋内的空气沉降下来，温温吞吞。

逃离。佳澄曾经觉得道弘就像故乡灰色的大海，而石山的存在熠熠生辉，与石山的相会曾是佳澄的逃离。如今，佳澄被关在一道名为失踪的有香的栅栏中，无处可逃。

夜深人静，佳澄走向绪方所在的巴士。灯已经熄灭，但佳澄知道绪方时常会睡在巴士里。她用力拍打车门。

"老师，我是森胁。"

"来了来了,稍等。"

慌张的回应后,传来了打开发电机开关的声音。不一会儿,灯啪地亮了。门被打开,在眯着眼睛的绪方面前,佳澄的脸已经和黑暗透成一体。他穿着蓝色泡泡纱睡衣,像个孩子般,和年龄毫不相称。

"到底怎么了?"

绪方匆匆戴上眼镜,担心地望着佳澄。

"森胁说他今年不去支笏湖,说去了也没用。我觉得这么说简直太过分了。"

佳澄一边诉说,一边觉得自己想说的不是这种事。但是脱口而出的话语在空中扩散,无法顺利地结出果实。

"好了好了请进来吧,请到里面说。"

绪方安抚着,拉起佳澄的手请她进入巴士。窗户大开,点着蚊香,耳边只有远处的车声和虫鸣声,四周一片寂静。绪方在铺着红色塑料纤维地毯的地板上垫了一张凉席,刚才他似乎盖着毛巾被在睡觉。佳澄在凉席旁边轻轻坐下。

"对不起,我并没打算这么晚来。"

绪方不知从哪里拿出了团扇,悠悠地扇着。

"不,没什么。你毕竟也遇到了很多事啊,石山先生也离家了。你怎么想,已经不爱他了吗?"

佳澄没有回答。

"老师,我可以躺下吗?太累了。"

绪方惊讶地睁圆了眼睛,但立刻点点头说,可以啊。佳澄于是躺倒在绪方刚才睡的凉席上,绪方用团扇为她扇风。柔和的风让头发轻飘飘地拂过脸颊,如回到童年般舒适。佳澄回忆起在北海道短暂的夏天，从士幌来的奶奶曾经像这样给她扇风，直到她沉沉入睡。那时的温度并不至于用扇子，但佳澄求奶奶在她睡着前不要停。绪方缓慢的声音从上面落下。

"佳澄，你丈夫说什么了？"

"森胁说花钱也是浪费，如果再不了结有香的事，家庭就不保了。我觉得那种说法是错的，不知道该怎么办才好。"

"为什么？森胁先生可是很现实的。"

"也许是的。"

"大家每个人的意见都不同啊。"

"那是我错了吗？"

"你没错啊，我倒是更喜欢你的想法。"

"我的想法是指什么？"

"就是你的不明所以。"

"那就是说我很混乱吧。"

佳澄依旧仰面朝天，望着巴士天花板点亮的灯泡。她联想起与石山相会时在爱情旅馆眺望天花板的情形。被微弱的照明染得带了橙色的天花板，还有被热气笼罩的浴室门。一切都那么让人怀念，又那么悲伤，勾起了她的泪水。

"怎么了？"绪方问道，"又想起什么了吧。"

佳澄没有回答，双手压住眼皮。

"老师，可以关灯吗？会被夫人说道吧。"

"我家夫人什么都不会说的。"

绪方的妻子住在主屋照顾信徒，离家出走的女孩、从家里跑出来的妻子、破产的男人和自杀未遂的老人等都长期待在那里，绪方的巴士则是教会。绪方站起身，伸手关上电灯开关。巴士暗了下来,不一会儿,路灯和月光便让天花板微微亮起。相反,窗户底下一片昏暗,躺在那儿就像被埋在黑暗的被窝里。佳澄闭上眼睛,团扇的风带着一成不变的节奏缓缓送来。她感到自己仿佛仍是个不谙世事的孩子,正生活在那片海滨上自己的家中。

给佳澄介绍绪方的是森胁制版以前的职员山下。山下是个年过六十的老人,照排技术在五名职员当中最好。在还没有透镜需要凭感觉完成时,他的精准度堪称神技。但是自从视力衰退后,他就变成了窝在公司角落里的老人,只知道孜孜不倦地写下几千个看起来毫无销路的美术字。佳澄看不下去道弘把山下当成负担,最先辞退的就是他。然而听说了有香的事,他却特意来到公司看望。

"佳澄,真是出大事了啊。我也不知道这有没有用,总之带来了,你读读看。"

山下仿佛算计好了一般,在道弘外出时前来拜访。他从怀中取出一张纸,放到佳澄手上。

"这是什么?"

"武藏境那里有个怪人,似乎都评价他人很不错。我想你可以找他谈谈有香的事。"

佳澄望着纸片。那是一张落后于时代的粗糙传单,草纸上油印着如下内容:

"天堂会"今日汝与吾应同在天堂　绪方宗佑

"山下先生,这是什么?不觉得奇怪吗?"

佳澄想要交还传单。山下老花镜背后看起来比实际大好几倍的眼睛死死地盯着佳澄。

"不,这个啊,去过的人说,是个严谨的《圣经》研究会,大家只是一起读《圣经》。只是啊，那里集中了很多有烦恼的人，听说大家都很仰慕这位绪方先生。"

"是新兴宗教？"

山下也露出疑色。

"我也不太清楚。应该也不是占卜师。"

"我对《圣经》可没有兴趣。"

佳澄曾经带着抓住救命稻草的心情拜访过据说很准的占卜师，结果却几乎都让她垂头丧气。所以她对山下拿来的传单并无兴趣。

"但是啊，去过的人说，绪方先生人品很好，大家都在往来间受到影响，运气也变好了。虽然像是个奇怪的老头，但你去看一次怎么样？那个，这件事要对社长保密啊。社长很讨厌这种吧。"

山下一说完就匆忙离开了。道弘确实讨厌非科学的事情，他虽然没有否定佳澄时常依赖占卜的行为，但并不觉得那样有趣。可以相信那个叫绪方的男人吗？想要依靠对方的想法与讨厌再次失败的心情交织在一起，让佳澄难以平静。几天后，佳澄横下心来打了电话，接听的是绪方本人。他对自己正在吃饭感到很不好意思。

"非常抱歉，现在我嘴里有饭，能请你等等吗？"

听筒中传来慌忙咀嚼吞咽的声音。佳澄对这种悠闲的态度感到扫兴。几秒后，绪方清了清嗓子。

"失礼了。请问是哪位？"

"那个，我是拿到了传单的森胁。可以前去拜访吗？"

"请过来吧。我不会拒绝任何人，也不会害怕。"

不拒绝，不害怕。佳澄觉得两者都束缚着如今的她。

"但我不了解《圣经》。"

"没关系。有兴趣的人就谈，没有兴趣就谈别的吧。"

佳澄在绪方的教会所在的武藏境站下了车。走下车站的楼梯，夏日的阳光从西侧斜斜地向商店街的拱廊。佳澄一边用手帕擦汗，一边走在人车混杂的商店街上。途中，她在水果店的门前看到了水蜜桃。粉中带黄的水蜜桃圆润而美丽，覆盖着柔软的桃毛，轻易就会受伤的脆弱水果。佳澄的故乡不怎么卖这种水果，每次看到，佳澄总会回忆起有香的脸颊。她盯着水蜜桃看了一会儿，听到店里的人跟她搭话，不知不觉就买了一堆。但是看到庭前天堂会的巴士，她吃了一惊，准备转身就走。

"你是今天给我打电话的那位吗？"

巴士里传来声音，毫无抑扬顿挫的平稳充满了悠然缓和人心的力量。佳澄停住脚步。

"是的。"

"我一直在等你，请进。"

佳澄走上巴士的台阶，看向里面。座椅已经全部取掉，地上铺着红色的塑料纤维地毯。瘦小的老人用力冲她招手，那认真的眼神消除了佳澄的犹豫。佳澄脱掉鞋子走进巴士内，遵循指示坐在了其中一个带坐垫套的垫子上。

"发生什么事了？"

佳澄讲述了有香失踪的来龙去脉。说话时，绪方始终歪头闭着眼睛。坐在一动不动的巴士中，立刻有种游戏般不可思议的心情，佳澄不知不觉连石山的事情也讲了出来。她曾和石山约好不告诉任何人，但讲给素不相识的绪方，她觉得自己获得了解放。

"那真是可怜啊。只要是我能做的，我都会帮忙。"

绪方缓缓地睁开眼睛。多数占卜师和几乎所有警察都会表达同情，但他们时不时会露出怀疑的表情：难道不就是因为你的恶行才出事的吗？难道不是你或你的丈夫杀的吗？但是佳澄看到的是绪方因眼泪而阴郁的眼睛，似乎他也正在被降临到佳澄身上的命运一同玩弄。这个男人从心底同情自己。陷入悲伤的人不知不觉间就会具备当场看破对方欺瞒的直觉。佳澄不停地说着，大大超过了预定时间。当佳澄讲完，绪方轻轻地清了清嗓子。

"我问件俗事，请别介意，你心里找过凶手吗？比如说觉得有人很可疑。"

"当然有过。和泉先生、和泉先生的夫人、水岛先生还有丰川先生家，难道不是他们当中的一个吗？我这么想过，还怀疑过典子。但是大家都有不在场证明，从物理上也无法藏起有香。现在我相信她是被外面来的人拐走了。"

"那你怀疑过石山先生吗？"

"没有。"佳澄立刻摇头，"那个人绝对不会做那种事，因为我相信他是为我而活的。"

"那你丈夫呢？"

佳澄一瞬间语塞了。绪方明白给佳澄带来了困扰，面带歉意地注视着她。

"说实话，我怀疑过，觉得他可能知道了我和石山先生的事，然后气得昏了头。但后来又觉得，那个人不可能对亲生孩子怎么样。我自己才是恶魔。"

佳澄一边回答，一边想起她在那座别墅里曾几次觉得自己就是恶魔。绪方再次提问：

"你觉得你丈夫也怀疑过你吗？"

"我觉得怀疑过。"

就算没有可能性，但考虑其动机也属于寻找凶手的一环，是一种胡乱猜测。从沼泽底部涌上来的疑念如泡沫般咕嘟咕嘟生出，然后又会被别的疑念推翻。佳澄满脸通红，无地自容。

"人心是看不见的，看不见的东西大多都很重要。思考这一点的就是宗教。我从事这样的工作，所以并不觉得你要为此感到羞耻，不如说各方面多想想才更好。"

佳澄注视着绪方袜子前端的洞。

"那个，老师，我女儿还活着吗？"

"你想听什么样的话？"绪方反过来问佳澄，"我不是占卜师，所以不知道。但如果是你想听的话，我说说也无妨。语言是道具，要是能让你轻松下来，怎么做、怎么说都可以。"

佳澄沉默下来。石山说出"希望你等我"的时候，她曾经认为如果不和她一起寻找，任何语言都没有意义。但如今的自己只想要些宽心的话，哪怕只是安慰。

"还活着呢，一定。"绪方明快地说，"这样就可以了吧？"

"非常感谢。"

"没什么，还请再来。和你说话很有意思。"

佳澄察觉自己一直忘了水蜜桃，于是连同袋子整个递出。

"那个，这是在附近买的。"

"哦，是水蜜桃。"看了袋子里面，绪方开心地笑了，却把袋子推了回去，"这就像你一样，请你自己吃吧。"

难道不像幼儿的脸颊吗？佳澄明明是这样想着买来的。

"像我一样？"

"嗯，因为你就像水果一样圆润美丽。还要再来啊。"

佳澄满心欢喜。对自己身为母亲这件事想太多而遗忘过久的感觉在心中复苏。

那天晚上,道弘疑惑地用手指弹着传单。

"我很讨厌这种啊。说是什么《圣经》研究会,但不知道是什么教义吧?不就是说些好话增加信徒吗?最重要的是天堂会这种名字太奇怪了。"

"但是绪方老师是个好人呢。"

"你真明白吗?最开始是说好话同情你。劝人入教的都是那样吧。"

自从有香失踪,来自宗教的劝诱就源源不断。但是绪方劝佳澄加入"天堂会"了吗?他展现出了哪怕丝毫言行吗?不,他没有。佳澄回忆起在庭院中的巴士里发生的事,摇了摇头。绪方难道不是只说了让佳澄去思考人心吗?连几乎所有占卜师都说过的"有香还活着"的宽心话也没说。

"要收钱吧?"

"没有。我带了桃子过去,结果他说那桃子就像我,让我自己吃掉。"

"什么啊,不就是个好色的老头儿吗?"道弘轻蔑地扔下一句。

那有什么不好?自己不但高兴,还短暂地回复了精神。佳澄已经放弃从道弘那里获得理解了。

团扇的风停下了。佳澄睁开眼睛,绪方正枕着胳膊躺在旁边。古老的电风扇已经代替团扇开始转头。每次风一吹来,湿润的庭园特有的带霉味儿的风就会吹得佳澄的头发微微摇动。

"佳澄,那个啊,我的信徒里有这样一个人,是个已经快七十岁的大婶,当然比我年纪要大。那个人啊,问她为什么喜欢耶稣基督,她说因为是个白人男性,说那样很帅,她就是由此有了信仰。

但是我觉得那样很好，或者说，那样才是一切。人会憧憬他人，会渴求他人。还有一个信徒，虽然是个男的，但说他爱着基督，所以才拼命学习《圣经》。这故事不错吧？"

"可是老师，你说过思考看不见的东西才是宗教吧？被外表吸引而进入宗教，不是很奇怪吗？"

"不奇怪啊。可见的东西总会灭亡。越是美丽，灭亡时就越让人伤心，让人空虚。正因如此，人类才会思考看不见的东西，比如心啊，真相啊。"

绪方的手指轻轻碰了碰佳澄的胸口。佳澄闭上眼睛，那感觉与其说是快乐，不如说是安宁。

"水蜜桃一样的胸脯，空虚的肉体。"

佳澄忍不住笑了出来。

"你在说什么，老师？"

"你已经不再想起石山先生了吗？"

"……会想起的。"

"你想被他抱吧？"

"想。"

"那你去见他不就好了？不要赌气，否则你只会一直痛苦下去。"

佳澄并不是在赌气，她一直认为那时的石山太胆小了，自己明明希望他能陪在身边。佳澄已经失去了去拖拽一个胆小男人的活力，因为有香的失踪，她几乎陷入疯狂。

绪方那骨节突出的干燥的手温柔地抚摸着T恤底下的肌肤。昏暗的主屋传来微弱的音乐声，是梨纱也沉迷的少年组合的歌。佳澄一转向那边，绪方喃喃道："那个啊，是前天离家出走的女孩子在听。"

寄居的人们管绪方叫"父亲",管绪方的妻子叫"母亲"。最近佳澄才知道,他们的伙食费源自绪方的私人财产和人们给教会的捐款。佳澄轻轻一笑。

"老师,你也会对那孩子做这种事吗?"

"怎么会,我只对你。"

佳澄重新转向绪方。

"老师,那个人不去支笏湖也是没有办法的事了吧。"

"没办法啊。"绪方干脆地说道,"毕竟你和你丈夫是不一样的人啊。"

"虽然目的相同?"

"谁知道呢,目的是不是相同,我也不明白。明明是夫妻,真不可思议啊。"绪方停下了手,"只是啊,我总觉得快要发生什么变化了,虽然只是直觉。"

"什么意思?"

佳澄坐起身。绪方从佳澄的 T 恤中抽出手,两手枕在脑后,仰面朝天。

"我不知道。"

"什么样的变化?"

佳澄压抑住莫名跃动的心,凝视着绪方的眼镜深处沉静的眸子。

"关于那个我也不清楚。只是你在这四年来完全没变,始终只想着有香的事吧?所以我不禁觉得,状况差不多该到发生点儿变化也正常的时候了。那也许是你外部的问题。"

"外部吗?"

"是的,变化的时候会从外部开始变。然后为了与此呼应,你的内部也会变化。但我不知道那会是什么。"

"那也许会找到有香。"

"我不知道会是好事还是坏事,但所谓状况,是有可能在最后发生戏剧性变化的。也就是今日汝与吾应同在天堂。"

绪方嘟囔着难以理解的话。佳澄知道绪方的话是以《圣经》的教义为基础,但对其中含义毫无头绪,也从未想过像虔诚的信徒那样学习。

"老师你以前说,语言就是道具,为什么要和我那么说?"

"语言就是道具。特别是我的语言,就是商业道具。但是啊,偶尔会有穿透血肉的语言,那可是好东西。"

"怎么才能区分啊。"

"只要心被一把抓住,就是好的。"

佳澄喜欢这个穷酸相的老人。能够熬过痛苦的日夜,都是托绪方的福。

那是几天后发生的事。佳澄像往常一样回到家后,带着梨纱慌慌张张地赶在超市关门前去买东西。途中,她们在梨纱的要求下去了书店,终于回到家时,道弘一副等烦了的样子,来到玄关前。

"你们回来了,真晚啊。"

佳澄把重重的超市购物袋暂时放在门槛上。

"对不起。你真早啊。"

"嗯,很早就完成交货了。"

"这样啊,我去准备晚饭。"

"没关系,别着急。我有话想跟你说。"

目送着急看动画片的梨纱跑进屋里,道弘和佳澄在玄关处低声交谈。

"怎么了?"

"刚才电视台来电话了,又要做失踪儿童的特别节目,问我们能不能出镜。"

啊,这就是绪方说的"变化"。变化终于从外部到来了。佳澄声音高亢地回答:"出镜吧!"

佳澄的反应让道弘一惊,他露出疑惑的表情。

"可以吗?"

"可以啊。绪方老师都说了,差不多该到发生变化的时候了。一定是这件事,必须出镜啊。"

"绪方老师说了?"

道弘的话语中带着不信任,但佳澄装作没有在意。

"嗯。"

"我倒是无所谓,但又会站到众目睽睽之下了。"

道弘表情复杂。在有香失踪两年后,他们曾上过同样的节目。那时,他们是带着能获得信息的期待参加的,结果却非常凄惨。匿名的电话和信纷至沓来,留下了让人不快的回忆。最多的是同情和鼓励,然后就是宗教的劝诱。而触怒佳澄的心的,是那些假信息和诽谤中伤。

有人寄来的信里写着"我在抚养小有香呢,她是个很好的孩子,无需担心",还附上了用传单上的照片合成的图片,还有的信写着"我看到她在北海道一副朝圣巡礼的模样走在路上",让佳澄惴惴不安。每次佳澄都会通报浅沼先生,让他帮忙鉴别真伪,但几乎所有的都是捉弄人的假消息,其中还有过分的中伤。

"我知道是你杀了自己的孩子。你的孩子应该就沉在支笏湖里。先藏在储藏室，半夜再偷偷去湖边把孩子沉下去，没错吧。镇石用的是混凝土块吧。"

"你丈夫就是凶手。丈夫对亲生女儿施以暴行，因为女儿反抗，就杀了她。"

"有人看到夫人和石山先生一起从酒店出来的样子。其实是石山先生的孩子，所以显然是丈夫杀的。夫人卖淫，丈夫杀女。"

"别墅主人的妻子很可疑，肯定是她嫉妒才杀人的。"

"明明是自己看管不到位才让孩子失踪的，却要使用公共媒体诉说，真是岂有此理。有这种错误想法的家伙快滚去西伯利亚！"

必须要再品尝一遍只是回想起来便会双脚发抖的不甘和愤怒，那正是道弘不太情愿的理由。

"这次也不知道会发生什么啊。我倒是无所谓，你没关系吗？"

"嗯，出镜看看吧。只有这次，我真觉得或许会发生什么。"

道弘一时无言。佳澄精神奕奕地继续道："如果没有任何消息，今年我一个人去支笏湖。"

"我不去可以吗？"

"嗯，毕竟我们意见不同。"

佳澄断然拒绝，道弘的眼中立刻映出遭到拒绝的悲伤。佳澄后悔伤害了道弘，但情绪已经没有退路。注意到自己过去经历过相似的感情，是在她看向浴室镜子的时候。在决定和石山一起前往北海道别墅的那晚，她承认自己已经准备远离道弘，并决心将这种情绪培育长大。镜中映出自己久违的烧红的脸。

3

巴士没了。仿若塞入鼻孔般放在庭前的巴士完美地消失了。佳澄震惊地呆立在绪方家门前,她精神百倍地前来报告准备参加电视节目一事,可是这里到底发生了什么?她望着因巴士的重量而深深凹陷的干燥土地。

"森胁女士。"

佳澄走近主屋,准备去和绪方的妻子打听。走到玄关时,有人从背后拍了拍她的肩,是常在这里见到的中年女信徒。她在私立中学担任语文教师,一副昏昏欲睡的模样,但总是穿着鲜艳的粉色或绿色衣服,显得格外惹眼。今天她也是黄色的短袖衬衫搭配蓝色手包。

"吓了一跳吧?"

"嗯。"

"我也是来看看情况,结果发现巴士没了,惊讶得不得了。我从来没考虑过教会会消失。"

教师就像失去了可去之处,"怎么办怎么办"地嘟囔了好几遍。

"来看看情况是什么意思?"

"你不知道吧。"教师顾及着主屋那边,瞥了一眼后压低声音,"老师如今正在遭遇试炼。"

"怎么回事?"

"你看,一个星期前有个离家出走过来的孩子吧。"

教师指了指主屋二楼。佳澄想起半夜到访时，少年组合的音乐曾经从窗内传出。

"嗯，虽然我没见到本人。"

"听说那孩子才十三岁。在池袋被警察带走询问，总算了解了情况，听说是在卖淫。我也没想到她竟然和我教的孩子们同岁，毕竟化了浓妆，我还以为她肯定过了二十岁呢。明明知道那孩子是离家出走，老师还是藏起了她。而且那孩子似乎跟警察撒了谎，说老师对她性骚扰。结果老师前天被逮捕了。"

"能很快就放出来吗？"

"谁知道呢，应该没法很快吧。"

"巴士呢？"

"谁知道怎么处理了，也许是夫人怒上心头收拾干净了，因为绪方老师似乎经常调戏女信徒。森胁女士你深得老师喜爱，刑警最近也许会去找你。"

教师说了句刁难话，仿佛在揶揄佳澄明明不是信徒。

佳澄顶了回去："你怎么样呢？"

"我怎么样？"教师似乎怒上心头，一把抓紧了蓝色的手包。佳澄装作没看见漆皮手包上留下的指痕。"为什么说我？"

"没什么。再见。"

佳澄推开教师，迈出步子。夜晚的巴士，窗下的昏暗。佳澄回想起让自己严丝合缝待在那里的安心感。她已经不想再去明亮的地方了，既然巴士已经消失，那片昏暗以及与绪方的对话就全部终结了。佳澄垂头丧气，一边走向自家的方向，一边仰望夜空。阴云笼罩，一颗星星也看不见。

走进客厅，道弘默默地指了指电视。佳澄站到道弘背后，望着新闻画面，里面映出了绪方的巴士教会。为了年长信徒方便而放在高台阶下的木箱，铺在地板上的红色塑料纤维地毯，放在驾驶席上的电风扇。上次去那里和绪方说话明明就在五天前，透过画面却感觉远在往昔。

"果然是冒牌货啊，那家伙。"

道弘大声喊出了"那家伙"。

"我觉得这次的事是个误会。"

"你在说什么啊。"道弘一脸完全不想听解释的表情，嘲笑道，"还特意搬家过来，被骗了啊。"

"不是挺好吗，有人得到救助了。"

"被骗子救助很开心吗？"

看着一脸讶异的佳澄，道弘扔下一串话。

"据说那家伙是学什么方舟，从头到脚都在模仿。巴士教会也好，传教也好，说话方式也好，全都是在模仿。"

佳澄已经无所谓了。她不明白道弘为什么生气。

"偶尔会有穿透血肉的语言，那可是好东西。"

穿透的就算不是绪方的血肉，但仍然救助了佳澄，那样就好。

有香失踪三个月的时候，石山曾到过森胁制版。那是十一月末的一天，从早上就下着冰冷的雨。事情发生以来，石山就没再委托过工作，所以当佳澄发现小心翼翼敲门入内的男人是石山时，她吃了一惊，准备站起的身体就那样停滞在椅子上方。

石山看着佳澄微笑道："还好吗？"

"嗯，还可以吧。"

"真担心有香啊。"

去厕所的道弘伴着冲水声出来了。看到石山,惊讶和焦躁的表情同时在他脸上浮现。佳澄觉得他恐怕很想责备石山:为什么不在事后立刻就来?

"啊,这真是,好久不见。"

"之后怎么样了?有香的事。"

"毫无头绪。我们也没办法,只能先工作着,可是无精打采啊。佳澄也一直哭。"

"对不起,我没过来。我觉得太抱歉了,没法面对你们。"

"为什么?石山先生怎么这么想?"

嘴上是这么说,但道弘也无法舍弃如果石山没邀请他们去北海道女儿就不会失踪的想法。石山将被雨淋湿的雨衣放在沙发上,突然跪倒在地。

"十分抱歉。我真的觉得自己有责任,让你们重要的女儿去向不明。"

"你说什么呢!请站起来。"

道弘慌忙想让石山站起来,但石山依然跪坐在地,低垂着头。佳澄默默地注视着石山的后背。她的双臂曾缠绕在那背上,思绪无时无刻不驰向那里。眼泪出乎意料地夺眶而出,佳澄将视线移向窗边。石山终于站了起来,向道弘鞠了一躬。

"我每天都祈祷能找到有香。那么,我告辞了。"

石山回头盯着佳澄,递出一个厚厚的信封。

"这是什么?"

"请用这些钱去找有香。"

"石山先生,请等等。"

石山无视佳澄的声音,走了出去。佳澄条件反射般看了一眼道弘，道弘点点头，示意她先收下。佳澄攥紧信封追在石山身后，电梯门在她眼前关闭，将她关在了门外。石山没有开门等她。于是佳澄拿着信封跑下楼梯，一心只想着石山没等她的事。在建筑的玄关处，她追上了撑开雨伞正要迈步的石山。

"等等，石山先生。"

石山回过头，一脸悲伤。

"我不等。"

"为什么？"

"你可是先说了不等的。"

佳澄递出信封的手僵住了。

"那不一样吧？"

"一样的。只要有香的事还存在，我们就无法再见面。你们很痛苦，但我也一直在苦恼。"

"我知道。"

"那么，多保重。"石山朝佳澄挥了挥手。

"石山先生，这是什么？"佳澄再次递出信封，"是有香一事的赔偿金，还是分手费？"

"你当成什么都好，只是钱而已。要是能用上，我会很高兴的。"

石山说完，手指碰了碰佳澄的脸颊。温度很暖，佳澄的后背却划过一道寒意，进而变成了身体细微的抖动。石山跑进雨中，一次也没有回头。信封里装着写有"慰问"的赠款袋，里面是三捆一百万纸币。回到公司拿给道弘一看，道弘一边操作鸭嘴笔一边头也不回地说："拿着吧，他们是有钱人。"

八月，连日酷热。

在电视台的停车廊下车走向玄关时，佳澄和道弘有那么一瞬接受了阳光的直射。皮肤在接他们的车中不自然地变得冰冷而干燥，瞬间的白色阳光让皮肤苏醒般缓和过来。在汗水就要喷出之时，电视台的自动门开了，冷气再次包裹住佳澄的身体表面。人工冷气是佳澄的铠甲，汗水、泪水以及从自己的身体渗出的一切都不能让别人看见。因为接下来，她必须再次和这世间迎面相对。

上电视不知会带来何种遭遇，但佳澄已经不再畏惧。如果绪方所言的"变化"是存在的，那么这个节目就是开始。这种确信让佳澄前所未有地积极。他们被带到狭小的后台，佳澄看着占据整面墙的镜子中的自己，目光已然变得坚强。穿着唯一一套夏季西服的道弘透过镜子看向佳澄。

"真是真是，你要是再哭我可受不了。让人这么难受，要是能有什么消息倒也好。"

"会有的，绝对。"

"你为什么知道？"

"绪方老师说了。"

绪方的名字一出现，道弘立刻失望地说道："你还相信那种事吗？"

敲门声响起。

"来了。"道弘打开门。

"森胁先生，好久不见。"是节目的女制作人保阪，"你们能再次来上节目，真的非常感谢。"

"啊，你好，上次受你照顾了。"

道弘鞠躬致意。两年前的同一节目也是保阪制作的。她穿着牛仔裤搭配 T 恤，没有化妆的痕迹。晒黑的脸颊上浮着无数雀斑。看起来和佳澄年龄相仿的她也周到地和佳澄打了招呼："夫人也特意前来，诚惶诚恐。之前没能帮到你们，真是抱歉。"

"不，没什么，谢谢你选择我们。对我们来说，让事情风化才是最痛苦的。"

佳澄恰到好处的言辞让保阪面露惊讶。两年前出镜时，佳澄只是一个劲儿地哭，没怎么说过话。

"你们这么说，那我们也就有播出的价值了。要是能得到什么消息就好了。但是我始终相信，比起什么都不做，拿出行动绝对要更好。"

保阪欣喜地说，似乎一切正合她意。她将手中的脚本递给道弘和佳澄。

"这是节目的进程表，和以前没什么不同，在正式开始前希望你们能过目。"

佳澄快速浏览了一遍，和她想象的一样，节目组叫来了五个孩子失踪的家庭，先介绍各起事件的经过和家人的话，然后是相关信息。佳澄他们是第二个登场。

"然后啊，这次我们想重新采访，你们听说石山先生的事了吗？"

保阪压低声音。

"什么事？你说什么？"

道弘看向佳澄。"不知道。"佳澄也摇摇头。

"最近你们没怎么联系吗？"

"嗯。其实之前我们每月都会通电话，但不知是不是搬家了，现在电话也打不通了，我们很担心呢。"

佳澄偷偷瞥了一眼道弘：明明说过要放过他们。

"你们知道他离婚了吗？"

道弘发出惊讶的声音。因典子的电话早就知道的佳澄默默低下头。

"什么时候啊？"

"他夫人说已经快一年了。我们这边也联系不上他，于是辗转联系到他夫人的娘家打听消息，结果听说他们离婚了，两个孩子都被夫人带走了。"

"石山怎么样了？"

"听说不知道去哪儿了。石山先生自己家也只有个妹妹，说什么都不知道。"

"横滨的公司什么情况？"

"已经停业了。听说那边的经营其实也不太顺利，还开过空头支票。业内人士认为扩张业务是石山失败的原因。"保阪担心地一脸阴云，"不仅如此，还有传言说他被追着要债。"

道弘似乎受到了很大的冲击，满面严肃。

"是因为有香的事吗？"

"孩子失踪的家庭周围总会发生各种事情。有人因为被议论一些有的没的而导致公司破产，离婚的也不少，需要克服的事情堆积如山。"

保阪似乎想起了各种各样的事件，断断续续答个不停。道弘一副没在听的样子，保阪还没说完，他就开口问道："你们不知道那家伙的联系方式吧？"

"是啊，毕竟连他夫人似乎也不知道。"

保阪歪过头，疑惑地看向佳澄。从那目光中，佳澄确信保阪知道石山和自己的传言。是这个,就是这个目光。佳澄生动地回忆起了所谓"世间"的荆棘。

道弘困惑地抱着双臂陷入沉默。他恐怕一直都以为坐拥遗产和各种人脉的石山在新事业上是成功的。

"我从没想过他在工作上会失败,而且还离婚了。曾经那么活跃在第一线的家伙竟然……"

"真可怜啊。"佳澄终于能插话了。

"现在不知道怎么样了啊。"道弘嘟囔了一句。

佳澄望向窗外。人造陆地旁的大海沐浴着午后的阳光,闪闪发亮,奔驰在高速公路上的车窗玻璃瞬间反射出更强的光芒,眨眼间便驶走了。

明亮的电视台演播室白花花的有些异样,道弘和佳澄站在巨大的胶合板道具覆盖的角落里,周围满是灰尘味儿。节目就要正式开始,他们被要求在附近等待,于是两人呆呆地望着年轻男人们手忙脚乱地跑来跑去。经历同样遭遇的家庭们不可能相互攀谈,都带着悲伤焦灼的目光停滞在黑暗中。他们等待出镜的想法只有一个:参加这个节目,说不定就能获得什么信息。

佳澄与已经见过的家庭用目光致意,察觉到自己正在通过刻在他们脸上的丧失感来确认彼此是不是同类。但是,今天的自己应该已经不一样了。道弘瞥了一眼佳澄。

"没事吧?"

"嗯。"

"别在意石山的事。"

"我知道。"

"但真是有点儿震惊啊。虽然我一直觉得联系不到有些奇怪。"

没过一会儿,节目正式开始的声音传来,道弘和佳澄进场就坐。和两年前几乎内容相同的节目开始了,只有主持人不同。

那个电话打进来,是在节目即将结束的时候。

"请等一下,听说有森胁有香的消息。"

主持人的声音让演播室中一阵骚动。道弘明显紧张起来,佳澄不由得抓住了道弘单薄的夏季西装的袖子。主持人兴奋的声音在耳边格外响亮:"是哪里人?哎,是小樽吗?"

一个老年女性的声音在演播室中响起:"也可能是错误信息,所以请允许我匿名。我住在小樽附近。"

"好的,北海道小樽市是吧?我知道了,请讲。"

"最近,有个男人带着个女孩子住到了我家附近。那个,虽然这么说不好,但那人像是个无家可归者,让我们有些头疼,怎么说呢,就是大家都很在意。然后,那孩子似乎叫'有香'。"

"仅凭这些难道不是很难确认吗?"

"嗯。只是那孩子和那男人完全不像。男人也很年轻,所以大家都说太奇怪了。刚才我一看电视,发现和演播室里那位母亲长得很像。我想不会就是吧,特别在意,就打电话了。不过只有这些信息。"

摄像机来到了佳澄的正面。佳澄的心脏仿佛随时都要飞出。梨纱很像道弘,而和自己很像的女孩子,这世上只有有香一人。小樽的老太太看到的女孩子肯定是有香。

这就是绪方说的"变化"。佳澄感觉一束光芒刷地射进了封闭的黑暗房间。透过显示器,她确认自己的脸庞因希望而在瞬间变得明亮耀眼。

第四章　洪水

1

不再做梦了。睡意总是唐突袭来，而醒来时又宛如经历了短暂的死亡后重返世上，一切都已遗忘。每天都是如此。明知是安眠药的作用，可是一失掉梦境，便觉得自己空虚而浅薄。不仅如此，有时一觉醒来，甚至分不清是现实还是梦中。

思考仿若水流。水流入各处，时而断绝，时而汇集成势，时而混浊聚积。梦中的恐惧和欢喜实在不可思议，那正是自己纤细水路的记忆。正因为有梦，现实才不可动摇。如今的自己就像被水泥堤岸固定的水流，不管愿不愿意，都要笔直地流淌在水路中。这样的水没有流动的意志，只是完成规定好的事项，度过乏味的日子。现实的无聊和梦境的丧失完美地联动起来，就连今早醒来一事，也无法断言不是梦境。

内海纯一在床上躺了一会儿，眺望着公寓的天花板。阳光从窗帘的缝隙漏入，照在因常年吸烟而熏黄的胶合板上，明亮的部分看起来就像个压扁的平行四边形。窗外晴空万里，气温超过二十五度，这似乎就是今天的现实。耳边传来摇动树叶的轻微风声。内海回想起清爽的风钻入棉T恤和皮肤之间的感触。如此晴朗的夏日，干燥的风吹拂而来，应该格外舒适。内海觉得自己只了解北国的夏天，多少有些遗憾，夏威夷、塔希提南方岛屿上的风恐怕更加湿热。那风中有气味吗？吹得猛烈吗？

内海出生在札幌近郊，跟随当警察的父亲一起辗转于各个任职地，但并没有在北海道之外生活过。他只在新婚旅行时去过东京，而且只有四天三晚。他和父亲同为警察，没工夫长时间旅行。新婚的妻子似有不满，但内海觉得东京之类去一次就够了，也并不想去国外。但是今天早上，内海有生以来第一次想去南方的海岛看看。他想坐在海边眺望涌来的波浪，吹着迄今为止没有经受过的风，就那样度过一整天。

想象四溢是心情舒畅的证据。内海有个习惯，一醒来便会下意识地检查当日的气温、天气状况以及自己的身体变化。那样一来，他便会对低气压的到来或冷暖的差异十分敏感。人类生活在自然之中，这一理所当然的事实在生病之前从未引起过他的注意。雪花飘落，道路结冰，只要多穿衣服就好。暖意袭来，就脱掉一件衣服。但是如今，内海正在渐渐失去凭借那样的防御即可忍受寒暑的强健肉体。湿度偏高一点儿便会身体倦怠，或是想吐。通过肉体痛苦的多少，得以感知自身周围的自然，这一点让内海惊讶不已。原来是这么回事，他想道。所谓生存的实感，就是通过肉体去感受。

内海用右手小心翼翼地按住心窝的中央。他的胃曾经就在那里，如今已经没有了。手指轻轻一按，钝痛便缓缓扩张到整个腹部，要过上一会儿才会消失。消失的时间正变得越来越长，痛感恐怕不久就会蚕食全身，无法移除。内海已经做好了心理准备，但还不知道能否忍受。疾病之所以会增强人类的孤独，是因为肉体的痛苦是无法与任何人共有的。肉体的个人色彩太过强烈，而想要传递其信息的语言是无力的，更何况内海并不是那种努力试图用语言向他人传递某些信息的人。不，从一开始他就认为，与他人完全相互理解是种幻想。

内海卷起 T 恤，用手指去触碰从心窝上部延伸至腹部的手术痕迹。一旦赤裸，那丑陋的痕迹看起来就像伸展在肚子上的长蚯蚓。胃癌手术已经过了一年多，泛红的地方渐渐淡去，但因为瘦了，痕迹浮在薄薄的皮肤上，格外显眼。我养着一条蚯蚓，肚子里还有个炸弹。内海一次又一次从蚯蚓的头部摩挲到尾端。要老实待着啊，他低喃着，用 T 恤轻轻盖上肚子。

床边放着 CD 播放器。内海伸出手臂按下开关，放入 CD，以大音量放出史蒂维·雷·沃恩的布鲁斯。每天都要听上好几回，无论听多少回都不会厌倦。内海闭上眼睛，跟着贝司的低音摇晃上身，陷入了忘我的恍惚中。曲目一变成最喜欢的《德州洪水》，内海便跟着唱出熟记于心的歌词。然后他就那样仰面朝天，模仿左手手指按住布鲁斯和弦弹出乐句的动作。那是一把被瘦弱的手臂环抱的、幻想中的吉他。这类乐器别说弹了，他连碰都没碰过，然而如今他却觉得自己弹得出来。

内海曾经思考过，自己过去对布鲁斯音乐明明没有兴趣，为什么会喜欢上史蒂维·雷·沃恩。结果他想到的是沃恩在飞机事故中意外死亡的事实。从医院回家的路上，内海偶然通过汽车收音机听到了这一消息。如今已不在这个世上的男人演奏的音乐让自己幸福，带给自己刹那的恍惚，真是不可思议。这是死者带给终有一日会走向死亡的自己的礼物。《小翅膀》开始了，内海也喜欢这首曲子，因为作者吉米·亨德里克斯也是死者。

今天也没什么要做的事。看起来充沛的时间也在切切实实地流逝，终结不久便会到来。内海的人生是附带期限的。音乐让人忘记时间的流逝，却也会让时间流逝。这布鲁斯音乐听个几百次，自己或许就会灭亡吧。

用整个身体铭刻韵律的内海突然呼吸困难，疲劳感袭来。他埋在床单里吐出气息，闭上眼睛。眼皮内侧留下的残像让他依旧能感受到从窗帘间隙钻入的夏日的光芒。阳光。内海觉得自己应该不会去南方的海岛，那不适合自己。适合他的，是在这狭窄的两居室里一边听死者招待他的布鲁斯，一边走向死亡。

CD播放完了。内海最近养成习惯的并非入睡仪式，而是起床仪式。仪式终于完结，内海缓缓支起上半身，然后发现忘了量体温。他慌忙躺下，胆汁逆流涌上，苦味儿在口中扩散，这刺激一下子呛到了他，鼻子深处瞬间麻痹。内海用纸巾擦了擦嘴和眼泪。胃一切除，贲门部位的功能就消失了，连胆汁和胰液有时都会逆流而上。内海糊里糊涂地忘了这点。

内海把体温计夹在腋下。反正会死，为什么还要测体温？他有些不知所措，又想笑，又想祈求保持现状千万不要发烧。测体温这一事项也一样，只要完全安排进每天决定好的顺序中，就应该能保持每天观察自己的态度。简而言之，一切都要自律。电子音响起，内海看向体温计的电子显示，三十六度八。他如实记入体温检测表。这样一来，早上的仪式终于结束了。一个月前，内海辞去干了十五年的警察工作，开始疗养。

警察学校的叠被子方法已经彻底渗入内海的骨髓，只要床铺收拾整齐，房间多乱也无所谓。整理完床铺，为了换衣服，内海打开了窗帘。光线射入微暗的房间，淅淅沥沥的雨声也同时传来。内海一直认定外面天气晴朗，不知何时竟下起了雨，神经对音乐的依赖似乎让他没有注意到雨声。他就那样注视了一会儿阳光中的雨。

盯着盥洗室的小镜子，里面映出内海瘦了两圈的憔悴脸颊。一米七七的身高，原本七十二公斤的体重减到了五十六公斤，俨然换了个模样，眼神也和以前判若两人。他用没有得到满足的表情盯着自己。有什么不满足？想要什么？内海还无法找到答案。他觉得自己就像只瘦弱的流浪狗。

胡子剃得干干净净，稍长的头发用发蜡梳成了鸭尾式。大背头已经过时，但内海一直十分中意。他从未改变过这种发型，在警察局内也始终是个怪胎刑警。正因为是怪胎，所以成绩不输给任何人。那曾经是他引以为傲的地方，如今却失去了意义。接下来该怎样度过有限的时光，内海并不知道。他明明有大把时间，却对时间流逝感到畏怯，无论如何也无法接受走向死亡的"现在"。

内海接受胃癌手术是在一年半前。胃疼总是无法消除，用药抑制了一阵子，但效果渐失，连后背都开始疼起来，食欲下降，突然消瘦。那时，内海突然想到了一点：他的家族都是瘦削型，很多人都有胃病，祖父和父亲都死于胃癌。但三十三岁的自己还那么年轻，想着不会吧，没去医院。不仅如此，他从交警终于转为刑警是在六年前，而且两年前进入了梦寐以求的北海道道警搜查一课。当时他一心想着必须提升业绩，废寝忘食地工作，连定期体检的空闲都舍不得拿出，奔走于各处。

那时，妻子久美子刚刚回到因结婚而一时中断的护士工作中。一个休息日，从位于泷川的综合医院回家的她一眼看到内海，便认真地恳求道："拜托了，去做个检查吧。"让即便如此也无动于衷的内海最终前往医院的，是他在监视过程中突然呕吐，剧烈的胃痛使他几乎无法站立。那是一起发生在超市的抢劫杀人案，内海认定存在内鬼，正在尾随打工的男性嫌疑人。既然影响到了搜查工作，就不能再放之不管了。

风雪交加的日子，内海拜访了父亲曾经接受治疗并最终病逝的真驹内的医院。唯独不想让同事知道病情的固执让内海选择了民间的医院，而不是警察医院。内海不信任警察内部的任何人，伙伴是敌人，上司的存在价值在于利用，罪犯是带来利益的客人。他从一开始就没有因憎恨犯罪而为社会正义工作的想法。这就是内海"工作"的真面目。

探望患病的父亲时，这里还是家崭新的医院，但如今淡绿色的外墙已变得暗淡而满是污渍，看起来脏兮兮的。走进建筑内，内海发现走廊和墙壁上贴满了为患者指引方向的彩色宽胶带。他回想起小学理科教室里落满灰尘的人体模型，那是个红色和蓝色的血管一直延伸到指尖的人偶。那时，内海第一次被囚禁在重病的预感中。一问咨询台的年轻女人，父亲的主治医生已经退休。

"胃肠科今天是片桐医生。"

内海回答那位医生也可以。于是女人递出初诊患者的表格，要求详细填写症状。内海用铅笔在纸上写下"胃痛、恶心、食欲不振、迅速消瘦"，然后又把最后一个词涂黑。

片桐医生是个和内海年龄相仿的微胖男人，白大褂的袖子紧绷。讨厌胖子的内海移开目光。在他讲述症状期间，片桐一直摇晃着包裹在休闲裤中的浑圆膝盖，似乎无法镇静下来。内海很不喜欢这个医生，但一想到是自己选择的结果，竟然意外地没有生气。片桐一边查看内海胃部的 X 光片子一边说："很可能是胃溃疡，但万一藏着肿瘤就不好了，还是做个胃镜吧，然后再说。"

内海抬眼看着片子，心中想道：什么啊，不是和父亲一样吗？片子上，从胃的入口到胃部中央扩散着浓度不同的白色浑浊物。他的父亲是因胃的贲门部生出的癌症去世的。还在警校上学的内海被叫到这家医院，和因打击而始终低着头的母亲一起看着片子听了说明。

内海毅然开口道："医生，这不是癌症吗？"

"这个嘛，只凭这些还没法说。刚才我也说了，没做胃镜就无法下结论。"有些畏缩的片桐把椅子向后撤去。

一个星期后，结束胃镜检查的片桐有些吞吞吐吐："表面上没有那么严重的变化，但有些硬，让人很在意，里面也许有肿瘤，所以哪怕是为了确认，我认为最好尽快手术。还请安排一下工作……您的工作是什么来着？"

"刑警。"

片桐惊讶地瞥了内海一眼。

"不是有警察医院吗？"

"我讨厌那里。"

如此回答时，内海想到父亲是不是也和自己怀着同样的心境。片桐说了句"是吗"，暧昧地点点头，望着墙上的日历。内海朝着后脖颈开始发福的片桐的后脑勺说道：

"医生，这是不会长到表面的癌症吗？"

"嗯，有的就是藏在里面，很难找到，还很容易从内部渗透到其他脏器上，非常危险。"

"我的就是那种吧？"

"怎么会。"片桐惊异地回过头，"大家都会担心地这么说，但我觉得你是胃溃疡。只是偶尔也有溃疡和癌症共存的情况,所以不做活检就无法判断。"

"没关系,告诉我会更有帮助。"

"为什么?"片桐略带迟疑地问。

"因为这不是我自己的身体吗?"

"但是啊,"片桐欲言又止,转身和年长的护士四目相对,"还请您带夫人一起来,然后再说。"

"和我老婆没关系,是我自己的事。"

片桐的愚钝让内海焦躁起来。我又不是小孩儿了,别看扁我!他想如此怒吼,但还是勉强忍了下来。护士眼帘低垂,片桐似乎陷入了沉思,右手不停地摸着下巴。

"我爸和爷爷都是胃癌,我已经有心理准备了。"

"是吗?虽然这不符合我们医院的方针,但如果是患者的愿望,那就没办法了。"片桐叹了口气,停顿了片刻,似乎在选择合适的用词,然后终于开了口,"从胃镜来看,胃的入口附近似乎有个肿瘤。但似乎还是早期的,也没有扩散的迹象,因此我相信可以通过手术切除干净。早期癌症的治愈率是百分之九十七,请放心。"

"那为什么不说呢?"

"我们医院的方针是不告诉患者本人。"

"那医生您觉得呢?"

"我?"片桐意外地看着内海,"我希望和患者充分交流后确定治疗方案,这是我的真实想法,但是患者也有各种各样的。"

"我想知道,所以请务必这么做。"

"我知道了。"

嘴上这么说,片桐还是一脸不情愿地撇了撇嘴。

"医生,刚才您也说了,真的可以全部切除吧?"

"没问题。你的肿瘤只到胃黏膜下层,我认为现在能发现真是太好了。"

内海对让片桐说出真相感到满足。他已经失去了进一步质疑并对证查实的职业意识,立刻准备离开。

外面天色已暗,风雪仍在持续。走向公交站的途中,风吹起地上的雪花,从下方卷起内海黑色外套的下摆。如冰冷刀片般的风钻入内海的怀中,心窝冻得发僵。这时,内海感到一股剧烈的疼痛蹿上来,无法呼吸的感觉让他停下了脚步。然而他的心中却充满了解放感。让他感觉讽刺的是,癌症的确认终于解决了至今为止对是否患癌的疑惑。而且如今占据内海大脑的只有一事,在因手术而休息的时候,正处于搜查期间的超市盗窃杀人案该怎么办。

案件发生在一个月前。一座位于郊外的中型超市关门后,两个以营业金为目标的男人闯入办公室,刺死因忘带东西恰巧返回的女店员后逃走。包含作案未遂的情况在内,已经发生了数起同类案件,因此搜查本部的主流观点认为应是流窜作案。只有内海一人主张超市存在内鬼,表面的理由极其薄弱:只有那里不在盗窃案的多发区域内。但是从勘察现场开始,内海就有疑惑之处,因为附近有很多年轻男性居住的公寓,有学生和自由职业者,也有上班族。都会人潮中的家伙们只要不显眼,都不知道会干出什么事来。这是内海的一贯看法,也是他的根据。

为了证明自己的观点,内海尾随认定的学生四处移动。失败就会成为笑柄,成功抓捕就会立刻成为英雄。明明已经在那样的世界里做出了形势不利的赌注,竟然必须休息。他的脑海中浮现好几张同事的脸,听闻内海因癌症手术休息,他们大概会喜形于色吧。

"内海那混账，死了才好。"他似乎还听到了骂声。如果自己处于相同立场，大概也会那么说。而且疾病未必不会妨碍到出人头地，因此相对地必须让业绩更加突出。比起自己身上的病魔，内海的脑中来来回回的只有这些。

几天后，活检结果出来了。

"很遗憾，果然检测出了癌细胞。但基本上是预后良好的早期癌症，加油治疗吧。"

再次接受片桐说明的内海同意切除胃部的全部或部分，决定了住院和手术日期。两周后进行了胃部和脾脏的切除手术，片桐只说了句"手术成功，所以请安心努力康复"。

一餐无法一次吃完，餐后血糖骤降的倾倒综合征。尚未习惯之前，事事都不适。但命还在。食欲在开始恢复体力的内海体内复苏。吃饭就会增加体重，脸色也会好转。仅仅经过一个月的住院治疗，内海就再次回去上班。食疗的食物做起来和吃起来都很不方便，增加了不少额外负担，但活着并能再次从事喜欢的工作，内海心中只有欣喜。

从苫小牧警察局的巡查做到刑警，通过巡查部长的任命考试后，如愿以偿被分配到了道警的搜查一课，已经过了两年。进入警界十二年，内海达到了目的。成为道警搜查一课的刑警是内海从警察学校时代就有的目标。他曾在除了棕熊出没的通报外没有任何案件的、无聊的偏僻之地做过派出所警察，后来终于回到苫小牧警察局成为刑警。那之后，他做了一切能受人瞩目的事。他在会议上积极发言，甚至故意无视扔掉的自行车，然后将想要暂时借用自行车的初中生带回教育。即使是不喜欢的上司，他也不怠于疏通和送礼，无论多么惹同事厌恶，他也只是一个劲儿地挖空心思提高业绩。结果到手的是道警一课的刑警一职。在这样的阶段因病倒下，是他想都不愿意想的。相信总有一天会痊愈的内海毫不厌烦地每天服用抗癌药物。

　　冲击性的消息等待着重回职场的内海。他一直追踪的学生突然从专科学校退学，去向不明。在内海仅一个月的住院时间内，学生瞄准机会躲到了某处。搜查上没有任何线索，案件进一步走入迷宫。要是没做手术，就能把那家伙扭送到警察局，在局内变得有头有脸了。内海悔恨不已。当然，他并没有向上级报告自己秘密追踪的学生已经逃走的消息。要是不能为自己带来利益，那么案件解决不了也无所谓。这就是刑警内海纯一。

　　术后将近一年时，内海的身体再次出现了异常。就像得了感冒一样，他总是浑身倦怠，本应消失的钝痛再次出现。

　　深感不安的内海询问片桐："医生，癌细胞已经全部拿掉了吧？"

　　"拿掉了，但是胆汁的逆流导致了食道炎，因为你的贲门功能已经丧失了啊。我给你开些药吧。"

　　药最初很有效，但渐渐地就无法再抑制疼痛，恶心的感觉开始袭击内海。当食欲进一步下降，瘦了十多公斤时，内海诘问片桐："这不是没治好吗？医生，请不要说谎啊。我以前也说了，这是我的身体。"

　　"恶性组织已经全部切除了，所以我认为没有那回事。"

　　"如果做手术更好，我还会再做的。"

　　"没有那个必要。如果太痛苦，住院输液怎么样？"

　　似乎不想面对内海的怒气，片桐垂下视线，重复着相同的话语。没有得到满意结论的内海从那天晚上开始偷偷尾随片桐。

片桐六点结束医院的工作，开着沃尔沃沿着雪路回家。他住在位于南区的分户出售的公寓，家里有在大学担任讲师的妻子，还有岳母，以及年幼的女儿，每周他会因值班在医院住一晚。这些都是已经调查清楚的，但是星期六晚上，片桐不直接回家，而是将沃尔沃开进城市酒店的停车场。一个年轻女性在酒吧等着他，是内海第一次去医院时在前台告知片桐姓名的女性。确认两人消失在房间里，内海在第二个星期去了医院。

站在走廊等待，片桐浆好的白大褂下摆翻飞，焦急地踩着走廊的红色胶带走了过来。红色胶带是通向消化科的路线。认出站在角落里的内海，片桐大吃一惊。

"这不是内海先生吗？"

"医生，你好。"

"今天怎么了？不舒服吗？很疼？"

"不，有点儿事。"

内海和片桐并肩迈出步子，但他已经赶不上健康人的步速，呼哧带喘，不由得抓住了片桐的肩。

"没关系吗？"

片桐停下脚步，目光中带着胆怯。

"医生，我是复发了吧？"

"不，你说什么呢。是指溃疡吗？那已经全部切除了，应该不会有那种事的。"

"那为什么不检查？"

"如果你希望的话，我会检查的。"

"你以为我会满意这种回答吗？这是我的命，别说得那么简单啊,医生。"

内海恐吓道。片桐一惊,盯着内海消瘦凹陷的眼窝。内海一笑。

"接下来,还有多长时间呢?医生。"

"那种事我可没法说,因为根本就没发生。"

内海用让人联想到爬虫类动物的毫无感情的眼神瞪着片桐。

"医生,那我就要问了,你和前台那位小姐是什么关系?那个头发短短的、胖乎乎的女人。你喜欢那种吗?"

"你什么意思?太没礼貌了!"与安静的内海相反,片桐反应激烈。"什么关系都没有啊,而且也没有被你说三道四的理由。"

内海若无其事地取出片桐与女人见面的酒店的火柴。片桐立刻看了火柴一眼,哑口无言。看到他的双手从白大褂口袋伸出,无力地垂在身体两侧,内海继续道:"如果不想让太太知道,那就请医生你说清楚。我想自己决定自己的事。如果没时间了,那么我不想做任何没用的事。"

片桐抽动着脸颊,试图浮出笑容。

"简直就像威胁啊。"

"我要是不这么做,医生你什么都不会说吧。那对我不也很失礼吗?"

片桐表情扭曲,明显在说"刑警真是讨厌啊"。

"可是……"

"可是什么?我这边性命攸关。就算我死了,你也不会失去什么。我可是急得上头,你明白吧?"

片桐似乎拿定了主意,深深点了点头。

"我明白了,那就来说吧。"他让内海去走廊一角的沙发那边。

两人并排在茶色的人造革沙发上坐下，爬满走廊的寒气让沙发表面又冷又干。两人同时一落座，立即响起物体开裂般的声音。

"这样的地方不要紧吗？也没有病历，不好意思啊。"

片桐的眼神不安稳地飘来飘去。现在不是就诊时间，几乎没有上门的患者，只有医院的职员和护士急匆匆地走来走去。片桐的样子让内海做好了心理准备。

"没关系，请全部告诉我。"

"这样，那我就说了。手术时就发现了，很遗憾，你的肿瘤是发展到相当程度的恶性肿瘤，称为胃硬癌。这种癌症的发病率只有百分之五，实在遗憾。我说是早期，但那是考虑到对你的影响而撒的谎。对不起。这种情况下，医生也会犹豫到底该怎么做。"

"请说得再详细些啊。"

内海打断了语气沉痛的内海。

"嗯。胃硬癌一般不会长到表面，特征是像扎根一样不断浸润，你的情况是已经到达了内膜，而且引起了播种性转移，已经浸润了相当大的范围。"

"转移到哪里了？"

"淋巴结和肝脏。我已经尽了一切努力，但手术也无法切除干净。真的非常抱歉，但是目前的医学水平是束手无策。我一直想有一天必须告诉你，我也在烦恼。"

内海不得不露出苦笑。直觉明明是正确的，却在搜查的最后关头掉了链子。不，总之为时已晚，目标已经逃走了。

"我要是早点儿来会不会好些？"

片桐一脸阴沉地摇头。

"这种癌症早点儿也很难发现。哪怕在胃的出口也好，就能立刻出现症状了，但你的是在贲门部位。如果说内海先生你运气太差，这种说法很失礼，也显得我很无情。"

"是吗？"

内海缓缓点头，看着两个年轻护士抱着病历，谈笑风生地向这边走来。青春让两人脸颊紧致，丰满的身体里涨满力量。再也无法回到那样的身姿了，衰弱与死亡正在等待自己。内海第一次感受到了体内力气尽失的冲击，他好不容易将视线从走过的两人身上移开，看向片桐苍白的脸。

"医生，我还能活多久啊？"

"一年左右吧。"

片桐坦言，看向内海的脸。

"那，已经做什么都没用了吧？"

"这也取决于人的想法。在延长生命的层面上，还有很多事可以做。"

内海思考了片刻，说道："医生，要是那样，我就不吃抗癌药了。那么痛苦地延长生命，要是只能躺在床上，就没有意义了。"

"对不起。"

"没什么，因为又不是医生你的错。"

片桐深深地低下头。"我真的无能为力，对不起。"

"那，我不会再来了。"

"不，那我可就头疼了，还请让我为你治疗。接下来，你的吞咽障碍不知何时就会严重，也许会无法咽下食物，而且可能还会出现黄疸现象。到了那时，我会帮你的。"

内海一言不发地从沙发上站了起来。片桐咽了口吐沫，盯着内海。内海一边感受着片桐注视自己后背的目光，一边迈开脚步。接到癌症诊断时，他本该预测到最糟糕的情况，但不知为什么，他一直坚信自己能治好，因为他脑子里只有工作的事。回过头，片桐还站在那里。内海走了回去。

"医生，我忘记问了。"

"什么事？"

片桐的视线已经不再端着架子，从正面看向内海。

"那个手术做了也没用吧？"

"没用这种事是不存在的，因为不打开就什么都不明白。"

"但是手术晚个半年无关紧要吧。"

"也不能这么说。"

也许是很难推测内海的真意，片桐面露疑色。

"混账！"内海发出一声呻吟。片桐一脸茫然，似乎无法理解。"没关系，医生，我是在跟我自己说。"

内海转过身。做了也没用的手术，当初不做就好了，因为那台手术，自己没抓到超市盗窃杀人案的嫌犯。混账。内海再一次咒骂自己。

在医院的正面玄关处停下，自动门打开，发出嘎的巨大一声。冰冷的强风灌入，从正面撞击着内海。内海一瞬间无法呼吸，不由得向后踉跄了几步。已经如此虚弱了吗？那个强壮的自己已经不存在了。如果体力渐衰，那么迟早会被迫辞掉工作。因无能为力而心怀羞愧，只有这个让内海感到厌烦。而且他放走了癌症这个最大的嫌犯。初期搜查的失误，预判的失准，他犯下了人生最大的错误。但不可思议的是，他并没有流下眼泪，也没有感叹自己的运气不佳，只是有种近乎放弃的想法，觉得临死原来就是这么回事。

不知何时，日落星出。踩得结结实实的雪安静地包围着医院。

内海仰望医院，白天脏兮兮的建筑在雪光和自身照明中美丽而庄重。内海瞥了一眼父亲去世的房间，至少在死亡地点上要和父亲不一样，因为他再也不打算走进这家医院。这点让他满足。父亲的身体被插入了各种各样的管子，二十天里一言未发便死去了。内海绝对不想迎来那样的临终时刻。

只有门前的空地除过雪，可以看到黑色的沥青地面，寒气让地表结了薄薄一层冰膜。为了避免摔倒，内海摇摇晃晃，小心翼翼地慢慢移步。一使上全身的力气，就会喘不过气来，恐怕迟早会连结冰的道路也无法再走。只要意识和行动还能保持一致，就工作，要是变得困难，就辞职。内海认定辞职会在夏天到来，这只是他的直觉，但唯有直觉总是很准。

内海回到停车场的车旁。车内冷如冰霜，冻得人瑟瑟发抖。换作平时，内海会立刻打开暖气，但此时他却任牙齿咔哒咔哒打战，打开了车载收音机。就算是这样的他，在被人宣告命将休矣的时候，似乎也会变得恋慕人情。那时，激流般的布鲁斯放声流出，包裹住内海的全身。内海在漆黑的车内颤抖个不停，一直听到曲终。那正是史蒂维·雷·沃恩的布鲁斯。

内海煮了粥，又做了加入豆腐和菠菜的清汤。他没有食欲，但只要还能吃，他就觉得什么都能做到。就算为了保持这种感觉，他也必须吃。内海在机械地摄取食物上花费了大量时间，几乎就像苦行。用三倍以上的时间吃完东西后，他洗净餐具。然后，他把T恤和袜子扔进浴室的洗衣机，随即坐到桌前。有些工作是他准备在心情好的时候做的。

内海从抽屉里拿出几张明信片，开始给关照过他的上司写信。

他曾为了撰写报告书练过字，下笔如钢笔字帖般整齐而有力。

  敬启者
  盛夏之时，想必井上警视依旧平稳康健。在苫小牧警察局时代多受您的照顾，感激不尽。
  您或许已经听闻，在下因病疗养，已于六月最后一天离职。承蒙您的提拔，在下本已分配至仰慕已久的道警一课，却无法报答恩情，心中充满愧疚。

  写到这里，内海放下钢笔。他意识到，既然已经不会返回警察的岗位，那么这种事就无关紧要了。写写感谢信，送送礼，都是因为无论多少也想往上爬的野心，但如今再做那种事已经没有任何意义。内海撕掉明信片，扔进垃圾箱。
  雨已经停了，悬铃木叶子上的水滴在夏日的阳光中晶莹闪亮，湿润的道路很快就干了。风歇下来，湿气比早晨重，天气似乎更热了。一闷热起来，身体就会难受。内海回想起早晨晴朗的心情，略感遗憾。他刚在房檐下晾上洗好的衣服，电话响了。
  "今天感觉怎么样？"
  是妻子打来的。在泷川的综合医院做护士的久美子每月会在不值班的时候回札幌两三次，其他时间都住在医院的职员宿舍里。
  "感觉不错呢。"
  "是吗。有食欲吗？"
  "刚才煮了粥，都好好吃掉了。"
  "五顿饭都好好吃了？"
  "不，勉强能吃三顿。"

"这哪儿行啊，会营养不良的。体温呢？"

内海一边觉得就像在医院里一样，一边机械地回答："今天早上三十六度八，昨天晚上忘测了。"

"这样啊。今天我休息，现在就准备去你那里，可以吗？"

"可以啊。"

"我傍晚到。"

"我知道了。"

公共电话的杂音还留在内海的耳朵里，电话就断了。内海环视房间。整整齐齐的床，小巧的桌椅，衣柜和收纳柜，矮桌。房间里收拾得干干净净。脏茶杯一个都没有，也没有垃圾掉在地上。事到如今，就算久美子来也没什么可做的。对于内海来说，妻子的来访就是如此无法让他欣喜。

与久美子相识是内海二十五岁的时候。那时他在苫小牧警察局工作，工作地点位于从主干道伸出的一条路上，对面就是久美子工作的综合医院。时而去向住院的交通事故受害人取证，时而带打架受伤的伤害罪嫌疑人就诊，警察有事去医院的次数多得出人意料。久美子是外科护士，内海曾和她说过几次话。她的容貌并不特别让人印象深刻，但她言行干脆，让内海抱有好感。一天，为了处理交通事故而站在医院前台旁的内海被路过的久美子叫住了。

"内海先生，要不要下次去看电影？"

内海惊讶地看着久美子的笑脸，护士帽恰到好处地戴在她的头上。为什么邀请自己？内海很想问问理由，便答应了。两人很长时间才等到都不值班的日子，总算完成了第一次约会。购买电影票等事项都是久美子安排的，连要去的餐厅和酒吧都决定了。身为警察的内海作为专业人士，总在考虑业绩，将合理地完成工作视作根本，而久美子也同样是一名优秀的护士，思考方式就像训练有素的士兵。内海觉得久美子是个将这种能力也应用于实际生活的女人，没有多余的感伤。他非常喜欢这一点。

"因为你和外表看起来不一样，似乎很认真。"

久美子以她特有的方式，向内海说明了向他搭话的理由。我看起来很认真吗？内海的内心发出苦笑。他想反问久美子：认真是什么样的？内海并不是为了社会正义而成为警察的。在他心中，如果勉强说有什么感情与社会正义有关，那么就只有对罪犯和其预备军的轻蔑。反正是不值一提的渣滓，所以内海把他们都当作帮自己提升业绩而存在的"客户"。若是治安恶化，那么检举数量就会增加。行为不良的少年想要多少都可以凑出来进行教育，也很方便。内海只会考虑这种事，但反映到久美子那里，却成了认真的警察。

内海的心中像洪水泛滥般充满了野心。他想抢在同事前面成为第一，想受到上级认可。至今为止，他都只凭这样的想法生存。如果有人问他为什么想去道警一课，他恐怕会回答，因为那是北海道警察的顶点，是最引人注目的工作，与众不同。他从未考虑过为什么想做引人注目的工作。他的大地被洪水覆盖，什么都看不见，所以他觉得久美子是个不麻烦的好对象。女人有就有，并非极度渴求的存在。在这一点上，久美子既不会撒娇，也不费事，是个便利的女人。

"能和我结婚吗？"

内海向久美子提出结婚，是在两人开始交往的一年后。找一个不会引发问题的妻子也是警察的义务，也就是说，结婚的必要已经在内海身上生成。

"可以啊。"

久美子高兴地回答。她迅速回去见了在日高从事乳畜业的父母，也仍是她决定了各种安排：婚礼、宴请的客人、礼品、住处。内海暗暗认为自己的选择太正确了。但这时，内海还没有意识到自己看轻了久美子。结婚后，久美子提出想要一直从事护士的工作，要是那样，调职时就不能带久美子走了。一旦事情偏离预期，内海就会害怕，于是他近乎恫吓地说服久美子：那离婚你也不在乎吗？久美子勉强屈服了。

但是，久美子辞职成为家庭主妇的日子只持续了四年。内海回到苫小牧警察局成为刑警时，两人间的关系就已经剑拔弩张了。终于成为刑警的内海欣喜若狂，只热衷于自己的工作，无暇顾及久美子。久美子自己在泷川的医院找到了职位，然后不顾一切地离开了家。内海阻止过她，但她如此说道：

"我甚至想过自己就是为当护士而生的，你却连听都不听我说的话。你始终都只想着自己的事。"

那就是横亘在被称为能力出众的、一眼看上去态度认真的警察内海的水底的大地。结果两人互不妥协，选择了分居。他们没有孩子，内海不得不变成了家庭摇摇欲坠的怪人刑警。也许正是这件事，让内海对于出人头地的执念更深一层。

如今患了病，久美子对内海温柔起来。每到休息日，她都会来札幌照顾内海，甚至希望内海搬去泷川，那样就能更多地照顾他，但内海认为那只不过是久美子的职业态度，是对一个癌症晚期男人的临终关怀。久美子是想完美地完成这一工作。在内海看来，久美子仍然没有原谅他仅仅出于方便而与她结婚。

在床上躺着躺着，内海不知何时睡着了。玄关的铃声让他惊得一睁眼，天色已经暗了下来。完全忘记白天约定的内海看到未施粉黛的久美子站在昏暗的走廊里，不由得吃了一惊。

"真是的，你忘了？"

"这么说来，你是说过你要来。"

久美子没有回答，用护士观察的目光从上到下迅速扫遍了内海的全身，仿佛在检查他衰弱的样子。内海十分不快，吐出不满的声音："别用那种眼神看我啊。"

"那种眼神是什么眼神？"

久美子仿佛在说病人就是情绪不稳，一副毫不介意的态度，脱掉过时的运动鞋。

"不是挺精神吗？"

说谎，你想的明明应该是又衰弱了。内海默默地回去准备收拾床铺，结果久美子慌忙跑了过来。

"啊，不用了，我来收拾就行。你可是病人，快坐下。"

"没关系，毕竟是我的房间。"

从苫小牧时代分居以来，已经过了四年。札幌这间公寓从一开始就是内海一人的住所。正因如此，虽然说出了这种话，久美子也并未在意，直接开始收拾。深感麻烦的内海在榻榻米上坐下，看着久美子动作麻利地把床单掖进床垫下方。久美子越来越瘦。两人相识时，为了修剪垂到肩上的直发，久美子总爱去美发店，也会涂点口红之类。但是如今，她的一头硬发已经毫无修饰地剪短，也完全没有化妆，T恤搭配牛仔裤，背着黑色的双肩背包。这是个长久以来不在意他人目光、只在自己的道路上奋勇前进的女人的形象。

"你应该是个很可靠的护士吧。"

并非反讽也没有其他感情，内海口中不由得冒出了这样的感想。

"是啊，因为我就想当护士长。"

久美子回过头，语气中毫无玩笑之意。一方是曾想成为搜查一课刑警的男人，另一方是如今以护士长为目标的女人，双方都未考虑对方的事。但是作为专业人士，他们恐怕是优秀的。内海露出苦笑：虽然性格不合，但他们夫妻真的十分相似。

久美子拿出买来的食材，给内海做了晚餐。煮鱼、粥、煮蔬菜，净是与病号餐不相上下的易消化食物。两人话也不说，默默地吃了晚饭。也许是觉得拘束，久美子打开了电视，但没兴趣的内海并未看向屏幕。

"不用配合我的速度。"

"我知道。"

但是久美子一直慢吞吞地拨拉着鱼肉，似乎觉得不怎么好吃。内海一边拼命咀嚼，一边问妻子："医院有很多像我这样的病人吧？"

"嗯。"

"那些家伙都干什么？"

"嗯？"

"直到死去，他们都在干什么？要是吃抗癌药或接受放疗，病人就知道是癌症吧。"

"是啊。"久美子放下筷子，"人各有不同呢，但是就算白天活蹦乱跳，一到晚上，大家就都不行了，似乎都会变得闷闷不乐。有个男人喘不上气，每隔三十分钟就要按铃叫一次护士。那个男人才四十二岁，做了肺癌手术。可是无论是谁，都已经无计可施了啊。我想总之先赶过去，哪怕给他搓搓脚也好，可是一过去，他就一边痛苦地喘着气一边怒吼：'你干嘛要来！''你这种人来了也没用！'我不知道该怎么办，就先回到护士站，结果铃声又相了。就这样反反复复一整晚，我这边也是筋疲力尽啊。"

"然后呢？"

"还有当过刑警的呢。"

"刑警？"

"嗯，已经七十岁了，但每天晚上一睡觉就会发出很大声音。同屋的人抱怨，我就去询问原因，结果说是梦到杀人了。总觉得很奇怪。"

"然后呢？"

"悲惨的故事还有很多呢。"久美子突然疑惑地停顿下来，"说些开心的事更好吧。"

"没关系，说吧。"

"为什么想听呢？"

"因为你知道我不了解的地狱。"

"地狱？那可不能说是地狱。因为那是人类理所当然的样子。"

"那就给我讲讲那些理所当然的事。"

"等等。"久美子暧昧地回应了一句，盯住电视，"我记得这起事件。"

久美子突然用手指着说道。是在改变话题吗？内海有点生气地看向电视。电视里正在使用模拟视频来说明泉乡别墅区幼儿失踪事件。确实发生过啊，这件事——内海脑内的记忆装置运转起来，回忆起四年前的夏天发生在相邻的惠庭警察局辖区内的未解决事件的详情。那是从东京来的小女孩在别墅区失踪的事件。孩子在山路尽头失踪，可是既没有听到车的声音，也没有人见到可疑人员，搜山也毫无结果，甚至一时间流传起女孩的父亲就是凶手的说法，是起怪异的事件。那时内海已是苫小牧警察局的刑警，被派往人手少的惠庭警察局进行支援，见过相关人员，也了解事发现场。他也想过"要是自己明明会这样搜查"，但既然不是负责人，便决定不去使用多余的脑力和体力。

"真可怜啊，这对父母。"

久美子放下筷子，目不转睛地看着低头坐在沙发上的夫妇。内海也瞥了一眼。父亲满脸疲惫地垂着头，看起来年过三十五岁的母亲重重地叹了口气。内海恍惚地望着她低落的肩膀。他认识那位父亲，但没见过母亲的样子。

就在这时，电话打进了演播室，传来主持人兴奋的应答声，是目击到疑似失踪的孩子的消息。久美子"哎"了一声。"这电话是真的吗？这孩子，虽然这么说不合适，但已经死了吧。你说是吧？"

内海把盛了粥的碗放在桌上。

"大概吧。"

"但是，又有希望了呢。"

"刚才我一看电视，发现和演播室里那位母亲长得很像。"

在妻子说话的间隙，只有通报者的这个声音传进耳中，内海不禁看向电视。母亲的脸部特写占满了整个画面。希望瞬间溢出，但是构成那张脸的基调的，是无法掩埋巨大空洞的、毫不掩饰的孤独。内海觉得自己好像在哪里见过这个表情：与今早镜中的自己一模一样。这是个无法与失去孩子的现实相妥协的女人。女人的不幸与沉在内海心底的东西遥相呼应。

"我，会帮忙去找这个孩子的。"

内海的低喃让久美子抬起脸，像面对初次见面的人一样看向他。

2

内海久违地做了个梦。在梦中，他向课长和同事报告，自己已经回到了刑警的队伍中。同事们看到内海，有的一脸惊讶，有的拍拍他的肩膀，每个人都在鼓励他。每听到一句，内海都笑容满面表示感谢。他不再是脸颊瘦削的憔悴面孔，身体也不再瘦骨嶙峋，依旧是原来健康的体魄。他坐到自己的桌前，发现茶杯没了，正想着"啊，是辞职时扔掉了"，就醒了过来。梦中内海的喜悦并非源于能够回归工作或同事们意想不到的亲切，他欣喜于疾病痊愈，感激再次获得原本无法挽回的肉体。患了绝症的自己做的梦果然是悲伤的，但是能够做梦一事仍然让他欢喜，尽管他是吃了安眠药才睡着的。

与昨天一样，今天也是典型的夏日晴天。内海不太舒服，从睁眼开始就感到轻微的腹痛，身体沉重。一开始计划想要做什么，迟钝的大脑力便会立刻编织起梦，而生病的身体则只会在关键时候掉链子。癌细胞仿佛察觉到了内海接下来的勉强，兴高采烈地吵个不停，但那蠢蠢欲动毫无疑问也是内海的水流穿透水泥找到新水路的证据。虽然只是裂缝的程度，但水迟早会渗进那里，汇成水流。内海捂着肚子缓缓起身，吐出一丝苦笑。

洗完脸，在火上煮上早饭的粥，内海用温吞的运动饮料润了润嘴，然后试着给东京的电视台打了电话。电话被转来转去，最后停在了节目制作人保阪那里。女人声音高亢甜美，仿佛主持人一样。

"我是札幌的内海。我看了昨天的节目，关于泉乡的那起事件，我有点……"

"是消息吗？"话还没说完，保阪就已经兴致勃勃。

"不，不是的。我是刚刚辞职的刑警，对那起事件很感兴趣，想稍微调查一下。"

"什么意思？"

"是我个人的兴趣。其实当时我就在与惠庭警察局相邻的苫小牧警察局，很在意那起事件。"

"我可以问问你的目的吗？"对方十分警惕。

"我想帮助那位森胁先生。"

内海做出了这样的回答，却开始思考自身话语的真伪。说句实话，这只不过是他一时兴起的好奇心。

"那个，你是出于善意的，是吗？也就是无偿的，对吧？"

为了确认内海的真实意图，保阪断开了语句，以便更容易理解。

"是的。"

"是吗，非常感谢。我想森胁夫妻也会非常欢迎愿意帮忙的志愿者。"

听到"志愿者"这个词，内海心头发痒。但既然说了要无偿帮他们调查，那自然就是志愿者。

"要是这样，我会告诉你森胁先生的电话号码，你能在得到森胁先生的许可后再行动吗？"

"那倒没问题，但我自己想先知道小樽那边的详细信息。"

"我知道了。我去拿资料,会再给你回电话的。能告诉我你的电话号码吗?"

内海告知了电话号码,挂断电话。粥已经溢出来了,他跑过去拿开锅盖,开始切味噌汤所需的食材,这时电话响了。

"您好,我是森胁佳澄。"

内海以为是保阪,结果那位母亲突然打来了电话。内海想起电视上的那张面孔。她的声音是这样的吗?内海充分玩味了那略低的通透声音和急促的语气。

"我刚从大东京电视台的保阪女士那里知道了您的电话,听说您要帮我们找有香。"

"嗯,我是打算那么做。"

"非常感谢,真是帮大忙了。家里还有个孩子,森胁和我也都有工作。我们都在东京,没办法像设想的那般行动,所以您真是帮大忙了。"

只凭一通电话就相信我了吗?内海惊讶于佳澄的毫无防备,发觉佳澄的内心至今依旧填满了处于破裂边缘的感情。毫无掩饰的孤独。那张脸现在正因希望而明快地皱着吧。

"我不知道能不能帮上忙。当时我在相邻的警察局,也知道事件的大概。"

"那个,您是警察吗?"

佳澄的用词突然显露出了疑虑。

"哦,是的,我以前是警察,所以我也去支援过森胁太太你家的事件。"

"这样啊。"佳澄的声音瞬间低落下来,"那您也很清楚事件的情况吧。"

"我清楚。"

"那您也认识惠庭警察局的浅沼先生吗？"

"那是负责的刑警吗？"

"是的。"

"我没见过。如果是驻任当地的胁田，我认识。"

佳澄沉默了片刻，不一会儿便心意已决般说道："难得您愿意帮忙，但要是那样，就不用了。感谢您的好意。"

内海惊讶地质问道："这是什么意思？了解事件就不行吗？"

"不，不是那个意思。说我对警察一直很失望，可能很失礼，但是现在我的心境确实近乎如此。"

原来如此，是这样啊。看似老实的森胁佳澄出乎预料地强硬，这让内海焦躁起来。当时有传言认为别墅的主人和失踪儿童的母亲有染，内海对此毫无兴趣，但他也曾想象，当事人对这样的搜查方向恐怕会厌烦不已。住在内海心中的小虫开始骚动。他始终怀有强烈的轻蔑之心，认为罪犯是不值一提的渣滓。佳澄是属于不值一提，还是心怀某个内海无法得知的秘密？他忍不住想探个究竟。

"真的很抱歉。明天我也要去札幌，想自己找找看。非常感谢。"

"明天吗？我先调查好小樽的情况，然后你再来，怎么样？"

内海觉得小樽的信息是假的，调查一下很容易。为什么如此执着？内海并没有温柔到顾及佳澄心情的地步。

"不，我会去。有香是四年前的八月十一日失踪的，每年这时候我都会去北海道。"

今天是八月八日。

"那又怎么样？"

佳澄发出了厌恶的声音。她似乎已经得出了结论：内海和至今为止见到的警察没有任何不同。

"您可能不明白，因为这也是我的某种节点。总之非常抱歉，这件事容我拒绝。"

佳澄有时会显露出不容分说的专制。内海只能顺从。"我明白了。"他虽然点点头，但还是没有忘记若无其事地询问："你坐几点的飞机来？"

"下午一点。"佳澄莫名其妙地回答。

内海挂断电话，发现自己正情绪高昂。心窝的疼痛消失了。

粥已经糊了。内海咋了咋舌，把粥全部倒掉，用勺子刮净锅底的焦痕。他回忆起森胁佳澄的声音，这个女人时不时展现出的严肃措辞，以及与其完全相反的无依无靠。是什么在推动着她？她在寻求什么？她的不安是什么？而且，她到底做了什么？内海想知道一切。他预想到与这一事件产生关联将危害到自己的健康，但追寻某些事物这一行为带来的喜悦让他自己都感到震惊。当他重新煮上粥时，保阪打来了电话。

"森胁女士给你打电话了吧？"

"嗯，说明天来什么的。"

"嗯，至今为止什么消息都没有，所以这次出现了消息让她非常兴奋。她说已经等不及内海先生你的电话了，我就告诉了她号码。"

"没关系。"

对于被佳澄本人拒绝一事，内海只字未提。

"让我来说这话有些奇怪，但还是拜托你了。接下来我想用传真把有参考价值的资料发给你。"

"我现在就切换到传真。"

不一会儿，传真机就吐出了将近十张纸。

内海一边颇费工夫地咀嚼早饭，一边浏览了保阪传来的资料，包括泉乡别墅区幼儿失踪案的概要和相关报道的剪报，以及有香的照片。这种程度的信息内海也知道。然后就是昨晚电视台得到的信息的记录，信息提供者的名字和电话号码也写在上面，但是与节目相比并没有任何耳目一新的东西。内海的直觉再次发声：这是假消息。

> 从去年春天开始，有个年轻男人住进了朝里之滨的渔夫小屋。他看起来像是在附近的隧道施工现场工作，但无法确认。那个男人带着一个十岁左右的女孩子，但从年龄上看，他并不像孩子的父亲，孩子也不太像他，所以一直十分在意。那个女孩子似乎叫"有香"，而且和电视上看到的母亲（森胁佳澄女士）很像，我觉得不同寻常，就打了电话。
>
> 小樽市朝里町　大塚（六十六岁）　女

内海吃完饭，立刻服用了消化药。为了防止血糖骤降，他骨碌一下躺倒在榻榻米上，随即拿起旁边的传真纸，仰面朝天再次从头读了一遍。午后去拜访惠庭警察局的刑警浅沼吧，虽然没说过话，但名字是知道的。如果自己还在职，浅沼绝对不会告诉自己，幸好已经离职，想方设法也要问出来。然后，内海又考虑起如何搜查。烙印于身的习惯让他脑海里下意识地浮出"搜查"一词。他震惊地摇了摇头，绝对不是搜查。他的"搜查"只以得到好评为目的，所以他会彻底调查认定的嫌疑人，埋下陷阱，与对方谈判，时而还设下骗局，一切都是卑劣的坏聪明和四处奔走的笨办法的产物。因为有必须先其一步的同事，那也是包含诸多秘密的独立工作。接下来自己要做的，不过是对"搜查"的模仿。不，他想，完全不同。因为嫌疑人是谁毫无关系，而且说句实话，孩子的生死也毫无关系。无论是了解森胁佳澄的秘密，还是昨晚想到的希望找到彼此共通点一事，其实都是死前打发时间，不，只不过是娱乐而已。

开车到惠庭警察局大约一个小时，还不至于疲劳。内海换上新T恤，拿上黑色夹克出了门。公寓门前的砖面路旁，火棘的影子比以前长了，盛夏的阳光也隐隐带上了秋天的气息。内海感到那仿佛就是自己死亡的预兆，但他望着天空，拼命甩掉了这种想法。这种努力要持续到什么时候才好？自己什么时候会发觉努力的徒劳？内海的心开始涂上一层暗淡的颜色。

内海走向公寓背后的停车场，在一辆失去了光泽的银灰色丰田加里纳前停下脚步，细沙在车身上积了薄薄一层。自从体力下降，感觉方向盘格外沉重后，内海就没怎么开过车。车子似乎已经变成了孩子们的游乐场，发动机罩上也好，驾驶席的门上也好，都写着"笨蛋""去死"等难看的大字。我确实是个笨蛋，而且就快死了。内海觉得好事的自己可笑得不得了。他此刻的举动，在辞职前，不，在得病前，连想都不会想。他没有理会那些乱写乱画，打开车门，烟油的臭气和被太阳晒暖的尘土味儿同时从车中升腾。内海掸掉连座椅都不放过的沙尘，插入史蒂维·雷·沃恩的磁带，发动了车子。

内海和浅沼约在惠庭警察局旁边的家庭餐厅见面。正当他在窗边的座位上小口喝着橙汁等待时，一个举止从容的初老男人走进店内，举起了手。

"你好你好，内海先生吗？让你久等了。"

浅沼风度翩翩。一张像是因打高尔夫而晒成浅黑的脸完美地衬托出白发，金边眼镜搭配藏青色的夏季西装和驼色高尔夫衫，被人当成是企业的部长课长或房地产公司的社长也不稀奇。就坐前，浅沼从名牌名片盒里拿出名片。

"我是浅沼。"

"我是内海。不好意思，我没有名片。"

"不不，没关系。"浅沼圆滑地摆摆手，随即坐下，仔细端详着黑色西装搭配白色T恤的内海。

"你就是内海先生吗？我早就听说过你。"

"为什么？"

"都说有个打扮得像黑道的有本事的刑警。"

浅沼一副开玩笑的样子，金边眼镜背后却闪烁着刁难的目光。这混账，装得有模有样，却露了马脚。内海没有表现在脸上，内心一阵嗤笑。浅沼的挖苦话仍在继续："听说苫小牧的黑帮们都松了口气，内海先生一不在，捏造的事实就少多了。"

内海带着暧昧的笑容听着。浅沼一脸佯装不知的模样，把吸管插进浑浊的冰咖啡里，翻眼看着内海。

"你为什么辞职了？你去了道警一课吧？不是精英吗？"

"我正在家疗养。"

"哦，哪里不舒服了？"浅沼瞥了一眼内海那身肥大西装的肩部。

"胃癌。"

说罢，内海看向浅沼。大摇大摆的家伙一旦走了霉运，居高临下者大有人在。内海自然地摆好了应对的架势。但不知是不是觉得自己说了难听的话，浅沼移开视线，从放在邻座的夏装外套里缓缓摸出香烟。真是个懦弱的家伙。内海重整旗鼓，趁势主动进攻："泉乡别墅区的幼儿失踪事件，能问问你情况吗？"

"我倒是无所谓。"浅沼用一百日元的打火机点燃香烟，"内海先生为什么又对这事有了兴趣呢？"

"我也去支援过那起事件，虽然就一天，去现场帮了忙。"

"啊，是啊。"浅沼似乎想起来了，"毕竟是总动员啊。"

"直升机也出动了啊。但是没找到。"

"太难了啊，那种事件。"浅沼仿佛为了掩饰自己的怠惰般笑道，"那，你为什么想问？"

"我很闲，就想帮他们找找孩子。"

"你开玩笑吧？"

浅沼忍住笑意低下头。孩子已经死了——浅沼的表情中不止这句话，还这样写道：你也想象得到吧，因为刑警总是从不好的一面去预判事物。内海无视浅沼，装成没看到的样子。

"不，我是认真的。"

"内海先生，那就是你的新工作吗？你想把它当成新工作，然后从我们这里免费获得信息吗？"

"那不是工作，只是我的兴趣，所以我不需要信息。你们难道掌握了比这里更多的东西吗，浅沼先生？"

内海指了指资料，明显在暗示浅沼的无能。浅沼面露沮丧。

"那，你想问什么？"

"硬要说的话……"内海盯着餐厅的天花板想了想，"是浅沼先生的感想……吧。"

连自己也未曾想到的话语脱口而出，内海吓了一跳。浅沼也惊异地反问道："感想？什么感想？"

"对那起事件的感想。"

"你问那种事干什么？"浅沼已经憋不住笑了。

"谁知道，我自己也不太清楚，只是想抛开通常的做法，尝试一些没做过的事，问问没问过的问题。"

"完全不明白你在说什么。"

"不好意思。"内海直率地低下头，"我已经不是刑警了，所以想试试不同的想法。"

"哎呀，这次是侦探吗？"浅沼揶揄道，"真酷啊。"

"不，这不是工作。"内海摆摆手否定，"只作为一个人，作为一个男人，我想站在那样的立场上问你。"

"不是要进行禅宗问答吧？"

浅沼似乎已经不太情愿了，用吸管吸干净了咖啡。冰块喀啦一声坍塌下去。

"也就是说啊，浅沼先生是在职的刑警，有很多案件要处理。如果我是你，肯定不会搭理这种满不在乎前来询问的家伙。正因为明白这点，我并不是来询问自己不知道的消息的，只想问问调查那起事件的感想。"

"我懂了，可是，为什么？"

"因为我自己当刑警的时候，从来没有感想这种东西，或者说是没时间有。"

对于内海来说，违和感就是一切。总觉得有什么不对，有某个地方很奇怪，那样的违和感总会成为爆发点，渐渐触及案件的核心。在案件解决之后,内海也只会考虑搜查是否成功,连感想的影子都没有。在大多数情况下,内海只记得作为事实的犯罪和作为对象的凶手,以及对自己的奖励。对于那样一路走来的经历,如今连内海自己都感到惊异。

"我也没有啊,那种东西。"

浅沼像闹别扭一样用嘴唇一侧叼着烟。两人仿佛被彼此间那层压缩过的空气压垮了一般,都一言不发。但也许是从内海的直率中感受到了什么,浅沼忽然抬起头。

"要说感想,只有一点。"

"什么?"

"那个孩子真的存在吗?真的有个叫有香的孩子吗?我曾经认真地怀疑过。因为消失的方式难道不是很奇怪吗?"浅沼认真地望着空中,"都搜索到那种程度了,不可能找不出来。要是事故,就应该有痕迹,但那也没有。五岁的女孩不会主动失踪,肯定是有人下的手,可是连那种痕迹也没有。所以我觉得,那根本就不是神隐,而是从最开始就没有那个女孩。不过当然了,照片也有,人肯定是存在的。"

"见过孩子的只有石山一家吧。"

"不,那个水岛以及和泉夫妇,还有丰川的儿子,也都见过,说确实有个叫有香的大孩子,是最聪明最可爱的。"

"那,果然还是有啊。"

内海自言自语,浅沼嘲笑道:"喂喂,内海先生,就算辞职了,别连你都犯糊涂啊。"

"我觉得那种看法很新鲜。"

浅沼抱起双臂,目不转睛地望着内海。

"新鲜吗？你不像是会有那种看法的类型呢。你习惯用强健的体力来找出目标吧？和你父亲不同。"

内海惊讶地看着浅沼。

"你认识我爸？"

"认识。我最开始是在札幌的圆山警察局，你父亲就在那里当刑警吧？是个好人，但也年纪不大就死了啊。"

浅沼口中的"也"让内海受到了打击。他脸颊泛红，心跳加快，油汗从后背滴落。就算已经充分了解死亡迟早会切切实实地来访，一旦从他人口中说出，还是会受到打击。我还是修行不足——内海一边辛苦地保持平静，一边想道。但是浅沼似乎没有察觉内海的动摇，悠然又点了一支烟。

"先不说那个。因为昨晚的电视节目，今早可真是惊慌失措。"

"小樽的事啊。那个怎么样？"

"那是假消息啊。硬是让附近的警察去看了看，结果说是男孩子。夫人来了也只会失望。"

"森胁先生的夫人明天就会来啊。"

浅沼一脸苦相地点点头。

"是的，是的。每年一到这个时期就会来。我觉得已经不会再有什么消息了，可她就是放不下心啊，做母亲的也是没办法。她总是拼命来问有没有什么线索。一看到她那样，我就感觉她是为此而生存的。每个月的十一日，她必会打来电话。一到十一日，我就像是被人责备一样，难受得不得了。"

"感觉她是为此而生存的？"

听到内海鹦鹉学舌似的一句，浅沼用手指摘出高尔夫衫的线头。

"虽然丈夫那边可能已经随着时间流逝放弃了。"

要是能随着时间流逝放弃该多好，佳澄难道不是这么想的吗？内海突然想到了这一点，同时也察觉到，自己从未如此想象过案件的当事人，也从未花功夫在处理案件时做各种想象。他突然对在职的浅沼充满了近乎悲伤的嫉妒。如果自己是负责人，从最初就开始负责这起事件，状况又会如何呢？也许会稍有不同吧。还是说自己很快就会对这种疑难事件失去信心，转向检举率更高的案件呢？现在的内海甚至无法看透过去的自己。浅沼并不介意内海陷入沉思，无聊地望着手腕上的金表。内海想和浅沼再多聊一聊。

"现在什么都没有吗？"

"什么都没有。"浅沼模仿着内海的北海道口音，轻飘飘地摆了摆手，"只是和泉那老头儿在钏路用猎枪自杀时，我们曾怀疑过他与事件相关。当然后来发现毫无关系。"

"关于那件事的感想呢？"

"又是感想吗？"一脸嫌弃的浅沼瞥了内海一眼，"没有什么特别的，只是觉得水岛越来越蹬鼻子上脸了。"

"水岛？我知道。"

关于水岛和和泉，内海都知道。和泉是当地有名的实业家，而水岛是在有香事件中被特别留意的人。但是他并不打算硬从浅沼嘴里问出相关的人物评价。

"水岛原先是航空自卫队的笨蛋，只会等着别人发号施令，进了社会也没法适应。在军队待的时间一长，就喜欢按程序办事。都四十出头了，也就混了个三等空曹，想想就知道。如今和泉先生的夫人似乎也很疼爱他。和泉先生是自卫队援护协会的会员，水岛也是被他收留的，据说感恩戴德呢。"

"刚才你说的蹬鼻子上脸是什么意思？"

浅沼伸出拳头中的大拇指，做了个下流的动作。

"水岛啊，是和泉夫人的这个呢。孩子消失的早上，水岛能有不在场证明，是因为他在和夫人同床共枕。"

"和泉知情而且作证了？"

"是的。他作证说，水岛从前一晚就住在他家，早饭也是一起吃的，所以水岛就像狗一样伺候着他们呢。"

要是狗，那刑警也一样。我一直以来在侍奉什么？内海想。他确定不是警察组织，但曾有种强烈的意识在他脑中：他想从那没有实体的警察组织得到赞誉，得到褒奖。不，那曾是他的一切。我一直以来都在干什么？内海充满疑惑。

"水岛为什么离开自卫队？那么愿意待的话，一辈子都在那里不就好了。"

"不知道啊。有传言说他喜欢幼女，所以可能发生过什么事吧。我们费了很大劲儿调查，可是有封口令，就没办法了。但是啊，你一调查就会发现，大家多多少少都有个什么癖好，虽然都不太清楚详情。单纯的只有丰川那里，房价一降就立刻贱卖的别墅，和泉先生恨得不行。"

"那个儿子怎么样？"

"没有前科，是个喜欢高尔夫和潜水的少爷，没胆量去欺负杀害一个孩子。从那个年纪就开始打高尔夫，会打光棍的。"似乎很喜欢高尔夫的浅沼心有不甘，"丰川也只是个酒馆的老头，老伴儿是个有点男人气的啰唆大妈。不过哪里的老妈都差不多。要我顺便说说感想吗？"浅沼主动嘲弄道，"丰川家都是清白的。"

"这样啊。那，石山怎么样？"

"有传言说石山和森胁的夫人有一腿。因为不知谁说了句孩子可能是石山的,所以大家都兴奋地认为一定是森胁家的父亲因憎恨犯下的罪行。但是那太扯了,那孩子肯定是森胁夫妇的孩子。石山自己是个受过良好教育的、谨慎又潇洒的东京人,看起来怎么也不像会那样鲁莽行事。我们也曾经认为那个叫典子的夫人很可疑,因为她察觉到石山可能迷上了佳澄,但从实际情况来看是做不到的。在那座别墅里藏一个孩子,从物理上讲是不可能的,所以绝对是外部人员。有人进入了那里的别墅区,像风一样把孩子带走了。也许是天狗呢。"

浅沼望向窗外。在成片芒草的彼方,准备在新千岁机场着陆的飞机正露出腹部进行超低空飞行。虽然听不到噪音,但也许是空气的晃动传过来了,餐厅周围的白桦微微颤动。

"真是真是,一过盂兰盆节就是秋天了。冬天真讨厌啊。"

"是啊。"

"冬天也不能打高尔夫了。我要是退休了,专心打高尔夫就是我的梦想,不过家里还有贷款,肯定会去当超市保安之类的吧,要是那样,休假也就不规律了。算了,保安也无所谓,只要有工作就好。"

浅沼的自言自语仍在继续,也算不上是发牢骚。自己能否跨过这个冬天呢,内海胸中的如此想法恐怕是传递不到浅沼那里的。仿佛为了遮蔽浅沼的思绪,内海问道:"你怎么看森胁佳澄?"

对了,内海想,我是想问对于森胁佳澄的感想。浅沼没有立刻回答,从怀里拿出警察手册,读起了其中的记录。

"要说感想吗?"

"嗯,什么都行。"

"感想就是看不明白这个人。最初我以为她就是个从东京来别墅玩儿的夫人,算是个美女,身材也好,年轻的警察们也一阵躁动呢,觉得该是个不错的女人。结果事件登报时,北海道某个村子的一个男人打来电话,说他认识和失踪的孩子一模一样的孩子。我们惊讶得一调查,已经是三十年前的事了,就是森胁的夫人,她是那个村子的孩子。我们一问她,她就说确实如此,但她是离家出走,早已断了音信,拜托我们绝对不要报告。我们没有告诉村里,但真是吓了一跳。大家以为她是在一无所知初次到访的土地上丢了女儿,觉得很可怜,于是拼命寻找,可实际上不是。老家可是北海道啊,那女人。这点她对周围的人也保密了。"

内海探出身体。

"是哪里?"

"留萌郡喜来村。"

"喜来村?没听说过啊。"

"是个海边的乡下小镇,在小平町上边,人口五百,俺真是吓一跳。"

浅沼说了句北海道方言,啪嗒一声合上手册。

"旧姓是什么?"

"应该是滨口。"

"那么浅沼先生也被佳澄摆了一道吗?"

"是的是的,我一直以为是东京来的美人呢,结果竟然是个离家出走的。"

"提出过搜索请求吗?"

"没有。"浅沼摇摇头,"但是自从十八岁离开村子,似乎就断了音信。抛弃了父母,那可是魔鬼啊。大家一听说,就突然泄了气，再加上她和石山有一腿的传言，总觉得对搜查淡了许多。"

内海对此经过心知肚明。警察也是普通人，搜查员自身对案件的印象或是让他热情饱满，或是让他注意力被削弱，或是让他走向错误的方向。甚至不能不说，对佳澄的失望，将搜查导入了错误的轨道。

"是吗，是北海道的女人啊。"

"很惊讶吧。"

"不，很有意思。"

"有意思吗？"浅沼似乎有些不满，"局外人可能会觉得有意思。"

"不好意思。"

"但是啊，佳澄对那件事什么也没说。"浅沼已经直呼其名了，"毕竟她是个很坚强的人。"

"我知道了，非常感谢。"

"这些就够了吗？不过，你还真是勾得我说出来了啊。"

浅沼站起身，拿过外衣。

"不好意思，也没有东西答谢你，这些我来付吧。"

"那多保重，加油啊。"

仿佛在说不会再见面了，浅沼嘭嘭地敲了敲内海的肩膀。他一离开，内海便感受到了疲惫，深深瘫坐进人造革表面的沙发中。身体倦怠，没有食欲，但已经到了必须摄取食物的时间。他叫来女服务员，让对方拿来菜单，点了一份天妇罗乌冬面，便去车里取地图册。他想找找佳澄出生的村子在哪个地方。

留萌郡喜来村位于留萌和羽幌正中，是一座沿海的小村庄，连没离开过北海道的内海都没去过。他突然回忆起昨天早上想要前往南国海岛被热风吹拂的想法。森胁佳澄，不，滨口佳澄是带着什么样的想法在那里生活的呢?一定比昨天的自己更想在未知的土地上吹着未曾体验过的风。好不容易逃离出来,却又像被叫回去一样,在北海道丢失了女儿。内海思考着佳澄坎坷的命运。

天妇罗乌冬端上来了。内海仔细剥掉炸衣,吃掉瘦弱的虾,又小心翼翼地一根根吸入面条。邻座的年轻女子们惊讶地望着他,一直在忍耐笑意,但对于内海来说,这是事关生存的严肃工作,根本不会在乎别人的目光。内海拼命咀嚼,下咽,足足用了三十分钟才吃完。他吃下消化药,呼地吐出一口气,望向室外。这次是一架刚刚起飞的飞机,机头上扬,正飞向本州。长满了芒草的原野笼罩在夕阳中。

回到札幌时已过傍晚六点。内海被拥堵的车流裹挟,花费了将近两倍的时间。他在停车场停好车,立刻去便利店买了豆腐和酱油,拖着脚步回到住处。哪怕早一刻也好,他都想让身体尽快休息。但是当他灯也不开就一头滚倒在榻榻米上时,电话响了。

"您好,请问是内海先生吗?"

是个没有听过的男人的声音。

"是的。"

"我是东京的森胁。这次您好意提出帮忙,非常感谢,我向您表示谢意。"

是森胁道弘打来的。他恐怕在各处说尽了感谢话,一直谢到今天,语气已经十分习惯。内海拿过一直放在餐桌上的瓶子,单手打开瓶盖,喝下了矿泉水,温吞吞的。

"不,那个啊。"

内海正想说明,森胁打断了他。"我问了内人。拒绝了您难得的好意，实在抱歉。我已经说过她了。我想请您务必帮助我们。"

"也许帮不上忙。"

"不，您的心意让我很高兴，所以就打了电话。那个，明天内人会去您那边。一说到孩子的事情，她就会情绪激动，也许会有失礼的地方，还请您不要生气。"

"也就是说，你认为我去搜查也无所谓。"

"当然，因为一己之力实在单薄。而且听说您是无偿的，我很感激。说句实话，我们已经没什么钱了。"

丈夫是个现实主义者。内海笑了。

"然后，关于小樽的那个信息，我觉得实在不可靠。如果请您直说的话，您是怎么想的？"

"惠庭警察局的浅沼先生没联系你们吗？"

"内人似乎接到了电话，但什么都没告诉我。"道弘的声音带着疑惑。

"是吗？其实应该是搞错了。"

"啊，果然如此。我就想是不是那样，一直很担心。之前也有过好几次谣言，但这次说长得很像，所以内人也带着希望。"

"我觉得就算去现场，也是白跑一趟。"

"是吗。"道弘似乎陷入了沉思，"可是，内人坚持要去小樽，所以如果能拜托您同行……"

"我会去的。已经没有退路了。"

"那么至少交通费请允许我来出。什么都做不到，真是不好意思。"

"我知道了。对了，夫人住在哪里？"

内海若无其事地问道。森胁毫不怀疑地说出了札幌站附近一家商务酒店的名字。这样就省得尾随了，内海想道。

"那么打扰了。"

电话似乎要挂了，内海慌忙呼唤："森胁先生，请等等。"

"怎么了？"

"听说佳澄女士是北海道人。"

毅然决然说出口，随之便是片刻的沉默。终于传来的声音有些口齿不清。

"是的。那有什么吗？"

"我从浅沼先生那里听说了，是离家出走的，和家人已经不再联系了。"

"是的。"

"那么，你们没有想过这次的事件和她家有什么关系吗？"

"您的意思是？"道弘的声音有些意外。

"这只是我的想象，比如家里人想看一眼孙辈，就把她带走了之类的。"

"那不可能啊。"道弘断言。

"为什么？"

"佳澄结婚这件事，不，甚至连她在东京这件事，那边似乎都不知道。"

"森胁先生你就这样接受了吗？"

"我也没办法啊。"森胁抬高声音，"佳澄一直说不愿意，我也不能再多做什么。只是啊，她的户籍已经迁到我这里了，要是想拿户籍做调查，是能调查出来的。她父母之所以没那么做，我觉得那边也是嫌弃她的。"

"为什么如此绝情啊？"

"谁知道呢,我也不明白,毕竟佳澄也没说。但是那和我们的女儿失踪有关吗?"

"我不知道。"

站在漆黑的房间里和没见过的男人谈论对方的妻子,这让内海觉得不可思议。

"我觉得和她父母没有关系。是个邪恶的成年人带走了女儿,虽然不知道是出于什么目的。万一亲戚是凶手,我也绝对不会原谅。不,这不是对内海先生您说的。"

也许夫妇二人之间也有过这样的对话。内海也忍不住想问问道弘对于事件的"感想",但是就连他也对询问当事人有所顾忌。犹豫之间,电话挂断了。我到底在干什么?内海一边对心窝处开始发作的钝痛感到厌烦,一边用皮肤感受着逐渐下降的气温。

第五章 浮标

1

"快点!快点!"慌张的声音传来。机场的通道上,一家人正拨开人群渐行渐近。父亲提着旅行包和大纸袋,母亲拉着年幼的孩子,还有一个小学生模样的男孩背着双肩包拼命追在后方。佳澄靠向左侧让出道路,呆呆地目送着他们的背影:什么事这么着急?乘坐同一趟列车到达新千岁机场的乘客大都是观光客,有说有笑地塞满了整条通道。那家人一次又一次请求借过,满脸焦躁地停停走走。

佳澄环顾四周。白板拼合的墙壁,能够看到跑道的全封闭大窗,磨得闪闪发亮的地面。在佳澄生活的东京,每座车站都是功能第一,穿梭不息的人流卷起看不见的尘埃。站台上必定会黏着口香糖,残留着洒出来的饮料那黏糊糊的黑渍。尽管又脏又吵,佳澄还是更喜欢那里。眼前的这座建筑太过无色无味了,佳澄甚至感受到了现实感从体内消逝的危险。如果没有那个急匆匆的家庭,她可能都没有意识到自己正在前行。

佳澄重新握好了尼龙包。短短三晚旅行,带着稍大的包是有原因的，包里放着给有香新买的衣服和鞋。上了电视并从小樽收到消息后，她第二天就独自到商场买了这些。

有香喜欢绿色。失踪的那天早上，她也穿着绿色T恤，搭配白色短裤和黑色开衫。所以佳澄选择了橄榄绿的T恤和牛仔裤，以及黑色的运动鞋，还买了KITTY图案的手帕和格纹发箍。悬而未决的期待与如何让失落的自己振作起来的预防手段争得不可开交，在佳澄心中盘旋。而在另一层空间里，另一种决心一直在静静地生长。

昨晚，得到同款衣服的梨纱戴上发箍，穿着全新的运动鞋在房间里走来走去。"和小有香一样呢。"然后，她又露出一脸担心。"妈妈，如果那孩子不是小有香，这衣服要怎么办？"

"要怎么办呢？"佳澄一同歪头思考。

"我已经有了，就不要了。"

"是啊。"

"扔了很可惜啊。"

佳澄拿过发箍，望着那远远小于大人头盖骨的弧线。发箍完全包裹在佳澄的手中。孩子的头这么小吗？佳澄不由得看向梨纱的头。梨纱六岁，所以更小。佳澄无法实际感到九岁孩子的身体大小。她一直希望有香还活着，只要活着就好，但她无法想象有香的身体发生了怎样的成长，因为她没有将孩子养育到九岁的经验，而是一直在心中养育着没有实体的、幻觉中的孩子。

"也许会扔了吧。"

话一出口，佳澄自己也吓了一跳。但是梨纱似乎已经不再关心此事，正专注地盯着电视，没有在意。佳澄对刚才的那句话没被听见感到安心，把发箍收进纸袋。按浅沼的话说，小樽的孩子是有香的可能性很小。"这是像往常一样的假消息，最好不要抱有期待。"听到浅沼的话，佳澄的心开始动摇。

如果那孩子确实不是有香，那么自己是否也要像有香那样消失呢？这样的想法唐突地浮现在佳澄脑海中，这是她连想都没想过的事，也许正是绪方所说的"变化"。

佳澄始终坚信，为了让有香平安归来，他们必须留在东京。仿佛随着波涛时隐时现的浮标一样。无论是过去的住处，还是有香上过的托儿所，佳澄都贴上了纸，希望有香回来时能有办法将他们的所在通知她。但是，现在已经没有留在东京等待的想法了，只要在有香消失的北海道四处寻找着生活下去就好。这样的想法眨眼间滑入了心的缝隙，无法轻易消除。佳澄深切体会到，焦急等待有香的生活方式给自己造成了创痛。

梨纱还在。佳澄的视线转向变成孤身一人的女儿。梨纱握着遥控器，正一个个换着频道。发现喜欢的广告，便一脸明快地跟着唱起来。她曾经是妹妹，现在变成了独生女。为了消失的姐姐，她是个一直都被迫忍耐的可怜妹妹。但是，梨纱也因此坚强起来。

如果自己失踪，就会演变成抛弃孩子。我能抛弃梨纱吗？为了失踪的孩子，而抛弃另一个孩子。那不是为了有香去舍弃，而是为了失去孩子的自己，去抛弃。想到这里，佳澄战栗起来。

佳澄回想起浅沼对她说的"因果报应"。父母会不会一边在海边的食堂烹制猪排盖饭和拉面，一边像如今的自己一样寻找离家出走的独生女呢？抛弃父母，自己的背叛带来了孩子的失踪，进而想要抛弃另一个孩子和丈夫，真是任性得没有下限的女人。那就是自己原本的模样。坚持做自己，便会像这样不断为周围的人带来悲伤。

想到这里时，佳澄发现自己第一次追寻到了石山下决心买别墅的理由。那时的石山也许正在努力抛弃一切，想要任意妄为。对于人生顺风顺水的石山来说，大概需要非常坚定的决心吧。然而那时的自己却认为只有两人的幽会才是"逃离"，无法从心底赞同石山。不，是始终没有相信石山。逃离就是逃走。佳澄想道，若是如此，那么现在的自己是想要逃离一切的，否则就无法再保持自我。不知不觉中，她开始被这样的想法困住。

过了半夜，佳澄站到梨纱的床边。梨纱侧躺在床上，半张着嘴睡得正熟。和有香同款的衣服就放在枕边，叠得整整齐齐，枕头上滚落着发箍。是戴着发箍睡着的吗？佳澄觉得那样的梨纱很可爱，微笑着轻轻把发箍放到衣服上。梨纱的健康的呼吸声与空调低沉的声音混在一起，绵绵不绝地持续着。佳澄安下心来，从心底感到自己是真心爱着、珍视着这个孩子。

但是，这还不够。不是梨纱让佳澄觉得不够，而是梨纱将会这样健康地活下去的安心感让佳澄体内的某种东西不断膨胀，生出了不平衡。那种东西的真面目正是茫然的不安：她不知道另一个孩子身在何处，状况如何，也不知道自己将会变成什么样。只要身处安定之中，不安就会永远苛责着身体。那么，干脆投身不安之中如何？佳澄不知不觉在胸前抱起双手，这是绪方下意识的动作。佳澄思考着绪方会对现在的自己说些什么，却想象不出来。

佳澄一边回味着昨晚的决心，一边在大楼中彷徨着寻找出口。无论怎么走，都是大同小异的特产店。拿着行李的游客正在物色海产品和乳制品。去年明明还很容易找到，今年却不知出口在何方。

这也许是得到有香的消息后再访北海道让佳澄兴奋不已，或是因为她久违的独自行动。去年和前年，都是全家人一起降落在机场。那时，佳澄只感觉自己步履蹒跚地走在已经窥见过多次的失意的深渊。但是无论概率多小，这次出现了通向希望的消息。如果失望了，那就逃走。逃走的结果呢？佳澄也不知道。

佳澄终于找到了写有"出口"的楼梯，走向下方，宽敞的窗户映出飘着白云的蓝天。这是色彩饱和度很低的北国的夏日天空。每年的到访让怀念感消失，佳澄对昔日的天空再次熟悉起来。她仿佛要从昏暗的湖底浮上水面一样，闭上眼睛，垂下肩膀，尽可能地伸展着上身。

佳澄坐上JR，前往札幌。在札幌站的商店，她买了小樽的地图和晚饭的便当，住进紧邻车站的商务酒店。房间里只放着一张单人床，窄得不能再窄，简单朴素。时至午后，佳澄感受到独自一人身处陌生城市中的寂寞与无助，心情却格外平静。她想起了来到东京后得意洋洋地在三叠大小的狭窄住处转来转去的日子。在学校介绍的住处中，那里也算是最便宜的，没有浴室，厕所和厨房是公用的。因为离家出走，没钱也是无可奈何。佳澄谎称把钱付给了札幌的专科学校，实际上是汇给了东京的学校，手上只有少量的剩余和努力攒起来的零花钱，买好被子和锅，就身无分文了，拥有冰箱和电视简直就像做梦。但是，虽然身边的东西穷酸不堪，当时的佳澄却拥有无可取代的富足感，终于获得的独立让她心满意足。而如今的心情与当时不无相似。

傍晚，佳澄给浅沼打了电话。浅沼吐露出困惑的声音："夫人，你好，已经到这边了吗？"

"嗯，现在我在札幌。明天我想去小樽看看。"

"那个，我已经说了吧。是假消息，没有的。我们都已经和派驻的警察联系过了。"

"说是男孩子吗？"

"是啊，而且是个正经家庭的男孩。通报者是个外地人呢，听说大家都很生气。"

"但是说是和我很像，就算不是，我也想去看一趟。"

"啊，这样啊。是啊，是那么回事。"

浅沼像挤出声音般自言自语，声音中有同情，也有颇嫌麻烦的意味。

"总之我想亲眼去确认。"

佳澄语气干脆，浅沼带着稍显冷淡的语气同意了。

"如果那样能让夫人你接受，那我想还是那么做比较好。"

"你那么忙，非常感谢。"

没有回答，电话无情地挂断了。佳澄倒在床上，透过小窗眺望着暮色渐浓的天空。明天，她要去现场确认。如果孩子是有香，那该多好。但是，就算是有香，至今为止失去的东西已经太过庞大，佳澄不知该怎样填埋那种丧失感。

佳澄的视线移到了床头柜下的电话簿上，突然想到了带给自己逃离启发的古内。她坐起身，翻开厚厚的电话簿。古内建设株式会社，那个名字依旧在那里。名片曾被她紧握在手中，几乎磨破，地址和电话号码早已背熟。要打个电话吗？这份大胆也许是佳澄独自身处房间获得解放的佐证。她踌躇着按下号码，然而电话接通的速度之快简直让人扫兴。

"这里是古内建设。"是个年轻女性的甜美声音。

"我是森胁，请问社长在吗？"

"是哪里的森胁女士呢?"

女人不熟练地说着别人教她的台词。佳澄犹豫了一瞬。

"是东京的森胁。"

"社长现在不在座位上,但很快就会回来,我会再打给您。请问电话号码是?"

似乎只说了一句东京就得了认可,女人语速飞快地询问。

"我明白了。那我会再打的。"

古内不在真是太好了。佳澄安下心来,挂断电话。自己到底想要做什么?就算古内接了电话,也没有什么可说的。那个海边食堂里的初中女生之类,他一定早就忘了,毕竟是二十多年前的事了。

佳澄从尼龙包里拿出为有香买的衣服,尺码是130。身高一百三十厘米的孩子的衣服不大不小,甚至让人有些难受。自己在这孩子五岁时弄丢了她,一切都是从古内对自己产生兴趣,把名片交给自己一事开始的。佳澄再次仰躺在床上,思考着自己可称奇妙的命运。

电话响了,佳澄心跳停止般从床上跃起。是古内吗?没有那种可能。她既没有告知酒店的电话号码,报出的也是婚后的姓氏。但是她又怀着奇特的确信,觉得古内和她有特别的缘分,所以电话可能也是他打来的。她感到命运即将改变。拿起听筒,传来有印象的男声:"喂,是森胁女士吗?"

"是的,是我。"

"我是札幌的内海。"

啊,佳澄发出不知所措的声音。为什么会不知所措,佳澄自己也觉得很可笑。她一笑出来,内海立刻沉默不语。

"不好意思,我有点搞错了。"

"哦,这样。"

"为什么知道这里?"

佳澄有些不快。

"是你丈夫拜托我的。"

"拜托什么?"

"我接到了他的电话,他请我和你一起找有香。"

这次是真的不知所措了,佳澄咬住嘴唇。内海这个男人虽然已经离职,但仍然拖着警察的气息。声音压得很低,习惯了恫吓他人。佳澄已经在警察那里听过无数次同样的声音,那种愤怒和凄惨不可能向当局者说明。她一沉默下来,内海便继续道:"总之明天我会开车去接你。你要去小樽吧?"

"是的。"

"九点左右可以吗?"

"好的。"不容分说的语气让佳澄不得不同意了。她勉强致谢:"你那么忙,非常感谢。"

电话挂断了。佳澄想起刚才也对浅沼说了同样的感谢,不禁露出苦笑。在警察那里经受的屈辱的取证,以及年轻警察交头接耳后的嬉笑,突然在佳澄心中苏醒了。

"有传言说你和石山先生有一腿,不会吧,假的吧?"

"因果报应。"

"不是说了吗,失踪的孩子大都是亲属犯罪。"

但是为了找到有香,自己受的伤已经无所谓了。佳澄安抚着自己。内海这个男人尽可能让他帮忙就好,只是道弘并未告知此事,让佳澄感到愤怒。她看了一眼表确认时间，便打电话给森胁制版。

"这里是森胁制版。"

道弘的声音意外地充满活力。

"是我。我刚才到了。"

"佳澄吗？那边怎么样？"

"什么？"

"天气之类的。"

"天气很好。那个啊，我给浅沼先生打电话，那边说是假消息。我明天就去确认。"

佳澄没有说得很具体。在用这双眼睛看到之前，她是不会说出来的。

"嗯，去确认吧，要不实在太揪心了。"

复印机在道弘背后响个不停。

"听说你给内海先生打了电话。"

"打了啊，他说要志愿帮咱们，没有不利用的理由吧。"

"说是利用，可一起去的是我啊。"

"不好吗？"道弘发出焦躁的声音，"总比你一个人去好。"说到这里便停下了。

"可信吗？"

"你说什么啊，我是想让你更轻松啊。"

"是啊，确实。"

"你不愿意吗？为什么拒绝了？"

"因为以前是警察啊。你也好，我也好，都清楚警察有多不可靠吧。不为我们考虑，还满脑子偏见。"

"这也因人而异吧。你说话怎么跟个孩子一样。"

道弘的话是对的，但也带着置之不顾的语气。加澄再一次对把事情扔给自己和内海的道弘的态度感到生气。

"总之不要瞒着我擅自做决定啊。"

"你不也没告诉我浅沼先生来电话的事吗？"

"那是因为我想先去确认一下。"

"你是不是有其他什么怕我猜测的打算？"

道弘语气骤变，佳澄的脸顿时失去了血色。

"什么意思？"

"你难道不是打算和某人在那边碰头吗？"

"某人又是谁？"意外的挑衅与其说是激怒了佳澄，不如说是给她泼了一盆冷水。"为什么要那么说？"

"你和石山的事，你以为我不知道？"

啊！佳澄情不自禁发出了声音。复印机的声音不知何时已经消失了，佳澄可以想象道弘握着听筒一动不动地站在光影中的样子，那是夕阳射到森胁制版的地板上产生的光影。

"最初被警察问到的时候，我真是一片茫然啊，还好心替你说话，说那种事怎么可能。结果差点儿被当成杀死女儿的凶手，我真是傻啊。直到那家伙离婚，我都不相信那种传言，但最近我开始觉得那或许是真的。"道弘停下了。

"然后现在呢？"

面对佳澄平静的反问，道弘急忙追问："怎么样？是真的吗？"

"是真的，对不起。"

佳澄草草地低声道歉。事到如今，她对收拾事态已经不抱希望了。道弘发出了咬紧牙关的声音。

"别给我做这种肮脏的事啊，从什么时候开始的？"

"从那之前的好几年开始。"

道弘似乎已经丧失语言，重重地叹了口气。

"对不起。"

"那有香为什么会失踪？"

"是啊。"佳澄喃喃道，"只有这点，我也不知道。"

"说什么不知道，你是认真的吗？喂，还给我啊，把女儿还给我啊。"道弘重复了好几遍，"肯定是你们的错吧，还给我啊。"

把女儿还给我啊，都是你的错。道弘的话语毫无中断地持续着。佳澄闭上眼睛，把道弘通过听筒传来的诅咒当作吹过原野的风。道弘的声音渐渐变成了强忍呜咽的哭声。

"我已经不需要你了。"

"我知道了。"佳澄静静地回答，"我不会回去了。"

"啊，就那样吧。收拾不了心情。"

"有香怎么办？"

"有香是我的女儿，我死都想见她。"

"我会继续找的。"

"已经够了，我已经放弃一切了。我会当作有香和你都已经死了。你永远找下去就好，我会和梨纱两人活下去，那孩子喜欢我。"

"是啊，梨纱就拜托你了。"

道弘哭了。佳澄轻轻放回听筒，不可思议地没有流泪。她再次倒在床上，紧紧地抱着双臂，身体直挺挺地陷入思考。道弘终于得到了那么想要的绝望，接下来，他恐怕将放弃失踪已经四年的女儿，带着对佳澄的憎恨活下去。

连小樽的结果都还没有确认，此刻，佳澄开始了真正的漂流，而且是向着波涛汹涌的外海。那天晚上，为了不做梦，佳澄喝光了酒店冰箱里的两瓶迷你威士忌。因为在梦中，她是无论如何也逃不掉的。

第二天早上，透过窗户看到的阴郁天空垂满了灰色的云。这真是表现自己心情的天空，佳澄边想边喝下矿泉水。冰箱里一口未吃的便当连包装都没有解开，佳澄打开便当，鲑鱼肉表面已经浮出一层白色的盐分，干燥得翘了起来。米饭变得硬邦邦的，生菜泛着茶色已经枯萎。但并非不能吃。我要在这里活下去——佳澄体内的某个声音正在宣告。佳澄开始咀嚼冰冷的便当。这时，敲门声响了。

一打开门，走廊里站着一个梳着飞机头的眼神凶恶的男人，黑色的西装搭配白色T恤，完全不像个正经的上班族，却又带给人一种将自身嵌入坚硬框架中的拘束印象。单眼皮的倔强脸庞上射出黯淡的目光，脖子四周瘦骨嶙峋，西装显得空荡荡的。

"森胁女士吗？"

"是的，我是。"

"是森胁女士吧？"

也许是佳澄显得过于恍惚，男人再一次确认。

"嗯。"

"我是内海。"

"内海先生？"

"是的，我是昨天给你打过电话的前任刑警。"佳澄想起了她已经彻底遗忘的和内海的约定。"九点我在下面等你，可是你没来。"

"对不起，我忘了。"

听到佳澄的回答，内海毫无顾忌地看向屋内，皱起眉头微微笑了笑，视线前方是小桌上的便当。

"你在吃饭吗？"

"是的。"

"那我在下面等你。"

内海两手插进夹克衫的口袋，宽大的肩骨立刻凸显在夹克衫的表面。也许是知道佳澄正盯着那里，内海回避视线般关上了门。

佳澄陷入思考：比起突然出现在眼前的内海，自己为什么会忘了要去小樽这件重要的事？因为她原本打算根据小樽的结果做某个决断，而那个决断在昨晚已经做了。她不会再回武藏境。佳澄慌忙梳洗，拿好行李，下到酒店的狭小前台。内海背向这边，正站在自动售烟机前。趁着内海没注意，佳澄偷偷地完成了支付。从今以后，她必须要尽量少用带的钱。

"不好意思，让你久等了。"

从背后打了招呼，内海朝前台瞟了一眼，视线移到了佳澄的尼龙包上。

"今天也住在这里吗？"

"嗯，这里面是孩子的衣服。"

"是吗，那我们走吧。"

内海的措辞透着冷淡，让佳澄心生疑问。内海是出于何种目的说出想帮忙的呢？

"不好意思，真过意不去。"

"没关系，因为我真的很闲。"

"为什么辞职了？"

"因为生病。"

佳澄若无其事地瞄了瞄内海不同寻常的瘦削身影。比起透着衰弱的身体，毫不相称的锐利目光更让佳澄有种不祥的预感。

"这种时候真不好意思。"

佳澄觉得自己太过执拗，却怎么也无法从这话题逃离。她实在不明白内海的真意。

"是我擅自提出的。我这么说，希望你不要介意，我这是近乎打发时间。我没有孩子，所以对森胁女士你的心情也似懂非懂。"

"打发时间吗？"

佳澄重复道。自己如此认真对待的事情，对他人来说只不过是打发时间的慰藉。内海只有眼神毫不放松，轻轻一笑。

"不好意思，我还什么都没做过，就这么说。我是希望自己的时间能帮到森胁女士你。"

内海的时间是什么样的，佳澄并不想知道。她在思考这个男人为什么会对有香的失踪抱有兴趣。

"总之去看看吧。"

内海率先走出了沾满污垢的脏兮兮的自动门。酒店附近的小街上都是批发商，穿着作业服和土气西服的男人们忙忙碌碌地走来走去。佳澄穿过关了又开的自动门，来到外面。天气比昨天凉了不少，恐怕还不到二十度。佳澄穿着牛仔裤，搭配黑色的尼龙帽衫。山里应该已经漂起了秋意，佳澄边想边盯着遥远的天空。从这里开车一个小时多一点儿，就能到达有香失踪的山中。佳澄回想起四年前独自一人骑着本田幼兽在山路上奔走的情形，那时的悲伤和无依无靠，是谁都无法明白的，也不可能明白。那样的体验应该已经让自己强韧起来。

内海指了指停在路对面的灰色国产车。佳澄一点头，内海便穿过马路，夹克衫在冷风中翻飞。瘦削的内海脚步匆忙，但那走路的样子却像年老的动物般寂寞而衰弱。佳澄追在内海身后，僵硬地搭话道:"那个,森胁说什么了吗?我想我实在付不起搜索的费用。"

"我是志愿的。"

"那,请让我出油费吧。"

"哦,谢谢。"

内海转身看向佳澄,并没有露出多么欣喜的样子,只是点了下头。从那个角度看,脸颊的憔悴格外明显。

内海为佳澄打开副驾驶一侧的门,发动机罩和门上写着"笨蛋""去死"的字眼。佳澄一惊:这不正是现在的自己吗?

"这个,你不擦掉吗?"

"无所谓啊,那种东西。"

"不是很难看吗?"

"无所谓啊,因为我就是在做笨蛋做的事。"

在那一点上,自己也是一样的。面对低着头的佳澄,内海莫名其妙地道了歉:"不好意思,森胁女士,请不要在意。之前我并没有做过笨蛋,我很喜欢现在的自己。"

也许是因为很久没开过了,车里也积着一层薄薄的灰尘。佳澄在脏兮兮的副驾驶席上坐下。内海一边缓缓发动汽车,一边自然地插入磁带。佳澄没听过的英语歌曲低声流淌出来。

"吵吗?"

"不会,请随意。"

"不好意思,最近我只能听得了这个了。"

"这个曲子叫什么?"

内海没有回答佳澄的问题。在佳澄眼中,内海并非要无视问题,只是不想告诉别人。伴随着音乐,内海沉默下来,似乎潜入了他自己的体内,存在感突然稀薄起来。不用管内海也是件好事,佳澄消除了紧张感，将胳膊肘支在缝里堆满细尘的窗框上望着外面。市内正在堵车。

"你什么时候去女儿失踪的地方？"

内海开口道。佳澄望着左侧车道的车，一个似乎从事销售工作的年轻男人把漫画架在方向盘上，正读得入迷。

"我想明天去。"

"在和泉先生那里借住一晚怎么样？"

"那位夫人不会让住的。"

"啊，是这样。"

内海一副深知内情的样子点点头。佳澄内心一直在琢磨内海到底对事件了解到什么程度，但看样子几乎全都知道。她的心情变得奇妙起来，不能说是安心，也不能说是不快。

"你认识和泉先生吗？"

"认识，因为那个老爷子是当地的名人啊。而且事件发生时，我也去巡过山。"

"你也认识水岛先生吗？"

"嗯。"水岛避开了水岛的话题。驶过堵车路段后，内海默默地遵守着法定车速，保持着让人无聊的安全驾驶。佳澄开口打断了磁带中的声音："内海先生，你从浅沼先生那里听说了吗？据说小樽的消息不可信。"

"不，我什么都不知道。"

内海瞥一眼从右侧扬长而去的卡车，若无其事地回答。卡车上拉着四五头奶牛。"是假消息吗？"

"我不知道，所以要去确认。"

"那种事让刑警去不就行了吗？"

"但是，我要自己确认。"

"你对浅沼之前的调查有不满吗？"

内海锐利的目光看向佳澄。

"谁搜查都一样吧？因为什么都不知道。"

车内忽然安静下来。内海拿出磁带，佳澄一言不发地盯着道路的中间线。佳澄家门前宽阔的国道禁止超车，因此中间线被涂成了黄色，儿时的佳澄一直认为中间线就是黄色的。

"如果是我来搜查，我觉得会不一样。"

内海开口了，语气中透露着与自负或悔恨毫不相干的寂寞，佳澄不禁看向内海瘦削的脸。

"什么意思？"

内海说了声"不是"，接着嫌麻烦似的笑了。佳澄感觉他放弃了想要传达自身情况的打算。

"也就是说，如果内海先生你是负责的刑警，事件就会更快地解决？"

"简而言之，是的。"

"请不要说那种模棱两可的话，我这边可是认真的。占卜师也说了同样的话，我很讨厌用结果论来证明的人。"

佳澄语气强硬。内海露出苦笑。

"无论谁都是一点点不再讲真话的，事物都是一点点偏离轨道变得奇怪的。森胁女士你可能隐瞒了什么，你丈夫也可能隐瞒了什么。还有一位石山先生对吧？那个人也好，他夫人也好，也都不清楚是否有隐瞒。死去的和泉老爷子在想什么，大家明明不知道，却没有人去认真调查。大家寻找孩子已经用尽了力气，顾不过来了。但如果是我，可能就不会如此。"

"如果是你会怎么样?"

"彻底洗清人际关系。"

"调查了就会有什么结果吗?有香会出现吗?难道不是会出现遗体吗?"

佳澄挑战般地说道。她感觉终于捕捉到了对方的情感的内芯:潜藏在内海真意中的不是恶意,而是一种野心。管它是野心还是恶意,对于佳澄来说都无关紧要。

"我这么说对森胁女士你很抱歉,但如果找到遗体,就可以立案。"

"立案后会怎样?"

"就会变成名为诱拐杀人的大案子。"

"要是能解决,你就能变得很了不起吧。"

内海目不斜视地点点头。不知何时,车已经上了高速。

"但对我来说,那种事已经无所谓了。"

"因为已经辞职了吧。"

"是的。我不会再回去当警察,所以毫无关系了。"

"那你想怎么做?"佳澄焦躁起来,"从最开始我就觉得很奇怪,虽然你说是志愿的,可见面后我更不明白了。为什么你会帮忙调查?"

"是啊。"内海仿佛事不关己般讶异道,"我自己也不知道。"

内海驾驶的车对车内刺痛人心的对话漠不关心,异常悠闲地行驶在高速路上。前方出现了"距小樽33km"的标识。周围从高楼林立的城市变成了排列着千篇一律的住宅的单调景色。

"父母不会杀自己的孩子吗?"

内海突然问道。

"那是对我们的怀疑吗?"

佳澄一边想着昨晚彻底决裂的道弘,一边反问。

"这是一般论。我自己不懂那种亲子之情。"

"我可从来没想过那种事。"

然而,抛弃梨纱的决心难道不是杀害孩子的一种体现吗?佳澄心生畏惧。内海并没有注意到佳澄的动摇,继续自顾自说道:"在我了解的案件中倒是有不少。给亲生孩子买保险然后杀掉,或者用金属球棒打死。年轻夫妻责骂并杀死孩子的案件多得能堆成山。"

"那种案件和我的事无关吧,不可能全都是同样的情况。你刚才说你没有孩子所以不懂,难道不是吗?"

"浅沼先生可是有孩子的,但你对他的搜查也不满意。警察到底要怎么做才好?"

"我不是警察,所以不明白。"

"那,你对石山先生怎么看?"

"为什么问石山先生的事?"

佳澄看着内海的侧脸。内海凹陷的眼睛转向佳澄。

"不,我是在想你们为什么要大老远跑到北海道来。"

佳澄一边在心中准备出几种答案,一边深感为难:这是内海的搜查方法吗?那都是已经结束的事了,与其说是旧事重提,不如说就是单纯的回顾。"石山先生吗?"佳澄深深叹了口气,"现在我觉得他们真是可怜,好像已经离婚了,而且听说石山先生行踪不明。"

内海惊讶地高声"哎"了一声。

"为什么行踪不明?"

"听说事业上失败了,但我也不知道详情。"

"是借了钱被讨债吗?"

"刑警总是立刻就往坏事上想。"

"不，隐瞒去向的人基本上都有那种背景。"

"也不能那么说吧。为什么只会那么思考呢？我是不明白。也许会有超乎内海先生你想象的事吧。"

佳澄想到了浮标。人消失的时候，应该不会只因为被追赶这一种理由。或是作为某人的浮标生存至今，却发现徒劳一场的时候，或是丢失了浮标沉入海中的时候。

"我确实没那么想过。"

也许是深感意外，内海惊讶得嘟囔了一句，态度直率。佳澄没有回应，因为高速路右侧突然出现了石狩湾。与此同时，天空放晴，太阳眨眼之间露出了身影。大海风平浪静，碧波如洗，熠熠生辉，车内突然明亮起来。内海看着大海改变了话题，头发上的发蜡反射着阳光。

"森胁女士，你去过小樽吗？"

"没有。"

"是一座紧贴丘陵斜面的平坦城市。朝里海岸呢？"

"当然没去过。"

"你一定会吓一跳的。"内海发出了一声轻笑，"那也能算是个海水浴场呢。"

自家门前的海边也是海水浴场。从七月末到八月中旬的短短二十天，挤满了泳衣沾染着黑沙的男男女女，热闹非凡。佳澄只在那期间给店里帮忙。如果住在札幌的内海见到那片海滩，恐怕就不能嘲笑朝里了。佳澄突然想起年幼的自己穿着泳衣走在海滩上的样子，那脸庞和身体不知不觉变成了有香。有香正穿着从邻居家的小学生那里得到的红色泳衣，捡起砂岩敲开，然后再捡再敲。佳澄用双手按住眼睛。

"没事吧?"

内海盯着佳澄,那表情与其说是担心,不如说是想知道佳澄心中到底产生了什么念头。佳澄抬起眼睛,但并没看向内海,而是用余光捕捉着窗外飞速后退的景色。当"朝里出口"的标牌从头上划过时,悸动愈发强烈。那个姓大塚的老女人看见的孩子似乎是男孩,希望正在破灭,但佳澄心中无法放弃的东西尚有一丝喘息,不时试图扶摇而上。那是不断寻找所失事物的艰辛。

内海开下高速路,穿过夏草茂盛的平坦丘陵,朝大海开去,不久便来到一座小车站前。车站前方是一座小广场,勉强能容下两辆车交错的窄路一直延伸向海边。这是朝里的主路,道路上停着一列像是海水浴客人开来的车辆,让原本就狭窄的道路更加局促。道路两旁是数家萧条的商店,其间点缀着渔夫的住宅,还有和其他建筑毫不协调的花哨的度假酒店和崭新的便利店。房屋背后就是迫近的大海,佳澄感受着大量的水汽,紧张起来。那水汽始终缠绕着佳澄的人生。

"是这里啊。"

内海在站前广场停下车,显得疲劳地按着胃部,额头上渗满了油汗。

"不舒服吗?"

佳澄一问,内海立刻不愉快地背过眼神。

"只是肚子有点儿疼,很快就好。"

"去那边买点水吧。"佳澄指了指便利店。

"不用了,我带着呢。"

内海示意驾驶席的门上有,那里放着矿泉水瓶。

"但是，凉的是不是更好？"

"温乎的更好，因为我的胃已经切除了。"

"那我去找休息的地方。"

佳澄留下内海，打开车门来到外面。阳光瞬间黯淡，冰凉的海风拂面而来。佳澄抬头望向迅速变成灰色的天空，不可思议地闻不到海岸的气味，只有大海就在近处的压迫感确实存在。那是她的身体已经记住的感觉。

佳澄走近便利店，向收银台的年轻女人询问有没有咖啡厅，对方回答餐饮店只有站前的荞麦面店。佳澄无可奈何地回到车旁，内海放倒了座位，正闭着眼睛。

"内海先生，这里好像只有荞麦面店。请在车里躺着休息，我去见大塚女士。"

"我随后就去。"

内海双手捂着眼睛，回答时并没有看佳澄。佳澄静静地关上门，她很在意内海疲劳的样子，但现在顾不上他，一想到万一就是有香，佳澄立刻心急如焚。她用站前的公用电话打给大塚。

"我是森胁。"

大塚似乎吓了一跳，一时语塞。

"是那个电视节目的人吗？"

"是的。我现在已经到了朝里，有话想问您。"

"果然来了吗？对不起啊，好像弄错了。"慌张的样子仿佛就在眼前，"就算见面，似乎也帮不上什么忙。"

"我好不容易才来的。"

大塚勉强说出了酒店的名字，是便利店旁边的度假酒店，而大塚是那里的老板。佳澄横穿小广场，经过内海的车旁。但内海没有注意到佳澄,而是捂着肚子,呆滞地注视着空中。他的表情正在缓和,可能是胃痛渐好吧。

"打扰了。"

佳澄在酒店小小的前台招呼道。虽然招牌上写着度假酒店,但是前台旁边的墙上贴着精心设计的卧室照片,样式明显是爱情旅馆。

里面传来声音,一个身材高大的老女人走了出来。她衣着惹眼,金银丝线混织的紫色毛衣搭配黄色裤子,涂着与毛衣不相称的朱色口红。

"啊,不好意思啊,让你特意前来。我是大塚。"

大塚将肘弯有个凹坑的胖胳膊搭在柜台上。

"谢谢您之前的电话。"

"哎呀,我想着要帮上忙,结果就站也不是,坐也不是。"大塚露出谄笑。

"那个,弄错了是什么意思?"

"我看到的那个孩子啊,是男孩呢。电视上不是放了我的声音吗,结果附近的人立刻打电话给我,说'你说的孩子是男孩,初中一年级,从四月开始就在这里的初中上学了'。我真是无地自容,又觉得非常抱歉,真是抬不起头了啊。刑警也骂了我一通。"

"是惠庭警察局的浅沼先生吗?"

"对、对。而且我说了住在渔夫小屋什么的,其实不是那么回事。就住在那边的房子,而且原本就是这里的人。你要看照片吗?"

大塚从柜台下面拿出装在茶色信封里的照片。

"是什么照片?"

"初中的入学照片,昨天那家人拿来的,还发了一通火呢,说如果警察或森胁家的人来了，就让我用照片当证据。"

"请让我看看。"

佳澄冷静地说着，拿过照片。那是一张印着"矶滨中学"的将近三十名初中生的合影。大塚默默地指了指前排的一个初中男生。这个下巴纤细的少年穿着略大的学生服，晃眼般皱着眉头。

"确实是男孩呢。"

这一点儿都不像自己。佳澄气不打一处来，好不容易挤出句话。

"名字也有点像呢，叫丰。"

"您把丰听成了有香吗？[1]"

大塚露出不好意思的笑容。

"很没面子吧。我是外地来的，所以不知道那家的情况。"

"大塚女士是哪里人？"

声音逐渐失去了力气。其实那种事已经无所谓了。

"我是札幌人呢。所以我在这里做生意也很艰难，一直头疼得不得了呢。"

"这样。"

"但是抱歉啊，我觉得你很可怜，想要帮忙就打了电话，却出现了意想不到的结果。真是的，到处都给我打电话问我，真要命。警察也打了电话。"

"您说到处，都有哪些地方打来电话呢？"

佳澄觉得不可思议。

"媒体之类的，各种各样的人都有呢。真的很抱歉。"

---

[1] 这里的"丰"发音为 yutaka，有香则是 yuka。

大塚一副心神不宁的样子。哪怕早一刻也好,她似乎都想让佳澄赶紧离开。

"我明白了。那么,就算去那户人家也没用了吧。"

"是的,会给他们添麻烦的,还请理解。"

佳澄重整黯淡的心情,礼貌地鞠躬。

"那么,就此告辞。"

"啊,不好意思,请拿上这个。"

大塚从柜台下方拿出信封递了出来。

"这是什么?"

"捐款,就算是一点儿心意吧。"

"非常感谢,恭敬不如从命。"

佳澄致谢后便直接收下了。她过去曾顽固地拒绝捐款,但继续寻找孩子实在需要钱。见佳澄没有一丝犹豫,大塚似乎格外失望,态度突然冷淡下来。

"那,请加油啊。"她准备退回里面。

"那个,请稍等。"佳澄招呼道。大塚一脸厌烦地回过头。

"怎么了?"

"您为什么觉得那个孩子像我呢?"

"那个啊。"大塚用已经冷下来的目光观察着佳澄的脸,"一看到真人,确实不一样啊。那也许都是我的妄想吧。"

"是的,一定是。"

佳澄干脆地丢出一句话,扔下呆若木鸡的大塚,走出酒店。让她受困的不仅仅是他人的推理,还有他人的妄想,而且已经超过一百次。佳澄回忆起至今为止发生的各种事情。

"绝对是小有香，我在附近发现了一模一样的孩子。"

"来了个名叫有香的转校生，好像是再婚带来的，我觉得是小有香。"

在伸到路上的夏草阴凉处，佳澄拿出塞进包里的信封。信封用浆糊粘得牢牢的。她揭开往里一看，里面放着两张一万元的纸币。大塚一定也给那个初中生的家里送了装现金的信封。真是可怜，佳澄不禁苦笑，但笑容渐渐扭曲起来。接下来要怎么做才好？虽然已经下定决心不再回家，要独自寻找有香，但那是为了确认小樽的消息。没有思来想去的精力，佳澄怎么也无法抑制自己被湖底的泥一点点拖下去掩埋的感觉。她甚至就想这样坐在路上不再起来。要是内海不在一起就好了，她不愿被他人看到这副模样。

站在酒店前方，可以看到右手边延伸的海滩，似乎是座海水浴场。佳澄向大海走去。太阳依旧黯淡，天空阴阴沉沉，也许是要下雨了，海上吹来冰凉的风。看到海滩的第一眼，佳澄发出了惊讶的声音。这也太窄了。从道路到水边也就几米远，没有沙滩，到处都是与河流下游一样的大圆石。石头上缠绕着黑色的海藻，海水的颜色也是黑的。

狭窄的沙滩上，数座宛如玩具的小木屋并排而立，旁边粗点心店模样的海之家冷冷清清地挂着写有"冰"字的帘布。一些情侣和带着家人的游客坐在铺有蓝色休闲垫的海滩石上，也许是因为太冷了，大家都弓着背，注视着平静的大海。在小木屋前的烹饪区内，穿着红色泳衣的女人正在切成堆的卷心菜。由两个西式浴盆拼成的临时浴室。移动厕所。一切都在几米宽的沙滩上杂乱无章。真是冷清的海滩。佳澄家门口的海滩什么都没有，反倒更好。

佳澄踩着石头靠近水边。波浪全无，黑色的海水也并不靠近，只是阴沉沉地积蓄着。连小小的海螺都是黑色，一片片地贴在圆石上。其毛骨悚然让佳澄惊叫了一声。没有生物气息的黑色的海，有香不可能在这里。

佳澄蹲下身，手指试着碰了碰海水，很冷。如果沿着海边向北，就会到达自己出生的地方。突然，正在漂流的感觉在佳澄体内苏醒，眼泪流淌到了脸颊上。泪水滴落在佳澄脚下的石头上，印痕也是漆黑的。内海的声音响起："森胁女士。"

佳澄慌忙擦掉眼泪，回过头。

"怎么样了？"

内海站在路上，脸色不太好，但显得神清气爽。佳澄小心翼翼地走过石头，回到内海旁边。

"不行，是个初中一年级的男孩。照片也给我看了，不会错。大塚女士是札幌人，所以什么都不知道就打了电话。"

内海看着一旁，什么都没说。他目光锐利，一直注视着大海的彼方。他一定早就知道了。

"你早就知道了吗？"

"一定程度上。"

"那真是对不起，让你特意过来。"

是为了让我了却心事，还是想要确认我的反应？佳澄仰头看着内海。内海眯起眼睛，远眺着海滩的光景。

"没关系。真遗憾啊。"

"已经没事了吗？"

"哦，已经好了。"

内海似乎不愿提及。

"去趟荞麦面店再回去怎么样?已经三点了。"

内海同意了,于是佳澄率先迈开脚步。进入站前孤零零一间的荞麦面店,两人走向微暗角落里的座位。两个女服务员正笑倒在电视前,只是瞥了佳澄和内海一眼,什么也没说。佳澄在沾满油渍的坐垫上陷入了思考。如果是绪方,会对现在的自己说什么呢?只有这个想法在她脑中回旋。她想得到绪方的话语,那是佳澄这只小舟的划船手,而陆地依然无影无踪。一直在看菜单的内海抬起脸,招呼恍恍惚惚的佳澄:"你要什么?"

佳澄回过神来。一直在观察他们的服务员前来点餐。佳澄点了热荞麦面,内海点了乌冬面。

"很失望吗?"

佳澄长长叹了口气:这不是理所当然吗?

"但我也觉得不在这里真是太好了。"

佳澄环视店内。与其说是店,不如说是来到了别人家凌乱的客厅里。厨房一看就乱糟糟的,店的角落里放着读到一半的报纸和脱下的衣服。将点单告知厨房的服务员再次坐到椅子上,出神地看着综艺节目。

"为什么?"

"我也不太明白。"

佳澄淡淡地回答。她确实不明白。

"啊,对了。"佳澄从包里拿出信封,"从大塚女士那里收到了这个。"

"是钱吗?"

"嗯,放了两万呢。如果可以的话,就给内海先生你。"

"不用,我在钱上没有困难。我有退职金和保险。"

内海头也不抬地回答。

"但是治疗什么的要花钱吧。"

"不,已经不会花了。"

内海断然拒绝了。拒绝的强度和目光中的觉悟让佳澄有了某种预感,起了一身鸡皮疙瘩。

"为什么不会花了?"

"我已经决定不再去医院了。"

内海一根一根细心地吸入凉掉的乌冬面,带着野生动物般的认真表情开始咀嚼。佳澄想要询问不再去医院的理由,但还是放弃了。她没必要和这个人关系深入到这一步。

走出荞麦面店,冰凉的海风已经停下,气温大幅度上升。太阳从云间露出了身影。一打开车门,呕吐物的臭味飘了出来。

"你吐了吗?"

"不好意思,很难闻吗?我已经打扫过了。"

"我倒是不在乎。"

"胃痛和恶心是家常便饭了。"

佳澄开始担心让内海开车回去。

"我要是能开车就好了,可我没有驾照。"

"到札幌连三十分钟都用不了,我能开。"

"那,请在札幌站放我下车。"

"酒店和我家一个方向,我送你。"

内海试探般说道。佳澄无奈地坐进副驾驶席。虽然只有几天,但这片土地曾经给她带来希望。如今,一切都已草草抛在身后。

2

佳澄不知不觉打起了盹。"森胁女士。"内海的声音让佳澄睁开了眼睛。她慌忙环视四周,发现已经回到了商务酒店门前。低矮建筑林立的批发商一条街已经不见人影,虽然离车站很近,却飘荡着城外的寂寞。或许也是因为盛夏季节里不相称的寒冷天气吧。佳澄透过厚厚的云层望着西斜的太阳模糊的轮廓。

"还没到五点啊。"

发生在小樽的事仿佛做梦般遥远,而且充满谎言的味道。虽然提前有所预料,但佳澄还是感到沮丧又堆起一层。失望已经充满了内心,至于接下来要怎么办,佳澄感到走投无路,望着商务酒店不起眼的入口。

"明早我也会在同一时间来。"

听到内海的话,佳澄觉得说谎简直愚蠢透顶。

"对不起,内海先生,我已经从这里搬出来了。"

内海并没有勉强询问理由,嘴角浮出一丝不怀好意的笑容。佳澄确信内海清楚这件事,只是在等她自己说出口。这样的做法让佳澄很不满意。

"你早就知道了吧?"

"不,我不知道。"

内海疲惫地看向一旁。

"这附近没有便宜的住宿吗?"

"去支笏湖不就好了?反正明天也要去吧。"

"话是这么说没错。"在有香消失的土地上独自生活到底会让佳澄烦躁，她还是想待在札幌市内。但是，她不想说出口。"但这个时期也预约不到吧。"

"那，附近的胶囊旅馆之类的可以吗？"

"可以。"

内海歪头想了想，不一会儿便缓缓发动了车子。佳澄从后座拿过装着有香衣服的尼龙包，开始做下车的准备。内海在眼前的红灯处停下，转向佳澄。

"森胁女士，为什么从那里搬出来了？没有那么贵吧，不是一晚六千元左右吗？"

"那也很贵，我准备暂时不回家了，就在这里找。"

"暂时是指多长时间？"

"我也不知道，只要还有钱。没钱了就在这里工作。"

"你的孩子不要紧吗？"

"嗯，交给森胁了。"

哭泣的道弘，应该已经不会再见面的另一个女儿。佳澄垂下视线。人行横道的白线清晰地刻印在黑色沥青上，行人的鞋横穿其上。目光追逐着那双鞋时，佳澄发觉内海正在观察自己的表情，于是不快地背过脸。信号灯变绿了，内海却迟迟不发动车子，后面的车焦躁地按响了喇叭。内海瞪了背后一眼，慢吞吞地开过路口，在左侧的一幢小楼前停下车。他一边拉动手刹发出刺耳的声音，一边问道："你说要找，那要怎么做？你有什么线索吗？"

"没有，没什么特别的。"

佳澄思考着"找"这件事的漠然内涵。一方面，那也是"不回去"的借口。

"总之，我决定不回家，所以能请你不要报告给那个人吗？"

"哦。"内海一脸无法理解的表情点点头,然后便一个劲儿地用瘦弱的手摩擦着尖下巴,"和你丈夫吵架了吗?怎么回事?"

"刑警立刻就会那么看啊。一说不回家就是吵架,一说吵架就问原因。事情只要全部弄清楚就好呢。"

面对佳澄的排斥,内海坦然地回答道:"我只是先说了谁都会有的想法。"

"那,如果你的夫人说不会回家了,那么是夫妻吵架吗?原因是什么?这么墨守成规地考虑也无所谓吗?明明可能有其他理由。"

"你知道关于我家的事吗?"

内海一脸厌恶,佳澄不禁一惊。

"是真的吗?太偶然了。"

"先别管我家了,你是因为自己的事情和丈夫吵架了吗?"

"那也是原因,但不止如此。"

"是家庭不和吗?"

"你家夫人是什么原因离开了?"

佳澄的话让内海漾出一丝苦笑。

"森胁女士,如果你无处可去,要来我家吗?"

听到内海意想不到的提议,佳澄一时哑然。内海把双手放在方向盘上,望着前方。

"内海先生的家吗?不知夫人会说什么。"

"我老婆在泷川的医院当护士,不过就算老婆在家,也无所谓。"

"但是为什么?"

"你很心疼钱吧。"

内海嘲笑的语气让佳澄想都没想就说出了真心话:"话是没错,

但我连你为什么会对我家的事件感兴趣都不知道,这样也可以吗?"

"有什么不好?我得的是胃癌,很快就要死了,既没想过跟你要钱,也没想过威胁你。我自己也想知道为什么会对你的事件感兴趣。"

内海痛快的话语包含的沉重惊到了佳澄,她盯着内海的眼睛。回望她的内海的目光清澄而强韧。

"你的病那么严重吗?"

"你已经稍微察觉到了吧?看你的眼神就能明白。"

佳澄一言未发地低下头。也许是下班了,近十个男女职员一齐从左侧的建筑中走出。可能是要结伴去喝酒吧,他们有说有笑,占满了整个人行道。佳澄心一横,提议道:"那,这样行不行?我来照顾你,请让我免费住在你家。"

"照顾?"内海露出一脸讽刺般的表情,"到我死吗?那时间可很短。"

佳澄一时说不出话来,但很快又勉强继续道:"在那期间,我会去找有香。"

"我也一起去找。"

"为什么?理由呢?"

"不知道啊。"

"你到底不知道什么?"

怎么也无法接近核心让佳澄烦躁不堪,不由得恶狠狠地抓住内海黑色夹克衫的领子。皮包骨的脖颈露了出来。

"内海先生,到底为什么,请你告诉我理由。你不知何时就会死,为什么会有兴趣?"

内海粗暴地挥掉了佳澄的手。他力量强劲,突出的指骨打到佳澄的手背上，带来一阵疼痛。

"我不是说了我不明白吗？那种事怎样都好吧。"

"那可不好。什么亏心事都没做却要受到伤害，每次都是我这边，我也不知道是怎么回事。"

"我也不知道啊，只是想在死前尝试一下至今没用过的工作方法。我想知道你身上发生了什么。"

"说什么打发时间，难道不是说走嘴了吗？"

"也有那个原因。"

"让我如此痛苦的事，有什么理由成为你完美赴死的材料？有什么理由让你打发时间？"

佳澄无法抑制心中的怒气。她知道这话对病人来说是残酷的，却不能不去确认。

"我也一样啊，不久于人世让我痛苦得不得了。你又能明白吗？"

"我认为我明白。"

佳澄声音低沉地回答，却没有自信，也无法思考失去孩子的自己和迈向死亡的内海究竟谁更痛苦。知道生命的界限恐怕也是很可怕的吧。但佳澄并不在意将内海和自己的境遇相互替换。或许同样感觉到了相互比较的空虚感，内海突然失去了力气，低喃道："算了，走吧。我累了。"

向北一直开到十条，再向东，内海的公寓就位于外围的一片新兴住宅区里。内海在形同原野的月租停车场停好车。停车场十分朴素，仅在地面上等距离地插着木片，上面用万能笔随意写着租户的名字。简直就像墓牌——佳澄望着内海那笔迹渐消的木片，那东西似乎就要倒在茂盛的杂草中。内海指了指涂着灰浆的木结构公寓。

"就是那里。"

佳澄跟在内海身后登上外面的楼梯。位于二楼一端的内海的房间收拾得空空荡荡，几乎什么都没有，那种冷淡的感觉仿佛展现了内海精神世界的荒凉。他明明患了重病，屋里却没有药物的气味，也没有他人精心照看的痕迹。恐怕在平日里，他就一直这样独自生活。他打开靠里的房间的拉门，转过身来。

"我稍微躺一会儿。"

佳澄在逐渐变暗的房间里孤独地等待内海起床。桌上放着好几种药袋，佳澄边看边思考，患上绝症到底意味着什么。生命会像太阳落山一样走向尽头吗？夕阳西下，房间的四角徐徐融入黑暗中，尽管是盛夏时节，寒冷也在顺着脚尖靠近。对于想永远处在阳光下的人来说，仅仅这点就令人恐惧。时间流逝，是因为人意识到它的流逝。自己难道不是也失去了一个叫有香的时钟，一直以来都在追逐幻想中的时间吗？佳澄想让时间快走，让她能忘记有香的存在，另一方面却正相反，害怕这样下去有香会忘记自己。简而言之，无论是孩子生死不明的自己，还是濒临死亡的内海，都属于不肯对时间公平流逝这一现实做出让步的人。佳澄把变冷的赤脚缩到椅子上，两手抱住，尽可能弓起后背。无计可施独自一人的情况让人无聊。

天黑下来了，内海没有要起床的迹象。佳澄无奈地打开电视，六点半的新闻刚刚开始。国会与议员贪污的话题结束后，变成了足球选手们的特辑。不一会儿，当梨纱一直都很喜欢的动画片开始时，佳澄关掉了电视。方形的盒子发出的蓝白色光芒一消失，室内便一片漆黑。佳澄感受到了无法呼吸的压迫感，慌忙依次打开房间的灯。玄关灯，正上方的荧光灯，还有厨房、洗脸台、厕所。被太阳晒过的榻榻米房间的四角鲜明地出现在眼前。影子消失了，一切都在白花花的荧光灯下浮现出来。恐怕自己的脸也在面无表情地发光吧。佳澄感觉自己获得了新生：她已经下定决心，只要没在小樽找到有香，就不会回去。今天难道不是实现这一决心的纪念日吗？这是离开喜来村之后的第一次逃离，但这逃离与离家出走时不同，毫无希望。接下来要怎么办？佳澄呆立在陌生的房间中。

感到肚子空空，佳澄看向内海的小厨房。沾着油点的墙上贴着有关小菜、五分钟熬粥和事先准备蔬菜的说明，字迹秀气整齐，内容简洁。这大概是内海妻子用心准备的吧。佳澄一边注视着这些，一边熬了一份粥，又用电饭锅蒸了普通的米饭。

因为没有配菜，佳澄正准备出门购物，拉门咔哒咔哒地开了，听起来十分费劲。内海穿着T恤和睡裤，恍恍惚惚地站在阴暗的卧室与明亮的六叠间的交界处。看到佳澄，内海露出了困惑的表情。与其说是困惑，不如说更接近厌恶。

"感觉怎么样？"

"好像有点儿贫血。"

"感觉不太好啊，一脸有人在屋里真是麻烦的表情。"

"你真明白啊。"

内海疲惫地在榻榻米上盘腿坐下。

"疼吗？"

"不疼，身体很乏。"

"没有配菜，我想去买点儿什么。什么比较好？"

"买你想吃的就好。我没有食欲。"

"是吗，那我会注意买好消化的东西。"

也没办法硬要让对方吃。佳澄在狭窄的玄关处穿好鞋。一张赤裸裸的万元纸币递了过来。

"可以吗？"

佳澄抬眼看着内海瘦削的脸。内海嫌麻烦似的点点头。

"无所谓啊，请买你喜欢的东西，反正也花不完。喂，顺便也请买点矿泉水和手纸吧。"

"说什么花不完，你有老婆吧。"

"如果是雇一个保姆兼护工，那家伙也会同意吧。"

原来如此，佳澄接过纸币，塞进牛仔裤的后裤兜里。内海要是不在了，做保姆生存下去就好。佳澄对这么快就假想内海之死的自己惊讶不已，觉得这就是和毫无关系的他人之间的距离。她突然想到了绪方。绪方是从最开始就在温度和浓度上与佳澄相同的稀有人类，佳澄很想见他。

佳澄在附近的超市买了鱼和蔬菜，用收银台旁边的公用电话给和泉家打了电话。既然是水岛，夜晚必然会待在和泉茑枝身边。果然不出所料，他接了电话。

"夫人，我一直在等你打电话。已经到这边了吗？"

听出了水岛与以往不同的慌张样子，佳澄心跳加快。

"嗯，昨天到的。怎么了？"

"其实我正在想该怎么联系上你。我给你丈夫打了电话，但夫人你并不在他告诉我的酒店。"

"怎么了，有什么消息了吗？"

佳澄把装有水和食品的沉重口袋放到地上。水岛仿佛害怕辜负佳澄的期待般说道："不，不好意思，不是有香的事。也许不算什么大事，但我今天看到石山先生了。"

"石山先生?"

"是的。我吓了一跳,自从他卖了别墅就没见过他了。和泉夫人也非常怀念呢。只是他的变化非常大。"

"什么样的变化?"

"简直判若两人。他恐怕觉得自己有责任吧,不知是不是。"

水岛说得并不肯定。

"是怎么变了呢?"

"说不好啊。"

佳澄对石山的好奇心突然被激发起来。岁月究竟怎样改变了石山?

"我想见石山先生,他已经回去了吧?"

"今天应该还住在湖畔。"

水岛言辞含混。难道这也是不想告知他人的事吗?佳澄重复问道:"样子很奇怪吗?"

"夫人,你最近没见过他吧?"

"是的。"

"哎,这种事说出来到底好不好……"水岛踌躇了片刻,"石山先生是离婚了吗?我是想说,他带着个年轻的女人,真是吓了我一跳。"

佳澄条件反射般回过头,超市的玻璃窗映着自己的身影:拿着黄色听筒在夜色里张口结舌,那张脸显得格外苍老。黑眼圈明显,嘴角下垂。石山和女人在一起。佳澄明知和石山的恋爱已经结束,但水岛的汇报还是彻底将她打翻在地。

"喂喂,夫人。"

水岛的呼唤传来。

"是。"佳澄慌忙重新握好听筒。

"石山先生似乎就住在湖畔,如果明天中午前来的话,也许能见到。"

"哦。"

"你也说过他是被什么东西追着。我家夫人不是讨厌那种事吗,大概已经没法再来我们家了。"

已经习惯将和泉家称作"我们家"的水岛确实让佳澄感到很不协调,但石山带着女人前来更是让她受到了冲击。不过,岁月已然流逝,毫无改变仍在彷徨的只有佳澄自己。她挂断电话,再次望向玻璃中映出的自己。就算内心未变,身影却已沾满了深重的悲伤,刻下了时间的印迹。她怀抱着那被刻成木雕般的寂寞,踏上了归路。

"我回来了。"

佳澄敲了敲门,随即打开。躺倒在房间正中央的内海说了句"不好意思",坐起身来。钝重的水声传来,浴缸里放满了水。佳澄把沉甸甸的塑料袋放在门槛上,刚脱下鞋,内海就走过来拿起了袋子,心情似乎比刚才好了些。

"我来吧,很沉的。"

尽管佳澄出言阻拦,内海还是默默地把袋子提到了厨房。佳澄追在后面进了厨房,迅速开始准备饭菜。她发现有做好的味噌汤,便加热了盛到碗里。小小的桌子上摆好饭碗和筷子,两人相对而坐。

"出什么事了吗?"

内海拿着舀粥的勺子低语道。

"没什么。为什么这么问?"

"直觉吧。"

"什么直觉?"不想说的佳澄佯装不知。

"刑警的。"

"今天,听说石山先生出现了。"

佳澄一边吃饭一边说。用不习惯的电饭锅也许是水加少了,饭有点儿硬。不过刚蒸好的米饭确实好吃。

"森胁女士,你给哪里打电话了?"

内海若无其事地问,但目光中透出的试探并没有逃过佳澄的眼睛。

"给水岛先生那里。不,是给和泉先生家。"

"从这里打电话不就好了,电话费又不算什么。"

"不好意思,那今后就请借电话一用。"

内海苦笑着舀起粥,苦行般放入嘴里。细细咀嚼咽下后,他直直地盯着佳澄的眼睛。

"石山为什么出现?"

"我也不知道。"佳澄喝了口内海做的豆腐味噌汤。也许是按照妻子的留言做的,味道很淡。"听说就住在湖畔,水岛先生说明天去也许就能见到。"

"石山现在是什么样子?"

"水岛先生说他变了。"

佳澄没有说出石山带着女人一事。

"那就去抓住他吧。"

"要问讯吗?"佳澄笑道。

"我可不会做那种事,只是想问问他的感想。"

"感想?什么感想?"

"当然是那起事件啊。"

内海一边拆开煮好的鱼肉,一边头也不抬地说。佳澄放下筷子想道:为什么是感想啊。

壁柜里的被褥似乎是内海的妻子使用的,干干净净,但枕套上沾着一根黑头发。佳澄捏起来扔掉,头枕了上去。真是不可思议,直到昨天还素不相识,现在却进了对方的家里,正打算用对方妻子的寝具睡觉。佳澄躺在被子里,回忆起四年前的今晚发生的事。她和石山连想都没想过第二天早上会发生那种事,只是不断犯下罪过。

每年一到八月十一日,佳澄就会拜访泉乡,这一点石山可能一直都清楚。既然知情,又出现在那里,也许他是想见到自己。就算是在不知情的前提下前来,到那个地方还带着女人,也真是毫无自觉。佳澄感受到了对石山的出奇愤怒,石山带着女人这一消息让她纠结不已。这明明是不该产生嫉妒的过去的事,佳澄却发觉自己仍然迷茫,悲伤得怒火中烧。她钻出被子,静静地打开内海卧室的门。灯已经关了,但躺在床上的内海正看向这边。光线从佳澄睡觉的六叠房间射来,这个只有骨骼分外显眼的枯木般的男人正瞪着佳澄。

"怎么了?"

"能说几句话吗?"

"那个,刚才吃了安眠药,似乎很快就要迷迷糊糊了。"

佳澄一言不发地爬上内海的床。内海露出一脸厌恶。

"怎么了?想起石山的事兴奋了吗?"

"是的。"

"看来传言你和石山有一腿是真的啊。"

佳澄没有回答，鼻尖顶上内海瘦弱的肩头，T恤衫只带着些许洗衣粉的气味。内海挪动肩膀，想要避开佳澄。佳澄一动不动，虽然被内海用力推开，但她并没有要下床的意思。

"请别这样。"内海扭向一旁，"我可做不了。"

"我又没期待你那方面。"

佳澄嘲笑道。内海又说了一遍：

"你和石山有一腿啊，所以你们一家才会去支笏湖。"

"是啊。"佳澄毫不在乎地挑明了秘密，"但是，是谁在传这样的话？"

"不，谁都没说，是现场的氛围，也许是从那些窃窃私语里吧。调查报告中也没人提及。只是浅沼一直觉得，只要到东京调查就会发现。"

"去东京了？"

"没成案子，所以没去。"

"是说我和石山先生的事与有香失踪有关吗？"

"这个嘛。"

"那件事有什么问题吗？"

"不知道啊，所以我才想知道你身上到底发生了什么。"

"我丈夫说不需要我了，让我别再回去。"

"那是当然的吧。"

"如果你是道弘，会那么说吗？"

"不会。"

"为什么？"

"因为从一开始就不需要。"

内海疲惫地闭上眼睛。眼窝深深凹陷，看起来就像骸骨。

"听说那个人现在带女人来了。明明是那个人邀请,我才来北海道的,却只有我的孩子不见了。已经发生的事确实没有办法,但我怎么也无法放弃。至于无法放弃什么,我自己也不知道。是有香的事,是寻找有香的时间,还是应该和那个人一起度过的时间,或是失去一切的自己?或许会意外地是最后一个。因为在我这里什么都没有结束。这是没有尽头的不公,对吧?你难道就没想过只有自己死去很不公平吗?想过吧?所以我们很像呢,不是吗?"

内海没有说话。佳澄一看,内海不知何时已经入睡。她看着内海的脸,然后掀开被子,看向内海的全身。那身体恐怕曾经是健壮的,如今却只剩下粗壮的骨骼。清瘦的胸口上下起伏,呼吸伴随着轻微的鼾声。要是没有这动静,嘴部微张的内海简直宛若尸体。要是尸体就无所谓了吧,佳澄再次用鼻尖顶住内海的肩头。

"有件事我连绪方老师都没告诉过,因为我觉得太丑陋了。现在这样子,我就直说了,我一直在怀疑典子。那个人从之前就察觉到我和石山先生的事,也许因此计划了对有香下手。毕竟想让我有什么悲惨遭遇,最直接的就是让我的孩子遭殃。所以,典子看准了早上短暂的机会杀了那孩子藏到某处,然后装成一无所知的样子继续睡觉。那不是无法完成的。换句话说,人类这种存在,不是很难判断会做出什么事吗?那个人以那张漂亮脸蛋装得那么若无其事,可没人知道她心里在想什么。喂,没错吧?你既然是刑警,也会这么想吧?

"我也想过,可能是道弘知道了我和石山先生的事,一时冲动杀了自己的女儿,为的就是让我们陷入痛苦。但是这四年间,道弘非常痛苦,所以我明白他不可能做那种事。不,无论是典子还是道弘,都不会做那种事。要说为什么,因为他们都是单纯的现实主义者,不会做出让自己的人生背负风险的事来。这是我的直觉告诉我的。"

佳澄仿佛自我认同般点了点头。内海呻吟着翻了个身,挣脱开的骨骼沉重的手臂打中了佳澄的侧腹,但佳澄毫不在意地继续说道:"刚才,我说了'杀了那孩子',那种话我明明连说出口都不愿意,但在我内心深处,我其实明白她应该已经死了。尽管如此,我还是来找她,这也许是要再次糊弄自己。我想快点儿解脱出来,却一点儿都没解脱,所以我可能只是为了我自己而一直利用那个孩子。然而石山先生还是独自去了不知何处,我被他抢了先。不过说到抢先,你也一样啊。走向死亡确实可怕,但我也很羡慕。"

内海侧躺着,一呼一吸开始加长,似乎睡得更深了。

"喂,怎么样?你怕吗?"

佳澄用胳膊肘戳了戳内海的侧腹,骨头咄咄作响,内海却纹丝不动,继续保持着呼吸。

"这样睡着了没有任何感觉倒也行,但如果做了讨厌的梦却逃不出来,那还是死了更好。不是吗?"

内海没有回答。

"也就是说,我总是觉得我还一个人留在噩梦里。道弘已经逃走了,逃向工作还有养育梨纱的现实。对我和石山先生的憎恨,也给逃走助了一臂之力。那个人很痛苦,但憎恨同时也是咬紧现实来生存。不对吗?另外,梨纱那么可爱,我却没法接纳她。很奇怪吧,明明是自己的孩子。我注意到了,如果说一个孩子没了,就倍加疼爱剩下的孩子,那么我是不同的。我只是一个劲儿地追在失去的孩子身后。如果梨纱失踪了,我也许早就放弃了。孩子的可爱是有差别的,很可怕吧?我也觉得自己很可怕。那个孩子自从记事以来，一直看着我不停地找有香，所以知道自己是次要的。也许是因为这个，她只亲近道弘。就算没法再见到我，她或许也不会那么寂寞。我的所谓噩梦，是那起事件以来，我就不再是我自己了，怎么也拿不回来了。只要拿不回来。我就对任何事物都没有兴趣。想方设法要活下去，也只是因为有香的事，我还不能死。我可能已经死了。对，就请你把我当成比你先死了的人。"

佳澄掐住内海手腕上的肉，一直在打鼾的内海发出微小的呻吟声。佳澄温柔地抚摸着掐过的地方。

"对不起，疼吗？你慢慢死去很痛苦吧？肯定很害怕、很孤独吧？我不会认为那是值得高兴的事，因为我还没那么了解你。刚才我也说了，我对你也有羡慕呢。石山先生丢下我先走了，你也会比我先死，我也许会独自一人在噩梦里终老一生。我讨厌那样，那绝对不像是滨口佳澄。那样不就和盯着那灰色的大海生活一样了吗？没错吧？我是为了什么才逃离的？"

说累了的佳澄朝着内海的后背长长地吐了口气，内海的鼻息立刻变得规律而饱满起来。

3

铺有沥青的山路上掉落着一块黑色的绳状物，内海开车碾了过去。

"是蛇。"

听到内海的低语，佳澄一回头，意外地发现被碾轧的蛇正翻着白色的肚子蠕动。后面的红车想要避开，正慌忙刹车。

"黑色的蛇可真没见过。"

佳澄觉得很不吉利，皱起眉头。

"是吗，没见过黑蛇吗？"

"没有。"

"经常有呢。森胁女士你也是北海道人吧。"

内海曾经参加过搜索，还和浅沼见面，恐怕已经提前掌握了自己的信息。只有警察才会说的话，如今被身为普通民众的内海指出，佳澄不快至极，没有回答。内海不依不饶地追问道："不是吗？"

"确实是。"

"你隐瞒那种事干什么？明明是事实。"

内海一脸嫌弃地转向前方。车子从国道驶入道道，又进入通往大崎温泉的窄路。虽然仍在山中，但察觉到支笏湖庞大的水的气息就在身旁，佳澄紧张起来。从这里稍微向前，右转上山，就会到达泉乡别墅区。

"我也没有特意隐瞒，只是不愿想起来，没说罢了。"

"因为是离家出走吗？还是因为那里是乡下？"

内海冷笑道。今天的内海充满攻击性，仅凭这点就让人感觉到他不同以往的活力。

"并不仅仅因为这些，不过就当是这些。"

"离家出走是那么心虚的事吗？"

佳澄没有理会内海的挖苦。身在喜来村时的郁闷和艰辛反正说了也无法传达。瞬间理解了佳澄的只有那个古内。佳澄用挑衅的目光盯着内海枯瘦的侧脸。

早晨，佳澄是在内海的床上睁开眼睛的。内海抢走了所有被子，正在熟睡。佳澄的睡衣上没有盖任何东西，身体因黎明的寒冷缩成一团。她想盖上点儿被子，便试着拽了拽，可是内海仿佛把被子当作保护身体的壳，死死地缠在瘦弱的身上。放弃了的佳澄支起一侧手肘，坐起身来，看向内海的脸。他的嘴微张，侧脸十分放松，眼窝的凹陷和颧骨下方的黑影是不知何时便会到来的死亡的预兆。佳澄瑟瑟发抖，一边思考着自己之前到底想对这个迈向死亡的男人倾诉什么，一边脱离床铺。但回到了自己的被子里，虽然是盛夏，床单依旧冰凉入骨，让体温适应那全新的凉意，应该还需要一些时间。睡意已然消失，佳澄又从被子里钻了出来。无论是内海的床，还是放空的被子，都没有温暖地迎接自己。从今往后，也许就要一直如此了。佳澄就这样没再合眼，迎来了第四个八月十一日的早晨。

"我也想去一次你的村子，一起去吧。"

"为什么？"

"你不想看看那里有什么变化吗？"

"不想。"

"可是你的父母在那里吧？"

"恐怕在。"

"你不担心吗？"内海一脸意外，目光中的好奇心时隐时现，"虽然也许已经死了。"

"那也没办法。"

"你真冷淡啊。"内海讶异道，"你想过女儿或许在那里吗？"

其实，佳澄曾经想象过很多次。想象中的有香就在那片海滩上的喜来庄门前玩耍，就像自己常做的那样，一边捡起连孩子的力气也能轻易掰碎的脆弱砂岩，一边任强劲的海风打湿头发和皮肤，让海风带来的细沙沾满全身。

"想象过啊。"

"那为什么不去确认?"

"因为绝对不可能,那些人不可能做出那种事。"

"你的父母或许带走了你女儿代替你啊。要是那样,与其说是复仇,不如说他们想要重新开始。想要重新开始什么呢,育儿啊,人生啊,总之是如果能重新开始就好了的事,虽然我不这么想,因为就算再投一次胎,我也还是想当刑警。在那层意义上,我这或许也勉强算是幸福的一生了。"

内海从今早起话就很多。佳澄感到内海之所以突然侃侃而谈,是因为自己钻入内海被窝的一瞬打开了他的心。因为石山曾经意想不到地出现在她面前,而被石山打开的通向自己过往生活的门扉,如今解放了内海这个男人。

"喂,内海先生,请不要再进行那么愚蠢的想象了。"

内海熠熠放光的眼睛看着佳澄。

"我啊,森胁女士,在当警察时从未做过什么想象,只是疲惫地四处奔走,逐一接触目标人物。午饭在外边扒了几口,但不记得吃过什么了,做的净是这种工作。我一直都明白,越是想象,就离现实越远,想象可是我工作的天敌,虽然我也不明白是为什么。所以,只有想象我是没尝试过的。但到了现在,也不知道是什么原因,我就是觉得想象有趣得不得了。"

佳澄觉得内海已经沉湎在了事件中。事件带给内海食欲和精神,用不知所谓的活力填满了他。今早的内海吃得好,说得多,感情生龙活虎。如果接下来继续在服下安眠药睡得不省人事的内海耳边念叨自己的真心和疑惑,那么内海的想象也会不断膨胀吧。佳澄觉得那样的内海有些让人毛骨悚然,而如此想为走向衰弱的内海吹入活力的自己也让人很不舒服。那条在道路正中蠕动、因痛苦而弹跳不止的黑蛇,也存在于自己心中。佳澄内心的恶意、疑心以及无法告人的真心话,都可以通过内海这个男人释放到外界。

佳澄无意间将目光转向窗外,刚才避开蛇的红车再次跟了上来。到这里还在一起,大概也是去大崎温泉的吧。佳澄弓起身体,看向左侧的后视镜。那是一辆红色的宝马,仿佛正在炫耀那能够抗衡茂密绿树的鲜艳和光泽,毫无惧色地紧紧跟在遵守法定车速温吞行驶的内海后面,车内坐着一对戴着华丽太阳镜的男女,打扮就像夜店工作者。女人染成金茶色的长发飘出车窗,不时伸出手去感受窗外的风。男人留着过时的小波浪短发,一直在和女人说话。仔细端详那张脸的佳澄的表情渐渐僵硬起来,那毫无疑问是石山。也许是听闻石山事业失败被人讨债,昨晚以来佳澄脑海里描绘的石山身形萎靡,但真人却艳俗得如同山里的异物。

"从那里向右是吧?"

内海指了指右边出现的"泉乡别墅区"的招牌。佳澄凝视着招牌,锈迹比去年更明显了,腐蚀得更严重,越来越有颓废的感觉,甚至让人觉得在那红色屋顶的华丽山庄里,和泉茑枝的白皙皮肤上已经浮出了锈斑。车子右转,因为陡坡而换挡减速。石山的车继续前行,那条路的前方只有大崎温泉,他们可能就投宿在那边。车子开上几十米时,佳澄终于决定告诉内海。她之所以等了些时间,是在思考怎么一回事。

"刚才的车里是石山先生。"

"那辆宝马?我还以为是黑社会的带着女人去温泉玩乐呢。"

"不,那是他。"

"石山是那种男人?"

"他变了,但不会错。"

曾经那么亲密的男人,自己是不可能认错的。内海不可置信地回过头,后方已经被丛生的高高的草丛和密集纠缠的树木包围,什么也看不见了。内海的加里纳就像黏在陡峭的坡道上一样,停在了途中。

"不好意思,请返回大崎温泉那边,我想和石山先生说几句话。"

"可以啊。"

也许是好奇心之火被点燃了,内海麻利地驱动着瘦弱的身体,开始倒车。加里纳蛇形着驶下危险而狭窄的陡坡,不一会儿便回到刚才的岔路口改变了方向。从那里沿着蜿蜒的山路开了五分钟,山间温泉酒店的红色屋顶和支笏湖便出现在眼前。四年前的夏天,佳澄曾经好几次骑着本田幼兽来到这家酒店打听消息。

平坦的屋顶长长地横向伸展,仿佛环绕着湖面伸过来的部分。佳澄迅速发现了停车场里的红色宝马。女人的身影不见了,形似石山的男人正在确认车锁。佳澄独自走下加里纳。

"石山先生。"

石山回过头,摘下侧面带有金饰的华丽墨镜。认出是佳澄后,那张脸上浮现出奇妙的认真表情,很快又变成了包含喜悦的明快面庞。佳澄望着他那身轻佻的打扮:花里胡哨的夏季针织衫搭配松垮的白裤子,领口露出粗大的金项链,镶有钻石的金表在阳光下闪闪发光。那是从昔日清爽的石山身上无法想象的装束。

"好久不见啊,还好吗?"

石山露出微笑,语气老练地询问佳澄。佳澄再次感觉到了细微的违和感:石山从前的说话方式要笨拙一些。

"嗯，你看起来也很精神。"

"还好吧，过得挺开心呢。"

石山不好意思地笑了。他就像皱了的气球，一点儿也没有拒绝佳澄。

"开心就好。现在你在做什么呢？"

石山瞥了酒店前台一眼，带来的女人应该就在那里。

"你问我做什么，我什么都没做。你没听说吗，我工作的事？破产了啊。"

"听说了一点儿消息，但不是很清楚。什么都没做是指连设计也没在做吗？那你靠什么吃饭？"

"情夫啊，要是坦白说的话。"

"情夫？"佳澄又问了一遍，"你是情夫吗？"

"只能这么说啊。我现在可是被女人养着。"

石山语气爽朗。

"是刚才那女人的？"

"没错，已经二十三岁了。"

"已经？很年轻嘛。"

石山"嗯"了一声，点点头。这花哨的衣服和车也都是刚才那女人买的吗？佳澄熟悉活跃于工作中的石山，对这过大的变化感到愕然。但是，当自己在电梯里强行接吻时，石山也默默地接受了。佳澄回想起那天的事：也许石山在女人面前原本就是个被动的角色。

"你也有点儿变了啊。"

石山注视着佳澄。

"变成什么样了？"

"该怎么说呢，变成了忍耐的表情，总觉得不适合你呢。"

"没办法啊,毕竟发生了那样的事。"佳澄对石山事不关己的语气产生了反感,但接下来的话也是说给自己听的:"我,可是坏掉过一次。"

"嗯,我也是。"石山低下头,视线落在手中的车钥匙上,钥匙夸张地装在路易威登的钥匙盒里。"没办法啊。"

"没想到能在这种地方碰面。"

"为什么?"石山一脸意外地反问道,"毕竟八月十一日你就会来啊。"

"我倒是没错。"

"我是想着也许能见到你才来的呢。"

石山没有说想见面,也没有为带女人来而道歉。

"因为我听说你不知去向了。"

"是的是的,没错,我制造出了那样的效果。所以,请不要告诉任何人我们在这里见过。"

佳澄带着共犯的心情答应了,但这种情绪轻得根本无法和当初两人犯下罪行时相比。她甚至觉得哪怕自己不小心说漏了嘴,让石山被讨债人抓到了,也无关痛痒。她彻底悟到了,石山已经失去了对自己的情热。那并不让佳澄感到寂寞,是因为她也已经不再喜欢石山。那是曾经沉迷其中,却匆匆丧失的感情。那份情热到底是什么?一想到因此失踪的有香,心底就会悲叹起来。

"对了,我看电视了。小樽那边怎么样?"

"不行啊,是男孩。"

"这样。到底怎么样了啊?那孩子。"

石山叹了口气,目光移向在酒店背后铺展的支笏湖,湖面上不断传来小船和水上摩托的发动机时远时近的声音。两人同时陷入沉默,侧耳倾听着。一直在加里纳车里观察情况的内海或许是认为时机已到,向这边走来。石山意识到了内海的身影,从口袋里拿出香烟叼上。佳澄想起有香失踪时,石山曾说过要戒掉钓鱼和香烟。她感觉到了,石山已经放下了。内海仿佛急急伸了下头般打招呼道:"你好,初次见面。"

石山报以简单的致意,用目光询问佳澄。

"这是内海先生,以前是刑警,说要一起帮我寻找有香。"

"那可太好了。"石山并没有表现出特别的感慨,"那,怎么样,内海先生?"

"不,现在还什么都不知道。"

内海用观察的眼神望着石山。

"是吧,不是那么简单的事。"

石山挠了挠被太阳晒黑的手臂。佳澄想,石山的身体大概已经不再散发出河川的气息了。内海一边避开石山的烟气一边问:"石山先生,我那时在苫小牧警察局,也参加了搜索,从远处也见过你好几次。你的品味变了不少啊。"

"不,这个嘛。"石山露出苦笑,"那孩子说喜欢这样,就买来了。"

内海或许是察觉到了石山正过着情夫般的生活,露出了挖苦的表情。刚才的女人跑了过来,高跟鞋的鞋跟仿佛要拧进地面。她气喘吁吁地喊道:"阿洋,怎么了?"

"什么事都没有。"

女人疑惑地瞪着佳澄和内海。

"有什么事吗?"

"我都说了，什么事都没有。"尽管石山出言安抚，女人依旧像要守护石山一样站到佳澄面前。这是一副宽下巴的平凡长相，年轻的精神的锐利却从强硬的眼神和嘴角显露出来。她可能误以为佳澄他们是来讨债的吧。佳澄很羡慕年轻女人的情热。

"没关系，真的。这些人在找有香呢。你看，这是有香的母亲。这是真菜，和我一起生活。"

石山的介绍让强烈的愤怒突然划过真菜的眼中，她直盯着佳澄。佳澄察觉到，这恐怕是知道面前站着石山爱过的女人而展现出的嫉妒。难道石山把两人之间的事告诉这种年轻女人了？佳澄感到自己遭受了背叛。石山自己不是曾经那么强烈地禁止把这件事告诉任何人吗？佳澄越来越感受到了和石山之间的距离。

"真菜，我想和这个人单独聊聊。"

真菜闻言，乖巧地点了点头。

"我知道了。那我去泡个澡。"

"嗯，我很快就去。"

内海在一旁嘟囔了一句"真腻歪"，一脸看不上眼的样子，两手插在口袋里，耸着瘦削的双肩板着脸。

"石山先生，听说你被人追债啊。"

"算是吧。"

石山回答得悠然自得，仿佛连那样的现实也忘了。

"要是被找到了，大概会很惨的。"

"大概吧。"

"所以才当了情夫吗？着眼点真不赖啊。"

"不，也没什么，我并没那种打算。没钱以后我在酒馆工作时，那孩子来喝酒，我们就认识了。"

石山毫无怒色，稳重地应对着凶狠的内海。

"是哪里的酒馆？"

"丰川先生曾让我在他的酒馆打下手，毕竟我已经无处可去了。"

石山的语气里带着犹豫，可能是害怕给丰川带来麻烦吧。但是，佳澄无法立刻就原谅依靠丰川来到札幌的石山。

"是连锁店'多线鱼屋'吗？真菜小姐那样的女人会去那种便宜的店吗？难道不是在牛郎俱乐部之类的？"

石山暧昧地笑了笑，并未回答。

"她手上好像很有钱，是干什么的？"

"当然是色情业啊。"

"原来如此。"内海用轻蔑与好奇混杂的目光看着石山，"很适合你啊，波浪短发。"

石山不好意思地摸了好几下波浪细碎的头发，似乎不碰碰自己的头发就没有真实的感觉。

"我自己也很意外呢，内海先生。我想和这个人说说话，能请你回避吗？"

"可以啊。我正好有些话要去问水岛那个大叔。"

"你也认识水岛先生吗？"

石山一脸意外。

"认识。我还知道和泉那老头儿，生意曾经盛极一时啊，在这一带很有名。"

"这样。说起来，和泉先生为什么会死啊？你说呢？"石山征求同意般看向佳澄，"那个人，曾经把你错当成我妻子吧。"

"嗯，那时吓了一跳。"

来到别墅的那天，在院子前露了一脸的和泉曾经称呼着"夫人"和佳澄搭话。狗的尸体，那个后来怎么样了？佳澄正在回想，内海插了句话："那是怎么回事啊？"

石山看向佳澄，确认是否可以说出来。

"没关系，这个人什么都知道。"

"这样。"石山似乎擅自将佳澄和内海的关系理解成了他和真菜的关系。

"在到达别墅的那天，大家正一起喝啤酒，和泉先生和水岛先生就来了。我老婆明明就在旁边，和泉先生却喊这个人'夫人'。我觉得他是不是知道什么，在挖苦我们，当时很着急呢。"

"哦，为什么啊？"

"谁知道呢。现在想来，可能只是单纯地弄错了。"

"从那以后典子就态度一变呢。"

"对对，没错，那件事让我们暴露了。"

石山语气老练。真是不可思议，两人间的秘密就这样在第三者内海面前讲出。

"内海先生，请不要在意，已经是过去的事了。"

石山解释道。内海表情认真地否定了。

"不是的，我和森胁女士昨天才见面。我是个濒死的人了，所以这个人很安心，可能觉得和我讲讲也无所谓。"

"可不是什么安心啊。"

佳澄之所以会说给内海听，是因为她发自内心地感到无法与现实妥协的相似境遇将两人连结到了一起。过去，她明明与石山分享过这份心绪，可一听说石山带着女人，心里便一阵躁动。佳澄不可思议地望着石山轻松的表情。

"要死了吗?"石山惊讶地看着内海。

"得了癌症,已经快不行了。"

"那太可惜了。真让人吓了一跳啊,这世上什么人都有。"

石山严肃起来。内海仿佛已经习惯,若无其事地说:"那,我这就去水岛那里问他话,森胁女士你要怎么办?"

"你能过一个小时来接我吗?"

"好的。"内海正要离开,又回来了,"我忘了问,石山先生。"

"什么?"

"关于那起事件,请告诉我你的感想。"

"感想?又是客观角度的啊。"石山陷入沉思般抱起双臂,"我要想想,能下次再问吗?"

内海点点头,朝车子走去。石山一边望着那背影一边说:"真的要死了啊,总觉得能明白。"

"毕竟是胃癌,救不了了。"

"那个人为什么想调查这件事,我似乎能理解。"

"为什么?"

"难道不是因为得不出答案吗?比如思考自杀之人的心情,是绝对不会明白的吧。就算有遗书,也无法得知真相。但是,警察会凭借遗书而定案。我是觉得,一直以来只会得出明确答案的人,一旦有了大家都不理解的遭遇,就会受到冲击。"

石山朝着酒店先迈开步子。穿过前台来到庭院的草坪,支笏湖在眼前展开。在夏日午后的阳光下,湖面洋溢着催人入眠的安稳。这是佳澄没有见过的支笏湖。一抹白云挂在惠庭岳上,泛着涟漪的水面上漂着数不清的小船。

"听说你和典子分手了。"

听到佳澄的话,石山回过头。每次一回头,石山的目光总是先落在对方的嘴唇上,然后再抬起眼睛,这动作至今未变。以前每次看到石山的这个举动,佳澄都觉得再也没有比这温柔的动作,进而胸口一阵悸动。

"是啊,已经一年了吧。从那以来,我和典子就处得不好。我觉得她从来都没有原谅过我。关系越来越不融洽,也没法修复,就那样分开了。你听说孩子们的情况了吗?"

佳澄摇了摇头。

"我也不知道。心里想着不知他们怎么样了,却也有种获得解放的喜悦。我以前从不知道我还有那样的一面,觉得人类真是难以捉摸。森胁你还好吗?"

"我很好。虽然工作不怎么顺利。不过,我也已经从森胁那里出来了。"

"不是因为有香的事啊。是和我的关系暴露了吗?"

"两者都有,所以不被原谅。"

"一样啊。"石山叹了口气,"森胁你一定很受打击吧。你在森胁制版实习时的情形,我现在还时常会梦到。一醒来我就觉得,那真是无法想象的人生。"

"是啊。"

"但是,谁也不明白啊。"

石山在庭院的草坪上坐下,点起香烟。佳澄从各种各样的声音中只区分出了波浪拍岸的哗啦声,思考着石山到底想告诉自己什么。水的气息。那是自己的畏惧所在,也是自己的出发点。

"你喜欢内海先生吗?"

佳澄笑着回答了石山的问题："不喜欢啊。我没有钱，所以或许只是利用那个人。但是我总觉得，无处可去的我的心情有一部分是和那个人相通的。那个人很快就要死了，我想照顾照顾他。"

"照顾？又没有特殊关系，还真是热情啊。"

"我不是靠热情去照顾的，是因为想知道濒死之人能看到什么。我可是很冷酷的。"

佳澄知道石山正在盯着自己的侧脸。

"为什么想知道？"

"那个人肯定无法接受年纪轻轻就走向死亡。虽然一脸心知肚明的样子，心里却觉得很不公平，也很害怕，所以看了电视后才会联系我。最初他一直说什么搜查之类的，但我觉得不是。那个人想看到我和现实无法妥协进而困惑的样子，所以我也想看到他的死亡。"

"简直像在竞争。"

石山的措辞中渗透出了同情。

"但是，我能看见目标，毕竟那个人很快就要死了，虽然很可怜。只有我会永久地……"

见佳澄欲言又止，石山静静地继续道：

"漂流。"

佳澄从没想到漂流这个词会从石山嘴里说出。她不断从草丛里找出白色石头，扔向几米开外的湖水。石头太小，连水声都没有。

"是的，还看不见陆地呢。"

"真可怜。"

石山的低喃声传来。他已经在新的土地上岸，在那里开始生活。

"你在同情我?"

"不行吗?"石山语气沉稳,"这样不好吗?我认为你真的很可怜,希望你能早日回到原来的你。"

"不会的,我会成为不一样的我。"

"真好啊。"石山笑了。

"你喜欢真菜小姐吗?"

"我觉得喜欢。"石山歪头想了想,"但那不是恋爱啊。我和你恋爱过,但真菜不一样。和相差二十岁的女人恋爱,这种事我可做不到。我不会从那孩子身上夺走什么,我也没什么可让那孩子夺走。并不是我丧失了可夺走的,而是没有必要准备。"

"我那时有吗?"

"有啊。我夺走了你的时间,从家人手里夺走了你几乎全部的爱情,还从你那里夺走了你的身体。到了最后,我甚至连自由都想要。"

"我也一样。"

"是吧。我也交出了各种东西,然而结果却是你失去了一个女儿。"

佳澄眺望着波光粼粼的湖水对岸。

"到底去哪儿了呢,是沉在这里了吗?"

要是以前,石山一定会说别再那么想,但现在的石山沉默不语。

"你为什么要和真菜小姐在一起?是逃跑必需的吗?"

"是和你一样吧,因为你无论何时何地都在逃。"

石山在草坪上按灭香烟。

"对我来说,她确实方便我逃跑,但那并不是全部理由。我从来没有经历过这样的人际关系，所以乐在其中。生活费也好，零花钱也好，全都是女人给我，又不用做家务，只是闭上嘴和那家伙一起生活，负责的工作不过是开开车。这样的生活很不错呢。真菜厌烦我的时候可能就会抛弃我，但我觉得那样也无所谓。和你恋爱的时候，就算强行压制周围的人，也想和你在一起，但现在不一样。根据真菜的要求，我能变成任何样子。我或许真是个像水一样的男人。"

"像水一样的男人？"

"是的，怎样都能变，有时会变成热水，有时会变成冷水。"

佳澄一边感到不解，一边注视着贴住石山裤脚的草。

"对了，能把这个告诉内海吗？就是我关于那件事的感想。"

"可以啊。但你不自己说吗？"

"不用了，我不太会应付那个人，所以你就帮我说吧。我啊，是这么想的，好像了解你的事，又好像不了解。交往了两年，我喜欢你，只要是你的事情，我似乎什么都知道。但是关于你抛弃了故乡以及你来到东京时的伤痛，我一点儿都没注意到。当你听到支笏湖，犹豫着要不要和我一起去时，我却没能想象你的痛苦，都是我不好。也就是说，我觉得对不起你，只是因为我没能充分地理解你，和事件本身没有关系。"

远处传来"阿洋"的呼唤声。转过头的石山露出苦笑。

"真没办法啊。"

佳澄扭着上半身看向声音传来的方向，赤裸的真菜正从面向湖水的露天温泉的栅栏处探出身体，朝这边挥手。

"全都看见了啊。"

石山不好意思地垂下视线，佳澄却截然相反，凝神望着真菜年轻的肉体。她下定决心，今晚要再次到服下安眠药的内海耳边，讲述她和石山度过的夜晚的一切，包括在有香失踪的前一晚，她那份为了石山抛弃孩子也在所不惜的心情。

第六章　水源

1

天空突然阴了下来，眼前的世界随之一变。波光跳跃的湖面安静得让人毛骨悚然，湖畔的白桦枝叶摇晃。灰色的鸟从灌木丛中飞起，不知哪里传来了鱼儿跃出水面的声音。

"要下雨了吧。"

佳澄像小动物一样抽了抽鼻子。野生动物。每次见到佳澄，石山都会对她的如此特质心生怜爱。石山一边怀旧地想着这样的特质还在，一边望着佳澄的侧脸。佳澄精致洗练，比以前更加洋溢着都市的气息。因为有香的事，她可能对察觉危险进而逃离的能力失去了自信。曾经坏掉一次的她并没有变得更加刚直，而是用优雅的形式柔软地保护起自己。石山觉得若是如此，那就太无聊了。那样就成了像典子一样的都市女性。石山明白佳澄有多么痛苦，他自己也有同样的崩坏感。但是，尽管深知这样的结论对佳澄十分残酷，但石山也已经失去了对佳澄的兴趣。

石山瞥了一眼露天温泉。仿佛是在继续监视两人一样，真菜的裸体靠在栅栏上，目光依旧看向这边。能将温泉尽收眼底的草坪上只有石山和佳澄，所以真菜恐怕认定没有别的窥视者。看到如此没有防备的真菜，与其说想要守护她，不如说想一直看到最后，看看这份幼稚究竟能忍耐现实到何种程度。

"我好像误解你了。"

佳澄继续扭转身子朝着后方说道。她的体形和四年前几乎未变，脊椎末端进入臀部的地方深深凹陷，背部线条张弛有度。宽松的牛仔裤搭配紧身黑色T恤，清晰地勾勒出胸形，嵌入后背的文胸勒出多余的肉，那是石山曾经喜欢的部分。他一直觉得，从内衣挤出的多余的肉正是女人的本质。既不能完全没有，也不能太多，而佳澄正好具备了恰到好处的质感和分量。但是那种事如今已经无所谓了，因为女人各有各的赘肉，男人只要认为那是女人自身就好。石山凝视着佳澄的后背。突然，佳澄转过身来。

"你不是变了，原本你也许就是个自由的人，但我一直想把你想象成不一样的。"

"什么样的？"

"我以为你是把自己的周围都安排得井井有条的人，追求和别人保持合适的距离，工作上潇洒自如，还要有出色的夫人和聪明的孩子。我一直都在轻视你呢。我觉得关于我自己的故乡，以及我是带着怎样的想法逃离那里的，就算跟你说了你也不明白，所以就一直没说。但是，如果说了就好了。你一定会理解我，或许就不会用那种方式分手了。"

明明留下了痛苦的回忆，却回忆不起细节。佳澄感到时间已经太久了。

"你让我在你整理好心情前等你，我说我不等，对吧？我非常需要你，可是那样一来就解决不了眼下的问题，我没有那份耐心。"

"你说过毫无意义。"

佳澄噘起嘴想了想。

"是那么说的吗?"

"你忘了?我让你等我,你立即说'我永远只有当下',拒绝了我。"

"我真是说了傻话啊。"佳澄似乎后悔了,"不过你还是变了。"

佳澄用讽刺的目光注视着石山的波浪短发和宽松的白裤子。

"变了吗?我一直是我啊,没有变化。"

石山开始思考自己曾经的想法:每个男人都只接受他自己的女人。有香的事件和与佳澄的分手让自己也发生变化了吗?还是说曾经模糊的自己露出了清晰的姿态?佳澄指出了同样的事。

"不对,现在你可是露出了本性,否则就不会变化那么大。"

"变了的只有外表吧。"

"改变外表并不容易吧。"

佳澄微微一笑。石山一边摆弄着在温度骤降的风中卷得厉害的头发,一边回忆起四年前在这片土地上发生的种种。那是一切的开始。

在自己告知前,就让典子知道了和佳澄的事,是他的失败。

一切源于和泉的话,这是毫无疑问的。和泉当着大家的面,像讽刺一样称呼佳澄为"夫人"。典子之前已经嗅到了石山在外面有女人的气息,却无法确定对象,一直焦躁不安。她应该没有想过,对方竟然是森胁的妻子佳澄。典子一直瞧不起佳澄,但和泉的一句话让典子察觉到了一切。长期在那种事上神经紧张的人的直觉总是意外地准确,细微的裂缝也能硬生生撑开,穿破表面逼近真相。那天的典子就是如此。

石山有过好几次外遇。此前的几个，比如前台的接待啊，工作中认识的广告撰稿人啊，关系都不浅，持续了几年后又自然消失，都是女人那边主动离开的。典子始终视而不见，却察觉到只有这次不同。没错，佳澄是特别的。

佳澄的皮肤的气息和感触。俘虏石山的，是佳澄无法读懂的心。他感到，如果无法读懂，只是在周边一个劲儿地打转，佳澄便会焦躁起来，某天突然消失得无影无踪。他对此感到恐惧，想方设法要抓住佳澄的心。可是就算觉得快要抓住了，佳澄的内心依旧被自己无法获知的东西填满。石山一直不知道该用什么语言去形容佳澄的心。

也包括典子，至今为止认识的所有女人，石山都能立刻读出她们的内心。害怕孤身一人，在工作上野心勃勃，只想度过悠闲愉快的生活。然而佳澄哪个都不是。在她心中除了独自生存之外别无他物。对于佳澄来说，东京是一片既危险又丰饶的森林。先从小洞中伸出半个身子，确认风向和天敌的所在，如果安全就立刻行动，如果发现危险就逃走。石山给佳澄提供了安全的场所，敌人到来时会为她战斗，只希望两人能永远在一起。事到如今，石山仍会思考：如果有香没有失踪，自己和佳澄会怎样？自己的存在或许迟早会变成关住佳澄的栅栏。

石山私下一直认为，和泉在那个场合称呼佳澄为"夫人"，也许正是他的复仇，不，是他小小的恶作剧之心在作祟。就算那是偶然的，也符合事实。和泉的话语尽管微不足道，有和没有那句话，却决定了后来的命运。所谓活下去，难道就是想方设法越过那一线之差吗？石山他们恰巧没能越过。

在佳澄他们到来的三天前，石山拜访了和泉家。那是个阴云低垂的沉重日子，石山开始后悔提出招待森胁一家。山里的房子太不方便，典子很不高兴。一想到要夹在典子和刻板的森胁道弘之间，一边处处小心，一边和佳澄见面，石山就想咒骂立下这个愚蠢计划的自己。但是事到如今也不能取消了，干脆就这样带着无计可施的半吊子态度，跟和泉一起去钓钓鱼，蒙混过去吧。

和泉家门口停着水岛那辆老旧的铃木吉姆尼。准备同时到管理事务所打个招呼的石山觉得开到下面的事务所很麻烦，所以情况正合他意。他按响门铃，可是谁都没有出来，往庭院里张望也没有人影。正当石山准备改天再来，正要回到路上时，响起了茑枝的声音。

"是石山先生吧。"

茑枝穿着天蓝色的短袖衬衫，从客厅的窗户探出头来。石山曾经和她说过好几次话，但是从第一次开始就觉得她是个难对付的女人。这个老女人美丽却让人不悦，纠缠不休的举止和装模作样的说话方式都让石山看不入眼。石山试图早些离开，轻轻一低头。

"这次还请多多关照。"

茑枝宛如身份高贵的人一样，悠然回应了石山。阴天里的蓝衬衫印在眼里，那颜色也让石山厌恶。

"你们要住到什么时候？"

"一个星期左右。"

"有小孩子吗？"

"哦，我家有两个，之后还会来两个。"

"那可真是愉快。"

"我很是无聊，就想着和泉先生要不要去钓鱼。"

"哎呀，太遗憾了，和泉去散步了。"

"那我回头再来。"

茑枝嘻嘻地笑了。

"不好意思啊，我会转达给和泉的。"

石山看见了奇怪的东西：茑枝的衬衫扣子扣错了。她妆容精致，头发也很整齐，只有那里留下了不吉利的东西。石山撇开目光，却意外地感到一种诱惑，想要窥探窗内。水岛正在这个家里干什么？石山很是在意。但是直到石山离开，茑枝都保持着笑脸，在窗边一动不动。石山刚走到路上，卡沙卡沙的声音传来，和泉突然从森林中出现了。石山在一瞬间以为是棕熊出来了，吓得呆立在原地，和泉却一脸僵硬的表情，看起来很不高兴。

"什么啊，原来是石山先生。"

"您好。我今天到的，刚去您家拜访过。"

"啊，这样。"和泉一脸苦涩，"有人在吗？"

石山的脑海中浮现出茑枝的衬衫扣子，不由得犹豫起来。那份踌躇被和泉毫无遗漏地看在眼里。

"哦，夫人在。"

"这样。"和泉淡淡地回答。

"我朋友一家人之后也会过来，还请多多关照。"

"好的，你客气了。"

和泉嫌麻烦似的举起一只手。石山失去了邀请他钓鱼的机会，僵硬地鞠了一躬。和泉看到吉姆尼仍然停在那里，便再次拨开树丛进入山中，那背影宛如一头心烦意乱的野兽。

事情不过如此，但是石山一直相信，正是因为自己看到了不可告人的东西，和泉才会在客厅说出那样的话。到底是为了什么？是为了复仇的恶意还是恶作剧？石山并不明白。那件事和典子察觉两人的关系，再加上佳澄的女儿失踪，一切不过是偶然重叠在一起。然而即使岁月流逝，石山心中仍残留着这样的想法：一切头绪都是连警察也无法告知的细微之事。不知会走到什么方向的差之毫厘的事实的连续。结果却唤起了无法挽回的悲剧。石山觉得谁也不明白真相，那种畏惧或许不动声色地改变了自己。

和泉到访的那晚，石山和佳澄避开道弘和典子的目光，在客厅的沙发上大胆地缠绵在一起。黎明到来时，石山回到独自的房间睡下，直到被叫醒，他一点儿都没想过会被典子发现。典子粗暴地闯进房间，突然说道：

"昨天晚上，听说你和佳澄两人单独在一起。"

石山睁开眼，惊讶于典子的愤怒。

"什么啊，吓我一跳。"

"你真是最差劲了。"

典子朝仍然睡在床上的石山的头踢了一脚。被踢到太阳穴的石山疼得跳起来，怒气冲天地低声斥责典子："喂，你干什么？"

典子一直都很讨厌粗鲁的行为。会有口角，但不会出现粗鲁的言辞或举动。那样的典子竟然用脚踢头，这比任何事都让石山吃惊。

"最差劲了！"典子继续踢飞了枕头。石山茫然地望着飞到窗框上又弹回的枕头。"最差劲了！"典子捶胸顿足。

"喂，到底是怎么回事？你说明一下啊。"

"说明？"典子嗤笑道，"还是你来说明吧。"

"为什么生气？"

"生气？我是惊呆了啊。怎么会这样！无论如何也没想到。"

"到底是什么事？"

石山坐到被子上，从枕边拿过香烟点燃。内心是焦躁的，但也不是没有放任一切的想法。现在比起典子，更重要的是佳澄，比起自家的问题，更可怕的是毫无察觉的森胁道弘得知此事后的反应。

"和泉先生把佳澄和我弄错了吧？就是那个点醒了我。佳澄似乎非常不愉快。要是正常的话，应该会笑着说句'不是的'。但那个人却一脸对不起我的表情。是表情啊，就是那个表情让我明白了，一切都明白了。你和那个人一直在交往吧？没错吧？这两年间，我一直盯着你，认定你肯定有女人，但完全没想到是那个人。难道不是吗？对方竟然是佳澄，那不是个毫无可取之处的无聊的人吗？真是伤了我的自尊心。"

"你这可是没礼貌了。"

"为什么？没礼貌的难道不是你们吗？"

"不是的，给我住嘴！"

石山话一放出，典子的眉间便聚起深深的皱纹。在佛像上见过啊，这种表情。石山的脑海中一边浮现出毫不相干的事，一边出乎意料地冷静承受了妻子的愤怒。

"你的误会太大了，什么都没有。"石山摇了摇头，"首先，你是根据什么说出那样的话，我完全不明白啊。"

"没什么根据，也没有证据，但我就是一下子明白了。为什么要这样？你们真是太过分了。"典子用双手捂住脸，"太过分了，把我当笨蛋耍！"

"等等啊。"石山熄灭香烟，"等等、等等，你想错了，绝对的。你要是那么想，为什么昨晚先睡了？醒着监视我们不就好了吗？不要凭想象说话。"

石山出言凶狠，装作不可能发生的样子。要是任典子继续下去，没有防备的两人就会被毫无招架之力地推到现场，典子则会更加怒气冲天，大吵大闹，最后连道弘和孩子们都会知道。典子的固执和气势压得石山惊惧不已。

"因为昨晚太累了，而且我想着不可能，就想早点儿睡。就是这样。可是今天早上起来，谁都不在。"

"谁都不在？"

"嗯，刚才一起床，谁都不在，连孩子们都不见了。我赶紧下楼一看，客厅还是那个样子。吓了我一跳。"

"什么吓你一跳？"

石山怕是昨晚在客厅留下了痕迹，担心地问道。

"不是什么都没收拾吗？酒还在杯子里，真是一塌糊涂。我想大家可能都喝醉就睡了，正在收拾，森胁先生带着孩子们散步回来了，说是碰到了丰川先生的儿子。佳澄已经回房间了，我就跟森胁先生问了昨天的事，结果森胁先生说昨晚他先睡了，就剩你和佳澄两个人。到这里我一下子又被点醒了。趁着我们先睡的好机会，你们肯定在客厅做了什么，所以连收拾的时间都没有，绝对的。"

"别凭想象下结论啊。"

石山惊叹于典子精准的直觉，再次心生厌恶。他知道自己任意妄为，却对典子烦得不行。

"总之你给我适可而止，不要在我和孩子面前做那么丢脸的事。"

"喂，这是误会。我才想说你给我适可而止呢！"

"我也会和佳澄说的。"

"别这样，那可是森胁先生的夫人。"

"所以才要说吧,正因如此我才会去说啊。你做了那种事,就不觉得丢人吗?"

典子的眼袋异常显老。

"你要是那么自信就说去吧。"

"我知道了。"

典子愤然离去。话已经出口,但要是大闹一番可就麻烦了。石山慌忙追在后面。一走进客厅,他就和坐在沙发上的佳澄目光相接。T恤搭配牛仔裤,没有化妆,真是个毫无修饰的女人。她始终保持着自然的状态,就这样俘虏了身为男人的自己,真是不可思议。被典子骂为"毫无可取之处的无聊的人"的佳澄就切切实实地存在于那里,比典子重要好几倍。喷涌而上的爱意几乎让石山头晕目眩。这天早上,佳澄也在迸发着某种东西,激烈的目光回望着石山。仿佛被两人的能量裹挟,典子的言辞比平时更具攻击性,石山不由得和她吵了起来。任何事都不喜欢争论的道弘不在现场,让石山松了口气。

佳澄担心地一次又一次看向石山。在承受那强烈动摇的目光的刹那,石山当即选择了佳澄。典子验证了两人的关系,冷静地来回看着两人。事已至此就没办法了,石山此时做出了明确的决断:与典子分手,选择佳澄。于是他走到院中,示意佳澄半夜两点在储藏室见面。

在储藏室里和佳澄相拥时,石山听到了走下楼梯的轻微脚步声。他并未确认那是否幻听。如果典子就站在门的另一侧竖着耳朵,那么石山想让她听到他们欢愉的声音。石山折磨着佳澄,让佳澄发出喘息和尖叫。喂,能听到吗?石山在心中召唤典子。他变成了狂热的施虐者。不,不只是典子,即使道弘站在那片黑暗里,他也会做同样的事。听见了吗，典子？听见了吗，森胁？我是这么渴求着佳澄，佳澄也一样。渴求一个人时，连自己也不敢相信的强大能量便会掀起惊涛骇浪。想要欺负典子和道弘的心情与对佳澄激烈的执着是表里一体的，不可分离。

但是，石山绝没有憎恨典子，而且还喜欢着这个从学生时代就相熟的关系良好的女人。他们是同道中人。然而，在那座别墅中，石山却憎恨这个阻挡在佳澄和自己面前的碍事者。完全颠倒的想法。是的，在那个瞬间，自己一定是跨过了那条线。所谓跨过那条线，就是丢掉了自尊心。

清晨和佳澄分开后，在返回自己的房间前，石山偷偷地看了看孩子们的房间。之前难以置信的兴奋已经冷却下来，石山开始担心，但典子却发出轻微的鼾声正在熟睡。石山想，站在储藏室外面，是我的妄想。选择佳澄、抛弃典子的欲望。由那个念头引发的兴奋生成的妄想。

石山无法忘记第二天早上听说有香失踪时的恐惧，他忍不住认为是有人站在储藏室外的妄想带走了有香。他心里清楚，这是愚蠢至极的想象。他返回现实中，立刻外出寻找。有香一定是被卷入了什么事故或案件，或者是尚可阻止的事故或案件。石山一边想象着自己从身后抱住孤零零走在山路上的有香，一边四处奔走。但是已经迟了，有香已经被人带走了。

有香是个可爱的孩子，因为她没有一点儿像道弘的地方，而是和佳澄一模一样。她的存在仿佛就是佳澄那绝不会提及的过去。每次去森胁家，石山都会眯起眼睛观察：佳澄小时候或许就有这样的举动，或许就是这样说话的吧。他甚至觉得有香比自己家的瑠璃子和龙平更可爱。理成童花头的头发乌黑光亮,皮肤白皙通透,身材纤细,却穿着洗褪了色的T恤和牛仔裤,一身男孩子打扮。这是佳澄的喜好,也深得石山的认同。有香也很喜欢石山,石山一来,她就会扑上前,像小狗一样把鼻子埋在石山的身体上。叔叔,你身上真好闻。一天,当石山发现这也是佳澄常有的举动时,他有了将有香看作女人的奇妙想法。

有香的失踪仿佛让佳澄缺失了一部分。为什么不是梨纱?为什么不是瑠璃子或龙平?如果梨纱失踪了,或许就不会受到这么大的打击。梨纱有着和有香不同的相貌,很像道弘,所以就算梨纱失踪,他也不会感到佳澄缺失了一部分。如果自己的一个孩子失踪了,石山觉得应该不会和佳澄分手。自己的孩子们果然还是属于典子,虽然是父亲,但他总觉得自己在家中属于外人。

在山路上来回寻找有香的石山感到疲劳,便回到了别墅。收到联系的和泉、水岛和派驻当地的胁田等人已经到了。佳澄不安地抬眼看着石山,被些许期待笼罩的眼睛看到石山的模样,立刻蒙上了一层失望。石山情不自禁走上前去,搂过佳澄,那是两人的关系暴露给周围的瞬间。有多少人在看呢?石山回过头。胁田和道弘恰巧正聊得投入,水岛为了不与石山对视而移开了目光,和泉与其相反,走到石山身边,一脸担心地拍了拍石山的肩膀。"你不要紧吧?"两个人明显从石山他们的态度察觉到了什么。都是你说了多余的话,才发生这种事——石山很想用语言反击。和泉露出复杂的表情,来回看着石山和正在与不安战斗的佳澄。

"石山先生,该怎么办?这下可糟了啊。"

道弘哭着追问石山。他是最惊慌的人,一直在客厅里惶恐不安地踱来踱去,似乎完全无视其他人。

"没关系的,一定会找到的。"

"可是这么找了都没有啊!"

"森胁先生你要是说了那种话,佳澄女士可是会担心的。"

"我明白啊,可我真的不知道该怎么办。"

在工作上,石山始终对来往多年的道弘抱有尊敬,但或许并非那么欣赏。他用完全清醒的双眼望着道弘慌乱的样子。道弘恐怕正在心中责备糊里糊涂让有香独自出门的自己,以及邀请他们来到北海道的石山,但他肯定不会说出口。道弘就是那样的男人,总是顾虑着体面,讨厌直率的言辞,却会用稍显扭曲的目光来看待事物。不,正因如此,道弘与直率无缘,和佳澄正相反。

而且,得到让他一见钟情的佳澄后,道弘对佳澄立刻傲慢起来。这个男人伤害了对石山来说十分重要的佳澄,是他面前清晰可见的障碍物。无论如何也无法原谅道弘,难道是出于自己的嫉妒?想到这里,石山也痛感自己的责任。

"森胁先生,对不起,都怪我把你们请到这山里。"

"别这么说,又不是石山先生你的错。马上就会找出来的。不,我没那么担心。"

道弘双手发抖,用尽全力回答,石山却感到他的目光中满是指责。如果知道了石山和佳澄的事,道弘会有什么反应?如果得知石山一心想见佳澄而策划了这次的旅行,道弘或许会因愤怒而发狂。在石山看来,如果不把自己和佳澄的关系当作秘密中的秘密,大家就都会崩坏。那种想法的底部是无法对任何人提及的负罪感:是自己的妄想带走了有香。

过了中午,警犬到达现场,消防员和警察开始搜山。直升机在空中盘旋,玻璃窗嘎啦嘎啦发出共鸣,到处回响着"有香"的呼唤声,山中一片骚动。在低空盘旋的直升机的轰鸣中,石山与在厨房泡茶的典子四目相对。也许是从石山的视线感觉到了什么,典子突然走上前来。

"我说啊,我可什么都不知道。"

为了不输给直升机的噪音,典子将脸贴近石山的耳朵,目光带着胆怯。

"我明白啊,那种事。"

石山满怀同情,想要久违地搂过妻子的身体。典子扭过身子,避开了拥抱。

"但是,你在用那种眼神看我。"

"不是啊。"

"不,你在怀疑我。你认为我为了让佳澄为难,把有香藏起来了。"

"我没这么想。"

石山疲惫地坐到椅子上。道弘去参与搜山了,佳澄应该就站在道路上,恍惚地注视着搜山的场面。孩子们拿了零食,已经被赶到二楼。石山作为电话联系人留在别墅,和典子二人独处。典子一边泡茶一边嘟囔。直升机已经飞走了,这下嘟囔的话语也听得一清二楚。

"我就算再恨那个人,也不会拿孩子当道具。"

"我说了我明白。"

"你要真的明白啊。"典子突然揪过石山T恤的袖子,力量之大一直延伸到胳膊肘上方,"因为我没那么做。"

"嗯。"石山用力点了点头,"我明白。我明白你不是那种人。"

"我也是有自尊心的,没有恨你们恨到要把有香藏起来的份儿上。"

"什么意思?"

"因为我一直瞧不起你们,那不就够了吗?用不着做那么残忍的事。"

典子静静地说。

"但是,你不会原谅吧?"

"嗯,绝不。"

石山并不认为这是无所谓的。就算被瞧不起,或许也比不被原谅要好。但是,既然已经下定决心离开典子,那么被瞧不起也好,不被原谅也好,就没什么区别了。安静的寂寥包围了石山。

"那,你觉得有香出什么事了?"

"谁知道,是不是被人带走了呢。"

"被谁?没有车开上来啊。"

"我不知道啊!"典子焦躁地大叫起来,"我为什么会知道?我可是什么都不知道,一直在睡觉。"

"你什么时候起的?"

"八点多。"

"为什么没起得更早?你不在意我早上会和佳澄做什么吗?"

典子默默地抱起双臂。石山回忆起黎明时楼梯上的脚步声,语气也自然严苛起来。

"你是几点睡的?要是和孩子一起,应该在十点前吧。为什么起得那么晚?瑠璃子和龙平都是七点前就起来出去闹了。你要睡十个小时吗?"

"你为什么那么说?"

典子一脸空虚,自尊心似乎已经碎了一地。

"没什么,只是很在意。"

"我昨晚吃了这个才睡的,所以十点多睡着后,一直睡到今早八点多,也不知道孩子们起来了。"典子从围裙的口袋里拿出安眠药的薄板给石山看,"吃一粒就好,但我吃了两粒,因为我不喜欢夜里醒过来,所以今天困得不得了。"

"为什么不想半夜醒过来?"

石山盯着典子铁青的脸,想在那里找到谴责自己和佳澄的东西。但是典子背过了脸。

"因为我什么都不想知道啊。我想一无所知地就这样继续生活。明白吗?你这个给我制造出地狱的人。"

石山沉默下来,听着屋外夸张的声响。典子继续说道:

"早上一睁眼,孩子们早就起床没影了。我本想接着睡,但楼下听起来乱糟糟的,我很在意,就起来了。到下面一看,三个孩子都一副很累的样子,正在看电视。我问他们,'有香怎么了?'瑠璃子回答说,'有香不见了。'还说,'有香家的叔叔阿姨到外面去找了。'我吓了一跳,详细一问,说是早上散步途中回来一次后,只有有香出去然后不见了。我害怕极了。"

"为什么?"

"因为孩子竟然在这种谁都不会来的山里不见了,真是不吉利,感觉毛骨悚然。我从一开始就觉得这山让我很不舒服。"

"是吗?"

无力的感觉让石山无法说出像样的话。

"做了早饭让孩子们吃时,佳澄铁青着脸回来了。真是可怜。"

石山闭上眼睛,为了让佳澄的样子浮现在眼前。

"我和那个人说了,不是我的错。无论我多恨她,也不会做出那种事,我一说完,佳澄就点点头说,'我明白。'"

"那种事"是指什么,石山恍恍惚惚地思考着。杀害有香。情不自禁得出的答案吓到了石山。石山重新看向典子。

"我想你不原谅我是理所当然的。但是,如果有香真的失踪了,或者发生了最坏的事情,能请你帮我个忙吗?非常抱歉,但是请答应我,不要把我和佳澄的事告诉任何人。我不是为了自保才这么说的,是为了你。"

典子重重地叹了口气。

"我不会说的,怎么可能说。"

"要是说了,最后就会演变成麻烦事。首先你会被无端怀疑,或者是道弘先生。我明白自己对你做了坏事,真的做了对不起你的事。但是我们不知道世人会说什么,我们两个家庭会因此崩坏。所以,拜托你了,请不要说,就当什么事都没发生过。我会尽最大可能保护你们,现在我能做的只有这样了。"

"那,佳澄会怎么样?"

典子一脸无法信任石山的表情,望着他。

"我会让她先忍耐,然后等我。"

"那,我们就要分手了呢。"典子仿佛笑了,"但是,你现在是站在我这一边呢,装成和佳澄毫无关系的样子去找有香。佳澄可真可怜。"

石山一言不发。妻子的话语深深地伤害了他。玄关处传来开门声,佳澄进来了,煞白的脸上挂着不安。虽然在典子面前,石山还是忍不住跑上前搂住佳澄的肩膀。

"怎么样了?"

"还是什么都没有。"

佳澄垂下目光。她两只胳膊冰冷，头发上带着少许汽油的臭味，或许是因为山里布满了巡逻车和警方的车辆。

"肯定会找到的。"

"是被人带走了啊。"

大颗的泪珠从佳澄的双眼中滚滚而下。虽然感觉到典子正从背后靠近，石山还是抱紧了佳澄。

"不要紧，绝对会出现的。"

胁田巡查和惠庭警察局一个姓浅沼的刑警远远望着三个人。搜查应该已经开始了。佳澄已经哭到崩溃，但石山还是在意两人的视线，将佳澄从自己的肩头撇开。也许是觉得这动作太无情了，典子取而代之抱住了佳澄。

"不要哭了，佳澄。有香一定是在哪里玩儿呢，不要紧的。"

"可是已经五个小时了啊。"佳澄把脸埋在典子肩头，"这不正常！肯定已经被人带到远处了。"

"要是那样，很快就会抓到的。"

"那就快点，快点抓到吧，要不然有香就太可怜了。"

"真的，太可怜了。"

典子陪着哭道，两个人抱在一起。典子看起来并不是在演戏。石山一边回想刚才和典子间的约定，一边思考着他们到底引发了什么。他依然无法从混乱中挣脱出来。

2

典子说不会原谅自己，那是真的吗？回到东京后的一段时间，石山都只在思考这个问题。因为典子就像什么都没发生过一样，重新开始了和往常一样的生活。面对因参与搜查晚了一个星期才回到东京的石山，典子只是极其担心地询问了搜查的情况。时间一长，典子也什么都不再问，不知从何时开始，在石山的家中，大家不再谈起森胁家的话题。有香的不幸恐怕会从瑠璃子和龙平的记忆中渐渐消失吧。典子开始穿着初秋的新衣上班，石山也为漫长的暑假道歉并回到了公司。

想到独自一人留在支笏湖边四处寻找的佳澄，石山曾经几欲落泪。比如坐在公司里制作局的椅子上，有意无意地看向布满银座街道的电线，就会感觉无法忍受。至于原因，是因为联想到被切断的东西。石山还曾特意从两人会面的寒酸的爱情旅馆前走过，仰望窗户被从内侧封死的狭窄房间。一想到在那里度过的时间，石山就会突然悲伤起来，想见佳澄的心情涌上心头。但是，他无论如何也做不到。因为，他害怕两个家庭的破灭而隐瞒了和佳澄的关系。

如果让失意的道弘知道了自己和佳澄的关系，不知会引发怎样的恐慌。石山确信这样做对佳澄也是好事，但是追根到底，无非是自己在逃避责任。有香的失踪难道不是源于自己的妄想吗？石山一回忆起那恐怖的想象，就深感震动。明明如此，自己却没有遭受任何伤害。有一天石山甚至想到，典子无法原谅自己，原因或许在于自己看起来一直巧妙地周旋于各处。但是，他并没有问出口的勇气。

在惠庭警察局一次又一次接受问讯时，关于和佳澄之间的事，除了稍被浅沼试探外，其他人都没有怀疑的样子，典子也想办法帮他脱离了困境。石山封住典子的口，由此成功保护了众人，这是事实。但石山保护的不是佳澄和自己，只是隐藏两人关系的那层膜。

如果膜下的东西需要保护到底，那么这或许是必要的措施。但是石山已经和佳澄分手，也就不再有任何意义。更加空虚凄惨的，是石山自己最终落了个置身那层膜之外的讽刺结局。或许接受佳澄的恳求，自己也留下来继续寻找，从根上破坏双方的家庭，才是更好的选择。

九月的东京，秋老虎仍然严酷，这让石山想起了十二年前第一次见到佳澄的那天。空调坏掉的森胁制版里空气闷热，带着稚嫩侧脸的佳澄深陷的肚脐里积着汗水，正在忍耐酷暑。与佳澄奇迹般的邂逅的结局，竟然是如此残酷的故事。石山突然对继续工作感到空虚，坚定了迟早要辞职的决心。

九月十一日，石山试着给别墅打了电话，佳澄接了。在寂静无声的气息中，石山想到了北海道秋日的寂寞。独自一人留在那里的佳澄是什么心情？那声音低而消沉。

"过了一个月啊。有香怎么样？有什么线索吗？"

"不可思议地什么都没有。有过几个消息，说看到了相似的孩子，但最近没有了。"

"那些消息怎么样？"

"浅沼先生都帮我调查了，但全是假消息。"

"是吗，真担心啊。"

"潜水员也下到支笏湖里去找了，但什么都没有。"

"怎么会，不会有那种事的。"

"我还抱着希望，可是也担心得睡不着觉。你说，是不是有人把那孩子带走了呢？"

"因为有香很可爱啊。"

"或者，已经被杀了呢。"

"你可不能放弃。"

"大家心底里都是这么想的。听附近的人说,和泉先生的夫人还说过'是不是被埋在哪里了,啊啊真讨厌'。大家可都这么想。"

"我不是啊,无论心底还是哪里都没这么想。"

佳澄朝感到意外的石山扔出了一句话:"那种事,我可不明白。"

"我会去那边一起找的。"

石山心一横说出了口,佳澄沉默下来。

"怎么了?我会辞掉工作去的。"

"已经够了,够了。"佳澄回答的声音渐行渐远,"我啊,这一个月就像死了一样,觉得有香太可怜了,觉也睡不着。一想到有香可能非常孤独寂寞,想到她不知道在哪里做什么,心里就焦躁得不行,想立刻跑出去。但是要去哪里,我也不知道,所以心脏一直一直都怦怦直跳。怦怦,怦怦,怦怦,怦怦。然后胸中还有一块又硬又沉的大疙瘩,那是悲伤,是不安,怎么也解不开。我有生以来第一次有这种心情。我怕我会发狂,很害怕。喂,你明白吗?"

"我明白啊。"

"不,你不明白。你不抱着我一起睡觉就不明白。"

"你还有道弘。"

"可是那个人必须赚钱啊。你也是别的家庭的丈夫,没办法。所以我必须一个人做。但是……"

"但是?"

"太痛苦了,已经不行了。"

"我也很痛苦。"

"我已经坏掉了。我知道死了更轻松,但一想到有香会回来,就绝对不能死。"

"我会去的,马上。"

"不,已经不用了,我明天就回来了。"

电话挂断了。留在话筒边的石山与其说是沮丧,不如说品尝到了深深的失望。只是一个月,就要放弃佳澄了吗?这一个月对于佳澄来说是难以用语言形容的地狱,她独自一人留在那里,所以也是没办法的事。石山把喜欢的女人逼到了地狱。两人至今为止的所作所为到底算是什么?石山陷入回想。

两个人手牵着手,做了一个没做完的梦。恋爱让两个人成为彼此的俘虏,让他们自由。在只有两个人的世界获得自由。当与其他世界的倾轧与战斗到来时,两个人为了变得更加坚不可摧,只有恋爱是不够的,还需要另外某种东西。佳澄想要为此战斗,对石山伸出了手,石山却畏缩起来。因为石山仍然属于另一个世界,仍然有所流连。他曾追求典子或道弘无法得到的东西,结果却是如此地空虚而懦弱吗?石山察觉到自己失去了追求更加强韧的世界的机会。他一个人被抛下了。这时,石山第一次获得了"崩坏"的感觉。

一年后,石山终于向公司递交了辞呈。那天,他只是执行了迟早要辞职的决心,却从心底有种强烈的情绪,想要和森胁制版断绝来往。而且听说佳澄正醉心于一个奇怪的宗教人士,这也让他感到幻灭。佳澄始终追逐着失踪的有香,石山感到,她从某个地方获得灵魂的安宁也未尝不可,可另一方面又觉得,这和佳澄实在不衬。不,佳澄不再依赖自己的事实已经一清二楚,这也许不过是切实感到佳澄的远去而生出的寂寞罢了。

辞职金、卖掉别墅的钱和储蓄加在一起,数额也算不菲,但石山并没有特别想做的事。他在家闲了好几个月。一天,典子的父亲来访。也许因为是个踏实的银行职员，岳父显得十分担心。

"你想过做独立设计师吗？"

"不。"石山支支吾吾，"我想做点儿和以前不一样的事。"

"从现在开始吗？"

岳父一脸惊讶。石山什么都没说，却对自己的回答感到满足。其实只要是和以前不一样，什么事都可以。几乎所有的职业都行，不是吗？石山感到了自由。岳父回去后，典子一边收拾托盘，一边看也不看石山地问道：

"分手的事，怎么样了？"

"和谁？"

"真讨厌，和我啊。"典子看着石山的眼睛笑了，得意洋洋，"你已经忘了？还是你自己先说的。"

"啊，是那个时候在别墅说的事啊。说我早晚会和你分手，和佳澄在一起。"

为了不让隔壁的孩子们听见，石山压低声音。

"没错，我可没忘呢。"

石山也一直没忘，只是典子一次也没提，石山以为她不想说，就回避了这个话题。而且他已经不会再和佳澄见面，这也就不再是个现实问题。或许正因如此，典子才会提起这件事。石山对典子涌起了恨意。

"是吗，要怎么办？"

典子或许是在思考，笔直地仰起头。留长了一些的头发在灯下闪烁着光芒，看起来格外美丽。

"我想分手。我已经说过了吧，我不会原谅你们。所以，我一直等到现在。"

"你在等我辞职吗?"

"嗯。要是说得明确些,也许是在等你变得不再安定。什么支持不安定的你,帮你出主意,和你一起积极面对之类的,我可一点儿都不想和你一起做。"

"你恨我吧?"

"与其说是恨你,不如说我不明白你把女人叫到我们的别墅到底是怎么想的。也就是说,我没法把你看作我此前认识的同学'洋平'。我已经无法相信你了。就连佳澄也是一样无法相信你。我那时说了吧?我瞧不起你。真的就是那样,我怎么都无法摆脱那种想法。还有,我这么说或许会伤害到你,但我想说清楚,我觉得有香的事是你的责任。"

果然会有人谴责自己。比起婚姻的终结,击中石山内心的是最后一句话。

"我一直都觉得对不起你,也对不起佳澄他们。"

"对有香也是啊。"典子加了一句,"佳澄的痛苦一定是源自有香,她的视野中并没有你。"

佳澄挂念有香是母亲的本性。若是那样,她对自己就没有留恋了吗?就没有因为与自己分手而感到痛苦吗?明明是典子的话,石山也明白其中带着自私,但悲伤还是猛然降临。石山藏起眼泪,勉强只说出了一句:"我知道了,分手吧。怎样做你才会舒服?"

"孩子们我来养,然后这房子给我可以吗?"

"可以啊,我就只有这个房子了。"

"现金怎么办?"

"只要给我剩点儿就行。"

"行啊。那你就稍后再离开,因为我想用半年来准备。抚养费你要出啊。"

"当然了，要多少？"

"不多，一个人五万就行。"

典子笑了。两个人明明是在讨论严肃的事情，态度却如此公事公办，典子似乎觉得他们自己很可笑。

"就那样定吧，孩子们就拜托你了。"

和学生时代的女友、自己一直信任的典子分手，就这样草草决定了。离婚曾让石山那么犹豫，曾是他烦恼的源头，如今却在和佳澄分手后达成了，石山觉得这是对自己背叛两个女人的惩罚。同时，他也害怕自己给典子带去的伤害已经从根本上妨害了典子生存的姿态。但是，一切已经无法挽回了。

那是和典子谈过离婚一事的几个星期后。不知是从哪里听说了石山已经辞职，正在游手好闲，学生时代的朋友高桥说想见一面。这是个曾经满怀画家的理想，当过插画师，后来成为活动制作人的男人。一直从事风光工作的高桥如今也境况不佳，不知道在做什么。

石山在约好的地方等了片刻，高桥姗姗来迟。也许是因为喝酒，胖得几乎认不出来。高桥像对待宝贝似的把心爱的牛仔帽放在吧台上，望着石山的脸露出微笑。

"一脸神清气爽啊。"

因为所有事情都要定下来了，石山在心中默默回答。

"你为什么辞职？"

"因为我想做不同的事。"

"的确，现在像你这种类型的设计师很难生存啊。"高桥自顾自地说,"设计师也好,广告撰写人也好,现在大家都是导演,不考虑大买卖不行啊。你呢算是个匠人,很痛苦吧。"

"是啊。"

石山暧昧地点点头,啜了口威士忌。

"你还真辞了。那你要自己干吗?成立个事务所?"

"不。"石山摇摇头。高桥肥胖的身体从凳子上探出。

"那,要不和我一起工作试试?我从以前就对你很感兴趣。"

高桥提出要制作开发以渔具为主的户外用品,他知道石山喜欢钓鱼。而且这项产业颇有前景,他也希望石山出资。虽说只要是工作什么都可以,但自从事件发生以来,石山就已经停止钓鱼了,这是他唯一的犹豫。他不愿意为了工作再次开始钓鱼。高桥笑着表示,虽然是工作,也没必要实际去钓。

创业不到一年就破产了。而且转眼之间,石山就因自身的负债和高桥的渎职而陷入了借钱的窘境。石山觉得周围的人恐怕都在笑话他把做生意想得过于天真,是个老好人。不过对于没有波及到家人,石山也松了口气,觉得与典子分开真是太好了。他甚至觉得在与形迹可疑的高桥会面时,自己是否就暗暗期待着这样的结果。他没有丝毫要还借款的打算。

那是十二月一个雨夹雪的寒冷日子。债主派来的凶狠的讨债人终于找上了石山在横滨租住的公寓。石山从厕所的窗户将装有随身物品的包扔下,接着,他自己从窗户跳出,落在建筑间的缝隙。膝盖顶到小巷里冰冷的积水中,看着休闲裤上的水渍,石山不知为何想起了佳澄。佳澄还在森胁制版实习时,曾把端来的茶洒到了石山的休闲裤上,然后慌忙拿出自己的手帕擦拭。为什么那个时候没有喜欢上佳澄呢?那时的自己还不知道自己真正的模样。想到这里,石山豁然开朗。这样就终于解放了。

石山在东京都内潜伏了一段时间，筹集逃跑的资金。熟人们已经收到了通知，谁都不愿见石山。石山独自一人在可以看到隅田川的商务酒店里，心情愉快：不过如此。离开家人，失去工作和信用，断绝友谊。他把手机从窗户扔进了隅田川，但又下定决心要和典子与孩子们好好告别。当他取得联系，典子指定了高田马场站的站台。那天，石山正在腊月拥挤的站台上等待，典子从背后喃喃道："洋平。"

那是已经习惯了的学生时代的称呼。石山喜上心头地转身一看，没有孩子们的身影，只有典子一人站在黑得早的天空下。久违的典子穿着石山没见过的名牌外套，从容镇定。

"哎呀，让你专门过来，真是不好意思。"

"你忘了拿走这个吧，一直放在家里。"

典子一上来就递出的东西是五十万元现金和石山父亲的旧劳力士手表。

"还有这种东西啊，给龙平吧。"

"拿着吧，要是不愿意，卖掉就好。"

山手线列车驶入了站台。石山发觉，就算是祖父的纪念物，典子也不想留给儿子。他不禁笑了笑。自己婚姻生活的模样，也在如今变得清晰了。那不是典子的错，构筑起如此关系的自己也有责任。他知道典子正准备卖掉驹场的房子，搬到别的地方去，但已经没有心思再询问去向了。典子恐怕曾经十分安心，觉得就算分手，只要石山认真工作，就能履行作为父亲的责任。既然失败了，那么石山就是彻底抛弃也无可奈何的存在。对于无法担负养育的责任，石山对典子感到愧疚，却也带着彻底清净的心情跳上了电车。

"那，就不再联系了。"

"多小心啊。"

"给你添麻烦了，抱歉。"

"彼此彼此，真是出乎意料的人生。"

透过关闭的车门，可以看到典子正要擦去眼泪。石山带着佯装不知的表情走进车厢深处。抛弃一切，在陌生的城市与陌生人相遇。石山不知道那会是怎样的体验，但交错着不安与期待的兴奋充满了魅力。他从未想过，到了这个年纪还会有这样的想法。他走近车厢连接处的门，想到了佳澄。那是佳澄喜欢的位置。当佳澄以离家出走的方式来到东京时，大概就是这样的心情吧。石山觉得佳澄就像亲切的同道中人。

意外的是，石山第一次觉得或许真的能忘了佳澄，是在逃亡生活的途中。自从接近了佳澄的心情，自觉理解了佳澄的心境后，佳澄就潜入了石山内心的最深处。想到真实的佳澄时，已经不再痛苦了。每次前往崭新的陌生城市时，石山就会在自己体内感受到佳澄。到底该怎样生存，他最初十分紧张，但依然满怀期待四处张望，不知不觉便好奇心洋溢，变得精神起来。佳澄一定是这样活到现在的，自己终于也和佳澄同化了。石山感到由衷的喜悦。

石山依靠无法习惯的夜店工作和临时短工糊口。为了避免被人在住所抓个正着，他始终不在一处长期停留。因此他总是匆匆忙忙，总觉得自己被人追赶，安定不下来。一有男人接近他，他就会心跳加快，怀疑对方是讨债人。他常常回头查看，也绝对不走昏暗的道路。他觉得离家出走的佳澄最初也一定是这样的，害怕被带回去，所以不再联络，然后渐渐和家人完全断绝联系。正因为有那种寂寞和焦躁，佳澄才以独自生活作为人生的目标，而爱过佳澄的自己竟然没有察觉到。在旅途中，石山不断重复着重新理解佳澄的操作。

石山向北，再向北，向着东北地区流浪。他清楚冬天走向寒冷地区是愚蠢的行为，却不知为何一直在向有香失踪的方向移动。那里也是佳澄的故乡。心生寂寞的石山最终在青森开始尝试工地生活。从未有过的体验最初颇有趣味，但做着做着就让石山心生郁闷。这实在是太过严酷的劳动。在身体即将毁掉时，不知该说是幸运还是不行，萧条的境况让建筑工地的工作也没有了。

荷包见底的石山在青森的繁华街道上将父亲的劳力士手表以十五万元的价格卖给了穿着耐克的高中生。这可是有年头的东西，只卖三分之一的价钱，很划算呢。话一出口，石山就感到了良心上的苛责，但同时又为这笔从高中生手里骗得的钱能让自己暂时生活下去而感到喜悦。内心似乎也要变得贫瘠了。石山心一横，一路来到札幌，打算拜访丰川。时间已经到了五月。

丰川夫妇总在一家叫"HOCKEY"的新酒馆里，这是他从"多线鱼屋"连锁店的其中一家打听到的。虽说是酒馆，却高级得连推门而入都让人踌躇。石山在走廊里犹豫了。自从开始逃亡，他一直害怕被人寻到踪迹，没有联系过任何人。但是，应该没人知道他和丰川的关系。最后能依靠的人只有丰川。决心已下，石川一推门，穿着迷你礼服裙的年轻女人的笑容瞬间僵住了，脸上写满了惊讶。对方恐怕认为自己不是来这等高级场所的人吧，石山有些胆怯。幸好店内只有一对男女在安安静静地喝酒。

"丰川先生在这边吗？"

吧台内侧传来回应声。是丰川。短小精悍的身上穿着立领白衬衫，系着黑色围裙。看到石山的脸，丰川"呀"了一声，随即呼唤在吧台后方的妻子加寿子。

"喂，老婆，你来一下。"

身材高大的加寿子颇有男人气概，穿着和宝塚剧团男性角色一样的西装，茶色的脸上没有化妆。尽管如此，也许是石山的变化让她太过震惊，她还是发出了尖锐的声音："这不是石山先生吗?！"

"是的，好久不见。您还真能认出来啊，我们见面的时间前后不过一个星期。"

"认得出来啊，毕竟发生了那么要命的事。真是忘不了的事啊，如今我们还会想到底怎么样了呢。你也很辛苦吧。"

"是啊。"

"有香还是没找到吗?"

"嗯，似乎是那样的。您知道得真清楚。"

"我们经常跟和泉夫人联系。"

丰川在石山面前放下擦得干干净净的玻璃杯，从一旁倒进啤酒。石山致谢后喝了一口。

"森胁先生的夫人，不知是不是还好啊。最后一次见面时，她一直在哭呢。一个人留在那别墅里，真是太可怜，太可怜了。"

听着加寿子的怀旧，丰川点点头。

"我家儿子也情绪低落呢。真是太可怜了。"

石山垂下目光，回忆起和佳澄的电话中飘出的绝望气息。

"但是，还真是变了啊。石山先生，你是不是出什么事了?"

加寿子说话直来直去。丰川默默地为石山添上啤酒。

"我辞了工作，离开家了。"

"离开家是指和夫人分手了吗?"

"是的。"

加寿子的脸上浮现出事情恐怕并不简单的表情。丰川一边喝着类似烧酒的透明液体一边插嘴道："不过你比以前帅了呢，石山先生。"

"是吗？"

石山一脸苦涩。虽然洗过了，但穿的不过是灰色T恤和工作裤。只要一脸胡子地拿着脏兮兮的包走在街上，行人都会躲着他。

"真的，变得强势些了呢。身体强壮了，眼睛里也有凶相了。"

加寿子轻佻地用嘴角叼着烟笑了。听到这样的话，石山也高兴不起来。当他想要否定自己看起来像是个来历不明的男人时，或许他已经稍微沾染上了和佳澄的魅力相通的东西。佳澄的野性和行动力，那是为了生存下去而不可缺少的。

"现在干什么呢？"

加寿子探询地打量他。

"我就直说了。你们这里有什么工作吗？我什么都能干。"

夫妇二人面面相觑，从表情上看并非在说"果然是这个"，而是因为以前的石山给他们留下了强烈的印象，那个印象与面前的石山无论如何都截然不同，这似乎让他们陷入了焦躁。

"也不是没有。不过石山先生，你到底要干什么？你在东京不是有很不错的工作吗？"

"是啊是啊，不是在厉害得很的协广社做设计师吗？"

"那个已经辞了。什么都行，洗盘子或是其他的都行。如果需要打下手，也请让我来。"

"你说打下手，可雇主需要看人的，很难啊。"加寿子说道，"石山先生是大城市的人，很难用。"

石山垂下肩膀。他感到自己正在被怀疑：你为什么要这样？这样的经验已有很多。

"出了什么糟糕的事了吗？"丰川嗳嚅道。

"我正在被人追债。对不起，明明如此，我还硬提要求。"

石山一低头，加寿子咬住了嘴唇。

"好了，不都说出来，我是不会相信你的。对于不相信的人，我也不会介绍工作。"

听了石山的情况，丰川似乎完全把事情交给了加寿子。他拽过吧台里的椅子，开始专注喝酒。开门的年轻女人一直在关照客人，一眼都没往这边看。

"其实，我背了朋友的债，正被人追债。"

"工作挣钱还上不就好了？"

"我没有那个打算。"石山干脆地说。

石山心中某种东西断裂的印象恐怕已经传递出来了，加寿子又点上一支烟。

"人真是搞不懂啊。"

"是啊，谁知道。"

石山笑了。他正在学习人可以选择各种形态的生活方式，无论有没有家人或工作。

"是啊，怎么办呢。"加寿子按灭烟头，想要商量般回头看向丰川。"那里如何？'斯科特'。"

"不错啊。但是石山先生不会做吧？"

"是什么？"

石山一问，加寿子有些不好意思地笑了。

"我们也开着牛郎俱乐部呢。怎么样，要不要试着做牛郎？要是你，肯定能干得不错。"

石山也不由得惊呆了。

"我已经四十四岁了啊，不行吧。"

"你真是不了解这生意啊，可不是年轻就好。我们有两家店，'新斯科特'是杰尼斯系的，'斯科特'可是汇聚了从二十岁到六十岁的呢，年龄层越广就越有人气。毕竟客人的年龄也是老少都有。"

自己竟然要去做牛郎俱乐部的牛郎，意料之外的事情让石山哑口无言。加寿子一脸认真。

"石山先生，你很受女人欢迎吧？逃出来以后受到过很多女人的帮助吧？"

石山没有点头，但事实正是如此。他第一次发现女人会对无所事事的男人特别亲切，她们似乎有着独特的嗅觉。发生了什么事吧？来我这儿住吧。石山不知被这样说过多少次。寂寞的女人尤其温柔，她们用有限的工资给石山买衣服，分别时连零花钱都给。在大楼里做清洁工时，石山还曾在同事中的一个独居老女人家里住过一个星期。也有女人在对石山亲切的同时爱上了他，石山也第一次经历了偶然邂逅带来的一夜情。如此丰富的交流是在东京安稳度日时想都无法想象的。但石山也会在与对方告别后陷入自我厌恶，在裹着被子的夜里渴望酒精。一切都是奇妙的体验。看着沉默的石山，加寿子笑道："果然，是那样吧。我明白。石山先生看起来有那样的才能。"

"那算才能吗？"

"是才能啊，很少见呢。"

丰川一脸得意。赞同妻子的他与其说是个男人，不如说更像个大婶。

"没错,石山先生身上是有让女人在意的地方。你啊,不是出乎意料地会和女人相处吗?"

"是这样吗?"石山陷入了认真的思考。

"看,已经处上了。"加寿子调侃道,"那,我会把你介绍给经理,你只要去买衣服就好。"

加寿子从收银台拿出三十张万元纸币递了过来。

"这是准备金。"

"给这么多合适吗?"

"这可不是给你的啊,是借的,虽然不要利息。"

"当然。可是这么多。"

"要买好衣服啊。"

石山表示了感谢。事情发展到了未曾预想过的地步,让他无法置信,心怀感激地将以前工作时不觉得多的一叠纸币塞进了口袋。

3

第二天,石山去商场买东西。他也不知道穿什么好,就在阿玛尼选了尽量奢华的套装,硬让店家在一个小时内帮他扦好了边。傍晚。当他来到从加寿子那里听说的"斯科特"时,一个卷着白衬衫袖子的男人正在开店前乱糟糟的店内进行打扫。

"我是石山。"

"啊,我从老板那里听说了。我是经理宫尾。"

宫尾在"多线鱼屋"当了好几年店长后,被加寿子提拔到了"斯科特"。他身上透着一种冷漠,目光凶险,似乎一开口就会是讽刺。石山无法相信自己会有商品价值，但宫尾似乎一眼就看上了他。

"老板说是个好男人，真是如此。"

"不行啊，我完全没信心。"

"没关系。老板的眼光很准，不是瞎说。毕竟这里可没有什么正经的男人，因为正经男人都会去做正经工作。怎么样，你来看看？"

宫尾指了指贴在墙上的照片，二十出头的年轻男人占了一半。颜色明亮的华丽西装搭配金发或褐发，皮肤在日晒沙龙里晒过，每张脸都像是艺人，花名也都是什么"拓也""刚"，模仿偶像的名字。与之相对，三十过半到六十多岁的牛郎全都穿着土里土气的商务西装，强调他们的深沉。但是，男人越是想努力提高外表的价值，就越是呈现出空虚。宫尾看着一个明显用铅笔描过眉毛的五十岁牛郎的照片，语气恶毒地低声道："这家伙最混蛋了，但是赚得相当多呢。听说他过去是个骗子，长得难看，所以就用头脑取胜。他总是看不起年轻的家伙，说他们都是脑袋空空，想靠脸赢。真是笨蛋啊。净是些干的时间再长也只能拿到底薪的笨蛋。正经男人就该去做正经工作。"

"这不是正经工作吗？"

"不是啊。品评女人的工作难道正经吗？哪个女人会砸下多少钱，需要看透的只有这点，胜负就在这里。女人年轻、漂亮，这是外面世界的价值基准，而在店里就是有没有钱，只有这个。女人也清楚得很，所以会尽量砸更多的钱来显摆。那样一来就会被牛郎捧在手上，那就是来这里的理由。"

这是自己一无所知的世界。对于自己能否品评女人，石山没有自信。但是，现在能做的工作就只有在这里当牛郎了。

"怎么做才能让女人花钱呢？"

"最好的啊，石山先生，就是单纯。这可是人际关系的基本，会抓住人心呢。要露出一副对让女人开心格外重视的样子。要是让人感到你冲着钱，那可不行。要让女人主动砸钱。而且和她们睡觉可不行，要是睡了，女人就会瞧不起你，认为你不过如此。"

"会瞧不起吗？"

"女人可是很贪的，睡过一次的男人都会被扔掉，然后换下一个。这可能是和女人卖春不一样的地方吧。"

"为什么会被扔掉啊？"

"女人啊，想要男人可不等于想睡男人。"宫尾似乎很乐于和石山说话。眼中的凶光已经消失，语气亲切起来。"她们是想要男人的心呢，想被温柔地对待，想让自己受欢迎。刚才说的那个骗子就知道这点。有人给他买了保时捷呢，得到了保时捷，不得了啊。"

石山不要那种东西。怎样才能在这里生存？他和佳澄一样，思考的只有这点。

"客人都是什么样的人呢？"

"几乎都是风月行业的，都一样哟。自己平时服侍男人，所以一下班就想让男人服侍自己。早早就来的客人几乎都是夜店的，花钱大手大脚，所以是好客人呢。"

为什么花钱大手大脚，不用问也能明白。石山觉得自己只能以她们为目标了。

"关于衣服，这个不错呢，是阿玛尼吧。要是安普里奥，可是会被女人看扁的，越是年轻女人越那样。所以要尽量穿贵的好东西，把自己卖得高些、再高些。让女人明白你喜欢贵的衣服，有那种嗜好，女人就会迷上你，拼了命给你买贵的东西。"

石山摸了摸手腕。手表已经卖了，手腕空空荡荡。宫尾立刻就看到了，笑道："让她们给你买啊，劳力士也好，百达翡丽也好，那就要看你的本事了。要是你有干劲儿，或许会很有意思。"

"这样哦。"

欺骗年轻女人对于石山来说还是充满抵触。

"石山先生，这个啊，可不是欺骗。游戏，就像游戏一样，女人们也知道规则。愚蠢的家伙无论过多久都赢不了，愚蠢的女人只会砸钱，砸了还被人瞧不起。"

"宫尾先生，你不干这行吗？"

"不干啊。"宫尾苦笑，"像我这种狡猾的类型啊，女人是不会靠过来的。真的，那些家伙只有直觉异常地准，因为她们看的净是男客人。你很不错哟。"

"为什么？"

宫尾像是要解开这个谜题般盯着石山。

"我只能说因为你是这里绝对没有的类型。像你这样的男人应该会从事其他的工作，有固定的女人。客人们都会惦记着你的。对了，石山先生，花名用什么好？"

宫尾拿来了出勤表，上面记录着营业额和缺勤情况。

"我还没有想过，就交给你吧。"

"那，用真名似乎不太妙，这个怎么样？龙平之类的。"

石山露出苦笑。宫尾似乎知道自己的情况，但他为自己决定的名字竟然和自己儿子的名字一样。

到了八点半，同事们都来上班了。开会时，石山被介绍给了另外四十名牛郎。随后，前一天晚上的营业额排序公布，一个年轻的帅哥遥遥领先,接受了表彰,而那个骗子排在第二。九点的开店时间到了。店位于地下,旋转楼梯上铺着红色地毯,扶手上缠着金光闪闪的藤蔓,只等客人到来。全体牛郎列队,翘首期待着女客人会不会马上出现。第一批的几位客人咚咚地走下楼梯,牛郎们毕恭毕敬地行礼。抬起头的瞬间,石山感到周围溢满了活力。牛郎们寻找着容易下手的目标,目光闪闪发亮。在这之前,石山一直觉得女人们在这种地方砸钱玩乐实在不可思议。若是年轻女人,只要到这附近的酒馆,就肯定会被男人们搭讪捧上天。但是,在感受到牛郎们猎犬般的贪婪时,石山明白了其中的理由。女客人们想让自己成为饵料。无论做饵料还是别的,她们想要享受被别人捧在手心的经验。就像宫尾说的,或许是因为都是风月从业者,女人们无一不是华丽的迷你礼服裙搭配浓妆,表情里透着冷漠。

女人们有的对牛郎们挥挥手,有的指指点点。"欢迎光临。"牛郎们带着职业的殷勤打着招呼,利落地开始行动。桌子转眼间就准备完毕,几个牛郎围住客人,店内热闹起来。石山站在原地,等待宫尾的指示。正中央的桌子同时传来撒娇声和喊声,有个女人过生日,正在打开唐培里侬的粉红香槟。长相帅气的五六个牛郎聚在一起。石山一边用余光注视,一边想着三十万就这样被干掉了。一个牛郎正在向全体吹嘘这是香槟,恐怕是要煽动其他客人的竞争心吧。很巧妙,但女客人从事的也是同样的工作。乍一看华丽美艳,其实周身净是互争互咬的空虚。

"从那边的丑女那里也多捞点儿呀。"

年轻男人的嘟囔声传来,是个和石山一起刚入职的十九岁小子,除了年轻以外一无是处,态度又很粗暴,女人应该也会讨厌他。不过其他牛郎也都半斤八两。他们非但不把女客人放在心上,还旁若无人地毫不周到，女人却反倒兴致勃勃。石山厌恶起来。虽说这样想对不起宫尾，但无论是客人还是牛郎，从一开始就没人注意到游戏规则。石山感到无聊。要是这样，也许还是在工地更好——他正开始这样想。

"龙平先生，有人指名。"

石山惊讶地回过头，一个二十出头的年轻女人正指着石山。那就是真菜。耳朵上垂着香奈儿的耳环，金色的头发上戴着芬迪的发箍。衣服也好，手包和鞋子也好，都是让人感到心疼的名牌。这就是自己的欺骗目标吗？石山凝视着女人那双唇紧闭时也依然门牙微露的嘴。

"我是龙平，非常感谢你的指名。"

除了跳舞，石山可以自然地做到牛郎的一切工作，这让他十分惊讶。给女人制作饮料，点烟，帮她在膝头铺开餐巾，拼命附和女人的话题，甚至向女人笑，温柔地留意着对方。这哪里算是工作？但是，指名石山的女人只要没有看上他而开酒，店里就没获得砸钱，他的业绩也不会上升。要是设计师的工作，自己能在一定程度上预测完成情况和结果。而牛郎的工作只是保持平常的自己，所以无论完成情况和结果都摸不出头绪。只能完全委身于对方的判断，这也让石山害怕得仿佛身体就要冻结。这是全新的经验。

"你，是第一次吧？"

真菜的说话方式轻飘飘的，能让人感觉到她的幼稚。门牙是两颗大大的龅牙，下巴宽阔，模样就像一只迟钝的老鼠，但皮肤充满弹性和光泽，肢体修长美丽。就算不来这种地方，也应该能找到数不清的男人玩乐。但是，真菜却带着一种没有自信的惴惴不安，给人印象灰暗。

"嗯，是的，从今天开始。"

"以前，你是干什么的？总觉得气质不一样呢。"

跟在一旁帮忙的年轻牛郎兴致勃勃地说道："龙平先生可是个怪人哟，听说以前是做设计师的。然后我呢，是个修车工。"

此人若无其事地也把自己宣扬了一番。真菜年轻的身体标致美艳，她在牛郎们中间似乎人气很高，说是一样拿钱，更愿意从她这儿拿。

"我可没问你啊。"

真菜断然顶了回去。挨说的牛郎露出了开玩笑的笑容，却目露凶光。既然对方是个强势的男人，那么客人的拒绝也就伴随着危险。石山觉得必须从那个男人那里保护真菜，因为她是自己的"目标"。

"喂，是在哪里？在札幌吗？"

真菜把手放在了石山腿上。长期的体力劳动让好久未穿的、和以前号码相同的套装变得紧绷绷的。

"在东京。"

"为什么来札幌做牛郎呢？"

真菜把两只胳膊肘支在石山的大腿上，撒娇般地问道。帮手们已经在强要真菜去点那些白兰地和昂贵的鸡尾酒了。石山可怜起她来，虽然不明白她到底在做什么样的工作，但他认为好不容易赚来的钱没必要砸在这里。

"我想那样的工作会不会也很有意思。"

"有意思吗？这种工作。是敲诈女人的钱啊。"

真菜闹别扭似的瞪着牛郎们。眼看要冷场了，不明白规则真是可怜。

"会怎么样呢。我是第一回，倒是觉得挺有意思。"

"是吗？"真菜充满怀疑地看着石山，"这可没什么有趣的呢。"

"你要是不喜欢，还是别来为好。"

"话是这么说。"

真菜猛地环视四周，仿佛发觉自己正身处丛林的正中央，却没有水和食物。

"喂，你觉得我是干什么的？"

"我不知道。"

牛郎们哧哧地笑了。真菜又开始违反规则了，发起了不能发的牢骚。

"我啊，是帮别人自慰的，每天就是舔人家那玩意儿。每天要舔六十根吧，多的时候能有一百根呢。可是我已经厌烦了，很讨厌。因为啊，你知道一根多少钱吗？"

"不知道。"

"一根三千块左右吧，我去过。"

当过修车工的牛郎笑道。

"可没有那么贵。两千块呢，两千块。你的太细了，五百块就够。"

"真过分啊。"

"那玩意儿六十根就是十二万吧。一来这里，全都被拿走了也不够。喂，会被你全拿走的。"

不胜酒力的真菜依偎在石山身旁。

"真浪费啊。"

"没错，很浪费呢。"

石山为真菜新倒了一杯加水的白兰地，帮她整理好皱起的裙裾。

"喂，我说你，多大了？"

真菜问。

"我四十四岁。"

"我二十三，差了二十岁呢。你有什么牵挂的人吗？"

"没有。"石山摇摇头。

"我要回去了，告诉我你的手机号码。"

真菜突如其来的话语让石山一惊。他递出店里的名片。

"电话请打这个。"

"我知道了。"

花了十一万后，真菜回去了。其中有多少是自己的指名费呢？石山歪头思考，计算着何时才能把三十万还给加寿子。一直在远处观察的宫尾挤了下眼。

"不错呢，现在能进前十了。"

"是吗？"

石山也不知道自己是否想变成那样。像真菜那样幼稚的女人、被伤害的女人、被榨取的女人们来到这里，然后就算暗中遭受牛郎们的恶语，表面上也有种被尽心对待的感觉，满意而归。石山觉得自己不会在背后责备女人，所以还是尽心而为吧。把真菜送出去，还站在门口时，店里的电话响了。

"龙平吗？请稍等。"

石山一接电话，是真菜打来的。

"喂，下班后见个面吧。"

"可以啊，不过要到半夜三点了。"

"来我的公寓哦。好吗？绝对要来哦，否则我会割腕的。"

"我知道了。"

"我在外面等你。"

营业结束后,直到收拾完毕,又花了一个小时,解放出来已过了凌晨四点半。初夏的天空已经开始泛白。石山把夹克衫搭在手腕上,从后门一出来,一辆车的前照灯便像打暗号一样亮了起来。坐在红色宝马上的真菜遵照约定一直等在外面。

"对不起,让你久等了。"

"没关系,总是这样的。"

真菜大概已经做过很多次同样的事了吧。石山从真菜打开的车门坐进副驾驶席。气温中带着凉意,但车里的空调却低得让人直起鸡皮疙瘩。石山没有听过的女歌手正在用甜美的声音唱着失恋的歌。

"我的房间,就在那里。"

"我去没关系吗?"

"嗯,来吧,很宽敞的。"

石山对真菜的生活没有任何兴趣,也能预料到没有任何超出想象范围的东西。但是年轻女人渗透人心的孤独和冷漠传递过来,石山无法拒绝。

真菜的公寓并没有她自己说得那么宽敞,只是飘荡着让人感觉宽敞的寂寞。看起来很难用的三个小房间连在一起,每个房间都杂乱无章地放着家具,衣服和小物件到处都是。真菜在硕大的电视前毫无自信地抱住了石山。窗帘开着,可以从楼间看到缓缓升起的朝阳。石山望着阳光照在怀中的年轻女人脸上。那张脸苍白,像枯萎的花一样毫无生气。

"喂,一起睡觉吧,我困了。"

真菜拉起石山的手进了卧室。双人床将狭窄的房间塞得满满当当，床的四周散落着女性周刊。石山让真菜躺好，拉上窗帘，把用作生意道具的唯一的套装挂在找出的衣架上，脱掉衬衫。真菜穿着来店时那套怎么看都不相称的芬迪的礼服裙，默默地看着天花板，任裙子皱皱巴巴。石山在旁边一躺下，她立刻钻进了石山的臂弯中。石山觉得裙子会起皱，于是拉开拉链，想要帮真菜脱下，却遭到了抵抗。

"我不是那种立刻就让人做的女人，我没那么轻浮。"

"对不起。"

真菜盯着石山的眼睛重复道："我，不是轻浮的女人。"

"我知道。"

"你为什么会知道呀，不过是个牛郎。"

石山不知该说什么好，抚摸着真菜满是开叉的干枯头发。真菜又说："很抱歉，我讨厌做爱。直到我睡着为止，你都要醒着。"

"好的。"

随后，真菜花了些时间才沉沉入睡。窗外飘来城市渐渐清醒的气息。石山一边听着，一边尽量一动不动地抱着真菜。过了中午，石山一睁眼，发现真菜正握着他的阴茎，那种宛如义务般的握法着实可怜，石山按住了那只手。

"不用，不用做那种事。"

"为什么？"真菜像个被呵斥的孩子一样瞟着石山，"这不是很对不起你吗？"

"没什么对不起的。你讨厌做爱吧？"

石山坐起身，开始做回家的准备。在加寿子的关照下，他租了一间公寓。真菜望着石山，一头乱发垂在脸上。

"我不是讨厌做爱。喂，抱我啊。"

"和年轻男人做不就好了？"

石山并不是在听从宫尾不要和客人睡觉的谏言，而是没有从真菜身上感受到任何魅力。真菜用微乎其微的声音说："你讨厌我吗？"

"不是啊。"石山搂过真菜，"没有那回事。"

"那你就一直待在这里啊。"

站起身套上 T 恤的石山回头看向真菜。

"什么意思？"

"和我一起住吧，你什么都不用做，那家店也辞掉。我会赚钱的。"

"可是你不想做那种工作吧？"

"虽然讨厌，可我做不了事务性工作。这样就挺好。"

是吗？石山充满疑惑。但是真菜拼命恳求道："求你了，要不我就割腕。"

"我有债，必须还给照顾我的人。"

"多少？"因不安而扭曲的真菜的脸一下子气血上涌，那是在金钱上不会认输的气概。"我给你还。"

"三十万。"

如果坦白实际金额多达两亿，这孩子会说什么呢？也许会逞强说就算那样也还。真菜是以金钱为尺度生活的，石山对此怀抱着近乎尊敬的感情，因为他自己无法做到。真菜从床上跳下，拿着奢华的芬迪包跑了过来，打开鼓鼓囊囊的钱包开始数钞票。

"来，三十万。你啊，就用这个去打他的脸，告诉他，'别就因为这么点儿钱瞧不起我！'"

石山露出苦笑，不知道该不该接受。

"我在这里做什么好呢?"

"玩玩小弹珠就行。"

"简直像情夫一样啊。"

或许是觉得伤到了石山的面子,真菜沉默下来。石山觉得那样也无所谓,他要做没做过的事,让女人养他,那样或许也很有趣。真菜刷地抬起头。

"你,要成为我的后盾。"

难道真菜认为换个说法就能平息石山的不悦吗?那份幼稚实在可爱,石山不禁苦笑道:"后盾?"

"对。我讨厌被人瞧不起,所以你要打扮成黑社会的样子和我一起住,那样我就会很开心。现在的你太帅了,我配不上,总觉得畏畏缩缩的。"

石山突然想起了一件事。上高中时,参加美术部的石山因戏剧部的朋友拜托,曾经帮忙布置大道具,负责给表演画背景。那是格外有趣的经验。背景一旦画得好,演员的表情就会改变。画出万籁俱寂的昏暗森林,演员就会面露不安,画出雪原,演员就显出一片寒意。石山沉湎其中,甚至想要尝试去做舞台美术。此时石山回想起来的就是那份经验。自己的存在若能让真菜发生变化,就足够了。就按真菜的期望为她表演吧。石山决定试着和真菜同居。

4

在日常中变成戏剧的布景,这就是情夫的生活。只要变成镜子,能照出真菜期待的世界就好。乍一看甚是困难,但只要把真菜想得可爱些，就是件意外简单的工作。接送真菜，寻找她想吃的东西，根据她的爱好点餐，为她夹菜，一切都做得不能再细致，不能再温柔。从某些方面来说，这与牛郎的工作极为相似，不仅简单，甚至还能欣然为之。

真菜工作的店位于薄野外围，工作九点结束，石山就把宝马停在店前。尽量在显眼的地方等她，这是真菜的希望。结束工作的真菜等人陆陆续续地走出，二十三岁的真菜已经算是老资格，同事们还都是二十岁上下。尽管稚嫩的脸上化着极尽所能的浓妆，但比起工作结束的解放感，她们黯淡的脸上净是深入骨髓的抑郁。

"回头见啦，辛苦了。"

真菜跑到车旁，带着一脸和同事们拉开差距的得意表情挥了挥手。女人们看到石山和进口车，瞬间露出了嫉妒的凌厉目光。与此同时，面对老大不小还给女人做情夫的石山，她们又用露骨的轻蔑妄图取得心理平衡。她们一副佯装不知的模样抛下真菜和石山，四散消失在繁华街。石山温柔地询问此时仍忍不住露出胜利笑容的真菜："去吃饭吗？想吃什么？"

"烤肉。"真菜止住笑意，面无表情地嘟囔道。

"我一直以为你讨厌烤肉。"

意外的回答吓了石山一跳。真菜一次都没有说过"烤肉"。她脱下恐怕有十五厘米高的凉鞋，光脚坐在车中，竖起一侧的膝盖，一边检查涂着带金粉的绿色指甲油的脚指甲，一边用含混不清的声音对石山说："我，有家突然想到的烤肉店，去那里吧。"

石山没有问为什么。真菜所谓的"突然想到"，是指曾经在那里遭人藐视。看一眼就知道是风月从业者，无论砸多少钱，都会被正当职业的人瞧不起。真菜的焦躁总是来自那里。

"在哪里？"

"中岛公园那边。"

早晚要让你们见识见识，真菜可能一直都这么想。主张不要那么较真的，恐怕都是没有过那种遭遇之人的傲慢。石山遵从命令驾驶着汽车。他原本想象那是一家心高气傲的高级餐厅，没想到是家极其普通的烤肉店。门口挂着红色招牌，橱窗里放着落满灰尘的冷面、韩式拌饭和烤肉的模型。真菜下定决心般站到自动门前，石山搂住她的腰，一起走了进去。门开了，站在收银台的中年胖男人招呼了一声"欢迎光临"。看到穿着内衣般黑色露背礼服的真菜，男人露出嘲讽的笑容，但是看到跟在旁边的石山，他的脸色变了。真菜一副"这下算是让你好看"的表情低语道："看那个大叔，肯定认为你是黑社会，而我是黑社会的情妇。我可是成了大姐了。"

看到店内镜子里自己的小波浪短发和范思哲的奢华衬衫，石山觉得格外不可思议。那是自己，又不是自己，宛如身处梦中。正在画背景的自己同时接到要求，要成为表演戏剧的一员。但自己无论如何也不是主演。配角的愉悦在于看到主演真菜的巨大改变。

"这是菜单。"

店里的男人战战兢兢地递过菜单，似乎明白真菜是来复仇的。石山拿过菜单，递给真菜。

"你来选。"然后他转向男人，恫吓道："真慢啊，你知不知道我们都坐了几分钟了？而且要先给女人啊。"

"对不起。"

打开菜单的真菜强忍住笑，对垂头丧气的男人毫不理睬。

"你想吃什么？"

"生啤、牛肋肉和牛肚。"真菜回答。

石山伸手制止了慌忙做记录的男人。

"我来点。"

"对不起。"

真菜只对着石山继续念菜单："还有里脊也要吃，然后是横膈膜肉。最后要个冷面？还是拌饭？"

"要你喜欢的就行。"

石山只对真菜发出温柔的声音，像看待宝物一样眯着眼睛。表演如今已经成了日常的行为，到底是演技还是真心，石山心中也渐渐分不清了。听完点餐的男人哆哆嗦嗦地重复后，真菜吐出一句："混账，最差劲了。态度这就变了。"

石山拿着真菜的钱包。为了真菜，他必须出演一个气派大方的男人。真菜买衣服时，他必会陪在身旁，提出意见。

真菜去的店几乎都是海外名牌的专卖店。在那里，真菜只会选择与石山的趣味完全不符的东西。石山会在不得罪真菜的范围内进行调整，并承担起监视的任务，不让店员瞧不起真菜。

"这件的颜色更好吧。"

"真的吗？"真菜其实毫无自信，"是那样吗？"

"是啊，更配你的是这件。"

石山无视店员的亲切，维护着犹豫不决的真菜。

"要是犹豫，就选最开始认为好的那个吧。毕竟哪个都不错。"

"那，就这个。"

真菜最终选了石山看不上的那个，石山却大方地点点头。

"那个很衬你呢，真菜。"但是对店员，他却很粗鲁："喂，多少钱？"

石山从塞在后裤兜的路易威登钱包里拿出新钞付款。这其实是真菜帮别人自慰挣到的钱，石山却是一副用自己赚的钱给买的样子。那就是石山的工作。他并不感到别扭，因为内心充满欢喜。有时，他会觉得自己曾经做过的设计师工作或许也是一样的。找出美丽的、让人高兴的东西，找出让人感到快乐的东西，然后做出来提交。这是缘分散尽后才渐渐明白的事，佳澄也是如此。

"我说，你喜欢那孩子吗？"

一旁突然传来佳澄的声音，石山回过神来。两人依旧坐在阴郁天空下的湖畔草坪上。现实感归来，失去了其中的内核，石山陷入了与佳澄一起生活至今的错觉。他彻底忘了真菜长着一张什么样的面孔。

"怎么了？"佳澄盯着石山的脸，"你喜欢那姑娘吧？"

石山终于想起了真菜的笑脸和像张嘴睡觉的孩子一样的表情。

"嗯，喜欢啊，我觉得她很可爱。"

"真好呢。"

"说是像水，但我不觉得自己变了那么多。不一样的自己渐渐地冒出来，让我自己也很吃惊。"

"就像你一样，我也必须找到水源啊。总觉得很不甘心。"佳澄没有看石山。

切身感受到仍在彷徨的佳澄，石山想到了一路走来的自己。或许是因为自己率先得到了自由。

"佳澄，如果有香的事有什么消息，能告诉我吗？"

"嗯，我会联系你的。给哪里打电话好呢？"

石山说出了手机号码。佳澄把写有号码的纸收进包里，看向露天温泉。

"她已经进屋了啊。那么漂亮的裸体。"

"大概是冷了吧。"

"是个好姑娘吗?"

石山点点头,有些担心这种生活能持续到什么时候。佳澄慌忙站起身。

"我走啦,内海先生差不多该回来了。"

大概不会再和佳澄见面了吧。石山的后背感受着佳澄渐行渐远的气息,想起了茑枝的蓝衬衫和扣错的扣子。但那样也好,自己会那样活下去。

第七章　栈桥

1

　　人们骚动着小跑过去，好像有人掉进湖里了。难道是佳澄？内海慌忙想从草丛中起身。他去大崎温泉接了佳澄，为了摄取迟到的午餐，又回到湖畔的休息处。此后佳澄说想在附近散散步，就一个人出去了。但是，佳澄应该不会投身湖中。内海又在粗糙的草上坐下，立刻听到了年轻男人们爆发出的愚蠢笑声。大概是在游览船的码头打闹时有人摔下去了吧。

　　内海开始思考自己为什么会确信佳澄不可能赴死。一个原因在于有香，另一个原因是，如今的佳澄正散发出异样的生机，或许是因为离开家庭让她大胆起来。那份生机让奔向死亡的内海无法保持冷静。茑枝和水岛身上也一直有什么在蠢蠢欲动，如同翻滚的沸水般激荡着内海。

　　在佳澄和石山聊天时，内海把车开上了泉乡别墅区，从外面看了看石山的别墅。与其他别墅全部形同废墟构成了对比，只有石山的别墅得到了精心打理，似乎随时都可出售。如果是因为别墅前寻找有香的牌子让水岛无法疏于管理，那又是为什么呢？内海想问问水岛本人，就去了管理事务所，但那里如同空房子一样，没有人居住的气息。于是内海驶向和泉家。

和泉家周围开满了向日葵和波斯菊，庭院里的草坪也经过了精心护理。车库里停着崭新的吉普，穿着跑步衫的水岛魁梧的身材闪烁着汗水的光芒，正在拼命擦车。他大概一直都在观察内海的加里纳时上时下、来来回回的样子吧。内海一在他家门前停下车，他就露出一脸"可算来了啊"的表情。

"你好，有什么事吗？"

水岛一边用脏兮兮的毛巾擦手，一边慢悠悠地转向内海。秃头被汗水濡得透亮，硕大的眼睛从上到下打量着内海消瘦的身影。

"不好意思，我是以前在苫小牧警察局工作过的内海，你还记得我吗？"

一听是警方人员，水岛突然紧张起来，把毛巾塞进工作裤的口袋。

"失礼了，我们以前见过面吗？"

"我曾经过来支援过有香的搜查工作，那时和水岛先生你见过。"

"真是真是，那时承蒙关照了。"

水岛直挺着上半身，毕恭毕敬地鞠躬致谢。这家伙，看你这装模作样的德性！内海很不喜欢怎么也不说真心话的水岛身上覆盖着的膜一样的东西。那与自己曾经所在的警界臭气相仿。

"最近小樽那边传来了相关的消息，所以我就调查一下。"

"原来这样，这样。"水岛点了好几次头，"那，内海先生现在在惠庭警察局？"

"不，我已经辞掉警察的工作了。"

话一出口，水岛立刻显得更为警惕。如果不是警察，那你为什要来？我有什么义务跟你说话？突然竖起防备之墙的目光似乎正在这样说。

"那，今天是什么事？"

"哦，我是受森胁先生委托，正在进行各种调查。"

"是吗，我倒是正在期待是不是快能见到夫人了。我家夫人也说有点想见呢。"

水岛说着回头望向家的方向。家中一片死寂，没有人的气息。

"森胁先生的夫人现在在大崎温泉呢，意外遇到了石山先生。"

"啊，是我打电话告诉她的。看到石山先生吓了一跳吧，毕竟他变了那么多。竟然带了个那么年轻的女人，人真是不可貌相啊。"

内海无视水岛的话语。

"水岛先生，你只打扫石山先生的别墅啊。"

"是的，那里每年森胁先生的夫人都会去看，而且万一有香能回来呢，为了不让她失望，我就一直在护理，立刻就能入住呢，电和水都能用。"

"那是和泉先生的遗言吗？"

"不，社长并没有特别交代过，一切都是我个人的主意，毕竟不是什么费力的工作。"

也许是想把自己塑造成善良的形象，水岛嘻嘻笑了。内海对不说真心话的内海颇为反感。

"那就像是花钱去保存名胜古迹啊。游客还会来吗？还是要作为凶宅卖掉？"

水岛脸色一变。

"你这话真失礼啊,夫人要是听到会生气的。"

"是吗?"内海饶有兴趣地望着水岛柔和的目光变得尖锐,"听说和泉先生的夫人说过'孩子到底埋在哪儿了'。"

"哪位?进来坐坐吧。"

茑枝从玄关探出头,熠熠的银发梳在脑后,嘴上涂着通红的口红。面对这个从昏暗的家中突然出现的皮肤皎洁的老女人,内海就像看到了幽灵,一瞬间寒气上涌。水岛露出焦躁的表情,继续擦起车来。

内海第一次走进和泉的家中。茑枝穿着与年龄不甚相符的纯蓝色露肩礼服,内海对她高大的身材颇感意外。如果没有一头银发,依照那良好的姿态和身段,说她只有四十过半也不为过。内海一做自我介绍,茑枝便装腔作势道:"哎呀,和泉的事您也知道吗?见到熟悉的人,真是愉快。"

房间里花花绿绿,地上铺着淡红色的地毯,窗帘、沙发、靠垫、桌布、纸巾盒,所有的布料上都是色调和纹样略有不同的玫瑰、康乃馨、大丽菊和不知名的南国花朵。然后便是芳香剂的香味,甚至让人担心会不会附着在身体上。庭院那么美丽,可是只要踏入室内一步,似乎就会被人工的毒素污染。非常讨厌房间里女人味过重的内海如鲠在喉,不由得透过窗户望向庭院。不应该出现在这个季节的纹白蝶正在飞舞。

"看到什么了?"

茑枝用托盘端来了玻璃杯,里面倒的似乎是冰茶。

"有纹白蝶。"

内海冷淡的回答似乎让茑枝扫了兴,说了句"啊,是吗",便看向庭院。蝴蝶们的身影已经不见了。

"本岛的人总说北海道的生物都是反季节的，但是北海道的夏天花都会一起开吧，季节什么的根本无所谓。向日葵旁边是波斯菊的花苞，再旁边是紫藤在开花，这种情况也会有。那多好啊，那么漂亮。生命一口气全都绽放出来，让人欢天喜地呢。"

就算是像自己这样的男人，毕竟也是久违的客人，茑枝或许是因此兴奋不已，嘴也停不下来。内海连附和都嫌麻烦，用吸管缓缓地吸着甜过了头的黏稠冰茶。

"夫人，你精神真不错啊。"

内海中途打断道。茑枝的脸上几乎看不出岁月的痕迹。一个自知皮肤白皙、肌肤美艳的老女人。她仍然呈现出足够娇艳的姿色。

"我今年已经六十八了哟。"

"完全看不出来啊。"

听了内海的恭维，茑枝一脸满足的模样。和内海面对面，大概让她情绪高涨起来了。水岛难道不会对这装饰过剩的房间感到难受吗？房间本身和茑枝也很像。奇妙地触犯人的神经。长期待在只有男人的自卫队中的水岛究竟怎么是怎么看待这个房间和茑枝的？内海打算找找水岛居住的痕迹，便四处检查起房间的各处。宽敞的客厅对侧有一扇紧闭的门，门把手上套着带荷叶边的布套，坚固的门板似乎想要坚定地守护秘密。内海做出了下流的想象：那里就是两人的卧室吗？和客厅相比，东侧的厨房乱糟糟地堆满了平凡无奇的餐具和底部带着焦痕的锅，显得脏兮兮的。

"那么，那个小姑娘怎么样了？"

茑枝优雅地坐在椅子上，裙褶完美地铺展开来。她担心地瞟着内海。能看出这是出于礼节的提问。

"最近，电视上传来了消息。"

"啊,要是那个我也看了。那个人显得很可爱啊,老公也风度翩翩,真是出众的一对儿啊。"

茑枝说出了偏离常识的话语。

"电视上说在小樽看到了,但还是不对。"

听到内海简洁的回答,茑枝煞有介事地点点头。

"以前有很多人来看热闹,真让人不愉快,但最近已经被忘得一干二净了呢,附近的人也不再说什么了。哪怕有些传言冒出来也好,可是连传言也没有。什么被扔进了支笏湖里啊,被棕熊吃掉了啊,稍早前还有人说这种不负责任的话。"

茑枝手中的玻璃杯滑了一下,似乎就要滑落。茑枝慌了,与年龄相称的慌乱表情瞬间出现在她的面庞上,又立刻消失。

"传言可是有的。"内海开口道。

"哎呀,是什么?"

茑枝缓缓睁开闭着的眼睛,优雅地转向内海。

"和泉女士和水岛先生会结婚之类的。"

"真讨厌啊。"茑枝笑了,随即瞪了内海一眼,眼神充满了媚态,"是谁那么说的?和我这种老太婆一起,水岛先生该多可怜啊。"

"是吗,不让人羡慕吗?"

茑枝的脸因喜悦而变得通红。"你这个人,在说什么呢!"

但是内海步步紧逼。

"难道不会把这个家和吉普车据为己有吗?"

"怎么会,我可是背了一身债。你知道和泉自杀的原因吧?"

茑枝一脸愤怒,突然发出了低沉的声音。

"不,我不知道啊,能告诉我吗?"

内海为了安抚稍感疼痛的腹部,一边抚摸那里一边问。

"是事业上的失败啊,借了不少债呢,所以等于几乎没有私产,吉普车也是好不容易才买的。毕竟水岛的车也旧了啊。我也是个靠养老金生活的人。"

就算一再强调自己的凄惨,茑枝的生活看起来也没那么糟糕。无论是与年龄不相称的礼服裙,还是在手指上闪闪发光的戒指,都颇显奢侈。内海毫不给对方喘息的时间。

"你能给我讲讲和泉先生自杀时的情况吗?"

"讲倒是可以讲,可这和那小姑娘的事有什么关系吗?"

茑枝的表情充满疑惑。

"没有啊,只是我自己很感兴趣。"

"就算你说感兴趣,这也……"

内海诱导着突然不悦起来的茑枝。

"和泉先生是用猎枪自杀的吧?在某个猎场。是哪里来着?"

"钏路的白糠町。我真是吓了一跳呢,警察突然就打来电话。那个人每年都会去白糠町狩猎,去打北海道鹿。他有很多熟人,一接到邀请就必然会去。我觉得很残忍,拜托他别再去了,可是他不听我的。"

"狩猎很有意思呢,停不下来的。"

"男人或许都这么想吧。"看到内海进入话题,茑枝就像流向下游水量不断增加的河川一样打开了话匣子,"但是,接到那通电话的时候,我真的没了力气,因为突然就有人跟我这么说啊,'你家老公死在猎枪下,而且还不知道是事故还是自杀。'可是一听说他是把枪咬在嘴里扣动的扳机,还留了遗书,那就只能是自杀了。把我丢下,自己一个人一走了之,我一想到这里就觉得又伤心又悔恨。我不知道该怎么做，一直哭个不停。然后水岛立刻就代替我去了，他说，'太凄惨了，夫人您最好不要看。'所以我只见到已经变成骨灰的和泉。如今我倒是觉得那样也挺好，毕竟只会留下美好的回忆。那样一来，悲伤和憎恨也会不知不觉消失。"

也许是说着说着就激动起来，茑枝眼中溢满了泪水。内海毫不在意地问道：

"遗书里写了什么？"

"详细写了事业上的负债情况，最后把我拜托给了水岛。"

"是吗？"内海笑了，"那，水岛先生获得了一部分遗产吗？"

内海露骨的讽刺让茑枝突然沉默下来。内海望着茑枝白皙的喉头，那里比年轻女人还要光滑，宛如在路人触摸下变得光洁圆润的大理石雕塑。根据浅沼的话，那个早晨的那个时刻，水岛正在这个家和茑枝同床共枕。那难道不是茑枝为了包庇水岛而做出的伪证吗？水岛是萝莉控的传言紧紧抓住了内海，但如果他是萝莉控，那他还能和年长不少的茑枝建立关系吗？要是换成自己，是不可能的。原本就对性爱抱有强烈反感的内海忌惮着茑枝垂垂欲滴的妖媚，仿佛那是充满感染能力的毒药。

"但是，水岛已经得到保证，一辈子都可以在这里当管理员，所以他对和泉是充满感激的。"

"泉乡别墅开发已经倒闭了，也就是说，是当夫人你的管理员吗？"

内海的玩笑让茑枝脸颊僵硬，但笑容并未消失。

"有香失踪的早晨，听说夫人你是在和水岛先生一起睡觉。"

"没有。"茑枝沉着地摇摇头，"那时我们三个人正一边看电视新闻一边吃早饭。我还记得呢，因为水岛是日料派，所以特意蒸了米饭，做了味噌汤。因为没有食材，我家老公还从后院摘来了茗荷，做了裙带菜茗荷汤。我们吃的是华夫饼、冰茶和鸡蛋呢。我很会做华夫饼，大家都说好吃。下次你再来，我也会做给你哟。"

胃状态糟糕的内海都要吐了。

"关于那天早上的事，在你家没听见任何声音，是真的吗？"

"嗯，没看到任何人，也没听到车的声音。"

"但是从这里看不见道路吧？"内海插嘴道。

"是的。但是啊，那天早上，和泉曾经进进出出地到院子里。"

"你丈夫没说看到了什么吗？"

"若要看到什么，你说你是警察对吧？那件事已经作证了几十次，难道是觉得他会说谎吗？"

"你丈夫为什么进进出出？"

茑枝一回忆，立刻笑了出来。

"那个人早上总会忙这忙那，在院子里做做操，再打理打理花坛，不是那种会在一个地方安安静静做事的人。以为他在这里，其实已经去了别处，总是神出鬼没的。"

"但是，那样不会有疏漏吗？"

"疏漏？"可能是不明白什么意思，茑枝皱起眉头。

"也就是说，也有不在院子里的时候。"

内海缓缓把冰茶的吸管移到嘴边，花了一会儿工夫才咽下。茑枝不可思议地望着内海的喝法。

"但是啊，内海先生，我丈夫不知该不该算是监视别人，很喜欢一个不漏地观察从这条路上通过的人。他总是坐在这把椅子上望着道路那边，所以不会看漏的。"

"是吗？算了，这样也好。"

内海轻蔑地笑了。死无对证。

"你真是说了很多无礼的话。"茑枝似乎怒火中烧,但还是转换了话题,"说起来石山先生出现了呢,吓了我一跳。"

"为什么?"

"因为变成了那种黑社会似的样子啊,根本不觉得是同一个人。我甚至和水岛说了,说不定啊可疑的是石山先生。"

"理由呢?"

"那个嘛,我也不知道。"茑枝转向一边。

"那,我也要明确地问一句:水岛先生在自卫队的时候,不是发生过萝莉控的事件吗?那家伙在那方面有兴趣可是很有名的,所以和泉先生才把他领回来带到这里。因为那家伙符合夫人你的爱好,没错吧?和泉先生因为夫人你好男色,可是很头疼的。我也听到过那样的传闻呢。"内海感觉到身体中精力满溢,"更进一步地说,水岛因为别墅这边来了多达三个小女孩而欢天喜地,所以和泉先生和夫人你都不得不警惕起来监视他。我也听过有人这么说。"

茑枝愉快地抬高声音,变得坦率起来。

"是说我很中意水岛,把他当成奴隶的事吗?"

"嗯,算是吧。虽然我不知道男奴隶要做什么。"

内海流露出不怀好意的神色。

"传言什么的真是毫无责任啊,净是些自说自话的事。但是,不仅仅是我喜欢水岛哟,水岛也喜欢上了我。我已经是个老太婆了,所以不敢相信呢。那,我去把那个人带过来,你等着。"

茑枝轻飘飘地站起身,不一会儿便把水岛带回来了。

"喂,他在有香的事情上怀疑你呢,快把我们的事情说清楚吧。"

"没必要和这种人说吧。"水岛一脸不悦。

"有什么不好,又不会再见面了,说清楚吧。"

"我喜欢茑枝,早晚会和她结婚的。"

水岛的告白简直算是木讷。茑枝撒娇般看着水岛的脸。内海瘫坐在布满花纹的沙发里,来回看着身高几乎相同的两人。随后,他一边和钝痛抗争,一边产生了一种奇异的想法:无论对方是幼女还是老女,都会成为丑闻,这可真是奇妙。而走向死亡的他至今从未有过如同这两人的热情,这一点不也很奇特吗?自己的生命力或许是比别人弱的,内海遗憾地思考着自身。他第一次有此感怀。

"那,和泉先生是嫉妒你们的事而死的吗?就算已经年过七十岁?"

茑枝沉下脸。

"内海先生,年龄是无关的,也有人年纪轻轻就死了。"

内海仰面躺倒在草丛中,闭上眼睛。他一边用眼皮内侧感受着午后渐衰的阳光,一边倾听各种各样的声音。接连到达的观光巴士吐出的嘈杂的人声,踏过石板路的脚步声,粗暴的车门关闭声,兴奋的高亢说话声,休息处传来的流行乐声。在那些声音的间隙,可以听到湖中的微波一次又一次涌向岸边。

对于佳澄为何害怕这山间的湖泊,内海很是诧异。佳澄的心里到底有怎样的海?他想窥探那波涛与平静,至少在死之前。内海做了个已经成为癖好的动作:隔着T恤用手指触摸手术的痕迹。再给我老实一阵子吧,再让我多活一阵子。内海祈祷。但是,就像这微波一样,死亡应该切切实实正在靠近。内海思考着自己究竟会死在哪里。

草丛上又冷又滑,但草尖儿像荆棘一样扎着皮肤。后背隔着薄薄的T恤感受着刺痛,内海往头顶上方伸出双手抓住草叶,若干坚韧的草叶从手指的缝隙中飞出。要是死在草上,应该能同时感受到疼痛与安宁吧。瞬间,某种幻想突然涌上心头,内海不禁因那份生动而猛地睁开眼睛。夏季午后的湛蓝天空跃入眼帘,目眩不已。但是,内海在梦想中仰望的天空仍是清晨淡蓝的天空。秋意渐临,天际高远。

临死之前仰望的天空。

临死之前感受的草丛的安宁与刺。

临死之前看见的面庞。

如今,内海感到自己仿佛在幻觉中看到了有香曾经品尝的痛苦与恐惧,那种体验还是有生以来第一次。内海坐起身,用前臂擦了擦额头上的汗水,对不上焦点的目光注视着生长着杂草的黑色土地。四年前的今天,泉乡也许发生了这样的事。

和泉正义抱着胳膊,站在窗边自己专用的椅子前。

那是一把与茑枝布置的花纹丛林毫不相称的、朴素的皮椅子。皮面已经开裂,还有好几处被香烟烧焦的痕迹。每次茑枝命令"去扔掉",和泉都会说自己很喜欢,一直保护下来。他之所以像桥头堡一样执着于摆放这把椅子,原因实在任性而可笑。要是椅子没了,他就会产生一种不安,仿佛从头到屁股,再到一呼一吸,都会被茑枝覆盖得严严实实。明明是再婚以来共同生活将近二十年的妻子,和泉至今还会在有些瞬间觉得茑枝很可怕。

茑枝就像在漆黑的夜里盛开的鲜艳花朵,就像不知不觉间缠起的藤蔓植物,满溢的生命力远远胜过常人。无益的生命力对正在枯萎的东西来说会成为负担，茑枝过剩的能量让身为老人的和泉畏畏缩缩。不，不仅如此，不知衰老的茑枝的恐怖之处已经让人出离惊异。早上，当目睹茑枝的皮肤供应了全新的皮脂，显得水润，甚至会觉得她就是个怪物。

和泉不时将自己想象成一只被食虫花捕食的苍蝇。那就是茑枝，就像稠糊糊、甜腻腻的浓果汁一样，一旦附着到皮肤上就黏住不放。不知何时，和泉就会被缠住吃掉。让自己和前妻分手，不允许再见到和前妻之间的孩子们，只能孤独地老去，这些难道不都是茑枝的错吗？现在想来，一切都朝着她理想的方向运转。

和泉痛苦地回忆起昨晚的事情。水岛连招呼都没打，便仰靠在椅子上读晚报。看到和泉一脸嫌弃，水岛慌忙起身，椅子靠背上后脑勺挨过的地方已经沾上了水岛头部的皮脂，闪闪发光。真是夜郎自大。屈辱之后，和泉的心里充满了蔑视。如果只有愤怒还好，唯独轻蔑是种无处安放的感情。只要轻蔑还在，就会生出一种自身被污染的厌恶感，无法忍耐。解决方法只能是对方消失，或者自己离开。下次一定要做到。和泉捏紧了骨节突出的拳头。

水岛始终在和泉面前扮演着殷勤忠诚的部下，而内心应该是在盼望和泉早死。水岛心平气和地说着谎话："社长，我就是社长的左右手。您如果不吩咐我做事，我可是会很头疼的。"对和泉来说，压抑着想要怒吼的冲动是十分辛苦的。

本来帮助水岛的不是别人，正是自己。和泉的脑海中浮现出水岛六年前和如今几乎未变的模样。

作为当地企业老板的和泉长期在自卫队援护协会担任干事，主动帮助退役后的自卫队员就业。水岛来拜访和泉，也是出于这一原因。身着制服、腋下夹着资料袋的水岛挺直腰板，用军队式的动作向和泉郑重行礼。

"我是千岁基地第二航空团设施队的三曹水岛昭治,是近藤一佐介绍我来的,请多多关照。"

与外表的粗犷相反,年轻就秃顶的人特有的圆脸硕大无比,气派得仿佛歌舞伎演员。一双大眼睛目光柔和,说话方式也圆滑老练。但是,水岛身上也有一种东西让人觉得他恐怕很适合自卫队这个组织。程式化的举止附着在强健的身体上,散发出两种截然相反的气息:仅仅等待并接受命令的气息,以及不容分说便下达命令的暴力气息。那是下级士官共通的一种恶习。

"水岛先生,你打算几岁退役?"

和泉戴着老花镜,望着水岛的脸。水岛望一眼和泉,目光多了一层温和。

"哦,要是可以,现在立刻就想退役。"

"为什么?"

"我想尽早融入现实社会。有个很让人羞耻的称呼,叫自卫队蠢货。从定时制高中毕业后,我一直吃自卫队这碗饭,完全不了解其他的世界。我觉得那样不行,如果迟早要离开,我想趁早。"

自卫官的退休年龄很早,下级士官是五十三岁,在民营企业里正当年。水岛说得很有道理,但和泉对水岛年过四十仍然单身这一点格外在意。自卫队虽是个与女人姻缘稀薄的职场,但年长的男人再就业时,还是已经组建家庭的人更可信。还有一点,就是水岛都这个年纪了,仍然止步于三曹。作为自卫官,这当然不是什么闪光的经历。是没有干劲儿,还是没什么能力?和泉观察着眼前畏手畏脚的水岛。他看上去并不像是个愚钝或缺乏气概的人。

"你在军队里做什么?"

和泉想要做记录，摘下钢笔的笔帽问道。

"最初我在千岁，后来在稚内也待过三年，然后一直在设施队里待了十二年。"

"是吗，"和泉抬起脸，"设施队总该有办法吧。"

所谓设施队，是指航空工兵部队。要是技术人员，很容易去民营企业再就业。但水岛摇了摇头。

"只是啊，我怎么都觉得自己不合适，这十年来都在地方联络部做劝导。那个工作适合单身汉，我也很擅长说话。"

和泉记录下来。所谓地方联络部的劝导，是指拜访适龄少年的家，劝说对方入伍的工作。因为招募工作是在周末进行，成家的人都会敬而远之。但是，那并不是仅因单身就能持续的轻松工作。和泉看着水岛的脸：这个人或许是个出乎意料态度积极的能言善辩者吧。水岛感受到了和泉的视线，始终装模作样。原来如此，水岛兼具了下级士官的恶习与劝导者的虚张声势。

"那你很优秀吧？"

"哦，暴走族什么的，一定会让他们入伍，因为有很多速度狂人之类的，我就说'你也许很适合开战斗机，挑战试试吧'、'战斗机飞行员可是明星，帅得很哟'，去煽动他们。其实真正适合的家伙不过万里挑一，但他们总会格外心动。然后就是自卑感强的孩子也有很多呢，面对那种孩子，我就说'你不想成为男子汉吗？部队里锻炼自己的机会有的是'，事情就会意外地进展顺利。其实那种迷恋健身的人不在少数，默默地做着俯卧撑之类，然后在镜子前沉迷于肌肉健壮的自己。还有就是想要存钱的家伙，我会告诉他们自卫队有什么样的好处。不知这是不是就叫随机应变，总之很有意思哟。"

水岛滔滔不绝。和泉适当地附和提议。

"那，你不是很适合做销售吗？"

"不，但是啊，我是有梦想的。我觉得自己很适合在山间的房子里做独立工作。如果有那种工作，请务必告诉我。"

水岛端正姿势，立正回答。

"为什么？"和泉露出疑色，"你还年轻，不是能做很多事吗？刚才你不是还说想进入现实社会吗？"

"不，我之所以说想独自一人，是因为那对我来说就是现实社会。自从记事以来，我只经历过集体生活。独自生活到底是什么样的，我很想尝试一下。"

和泉不能说没有被诡辩玩弄的感觉，却想到若是如此，可以试着雇用水岛到自己公司开发出售的泉乡别墅区做管理员。没人愿意来这片冬季酷寒的土地。这是个慢性人手不足的繁荣时代，寂寞的别墅管理员之类的工作没人愿做。水岛是设施队出身，应该能进行简单的机械操作，而且自卫队前队员的身份也让人感觉他在发生意外时值得依靠。和泉在心中窃笑：这是得了个好人才。至于水岛为什么想独自住在山中，为什么突然想退役，背后的理由直到雇用他之后才明白。

和泉悄悄站到茑枝的卧室门前，耳朵贴在门上，听着里面的响动。习惯早起的二人确实已经起来了。和预想的一样，不可思议的对话传来，声音来自初老的女人和中年男人。

"……是吧？"

"是啊。名字呢？"

"名字叫有香。"

"有香吗?"

过度的不快让和泉起了一身鸡皮疙瘩。水岛对幼女的兴趣是雇佣他一年后在同行的窃窃私语中得知的。

在劝导一个少年入伍时,水岛因想要猥亵对方的妹妹而差点被起诉。而且这已经不是一次两次。每次面临指控,水岛都在军队的处理下平安度过,唯独这次无法掩盖,即将被开除,所以他才去央求和泉。因此水岛选择了不起眼的山中工作,而不是当事者居住的城镇周边。或许他是事先知道和泉正在寻找别墅管理员,才前去应征的。感到遭受欺骗的和泉想要立刻解雇水岛,但坚决反对的是茑枝。

"水岛不会再做第二次了啊,毕竟下次就没人保护他了,也再没可去之处。要是因为那种事解雇他,泉乡怎么办?那么能干的男人可没有了哇。"

"话是那么说。"

和泉踌躇起来。水岛确实是任何人都不能否认的能干的人,从清晨到日落,他都会开着吉姆尼在别墅区来回行驶,完美地修好自来水管和供水管的故障,木工也是他的专长。即使是危险的采伐作业,他也毫不厌烦。而且他心灵手巧,还一直帮忙打理茑枝喜欢的庭院并准备三餐。茑枝也十分看重他,到后来连购物都带他一起,最终他不仅做着别墅管理员的工作,还不知不觉向和泉家的私房佣人靠拢。

"你说被骗了,可在那种事上,被骗的人才坏呢。只要摆出一副明明知道那件事却只字不提的样子不就好了?然后啊,要是发生什么,威胁对方说我可知道那件事哦。那样一来,对方就永远都是你养的狗。"

莺枝从鼻子里发出哼笑。和泉总被莺枝捉弄说他是个老好人，他并不觉得自己人品有多好，只是他有自己做生意的方式。首先要有诚意，其次是信用。建立信用需要很长时间。水岛既然背叛了最初的诚意，那么也就不会生出信用。而且和泉也无法原谅自己眼光不准的失败。

不过，和泉还是输给了莺枝实际的思考。更准确地说，是败给了眼前的便利：顺利卖出了别墅，却没有能够代替水岛的优秀管理员。最终，和泉选择对水岛私密的性癖不闻不问。

察觉到莺枝和水岛的关系非同一般，是在第二年的冬天。一到冬天，别墅就接近封闭状态，雪虽然没有那么多，但是在冻结的寒冷中，没人愿意来到这毫无乐趣的别墅。不过莺枝坚称即使是冬天，她也想住在这个十分中意的家中。和泉不情愿地独自回到千岁市的自家，却对留下的莺枝担心不已。

一天，暴风雪的预报让担心的和泉提早回到别墅。客厅和厨房都不见莺枝的身影。难道是在哪里倒下了？和泉慌忙推开卧室的门，发现水岛和莺枝就在床上。此时和泉的惊愕非比寻常。莺枝已经六十岁了。或许他一直认定，就算莺枝拥有与年龄不相称的娇嫩肌肤，水岛毕竟也要年轻二十岁，而且喜欢年轻女人，尤其是幼女，因此这种事情应该不可能发生。

"哎呀，老公，你回来了。"莺枝在床上露出微笑，就像什么都没有发生一样询问旁边的水岛："我说，今天真冷啊。多少度来着？"

水岛姑且垂下目光，诚惶诚恐却又规规矩矩地回答道："应该已经零下十度了吧。"

面对无语的和泉，莺枝又一次说："请不要辞掉水岛啊，因为这个人认为这也是工作。你也能想到原因吧。"

六十岁的女人竟然在水岛面前鄙视丈夫的能力。愤怒过后,和泉觉得无地自容。此时的应对让他遭受了彻底的轻视,这是事后立刻就察觉到的,但为时已晚。茑枝的话语无疑是在为水岛的真心话代言。

"和管理别墅一样,我也会管理夫人。"

两人并没有大胆到在和泉面前亲昵,但亲密的关系如啪嗒啪嗒滴落的融雪漏向四周。这里本来就是个在冬天闲暇的观光地,传闻立刻流向了出入的业者、附近的住户和前来的客人。不可思议的是,别墅的转售不知不觉变得显眼起来,荒芜不由得跃入眼帘。和泉的公司迅速破产了。当他被逼到出售千岁市的自家房子时,他已经憎恨起水岛这个瘟神来。但是雇用水岛,错失了辞退他的机会,并进一步让事态恶化的,正是和泉自己。和泉开始觉得他总有一天会在看透结局后寻死。他不是退出游戏,而是正相反。他要用观察的手段,去参与到胜负之中。

卧室中传出的依旧是调笑的对话。

"小有香。"

"什么?"

"去外面玩儿吧。"

"不,就在这儿吧。"

和泉满脸通红,像得了疟疾一样瑟瑟发抖。他已经听不下去了,心中对让他感受到屈辱的两人充满怒气,感情似乎随时就要爆发。人到了七十岁,竟然还要遭遇这样的事情。耻辱,除此以外什么都不是。一瞬间,和泉产生了用自己房间储物柜里狩猎用的来复枪打死两人再自杀的冲动。那是他在脑中一次又一次模拟过的场面。

和泉离开门前，返回自己的房间。他快速跑上楼梯，打开二楼北端的房间。这里日照极差，死寂的屋内散发出阴凉处的猫一样的潮湿臭气。那是被空置一旁的老人的臭气，进一步刺激了和泉的愤怒。他猛地打开收纳猎枪的储物柜，拿出喜爱的萨科步枪。最后一次去狩猎是在二月，如今手中的是时隔半年的猎枪的触感与重量。他曾在钏路支厅的白糠町猎到北海道鹿，而推荐他去的也是水岛。那是在水岛和茑枝的关系暴露后不久的事。

"社长你不打猎吗？"

"以前打过，但最近没有。"

和泉的朋友中有不少都以狩猎为乐，但和泉只对工作应酬的高尔夫和钓鱼感兴趣。水岛仿佛回忆起了狩猎的乐趣，喋喋不休，但说着说着便额头冒汗，甚至冒出了一种猥亵的感觉。

"那可是很好的爱好啊。我啊，经常负责用来复枪打死侵入跑道的野狗和狐狸，很有意思。击中的瞬间，猎物会咚的一声倒下，那可真是痛快。电视里不是经常有人用手压着伤口，呆滞地不知道发生了什么吗？那都是假的。啪嗒一声就会倒下。一旦没打准，就会痉挛着歪七扭八地倒下，有点儿可怜呢。但是，请你打中了看看，一定会热血沸腾。干掉了！你一定会这么想。身体里的血液会沸腾起来，然后刷地流进静脉的每个角落。你就会想，啊！这么愉快的事真是停不下来啊。那是人的，不，是男人的本能。社长要是去试试就好了。不，当然不是去打野狗，鸟也不行，小里小气的。难得住在北海道，不打北海道鹿可不行，不打可就太不划算了，毕竟北海道鹿也好，棕熊也好，一切都是随便打呢。稍微当一当猎手，就会立刻有感觉哟。"

"但是，那需要体力吧？"

"没关系，社长你钓鱼时不是会走山路吗？"

与其说是顺从了水岛的劝诱，不如说是水岛提到的热血沸腾打动了内心。和泉有种预感：那难道不是与性兴奋相近的东西吗？自己还残留着那种原始的兴奋吗？他有种自我观察的心境。

辛辛苦苦拿到了狩猎许可和持有枪支的许可，为了再次品味狩猎的经验，和泉开始踏踏实实地进行准备。

"社长的话，绝对要用萨科啊。"

在水岛的劝说下购入据说深受专业人士喜爱的芬兰制来复枪时，和泉猛然注意到了一点：在他的心中，正在秘密地期盼自己能接近水岛这个男人，哪怕半步也好。他想要了解穿越自己未知的性爱世界的男人快乐的真相，想要了解茑枝迷恋的男人的真面目。如果能够变成水岛那样，和泉或许是想改变的，变成操纵着自己无法驾驭的茑枝的水岛。狩猎这一设想的出发点，正是茑枝那将和泉的内心深处都紧紧缠住的藤蔓。

拒绝了水岛一同前往的要求，和泉加入了狩猎团体。久违的狩猎出乎意料地愉快。只用来复枪打了两发子弹，自然没有命中，但和泉觉得预判猎物行动并耐心等待绝好时机的方法非常适合自己。水岛的话是错的。在和泉那里，命中不是快乐，等待猎物并设置陷阱才是快乐。

和泉欢欣鼓舞回到家中，向两人报告了狩猎的成果和感想。两人沉默不语，满足地点着头。但是看到两人偷偷交换视线，仿佛在说"成功了"，和泉感到，掉进陷阱的是自己。茑枝和水岛始终是共犯，只有自己被从那份关系中弹了出来。面对多余的自己，两个人送出了全新的快乐作为礼物。

被勾出厌恶感的和泉有气无力地将来复枪放回了储物柜中。

和泉登上了早晨的山路。上下都好,只是下行会走到水岛的管理事务所。要想避开,就只能不断向上。当别墅全都卖出时,早上一来散步,各处都会传来打招呼的声音,如今却万籁俱寂。感到这也是两人的过错,和泉怒上心头。

树丛一旁有节制地射入的晨光稍稍扬起了角度,沉淀在路上的雾气随之被吸入了森林。树丛间隙可见的蓝天澄明而高远,飘着一抹仿佛被刷子粉刷出的白云。这是这个夏天最有秋意的早晨。

轻微的脚步声传来,啪嗒啪嗒啪嗒,一路小跑。和泉惊讶地抬起头,一个小女孩正像逃跑一样,一边朝后面回头,一边跑下山路。这是和无论如何也想不到的人在无论如何也想不到的时间相遇,和泉胆战心惊地停下脚步:难道是妖怪?女孩可能也吓了一跳,停了下来,童花头的头发飞起一绺,挂在半张的嘴唇上。

那是水岛十分中意的有香。竟然遇到了这天早晨茑枝和水岛用过其名字的幼女,和泉惊讶于这不一般的偶然,目不转睛地看着有香的脸。她与和泉曾经瞥到一眼的母亲很像,目光中划过瞬间的不知所措。明明还很年幼,脸上却带着忧郁,让人感觉到不可思议的娇媚。和泉觉得水岛中意她也不是没有道理的。

"啊,吓了一跳。"

女孩用小手抚摸着胸口,认识和泉的安心感在脸上扩展开来。

"早上好,是有香吧?"

"早上好。"有香彬彬有礼地鞠躬致意。

"你要去哪儿?"

有香的回答就像大人。

"去散步。"

有香穿着黑色开衫和白色短裤,手脚线条优美,看起来实在柔弱。竟然把这么幼小可爱的女孩看作性的对象,和泉越来越看不起水岛了。这种蔑视甚至波及到顶着有香之名、如今应该正和水岛亲昵的茑枝身上。和泉努力想要抑制再次袭来的愤怒,却并不顺利。

"你要去哪儿?这么一大早的。"再次询问的和泉脸颊紧绷。

"我说了,去散步。"

有香畏惧地望着和泉的脸回答,似乎觉得自己会因为一个人擅自外出遭到呵斥。那脖颈太过纤细,摇摇欲坠地支撑着小小的头骨。和泉一方面觉得那柔弱惹人怜爱,另一方面又激烈地憎恨起比自己更加弱小、劣势的人来。他有种想要砍倒远比自己弱小者的冲动。然而,哪怕这样的感情只出现了一瞬,他也立刻变得无地自容。

"叔叔我没有生气哟,你做你喜欢的就好。"

"但是,刚才,你的表情很可怕。"

"是吗,对不起。那和叔叔一起去散步吗?"

"好的。"

有香直率地点点头,将带着汗水的湿漉漉的小手放进和泉干燥宽厚的手中,那种异物感让和泉一震。有香仰望着和泉的脸。

"接下来到叔叔那里玩儿好吗?"

"不要,绝对不能去那里。"

有香一脸疑色地回望和泉。

"为什么?"

"那里很脏呢。"

敏锐的小姑娘或许是感觉到了什么，猛地回过身。

"怎么了？"

"没什么。"有香抿紧嘴唇。

那样的态度中隐约可见绝不会放松警惕的厚重墙壁。和泉在有香这个小女孩的体内感受到了一个成熟的女性，不由得畏缩起来。与有香相比，不如说茑枝才是幼女，任性、自我，容易屈服于眼前的欲望。水岛明明比她小二十岁，却仍然与她保持关系，和泉算是明白了其中理由。但是，那一定是自己不具备的爱的方式。他已经七十岁了，有些事情事到如今才明白。那就是，就算想重新再来，也已经无法挽回。伴随着沸腾的愤怒，和泉也感受到了深深的悲哀。

悲鸣传来。一回过神，和泉正紧紧攥着有香的手指，纤细的骨头或许已经折了。有香一边紧咬牙关不哭出来，一边再次望向后方。她在确认后面是否有人来帮她。刚才也是如此。从一开始，有香就在畏惧和泉。自己从登上山路的时刻开始，就已经不再平常了。如果就这样让她回去，情况被报告给有香的父母和石山，他们会怎样看待自己？这里也已经生出了无法挽回的事。和泉的目光和有香的目光碰撞在一起，有香胆怯地睁大眼睛，想要喊出什么。在那个瞬间，和泉用双手掐住了有香的脖子。掐得这么用力，有香或许会死，但不能让这孩子呼喊，也不能让她回去。这是焦躁中思考的结果。如果有香不在了，最先被怀疑的应该是喜欢幼女的水岛。只有这样的算计任性地在头脑中盘旋。预判猎物的动向，再挖好陷阱等待。命中并不是快乐。

和泉望着皱皱巴巴的双手圈住的纤细脖颈。那是突然丧失力气的弱小生物。幼女一下子就死了。和泉一阵茫然，猛地一看四周，雾气已经消散，清晨澄澈的空气包裹着他。有人看见了吗？和泉本能地窥探着周围。阴暗的森林深处传来动物的气息，和泉惊讶地回过头，似乎有人正在向他招手。他一边听着自己几欲跃出胸口的心跳声，一边抱着死去的有香闯入森林中。那个东西一翻身逃跑了，是北海道鹿。

这种地方不可能有北海道鹿，是幻觉。和泉否认了刚才见到的东西。但是，那难道不是某种天启吗？和泉的脑海中当即浮现出附近的地形。北海道鹿一旦被追，必会跑向沼泽。当然，支笏洞爷国立公园是禁猎区，和泉没有在这里狩猎过，但他已经做过调查，熟知这里的一切。沼泽就在那里。因为夏季的干涸，走到水量较大的地方必须要爬一段坡。

和泉用尽全力攀登着沼泽。途中拨开大叶竹时，抱着有香的手背被割破了一点，但他完全没有注意到。好不容易走到水量较大的沼泽，和泉把有香放在草上。他脱下鞋子进入水中，寻找适合隐藏尸体的地方。水冰冷得只能在其中坚持三十秒。

回到水边，有香正在呻吟，眼睛微睁。是苏醒过来了吗？和泉慌忙再次掐住她的脖子。这是第二次杀人。有香微微睁开的眼睛缓缓丧失了力气，变得空空洞洞。这时，和泉觉得自己就是个畜生，是远比棕熊和北海道鹿低劣的人类。随后，他把尸体扔进水深的地方，为了不让尸体浮起，还放了好几块重石。

"南无阿弥陀佛。"和泉合掌，为这个自己意外绞杀的幼女的灵魂祈祷，为这个明明苏醒过来自己却再次将其绞杀的幼女的生命祈祷。但是，幼女体内存在的"女人"仍在让和泉气愤。心情真好。要是你能切身体会到力气尽失、体会到弱小无力，那就太好了。

和泉整理好衣服，飞奔回家。自从散步离开家门，应该只过了四五十分钟。他转到后院,匆匆摘了茗荷,从车库进入家中。换上一身夏季薄裙的茑枝正一边打哈欠,一边搅拌热松饼的原料。没有看见水岛,但浴室传来了猛烈的水声。

"你去哪儿了?"

茑枝没有停手,目光也没有从开着的电视画面上离开。

"我在自己的房间,打了个盹。"

"哎呀,是吗?刚才啊,石山先生那里的森胁女士的丈夫来了呢。你不知道?"

"不知道,我在睡觉。"和泉不快地摇摇头,"有什么事?"

"听说他家的孩子不见了。"

"是那个叫有香的孩子?"

和泉别有用意地反问,但那种讽刺对茑枝不管用。

"对,有香,那个最可爱的孩子。那个孩子不见了呢。怎么可能在这种山里不见呢,孩子又不会进山。纯属家长没看好啊。"

"是啊。"

和泉递出手中的茗荷。略微有些成熟过头的茗荷上,无数小小的红蚂蚁正在蠕动。茑枝瞬间一颤,视线投向的不是蚂蚁,而是和泉手背上的伤口。

"那个,是怎么回事?"

"好像是摘茗荷时在哪里划的。"

"哎呀哎呀,那还真是。"

茑枝搔首弄姿般笑道。和泉露出一脸苦相:茑枝接下来恐怕是想为了水岛说声"真不好意思"吧。用淋浴冲洗掉情事痕迹的水岛顶着一张容光焕发的圆脸走进客厅。

"社长,早上好。"

"给你摘了味噌汤的食材。你很喜欢吧？茗荷。"

"真是诚惶诚恐。"

短暂的夏季中的一日开始了，看起来和平常没有什么不同。水岛在餐桌旁说道："社长，那个怎么办？"

"什么？"

"狗的尸体。"

水岛在说前天从丰川家别墅的院子里搬来的猎狗尸体，目前就装在塑料袋里，放在垃圾投放处。和泉想起刚才掐死的幼女，露出了明显的厌恶。

"餐桌上干什么啊，说那种话。"

"对不起。"

"就交给你了，之后要找个地方埋了啊。"

"我明白了。"

收拾狗的尸体最适合你了。和泉瞪着水岛的背影。

一只冰冷的手突然放到额头上，内海从漫长的白日梦中清醒过来。

"好像发烧了。"眼前是佳澄眉头紧皱的脸，"在地上睡可对身体不好。"

内海感到自己仍然没有回到现实中，目光游移着缓缓观察四周。天空已经飘上了一层暮色将至的阴翳，时间切切实实正在流逝。刚才真是梦吗？还是湖面的微波做媒，让自己窥视到了那个清晨的真相？自己在工作中明明极力排除想象，却突然做了个白日梦，到底是什么原因？这究竟是谁让我看到的？内海带着混乱，抬头望向一脸担心地盯着自己的佳澄。

"怎么了？你在发呆呢。"

"我一直在做梦。"

"什么梦？"

佳澄按住内海的额头询问。内海一言不发，挥开佳澄的手，擦掉自己额头上的汗水。

"草丛太冷了，回车里吧。"

内海听从了佳澄的建议，从草丛中坐了起来。头昏昏沉沉，恶寒袭来，身体微微颤抖。佳澄静静地按住内海的肩膀。瘦得只剩皮包骨的肩膀轻飘飘地放上一只饱满的手掌，内海惊讶于健康人的手的重量和厚度。但是，只有体温是内海的更高。

"果然很热啊，怎么办？"

"我在车里睡一下，等热度下去。"

"躺下应该更好吧？"佳澄冷静地说，"我去问问附近的旅馆吧。"

"没关系。"

"但是……"

"我说了没关系。"

佳澄无视内海的回答，跑开了。内海望着那被牛仔裤包裹的臀部轻盈地远去，抿起嘴唇，想着绝对不能把白日梦的内容告诉佳澄。同时他也坚定了决心，不准备去调查和泉正义。梦是梦，想象只是想象。不一会儿，佳澄一脸沮丧地回来了。

"无论哪里都住满了。怎么办？我要是能开车就好了。"

"总之先回车里吧。"

内海一边和恶寒斗争一边起身，却头晕目眩，摇摇晃晃。慌忙撑起他腋下的佳澄问道："内海先生，你有退烧药吗？"

内海没有回答，强打精神想要迈步。内海明白，游客们好奇的目光都集中在他这个由女人扶着晃晃悠悠走在石板路上的人身上。那些家伙由直觉意识到自己是个重病人。也许自己已经露出了死相。内海不由得检查起停车场的车窗玻璃中映出的自己的脸。与平时并无变化的瘦弱野狗正在用因发烧而湿润的眼睛瞪着自己。

"森胁女士,我的脸看起来奇怪吗?"

佳澄摇摇头。

"不会啊。"

"是吗?"

内海知道佳澄注意到了自己的不安,身体一下子失去了力气。脚下立刻开始踉跄,但这是他生病以来第一次感觉对他人放松了什么。那就是所谓将自己的软弱展现给他人吧,内海以松驰的心情想道。

2

从门扉的缝隙间逸出的黄色光线在毛毯上照出了一个细长的梯形。内海在昏暗中醒来,高高举起右手,让光线照在上面。这只手曾经掐住犯人的脖子提起,也曾经可以飞速地做记录,如今却正在完美地消瘦,关节显眼,手指只剩下骨头本身。手掌失去了厚度,宛如一把枯枝。终有一日肉体会毁灭,变成骨头。内海目不转睛,觉得那就是自己原本的姿态,正在缓缓从自己的肉体中显现出来。衰弱是件多么不可思议的事啊。内海出神地盯着手背上发青的静脉。癌细胞一定也正在这血管中飞散,一刻不停地流淌着。当肉体完全毁灭时,癌细胞也会毁灭,一起在火葬场烧成灰烬。内海觉得这很痛快。他一方面充满怜惜地想让自己的肉体生存得更久,另一方面又心怀恨意,觉得这么脆弱的东西还是尽早毁灭为好。心情摇摆的振幅越来越大。

"内海先生,你醒了?"

"哦。"

佳澄小心翼翼地打开门。走廊上的光线变成了逆光,只能看见站在那里的佳澄那熠熠生辉的轮廓。

"还发烧吗?"

"不烧了。"

"太好了。能说话吗?"似乎松了口气的佳澄走进房间,"开灯吗?"

佳澄打开了屋里的灯。浮现在白晃晃的荧光灯下的房间仿佛和白天不是同一个地方,八叠大小的和室里没有任何家具,连窗帘也没有,房间内的灯光鲜明地映照在黑色玻璃窗上。窗户另一侧是一轮圆月。内海握住瘦弱的左手腕上骨碌骨碌转圈的手表一看,已经过了晚上九点。喝了药睡下后,过了将近两个小时。

"要起来吗?"

"不,再等一会儿。"

健康的佳澄微微一笑。全身将要被癌细胞覆盖的内海无论如何也想多休息一会儿。佳澄在内海的被子旁边坐下。也许是冷了,T恤上披着白色衬衫。

"总觉得很奇怪呢,隔了四年再来这里。我一直以为一辈子都不会再来了,多亏了你,还能再住一次。"

佳澄也环视房间,内海恍惚地看着她脸上不安的阴影时隐时现。佳澄担心无法动弹的内海,于是拜托茑枝让他们在石山原来的别墅里住一晚。当内海正因恶寒在车的后排座椅上瑟瑟发抖时,水岛很快开着吉普而来,将他们送到了山上。发烧的内海踉踉跄跄,登上四年前有香独自走下的玄关前的水泥台阶,瞥了一眼搜查队曾进进出出的客厅,便在二楼的卧室睡下。家具、餐具和被褥等一切都原样保留下来,因为石山是把全部用品一起卖给和泉的。

"他们让住在这个房间,能从窗户向下看到长满草坪的院子呢,孩子们曾经在那里活蹦乱跳。我一个人留下来找有香时,也是睡在这个房间。不过这里的窗帘不知道怎么了,以前可一直挂着蕾丝窗帘呢。"

"是从那之后第一次来吗?"

"没错,从外面看过很多次,但进入里面已经时隔四年了。我一个人留下时真是太痛苦了,感到所有的阴暗中都潜藏着恶意,将有香藏在了我的视线之外。或许因为有过那样的经历,我才能忍耐任何事情。"佳澄的视线在空中游移,"不过四年了依旧行踪不明,那孩子到底在哪儿啊?已经死了吗?有传言说是被埋在了山里,也就是说这附近的人不是凶手。那么,是谁?为什么要这样?我想知道啊,特别想。但是,我啊,如果找到了有香的尸体,我自己又该怎么活下去,心里非常不安,毕竟我是因为寻找有香才活到今天的。我相信有香还活着,好不容易才活到今天。只有我自己才明白那种心情。"

佳澄像说车轱辘话一样喃喃自语。内海回想起刚才的白日梦,但并不打算告诉佳澄。

"这个房子和记忆里有点不同呢,玄关、台阶、客厅、厨房、庭院,每一个地方都有一点儿不同。我觉得应该是个更大的房子,却意外地狭窄,楼梯也比印象中更陡。我一直觉得庭院里的秋千是白色的，刚才一看，是淡绿色的。然后我现在才注意到，这个房间的灯是煤油灯形状的。人类的记忆还真是暧昧啊，这样一来，我应该也会渐渐忘记有香。我一直在寻找的孩子是个什么模样？连自己的孩子的长相也会渐渐不清楚，还真奇怪啊。"

佳澄抬头望向灯光，用一声长叹结束了话语。和石山长谈后的她显得消沉。内海以为石山带着女人让佳澄受到了打击，但听着佳澄刚才的话语，他意识到并非如此。佳澄怀抱着只有自己仍在漂流的孤独感，无法摆脱。内海觉得佳澄的心情和自己如今的心情很像。

"你和石山先生聊什么了？"

"没怎么说话，因为那个人一直在沉思，进入了他自己的世界。不过，我觉得我们已经不会再说话了。彼此之间已经没有兴趣，也没有共通之处。那个时候的热情到底是什么，一想到这点就会有种怪异的情绪。"

"是那样吗？"

尚未习惯明亮的内海因目眩而皱起了眉。佳澄就像说给自己听一样，又重复了一遍："是那样呢。"

"我很佩服石山先生还真能当个情夫。"

"为什么？"佳澄凝视着内海，一脸听到了意外之事的表情，目光澄澈得让人害怕，"为什么会那么想？"

"就算再怎么被人追债，男人会想当情夫吗？我是不会这么想。"

内海回忆起，看到石山轻佻的外表，他燃起了莫名的怒火。自己无论有多么走投无路，也不会变成那样。佳澄放松了跪坐的姿势。

"和被人追债没有关系啊，肯定的。那个人已经比我更自由了，那就是我失落的理由之一。"

"是吗，可成为情夫就等于失去自由了吧。和别人住在一起，就等于是不断地妥协吧。不是吗？我会一个人待着，绝对。"

"你也许会那样，但那个人可不认为那是妥协。对他来说，那或许是愉快的。所谓愉快，就是不断靠近自由吧？石山先生如今就是那么想的。但是，只有我一直在寻找有香。"

就像在等恰当的话语掉落一样，佳澄的视线在房间内的各处移来移去，缓缓地说道。内海困难地支撑着沉重的头盖骨，拼命看向佳澄。从枕头上抬起头，体温是下来了，却因贫血的感觉而东倒西歪。脖子的肌肉也很虚弱。

"你说一直在寻找，对你来说真是坏事吗？"

内海提出了恶意的问题。佳澄的语气听起来并非没有"有事做即是幸福"的意思。佳澄立刻用清醒的目光轻蔑地看着内海，然后起身打开窗户。也许是因为生气，她沉默不语。带着山间气息的寒冷空气灌入屋内，内海的肩膀一凉。仰躺着望向裸露的天空，稍有缺损的月亮正清晰地浮在那里。佳澄回过头。

"有给内海先生的传话，是石山先生对那件事的感想。"

"是什么？"

"他一直没理解我。那就是感想。"

什么啊？那是。内海不禁嘲笑起来。佳澄背对内海，啪嚓一声关上窗户。屋内的空气受到挤压，给内海的大脑带去了轻微的冲击。内海想起自己完全忘了询问今天见到的水岛和茑枝有什么感想。

"内海先生，年龄是无关的，也有人年纪轻轻就死了。"

茑枝若无其事的一句话深深困扰着内海。自己年纪轻轻就会死,尚无法接受那件事的自己就这样活着。内海被拉回现实,注视着站在身旁的佳澄的牛仔裤裤脚露出的裸足。那是一双白皙而线条优美的脚。

"我,早就明白呢。"

"明白什么?"内海问道,目光没有离开佳澄的脚。

"石山先生,已经治不好我了。"

内海抬眼看着佳澄。佳澄捕捉到内海的视线,点了点头。

"你和我在一起松了口气吧。"

"嗯。"

"那是因为我是个濒死之人吧?"

"是啊。"

佳澄用无法形容的温柔声音回答。她轻轻地坐到内海躺着的被子旁边,发出了孩子般的提问:"我说,就要死了是什么心情?"

四周立刻鸦雀无声,屏息等待回答的佳澄那规律的呼吸声微微传来。

"那种事,要我现在说吗?"内海不由得笑了,"是啊。首先,就是对将来会发生什么害怕得不得了。"

"然后呢?"佳澄残忍地催促。

"然后就觉得对自己的身体失去了全部信任。人是很相信自己的身体的,比如知道自己多长时间不睡觉也能撑住。那样的自信正在渐渐消失呢。"

"然后呢?"

佳澄盯着内海,仿佛要一直让对方说到她自己满意为止。

"在那个过程中,会渐渐不知道什么是恐惧、什么是厌恶,也无法再相信自己的感觉。是因为无法确认死亡到底是什么东西吧。嗯，就是如此，毕竟一次都没死过。然后，就会对那些身体健康、一无所知的家伙感到生气，因为自己没有时间了。"

"对我也是？"

"是啊。"

佳澄继续凝视着内海，只说了一句话："相当有条理啊。"

"我从最开始就没混乱过，只想着该怎么接受死亡。"

内海查验着自己的内心：那是真的吗？另一个自己则在嗤笑：你明明立刻就会因别人的话动摇。

"原来如此，所以才和我一样啊。"

内海无法与佳澄对视。

"谁知道，我又不怎么了解你的事。只是，我还无法和自己要死的事实相互妥协。"

"我也无法和女儿失踪的现实相互妥协，而且过了四年也一样。"

话虽这么说，佳澄的眼中却熠熠生辉。离开家以来，佳澄每天都散发着勃勃生气。自己的话语中有鼓舞佳澄的东西吗？但是即使我死了，这家伙还会活下去。内海烦躁起来。

"寻找女儿也差不多到此为止怎么样？就别再找了。"

"怎么停下？要怎么做才能停下？"

"那种事我可不知道，你自己想想怎么样？"

"有些事不是想了也没办法吗？"

这可不是在探讨人生啊。已经对一切无所谓的内海疲于对话，闭上了眼睛。他感到佳澄站了起来。

"我去洗澡。内海先生，你怎么办？"

"我不用了。"

刚才的对话让内海无法再继续说出"因为会消耗体力"。他一躺下，佳澄就毫不犹豫地走出房间，继而传来咚咚向下的矫健的脚步声。脚步声在楼下徘徊，内海一直侧耳倾听。佳澄去了厨房，往冰箱里收了什么东西，又走向后方的浴室，响起打开浴室门的声音。

四年前，在这个只要小心倾听便可立刻把握动静的并不宽敞的家中，佳澄曾经和石山逃过彼此家人的耳目进行幽会。内海无法相信两人如此大胆。佳澄和石山都愚蠢透顶，让人感到肮脏。这带给内海近乎感慨的惊愕：人确实能干出不可置信的事。每次遭遇突如其来的案件，内海都会将那份惊愕封印在心中，只去追查犯罪。怎么思考都无法理解的案件核心，难道不都十分单纯吗？他一直认定自己是个优秀的刑警，却似乎连那种事都不懂。内海在被子里发出无力的笑声。

已经完全清醒过来，内海决定起床。正要走出房间，被子却绊住了脚，眼看就要向前摔倒。他慌忙踩住榻榻米，脚下榻榻米的弹力似乎比以前更强了。他的体重正在不断减少。好不容易抓到了什么，生命竟然很快就要走到尽头。不，正因为要走到尽头，才明白了过来。内海厌恶起自己正在衰弱的肉体与已被磨得敏锐的感觉之间的落差。

内海来到二楼走廊，去剩下的两个房间看了看。主卧室有两张床，是石山的妻子典子和两个孩子睡觉的房间。另一间是个朝西的六叠和室，石山似乎曾睡在这里，但无论如何也肯定无法在家人旁边幽会。那么，佳澄和石山是在哪里幽会呢？内海进行着庸俗的想象。

内海走下楼梯,上了个厕所,在客厅的沙发上坐下。寂静无声的家中只能听到佳澄正在使用的浴室的水声。应该还有房间。内海站起身,沿走廊迈出步子。玄关旁边有扇门,像是库房或储藏室。内海看了看里面,霉味儿冲入鼻孔,气味粒子在鼻腔中缠绕。内海一阵厌恶,打开灯望向内部。这里似乎是用来放被褥的房间,靠垫和被褥杂乱地堆在门口附近。去掉那些,高高的窗户下方有张简朴的床。内海拉下罩在床上的亚麻布,试着躺下。石山和佳澄就是在这里交叠在一切,忘了就睡在楼上的彼此的家人了吗?那天,在这个家里,或是在外面,到底发生了什么?

内海突然想起了白日梦——梦中有香的恐惧,以及和泉正义的犯罪行为。内海生动地回忆出其中的细节,不一会儿便颤抖起来。太可怕了。可怕的不是和泉正义可能犯下的罪行。至今为止,他也曾见过太多的悲惨尸体,经历过无数次凶恶的犯罪。而比那罪行、比一切更可怕的,是自己内心深处的某种东西感应到了和泉的罪行。这种经历是他人生中的第一次。应该已经充分了解的自己心中到底还残留着什么?那是因为不久于世而突然露出身影的东西吗?与毫无理由就会发烧一样,那是对自身信赖感的丧失。内海联想到脂肪减少后缓缓从内部呈现出来的骨骼。但是,如果那仍是他自己,就不能不说那是因衰弱而出现的全新能力。内海觉得十分不可思议。

门没敲就开了,洗完澡的佳澄正在往里窥探。也许是洗了头发,穿着新T恤的肩头滴着水珠,脸颊通红。

"你在这里吗?"

内海没有回答,看着佳澄。佳澄迎向内海的视线,笑道:"很窄的房间吧,而且一股霉味儿。"

佳澄拿着装了水的玻璃杯和放了安眠药的药袋。

"内海先生，不吃药是睡不着的啊。"

要在这种地方？内海正想着，佳澄已经站到内海躺下的床边，递出玻璃杯和药。

"我去楼上睡。"

这么一说，佳澄立刻用兴奋的眼神看着内海。

"就在这个房间睡吧，我会给你讲发生在这里的事。"

内海避开佳澄的视线，望向积着薄薄一层尘土的地板。难道是佳澄昨夜的低语促成了今天的白日梦？若是如此——内海抬起头——今晚的话或许也会孕育出别的梦。未知的自己浮现出来，想象着未知的事实。他不明白哪个才是真相，但只要把每一个都当成真相就好，因为人不知道会干出什么事来。内海从佳澄手里接过玻璃杯和药，花了一会儿工夫咽了下去。佳澄拿过玻璃杯问道："要多长时间才会困？"

"二十分钟吧。"

内海说了谎。最近药效开始变差，睡着已经需要三十分钟以上。但是，他想尽可能从佳澄那里听到更多的话语，想让她把更多的话语吹进自己体内。

"那，我马上就来。"

霉菌的孢子一定正在昏暗中飞舞。月光从高窗透入，内海凝神注视，看能否看清孢子。如果人的感觉清澈下来能看到细微的东西就好了，或者看到不可见的东西也行。也许有香的幽灵就在这里？出来也无所谓啊，只要是来自冥土的特产，无论什么都想体验一番。内海打算连幽灵也全盘接纳，拼命看向房间各处。什么也看不见，什么也听不见，眼睛周围的肌肉很快就累了，内海失望地闭上了眼。这真是愚蠢的想法，自己一定是哪里出了毛病。内海想要回忆起手掌放在警察局冰冷的铁桌子上的感触以及中年男人们散发出的油腻的臭味儿，一个劲儿地摇着头。在那些于体内复苏之前，门开了，完成睡前准备的佳澄走进屋内，在内海身边躺下。小床嘎吱作响，内海稍稍移开了身体。

"真可怜，这么瘦。"

佳澄隔着T恤抚摸着内海突出的锁骨，她的全身都散发着生命燃烧的热量。内海不禁起了一身鸡皮疙瘩，对佳澄的厌恶涨满了内心。他怒吼道："离我远点儿！"

"不要。"佳澄紧紧搂住内海消瘦衰弱的身体，"我不走。"

刚洗好的头发上缠绕着洗发水的香气，让人厌腻。内海狠狠地用肩挤开佳澄。

"你一个人去睡。"

"不要，我害怕。我一个人留在这里时太可怕了，但是没人帮我。"

"我也不会帮你。"

"为什么？"佳澄支起身体，从正上方盯着内海的脸，"为什么？我明明帮了你。"

内海愕然。他第一次理解了之前没有意识到的、看到电视后决心帮佳澄找出孩子的所谓真正理由。自己想被这个女人帮助，被这个失去了孩子正在彷徨的女人。突然，肩头传来的佳澄的热意变成了一种舒适的感觉，温暖从皮肤表面到肉体内侧，很快就浸染到了内脏和骨头中。去做至今为止没做过的事吧！内海命令自己。将一切交给对方。内海一闭眼，或许认为那就是暗号，佳澄开始了讲述：

"有香失踪的前一晚,不,是临近早上的时候。凌晨两点,我和石山先生约好在这里见面。从旅行出发前,我们就约定,只要有机会,就要在这个房间里单独见面,但我原以为实在没有实施的勇气。不过那天,发生了一件让我们下定决心的事。"

"什么事?"内海闭着眼睛问。

"我们的事被典子发现了。"

内海一惊,看向黑暗中闪烁的佳澄的眼睛。

"石山先生的老婆已经知道了吗?"

"嗯,她明明是个很敏锐的人,我们却一直轻视了她。不,或许我们连轻视她的意识都没有。我们只有精力去思考自己的事。你可能会指责我们,觉得这太不可置信,但我们确实束手无策。就像被风暴摆布一样,我们既没法避开,也没法让步,只是被摇晃得乱七八糟。"

风暴。内海喃喃道。那东西自己从未经历就将死了。

"被什么摇晃?"

"我们自己。"

佳澄回答着,微微动了动身体。

"你们自己的什么?"

"是什么呢?但是,我身体里的我一直在跟我低语:要是能和石山先生这样在一起,抛弃孩子也无所谓。"

"你抛弃了孩子吗?"

内海抓住了将头靠在自己单薄胸口上的佳澄的肩膀。他慌乱得让自己一惊。

"嗯,曾有一次,我在心中抛弃了。就是那个瞬间。"佳澄的声音没有一丝波澜,"很可怕吧。"

"不，没什么。"

内海慌忙摇了摇头，但心跳却快得很。他刚以为佳澄对有香做了什么。

"然后，第二天早上就失踪了，简直就像神明听到了那个声音啊。"

"在这里，你们两个……"内海咽了口唾沫，声音沙哑，无法顺利地说出话来，"都做了什么？我不明白。"

连喘息的时间都没有，佳澄就将手探入内海的T恤，炽热的手指摸到了裸露的肌肤。饱满却纤细的手指上下玩弄着内海皮包骨的身体，缓缓数着肋骨的数量，又在肋骨间隙怦怦直跳的左胸的心脏上方停下，噌噌地合着节拍，进而钻入胸廓下方因消瘦而形成的深坑。发现了手术痕迹的手指轻轻划动，仿佛想要安慰隆起的肉的堤防。内海抓住佳澄的手指。

"住手！"

佳澄将脸贴上内海凸起的肩胛骨，闭上眼睛。她没有理会被内海抓住的左手，而是用右手手指抚摸内海的头发。麻酥酥的刺激从发梢传到头皮，内海几乎都要发出悲鸣了。

"为什么要这么做？"

"疼吗？"

"不是的。"

内海感觉自己渐渐衰弱的身体正在被人摇撼，很是不快。他暂时扭过身体，继续抵抗。当呼吸渐渐困难，腹部的手术痕迹再次被佳澄触碰时，内海感觉疲劳上涌，一下子失去了力气。几乎同一时间，愉悦感和睡意同时袭来。

在吸尘器的轰鸣声中醒来，内海瞬间有种错觉，以为啰唆的妻子来了，条件反射般伸出手，准备把枕边的体温计夹到腋下。他摸到的，是冰凉的床头板。他渐渐清醒过来，想到是因为发烧才睡到了石山家别墅的储藏室里。烧已经退掉，感觉也没什么不好，但内海还是冷得重新盖紧了被子。冷气沉在身底，带来轻微的凉意。他知道，在这种日子，心窝总会时不时像被地球的引力拉拽一样，又重又疼。但是，无法平静的心绪并非只源于身体状况，还源于佳澄昨晚对吃下安眠药后的自己的所言所行。那究竟是梦境，还是现实？近来，看透事实这一行为本身正在不断变成痛苦。内海躺着不动，眺望着高窗外矩形的天空。那是和昨天截然不同的阴天，云层低垂，太阳深深隐藏在后面。不知何时，吸尘器的声音已经不留痕迹地消失了。

面向阳台的玻璃拉门大开，客厅因屋外的空气灌入而凉意逼人。佳澄抱着膝盖坐在桌前的椅子上，正在喝瓶装茶。她的头发扎在脑后，穿着藏青色的长袖 T 恤，看起来颇显年轻，脸色却一片苍白，无精打采。

"早上好，感觉怎么样？"

内海点点头，示意自己没问题。桌上用单柄敞口小锅盛着水岛昨晚送来的粥。

"内海先生，你还有药吗？"

什么意思？内海看着佳澄的脸。佳澄空虚的目光朝向庭院。

"不在这里待几天吗？"

"可以吗？"

"我会试着拜托和泉夫人。我又没有可去之处。"

"我怎样都行。"

"今天早上啊,我在有香失踪的时间试着做了同样的事。七点前起床,下到丰川先生的别墅附近,又和那些孩子一样回到玄关,等上几分钟,再走下石阶。"

"怎么样?"

"一走下石阶,我就不知道该去哪儿了,就那样在道路正中央呆站了一会儿。然后,我就望着这个房子。"

内海想象着那个身影,想象着佳澄仰望二楼房间的样子。有香或许也曾这样做过,带着对尚未起床的母亲的惆怅。或者,她也可能眺望过玄关旁边朝北的小屋,察觉到那里发生过什么。

"然后呢?"

"我放弃了。"佳澄嘟囔道,"再怎么想也没办法,就放弃了。毕竟无论如何也没法知道更多的事了。那孩子失踪了,可能不是被人带走的,而是自己失踪的。"

"五岁的孩子有那种意愿吗?"

"谁知道呢。"

佳澄说到这里便噤了口,开始给内海舀粥。内海琢磨着是否要说出昨天的白日梦,但经过了一整天,记忆的轮廓正在逐渐暧昧,细节已经开始模糊。内海想象出一座突向海上的栈桥,那是一座常年被波浪冲洗的断桥。被佳澄灌入、今后可能自发织出的梦,也迟早会成为断桥。到头来,内海没有说出和泉的话题,只是花了三倍的时间吃下了量只有佳澄的三分之一的粥。饭后,为了防止发生倾倒综合征,内海在客厅的地板上躺下。凉气在木地板上蔓延,后背冰冷。内海忍耐着望向天花板。佳澄并没有在意内海,收拾好餐具后便去了二楼。

"打扰了。"

院子里出现了一个男人。水岛穿着卡其色的工作服站在那里。他手里端着黑色托盘,大概是来送茑枝做的午餐。内海联想到淋了蜂蜜和砂糖的黏糊糊的东西,不禁想吐。

"内海先生,你怎么样了?"

"哦,已经没关系了。给你们添了麻烦,不好意思。"

内海只抬起脑袋跟水岛打了招呼。水岛脱鞋走进屋里。

"这么门窗大开不冷吗?今天都让人不觉得是夏天,还是关上吧。"

门一关,也许是变得拘束起来,水岛将托盘放在桌上,显得坐立难安。看到水岛的身影,内海并没有起身,这可能让水岛很是不悦吧。

"水岛先生。"内海主动搭话,"昨天,我有件事情忘记问你了。"

"什么事?"

"那起事件的感想。"

"感想?"

"对,你的感想,我必须要问。"

内海望着水岛雪白的袜子。水岛呆立在原地。

"就算你让我说感想,也很难说啊。毕竟怎么看都是个悲剧。"

"是不是悲剧,还不知道吧?也许还在哪个地方活着,都不清楚呢。"

"话是这么说。"水岛窥探着佳澄的动静,"森胁女士呢?"

"不在呢。这不正好嘛?请告诉我。"

"我啊,有点不高兴。不,是非常不高兴。什么我是个萝莉控啊,其实受过免职处分啊,各种毫无依据的传言飞来飞去。和泉先生和夫人也都很担心。"

水岛低声快速地说出了"萝莉控"一词，好像那是个需要忌讳的东西。

"那，那些都是假的了？你不是萝莉控？"

"当然了。你只要调查自卫队的记录就会一目了然，我可以挺胸抬头地告诉你，那是错的。我和夫人的事也一直被说些有的没的，真是难受。事件只是让我们的生活变得一团糟呢。我们是住在这里的，留在这里被人说三道四，那种痛苦东京人可是不明白。我觉得社长就因为这种精神疲劳而自杀。说什么嫉妒我和夫人的关系，真是弥天大谎。孩子一旦失踪，讨厌的传言就会蜂拥而起。有的说是我干的，有的说是社长干的，不，连夫人都有嫌疑。地价也降了，谁都不愿意买了，看热闹的倒是会来。有人说什么就埋在我家院子里，我可不会原谅说这话的人。不，其实就是在湖畔开汽车餐厅的人。社长啊，是想把这里当成老了以后的桃花源的，一切却都破败了，他肯定非常绝望。总之啊，虽然这么说对石山先生很失礼，但是自从那位买了这里，就没发生过什么好事。我觉得那些人就是瘟神，这话很残忍吧。因为你知道吗，社长自杀后，夫人伤心叹气得恨不得要追在后面去死呢。我决心去侍奉那位夫人，也是因为看过她的那种样子。我只能和尊敬的人生活在一起。"

"自卫队没有那样的家伙吗？"

"你呀，自卫队是职业组织吧。"水岛斜眼瞟着内海，仿佛在鄙视内海的挑拨，"那只不过是个人问题。"

"你觉得和泉社长是什么样的人？"

腹部突然疼了起来，背上着凉不太妙吗？内海没有改变姿势，拼命吐气调整情绪。要是突然起身，胆汁恐怕会倒流。

"社长吗？是个很纯粹的人呢。"

"是说他像个孩子？"

内海冒着汗也不忘揶揄。水岛认真地反驳道："说像孩子是有语病的。他很纯粹呢，因为事件发生后他说过这样的话：'已经不行了啊，水岛，这里发生了这样的事，我不负责不行。'"

"那他是为了承担责任才自杀的吗？"

强忍疼痛的内海嘴角歪斜。不知是不是以为是嘲笑，水岛没再隐藏满脸怒火。和那份殷勤相比，这个男人的耐性可没那么强。

"也用不着那么说吧。"

"不好吗？"

"没什么不好。只是一说到什么承担责任啊，就可能会有些家伙胡乱推测社长就是凶手。虽然已经说了很多遍了，社长也好，夫人也好，我也好，那个时间毫无疑问都在家里。"水岛不悦地主张道，"那绝对没错。派驻所的胁田先生那时恰巧打来了电话，所以不会错呢。应该是八点多吧，胁田先生第二天不值班，和社长约了一起去钓鱼。"

"我认识啊，那家伙。"

内海回想起胁田的面孔。与那张看起来迟钝的通红脸庞不同，他做事精干，熟练地指挥了搜查队。事件发生后，他被调往了同一地区的某个警察局，应该已经当上了刑警。内海加入搜查队时，胁田曾过来说"想当刑警"，所以一直记得。

"那通电话帮了我们三个人多大忙啊。要是没有那电话，我们都不知道会在这地区被人怎么说道。很可怕呢。"

"那，你觉得有香身上发生了什么？"

水岛抱起双臂，胳膊上的工作服看起来紧巴巴的。

"能够想到的,就只有被人带走了吧。从外面来的家伙趁天黑上到这里,就像死在丰川先生那里的猎狗一样。潜入森林窥探情况,看到有香,就把她带走了。不对吗?之后的事情就不知道了。不管是徒步还是什么,毕竟三十分钟就能走下去,什么事都可能发生呢。"

"没有目击者啊。"

水岛呵呵地笑了。

"小孩子嘛,折起来不是很小吗?那只猎狗也有二十公斤呢,差不多一样吧。"

"你还真清楚呢。"内海发出阴暗的声音,"有香大概那么大吗?"

水岛什么都没有回答,在客厅走来走去,眺望着窗户和拉门。

"啊,这边的窗框已经不行了啊。下个冬天要是一冻上就必须换了。"

"水岛先生,为什么只把这个家保持得这么干净?"

正打开窗户检查窗框的水岛回过头。

"因为啊,内海先生,要是把这里拆掉变成空地,你能想象别人会怎么说夫人和我吗?啊,水岛销毁证据啦。我们已经较上劲儿了。我们对事件感到非常悲伤,就这样留下来等待孩子归来。我们就是想把这样的想法给别人看啊,因为社长就是那么说的。所以我就继承了他的遗志,毕竟我会在这里生活下去,而且夫人的财产也只有这片土地了。"

"要是夫人死了呢?"

面对内海的坏心眼儿,水岛报以浅笑。他打开阳台的拉门,穿上鞋。

"那个啊,毕竟会变成我的东西。要是那样,我就卖掉这里远走高飞。"

水岛的身影从庭院中消失后,内海缓缓起身。他抚摸着仍在疼痛的腹部,准备去二楼找药袋,结果发现佳澄就坐在楼梯中段,脸色苍白。

"内海先生,回札幌吧。已经够了,我已经厌倦这里了。"

佳澄只说了这些,就跑上了二楼。

3

薄薄的寒意袭来,人们似乎随之捂紧了钱包。明明还是盛夏的星期五,薄野的酒馆一条街却缺乏人气。晃晃悠悠走在这里的,只有因衣着单薄而在寒冷中缩着身体的游客。内海走在路上,不断地左右避开时不时停下打开地图的游客。有人在背后打招呼:"内海先生。"

是个脸熟的警察,似乎正在巡逻。

"喔,好久不见啊。"

警察笑眯眯地敬礼。内海想起这是个来自弟子屈町的性情温和的家伙。他把手伸进怀中,按住胃部。从几天前开始,执拗地停滞在身上的疼痛就像怎么也消除不了的疑惑,今天好不容易离去了。然而疼痛将会返回的不安让内海不由得伸手去摸。

"你还好吗?"

"一点儿都不好啊。"

"身体怎么样?"

"就快要死了。"

警察的脸色变了。内海的身体肯定已经呈现出了异常。"请别开那种玩笑啊。"对方的声音也几欲中断。

"要是玩笑就好了啊,要是玩笑的话。对了,你知不知道有家叫'HOCKEY'的店?好像是个小餐吧。"

"'HOCKEY'吗?听说过呢。"

警察看了看四周。内海从裤兜里拿出笔记本,上面写着丰川的店的名字。

"有家叫'多线鱼屋'的连锁店吧,好像是那家的姐妹店。"

"啊,这么说来,就在'多线鱼屋一号店'对面那个楼。"

"一号店?在哪里?"

"不就是那个薄野大厦吗?过去发生过枪击。"

"是吗。刑警要是向同行问路,那就完了啊。"

有人说过同样的话。对了,是妻子久美子。连脑细胞都衰竭了吗?内海露出苦笑。

带着佳澄从支笏湖回来是在两天前的傍晚。公寓厨房的小窗微微开着。是在洗盘子吗?粗暴地拧上水龙头的声音响起,窗口露出久美子的脸。一看是内海,久美子立刻责备道:"你去哪儿了?"

内海把拿出的钥匙收回口袋。佳澄隔着一段距离跟在后面,听到两人的对话,她僵硬地停在公寓的外楼梯中段。玄关门从里面打开,内海发现,久美子用惯常的职业目光打量了一遍自己。以前他曾经十分不安,拼命想读出那目光中显现的思考,但如今已经无所谓了。他正在忍耐间歇袭来的疼痛。

"我憔悴了吗?"

"没有，挺精神的。"回答后，久美子拿开放在水泥地上的她的鞋，再次仰望内海的脸。"看你不在，我很担心呢，以为你离家出走了。"

"什么时候来的？"

"昨天傍晚。家里没动静，我还担心你是不是在哪儿自杀了。"

"我可不是那种人。"

"那倒是，可这种时候我也会东想西想啊。毕竟我早班工作一结束就忍着困意赶过来了，你却不在。"

这样的担心恐怕让久美子相当生气，她带着不满的声音嘟嘟囔囔，身上穿着和疲惫的表情不相称的轻快的粉色POLO衫。

"对不起啊，我不知道你要来。"

内海转向身后，朝一脸犹豫的佳澄招了招手。佳澄用表情询问在这里露脸是否合适，看到内海点头，她便走了上来。

"是谁？"

久美子惊讶地看着站在玄关前的佳澄，抬头望向内海。

"是客人。"内海指着佳澄介绍，"这是森胁佳澄，那个孩子失踪的人。"

哑然的久美子似乎想起了电视节目，发出"啊"的一声。

"初次见面，我是森胁。"

佳澄跟久美子打招呼。和内海并排站在狭窄的水泥地上，佳澄颇显拘束地缩着身子。久美子瞬间露出困惑的表情，但随即又变成了客套的笑容。

"来，请进。"

"打扰了。"

趁着佳澄背过身脱鞋，久美子拽住内海的袖子低语道："你真的联系她了?"

"嗯。"内海轻轻点头。

"你们两个人去哪儿了?"

"去搜查了。"

意外的回答让久美子说了声"这样",又嘟囔着重复道:"你可不是那种身体了。不注意的话,情况就会恶化的。一旦卧病在床,体力可是会下降的。"

你就别管我了。内海抑制住想要怒吼的情绪,一下子倒在榻榻米上。从支笏湖到札幌开车原本只需一小时,但市内的堵车消耗了不少时间,内海疲惫不堪。神经上一无法承受,身体就会立刻做出反应。在别墅客厅地板上躺着时生出的疼痛完全没有消失,时不时带给内海连话都说不出来的痛苦。内海一脸铁青地把坐垫压在腹部。

久美子一边看着内海一边说:"疼吗?"

"有点儿。"

"因为你硬来啊。"

"一直都是这样的。"

两人的对话听得清清楚楚,佳澄顾虑地站在玄关旁边。内海注意到佳澄在女人里算是相当高的,觉得至今对那种事毫无关注的自己异常可笑。他浑身冒汗,却仍然微微浮出笑容,和佳澄的目光碰在一起。

"请进来吧。"

久美子用对待患者般的事务性语气让佳澄坐下。佳澄低声道谢,随即坐在痛苦的内海旁边。久美子仿佛准备盘查两人一样,在两人面前跪坐下来。

"去哪里搜查了?"

"支笏湖啊。"

"森胁女士,发现什么了吗?"这次的问题是针对佳澄的。

"不,什么也没有。"

佳澄悲伤地摇摇头。

"孩子失踪了真是可怜啊,我很同情你。"

"谢谢。"

"电视上说有消息吧?那个怎么样了?"

"不行,是个男孩。"

内海恍恍惚惚,觉得妻子脸上薄薄一层平静的关心与同情充满了违和感。既然无法取而代之成为当事人,那么无论谁都会有的共情只会让对方烦躁。不过,佳澄挺直背脊,巧妙地躲过了久美子的好奇心。确认内海的视线前端是佳澄,久美子这次像讯问一样问内海:"你怎么样?好好吃饭了吗?不吃上五顿饭,就会营养不良的。"

"这个嘛。"

吃下的勉强只有两餐,而且是普通人食量的三分之一。

"你可比一个星期前瘦了啊。量体重了吗?"

"没有。"

"没发烧?"

"三天前烧过一次,倒是立刻就退了。"

"现在很疼吧?"

"有一点儿。"

"你注意点儿啊。我真的拜托你了,请不要勉强。"

"反正会死,无所谓了。"

"你又立刻这么说。"久美子似乎生气了,"我这边明明很担心,你还说闹别扭的话。森胁女士能帮我也说说他吗？这个人，去看病也是擅自就不去了，还说讨厌到我的医院住院，是个很任性的病人呢。"

闹别扭也好，其他什么也好，就像哪里都没有能代替佳澄的人一样，也没有能代替自己承受命运的人。在这个世界，无论去哪里找都没有。你体会过自己以外的所有人都与自己不同的显而易见的事实吗？我腹部的疼痛传递给你了吗？内海怀抱着对久美子的愤恨，默默地望着榻榻米上翘起的草刺。公寓门前如同荒原的月租停车场传来秋虫的鸣叫，内海感到佳澄快速瞥了自己一眼。他看过去，佳澄仿佛在说："碍事的人已经不需要了吧。"碍什么事？是为了活下去。虽然像是反话，却是为了活过有限的生命。

久美子一副无法再忍耐沉默的样子站起身，快速用水壶往桌上的茶壶里倒入热水，开始泡三人份的茶。久美子的手优美灵巧，内海眺望着那样的光景。在这里为他整理床铺的久美子的动作是那么精准而迅速，那就是优秀的护士久美子，是自己的妻子。但是，内海觉得自己追求的不是那些。不是行动，而是思念。不是兴奋，而是镇静。佳澄每到夜晚的啜嚅和手指的温暖在内海胸口苏醒，那感觉宛如身处安稳的蚕茧中。内海想，要是能这样死去该有多好。疼痛稍微缓和了一些。

"我差不多该走了。"久美子匆匆地瞥了眼手表，"今天我可要值夜班。下个星期我会再来的。"

"你可以不用来了。"

内海的话语让久美子惊呆了。

"什么意思？"

"因为有这个人在，她会照顾我到我死。"

佳澄用平和的语气补充道："我会照看他的。"

"哎呀哎呀，护士被人这么说，可是没有面子了啊。"

久美子歪着嘴，一脸讽刺的表情。那是两人短暂的婚姻生活中内海也狠狠露出过的表情。那是彼此只考虑自己，互相伤害一路走来的生活。内海觉得必须向久美子告别了。

"我受了你很多照顾，但临死了还是想一个人。"

"你话是这么说，但那可不是那么简单帅气的事啊。"

"我明白。"

"临终时可能会动不了呢。我想让你依赖我的就是那种时候，毕竟我可是护士。"

如果不是护士，久美子又会说什么呢？会说因为是妻子吗？

"不用了。到底是什么样，我想经历看看。"

"不需要我这种人是吧？是说要落魄而死吧？"

"我没那么说。"听到久美子不禁吐露的激烈言辞，内海苦笑，"虽然变成那样也无所谓。"

"毕竟你要是出了什么事，就会有人联系我啊。"

久美子不满的表情就像是突然被解雇的事务员。

"等出了什么事，是吧？在那之前，我想随心所欲。"

"就算随心所欲，也太过头了啊。我也是有担心照顾你的权利的。"

"只有一件事让我觉得能提前知道死亡很幸福，那就是我有了临终前能随心所欲的时间。"

或许是觉得再说也没用，久美子点点头。

"既然说到这个地步，那就算了。我不会来了，请随你的便去死吧。"

"对不起啊。"

"没关系。如果转移到肝脏，做个引流手术会舒服些，到时候要来我们医院啊。说好了哟。"

"我知道了。"

内海做出了让久美子安心的回答，但他一点儿也没有那种打算。最近，他感到了急剧的虚弱。死亡或许会比预想的提前到来，那样更好。他期盼着最好能发生在佳澄尚在身边的时候，那就是内海现在的"欲望"。久美子回去后，佳澄露出微笑。

"我要是你，也会说同样的话。"

"你不是我。"

"是啊。"佳澄面色晴朗。

想找的建筑立刻就看到了，是一栋由公寓改造的餐饮店的楼。内海在最上面的六层出了电梯。楼内的回廊围绕着中庭，每个房间都是一家店。往下一看，太阳照不到的中庭满满当当都是黑色塑料袋和金属圆桶，已经变成了垃圾场。位于东侧一角的"HOCKEY"似乎是这栋楼里最大的一间，带有豪华浮雕的整块木料的门板也体积硕大。一打开门，高音量的卡拉OK便像冲击波一样击打着内海的身体。

"欢迎光临。"

吧台后方的男人亲切地欢迎道，似乎正是丰川。他身材矮小，酒精导致的松弛肥硕的身上穿着白色立领衬衫，系着黑色围裙。店里吧台处有五个座位，还有两组雅座，规模不大，但内部装修一新，还飘着木头的香气，环境不赖。雅座那里坐着三个白领，穿着蓝色迷你裙的年轻女人紧贴他们身旁，一起握着卡拉OK的麦克风。在吧台后方,貌似丰川妻子的高个子中年女人正在切金文干酪。

"要点儿什么?"

"乌龙茶。"

内海按照丰川的指点在吧台一头坐下。一曲终了,下一首曲子立刻开始。巨大的音量让内海皱起脸。丰川扬起眉头。

"不好意思啊。这位客人你也要唱吗?"

"不,不用了。"内海摆了摆手,然后进入话题,"是丰川先生吧?"

"是的。"

丰川点点头,目光快速扫过内海的全身,警惕与好奇的神色立刻同时浮上面庞。尽管内海黑西装搭配白T恤的装束让丰川疑惑,但阅客无数的他立刻察觉到警察的气息,态度为之一变。那是内海已经习惯的变化。

"你以前是不是来过啊,你叫什么?"

丰川一副正要确认墙上的酒瓶架的模样,但他明显不认为内海只是普通的客人。[1]一直低着头的丰川妻子抬起下巴,看着内海。内海立刻就看出她是比丈夫更可靠的人。

"不,是第一次。其实我是受森胁女士委托,正在调查有香的事。"

"你是刑警吗?"丰川气势逼人地问。

"我刚辞职,现在算是志愿者。"

"哎,是志愿者吗?"

---

[1] 日本酒馆的熟客会点整瓶酒寄放在店里,瓶上写客人名。

卡拉 OK 结束了，仿佛所有人都要侧耳倾听内海和丰川的对话似的，店内安静下来。雅座的客人们又开始喝啤酒，穿蓝色礼服裙的女人借机到吧台来拿装着干酪的盘子。

"有香的那个事，最近电视上播了呢。从小樽来了电话，我们也很兴奋地看了。"

妻子走了过来，站到一旁。丰川嘟囔了句什么，妻子惊讶地看向内海，茶色的脸上几乎没有化妆的痕迹，只清晰地描着眼线，内海凝神观察到，那双勾着黑边的小吊眼里蕴藏着察觉内海身体异常后的怜悯。女儿的眼光比男人更敏锐，何况这个女人看起来很聪明。

"初次见面，我是丰川的妻子。"

妻子打招呼道，低沉而略带沙哑的声音和想象的一样。

"我是内海。"内海轻轻低下头。

"小樽的事，总之还是弄错了吧？"

妻子将丰川递来的乌龙茶嗵的一声放在吧台上。

"嗯，弄错了。然后呢，不知你们能不能给我讲讲当时的情况。"

"说到当时，我们什么都不知道呢。"妻子点上烟，看向丰川征求他的赞同，"那天早上正在睡懒觉，森胁女士的丈夫慌慌张张就来了，说孩子不见了，问我们知不知道，我们也吓了一跳。脸也没洗，正在吵吵嚷嚷时，警察就来了，问能不能看看我们家里，我儿子是最先被怀疑的，郁闷了好久。"

丰川一边听，一边从吧台下方拿出玻璃杯倒满烧酒，一口气喝了三分之一。感受到内海的视线，他解释道："这种啊，要是一点点喝，客人就知道了，像喝水一样一口气喝下去是关键。"

"知道了也无所谓吧。"

"不、不,有很多人都讨厌开店的大叔喝酒呢。"

内海暧昧地点点头。他想尽快听到丰川妻子的话。

"那里啊,不是离札幌很近吗?不算什么像样的别墅,但买下来招待服务员和熟识的客人,大家在一起开心地喝喝酒,还是不错的。不过也总被人说应该离高尔夫球场更近点儿啊,冬天也能去的地方更好啊之类的,很不痛快呢。我们正考虑要不要卖了,就出了事。我们一直都是盂兰盆节前后去,那年是从八号开始,准备住一个星期。一年比一年冷清,真是不太愿意去,结果石山先生他们就来了,真是久违的热闹啊。"

"你们碰见石山先生了吗?"

"最近吗?"妻子巧妙地隐藏起了疑虑,探询着内海的真意,"你指的是什么时候的事?"

"你给他介绍工作了吧?几天前在支笏湖碰见他了,和年轻女人在一起。"

"碰到了也好。不过我们一把那个人介绍到牛郎俱乐部,他就立刻被年轻女人牵跑了。最初以为他是个受过良好教育的人,根本不知道他本性是那样的。我要是事先留一手就好了。"

并不喜欢石山的内海绷着脸。

"狗的尸体。"丰川提示妻子。他似乎不太擅长说话,只是一个劲儿点头,说话都交给妻子。

"对、对,有狗的尸体呢。那个从一开始就让人感觉不好。"

"有狗的尸体吗?"

内海想起听过那件事,注视着丰川妻子没有化妆迹象的脸。

"是到的第二天吧。我家的儿子基彦啊,说院子里很臭。说是院子，其实是和山连在一起的，山不会臭呀。一去查看，发现狗的尸体已经腐烂了。太恶心了，真是讨厌。"

"所以就拜托水岛先生了。"丰川说，"他跟和泉先生两个人一起帮我们收拾了。可是为什么会死在那种地方呢？早晚要死，死在和泉先生他们那里就好了，毕竟有收拾的人。"

"是啊，最开始还以为可能是有人使坏扔在那里，可是距离道路又远。说是偶然，但总觉得有种不好的预感。"

嗯。丰川与妻子相互点点头。

"奇怪的事就是这些吗？"

"其他的就什么也没有了。"妻子和丈夫交换视线，丰川也摇摇头说"没有了"，于是妻子继续道："但是，那起事件真是悲剧的源头啊。森胁女士确实是最可怜的，但和泉先生也很可怜啊。别墅区不是就此破败了吗，和泉先生还自杀了。石山先生也离婚了吧？各家都从那时开始就四分五裂了。不知道谁是凶手，也不知道孩子怎么样了，但那起事件的有无，真的左右了后来的人生啊。"

"只有我家吗？关系还不错的。"

丈夫说了句玩笑话，妻子却毫不理睬。各家都四分五裂了。佳澄也是，石山也是。自己难道不也是如此吗？

"去哪里能见到你们的儿子呢？"

"基彦？"妻子耸了耸肩，"谁知道呢。"

刚才妻子无视丰川的话语时，内海就感到一种违和感。他瞥了丰川一眼，对方示意他稍后再说。果然有内情吗？刚一沉默下来，卡拉OK又开始了。该走了。内海道谢后站起身。正要付乌龙茶的钱，丰川摆了摆手表示不要。想说自己已经不是警察的内海嫌太麻烦，于是就那样出去了。结果丰川立刻呼哧带喘地追了出来。在走廊的荧光灯下，他比在店里显老很多。

"内海先生，请等一下。"

内海没有进刚到的电梯。一群看起来像是游客的男人从轿厢中蜂拥而出，眼中满怀期待。丰川用职业的目光确认了客人们要进哪家店，然后看向内海。

"是你儿子的事吗？"

"嗯，大概会在这里，他叫基彦。其实我们把一家店交给了他，但根本不行。他妈妈很生气，都不让他进家门了。"

丰川扔来一片小小的书签式火柴，上面写着"GRAND BLUE"的店名。一看地址，不太远。

"啊，丰川先生。"

内海朝丰川的背影唤道。丰川后脖颈的赘肉从领口溢出。

"什么事？"

"刚才忘问了，我也想听听你的感想。夫人说了很多，已经足够了。"

"那起事件的？"

"是的。"

"真是奇怪的问题啊。"丰川解开绕到前面的围裙绳结，一边重新系上一边思考，"感想吗？感想啊，只有一句话：真是让人毛骨悚然的事啊。我们家的人也经常说到，很毛骨悚然吧，那件事。我家立刻就把那别墅卖出去了呢，和价格下降并没有什么关系，只是因为觉得毛骨悚然。毕竟从时间上来看，那个女孩正好是在我家门前或下面一点消失的。但是，那种事怎么可能发生呢？我家所有人都在睡觉，既没听到汽车的声音，也什么都没看到，所以不知道发生了什么，但我们觉得那孩子肯定是在那一带被杀，然后被埋起来了。要是有一天从我家院子里挖出来，我们可是会被吓死的。所以我家从那件事以来一次也没有去过那边，虽然我最近终于又去了一次。"

"为什么只有丰川先生你一个人去了？"内海问。

"其实啊。"丰川压低声音，"我很在意狗的尸体所在的地方，觉得孩子的尸体难道不会埋在那下面吗。"

"你挖开看了吗？"

丰川不好意思地用手遮住嘴。

"怎么会。我害怕起来，就回来了。"

那是内海很难适应的店。整个酒吧都以在海里为主题，墙壁和地板都涂成了浓郁的蓝色，门上挖出了模仿船舱窗户的圆洞。墙壁上镶嵌着巨大的水槽，小鲨鱼和海龟在颜色鲜艳的珊瑚森林中悠然自得。长长的吧台是用让人联想到海底石块的暗砂色大理石制成的，价格不菲。内海的第一印象就是如此。这里没有客人，一个年轻男人靠在吧台上，交替眺望着水槽和电视屏幕，恍惚的表情仿佛已经无法归乡的浦岛太郎。

"丰川先生？"

内海在旁边的凳子上坐下。

"哦。"

丰川基彦一脸嫌麻烦的样子转向内海。他瘦弱纤长的体形很像他的母亲，但无力的眼神和丰川及其妻子都不像。

"我是内海，刚从你父亲的店过来。"

"什么事？"

基彦不时抚摸着晒得变色的长发，继而用一根皮筋扎起。头发看起来格外坚韧，像刚洗过澡般毫无油脂气。

"我正在调查森胁有香的事件。我以前当过刑警，但现在是志愿者，和警方没有关系。"

"那种事也有志愿者吗？"

"嗯，已经约好不要报酬了，所以我觉得应该就是志愿者吧。"

基彦似乎毫无兴趣地点了点头。吧台上放着兑了水的威士忌，冰基本已经融化了。角落里的电视屏幕播放着海中悠悠荡荡的画面。基彦仿佛想逃入其中一样盯着那里，茫然若失。

"请你讲讲那时的情况吧。"

内海一拜托，基彦便在吧台上托起腮。

"讲讲倒是可以，但我讲什么好呢？我啊，那时候，才上大学三年级啊。我受到了很大的打击，甚至烦恼着接下来能不能好好活下去呢。结果真就被我说中了，大学毕业后在信用金库工作了一段时间，又做过很多工作，都不行。这家店也是，完全没希望。所以，虽然还没和我爸说，但我很认真地在考虑去南国的海岛。去了以后会怎么样，我也不知道，但要是能做潜水教练养活自己就好了。"

"南国的海岛吗？"

内海想起在若干天前，自己曾想过要去南国的海岛吹吹炽热的海风。

"是的。庆良间诸岛有个叫座间味的地方，我去过一次，是一片透明度很高、很美的海。要是夜间去潜水，就能从海里看到月亮，头上会飘着晃晃悠悠的月光，棒呆了呢。能那样像海里的鱼一样活下去就好了。"

"刚才你说受到了打击，是因为被警察怀疑了吗？"

内海的提问打断了梦想，基彦转过呆滞的脸。

"也有那个原因吧。但是，比起那种事，我觉得那个女孩在那个早晨突然消失简直是太不可思议了，怎么想都觉得不可思议。前一天早上还在我家门前见过呢，是个可爱的孩子。那孩子突然就消失了啊，不是很不可思议吗？只可能是去异次元了啊。从那以来，我就觉得没法依靠合理的事来理解这世界，不，是不能那么做。要是有人问我相信神的存在吗，我会回答是的。因为发生了有香的事啊。"

"也就是说，你不觉得那件事是犯罪。"

内海盯着水槽内侧悠然游泳的黄色小鱼。

"毕竟要是合理地思考，是绝对解决不了的啊。附近的那些家伙，包括我和我的家人在内，应该没有人是凶手。不是说没人从外面过来吗？也没有那样的迹象。不是很奇怪吗？这种事情只能请灵能者来看了。"

"那，治不了的病也能请灵能者治好吗？"

"是啊。"

基彦认真地说。他似乎在看着身旁的内海，却又完全没看。基彦对活着的人应该毫无关心吧。

"关于那起事件，你什么都没看到吗？"

"什么都没看到。"

基彦这时才第一次看向内海，一瞬间露出了畏惧的表情，也许是发现了正在靠近内海的死亡的影子。

"你的房间既然在二楼的一头，那不止道路，还应该能看到那个停车场。要是你看到过什么，请告诉我。"

"我什么都没看到啊，要是看到了，我会说的。我看到的，只有那狗的尸体。"

又是狗的尸体吗？内海疲惫地转了转脖子。基彦似乎陷入了思考，胳膊肘支在吧台上，下巴埋在两臂的包围中，没有抬头的意思。内海的目光停留在褪了色的T恤中伸出的纤细胳膊上，手腕上有伤痕。基彦像寄居蟹一样，下巴越埋越深。

"这个伤是怎么回事？自杀未遂吗？"

"啊，这个。"基彦毫不掩饰，若无其事地瞥了一眼自己的伤痕，"就是那样。"

"为什么？"

"就是所谓的厌世自杀。那起事件以来，总觉得什么都很讨厌。我妈越来越啰唆，我爸可怜巴巴。我觉得这就是神给大家的惩罚，太可怕了，然后就觉得活下去太烦人了。这是在我自己的房间里割的，我妈偶然身体不舒服早回来了，结果一阵大骚动呢。从那以来，我爸我妈都提心吊胆，尽管这家店失败了，他们也没说什么。"

"事件后，你家发生什么了吗？"

基彦注视着电视屏幕。蝠鲼正在轻飘飘地游动。

"虽然没什么大事，但大家都变了呢。受到了神的惩罚。"

"怎么变了？"

"我妈变得只相信钱，受到了贪婪的惩罚，什么事都只说钱、钱、钱的。那个别墅说是原本就打算卖，其实是个大谎。因为发生了有香的事，所以卖得很着急。她嚷嚷说跌价之类的。其实她根本不考虑别人。简而言之，她只是讨厌蒙受损失，虽然发生了这么可怜的不可思议的事。只考虑自己吗？真是最差劲了。我爸在事件发生后就有了女人，而且是在市政府工作的朴素的大婶，可笑吧？这是受到了色欲的惩罚。一定是的。但是那大婶比我妈强好几倍，要是能离婚在一起就好了，可我妈死活不离，真是找人麻烦。我爸离开了我妈也没法生活，所以就没能离婚。"

"那你是什么地方变了？"

"我啊，和之前交往的女人分手了，名字叫'由香'呢，恰巧发音是一样的。事件发生后，我就觉得和'由香'交往可能会发生什么坏事，结果就渐渐不再喜欢她，和她分手了。这种该叫什么惩罚呢？愚者的惩罚？"

"或许吧。"

内海甚至觉得连附和都变得无聊起来。

"要是这样下去，我或许也会变得像我爸那样。到了外面也没法养活自己，又没有那胆量，真麻烦啊。"

内海环视店内。内部装修虽然花了钱，但打扫得并不到位，角落里堆积着灰尘，不像会有客人来的样子。

"你就这样继续生活吗？挺不错啊。"

内海的讽刺让基彦垂下肩膀。

"活着太烦了，所以才想要自杀。"

"割个手腕是死不了的啊。"

内海嘲笑道。不知是不是没听见，基彦的目光仍没有离开电视屏幕。

"你爸说了，你妈不让你进家门。"

"嗯。"基彦将最后一块冰也已经融化的兑水的威士忌一饮而尽，"这里也失败了，我妈很生气呢。"

"但是，又不能解雇你。"

基彦用迷离的眼神望着旁若无人的内海。

"算是吧。但是，她对做生意越来越热心，正在统治一切呢。

她可是个女王。"

内海看着在珊瑚的森林中彷徨的小海龟。不知是否捕捉时弄伤的,头上和龟壳上都有无数伤痕。

"我妈和我爸都是大俗人,讨厌死了。"

"俗人不是挺好吗?你有什么可抱怨的。"

"我不喜欢啊。"

内海发出嗤笑。毛头小子说什么呢,他觉得很可笑。

"有香失踪也是神的惩罚吗?你的神也真是残忍呢。"

"但是我相信神啊。"基彦推开空了的玻璃杯,"毕竟一潜到大海里,眼前的所有东西都活着,真会吓一跳呢。没有死去的东西,到处都是扑面而来的生命。然后,我就莫名地感动了,这果然就是神的创造。大家都好厉害,活着真的好厉害。而且生物是绝对不会做坏事的,所以我才想去那边。我想变成海洋生物,无论产生多少关联,都不会遭到背叛或伤害。"

"鱼可不会因为名字相同而甩掉女人呢。"

听到内海的讽刺,基彦皱起了脸。

"我一直觉得那很蠢,所以才自杀了啊。"

"等你好好死一回再这么说吧。"

"死了就说不了了吧。"

基彦噘起嘴。

"原来如此。如果你的世界如此充满生命,那走向死亡的人又该如何是好。"

基彦也不看内海,静悄悄地说:"那种事无所谓啊,让那个人去想就好了。"

"是啊。"

内海一抬眼，满身伤痕的海龟透过玻璃，正以愚笨的表情看向这边。

风向变了。盂兰盆舞和大鼓的声音突然透过音质很差的扩音器从远处传来。

"是祭典啊，去看看吧。"

佳澄放下手中的晚报。拜访丰川的店让内海消耗了不少体力，他躺在佳澄帮他铺好毛巾被的榻榻米上。

"很远呢。"

佳澄不听。

"但我想去。我家那里啊，会在看得到大海的学校院子里举办夏日祭典，然后还会放焰火，很有意思。"

"那就去吧。"内海不情愿地坐了起来。

"没关系吗？你能去吗？"

佳澄表现出了关心，目光却如孩子一样闪耀。内海和佳澄结伴走出房间。到了半夜，气温还会下降，明明还是盛夏，交错的人们却都披着夹克或穿着长袖衣服。

没有发烧，但内海腹部不时袭来缓慢的疼痛，如同昏暗洞穴里的蛇蠢蠢欲动。早晨觉得总算好了，于是去了丰川的店，结果竟然卷土重来。一感到疲劳，蛇便立刻开始活动，疼痛的频率和程度不断增加。每次要出现疼痛时，内海便会从上方用力压住心窝，迈着步子。必须在蛇动起来前抑制住它，如今这正在变成内海的强迫性想法。疼痛很艰辛、很难忍，但佳澄似乎不知道内海的身体状况，悠闲地跟在后面。不一会儿，扩音器中那面向孩子的、破碎般的盂兰盆舞曲戛然而止。

"结束了吗?"

佳澄不安地小跑起来,抢到前面。内海看了看手表,已过晚上九点。

"快到结束的时间了。"

"真遗憾啊。"

会场出现在眼前。被红白幕布围住的塔楼高达五米,上面挂着写有商店名称的粉色和白色灯笼。场地的收拾工作已经开始,道路两旁的年轻摊贩们把剩下的冰扔在路边,将金鱼倒入大塑料袋中。町内会的老人们摆出桌子正在喝酒,初中生们就在旁边,用期待的目光注视着会场角落的阴暗处。

"果然结束了。"佳澄失望地说。

"东京也是这样吗?"

"祭典的话哪里都一样吧。"佳澄看了看周围,指了指初中生们,"我们那时会在结束后去海边放放焰火玩一会儿,和那些孩子一样,不愿走开呢。总有种兴奋的感觉,觉得只有这一晚是被允许玩乐的,所以都等着被男孩子邀请呢。"

"我那时只是一个劲儿地想着摆摊真是一本万利啊。"

佳澄似乎想再说些什么,一次又一次地咬着嘴唇。灯笼被人连绳子一下子拽落在地,内海做出眺望那副光景的模样,等待佳澄开口,但佳澄没再说话。两人沿来路返回,远处繁华街道的霓虹将看不到星星的阴暗夜空照得红通通的,佳澄双手插在牛仔裤的口袋里,端着肩膀向前走。随后,她回过头。

"那个,我刚想起来。"

"什么事?"

为了抑制胃部再次蠕动起来的蛇,内海长长地呼出一口气。疼痛没有消失，额头上渗出油汗，但他将那反应隐藏起来，等着佳澄的话。

"我想回我出生的村子里看看。内海先生，能和我一起去吗？"

"可以啊，只是越早越好。"

佳澄似乎终于注意到了内海的状况，脸色变了。

"感觉很糟吗？"

"不，没什么严重的，不过还是趁我能动时去吧。"

内海事不关己似的看着佳澄的脸上蒙上了一层阴影。

那天晚上，钻入内海被窝的佳澄身上散发着内海使用的肥皂和牙膏的气味。内海已经不再拒绝佳澄，佳澄一来，内海就让她枕着自己的胳膊。肌肉已经消失，骨头很快便承受不了重量，疼痛起来。佳澄察觉到了这点，看到内海伸出胳膊，她便主动移开了。

"真奇怪啊，一决定要回去，就回忆起了很多事。可能是拦截的东西打开了吧，就像水坝一样。我很惊讶竟然有那么多事都忘了。"

"过去的事吗？儿时的？"

内海想到了提出去看盂兰盆舞的佳澄的热情。

"也有那些，但真的很奇怪呢。是和泉先生的事。"

佳澄温柔地触碰着内海的手术痕迹。

"什么？"

"在那个人自杀的那年，我去泉乡时，他说了奇怪的话，那话我明明应该特别在意的。"

内海想到了自己的白日梦，那内容会不会和佳澄的话是一致的？好奇心突然起了骚动。他情不自禁转过头，越过肩膀看向佳澄。黑暗里能看见的只有佳澄丰满的白皙脸颊。

"和泉先生是这么说的：'森胁女士，你见过恶魔吗？恶魔可是披着人的外衣呢。'他当时就坐在那个家窗边的黑色皮椅上，夫人在厨房里准备冰茶，水岛先生不在。我觉得肯定是指水岛先生或夫人，一开始提心吊胆的，但和泉先生说的时候并没顾忌夫人，所以大概不是吧。然后我就觉得是在说我自己，很是担心，因为我确信和泉先生知道我和石山先生的关系。但也不像在说我。感觉就像他想到了什么，就嘟囔出来了。"

"什么啊？那到底是。"

佳澄的手指绕到内海背后，一节节确认着凸出的脊椎，向尾骨划去。凹凸不平的骨头被柔软的肉捏起，痒得难以忍受，内海扭了扭身体。

"但是，那个时候，和泉先生正陷入经营困难，听说上门讨债的人一拨接一拨，我就以为是指他们。所以，我就忘了。"

"是说和泉见到过什么吗？"

"也许是的。"

"为什么你没跟他确认？"

"和泉先生只说必要的事，所以没能问啊。"

内海瘦骨嶙峋的可怜的后背感受到了佳澄丰满的乳房。生命。那已经渐渐不再是不吉利的、会让内海焦躁不安的东西了。如今，那反而正在抚慰着迈向死亡的内海。内海紧紧抓住来回抚摸自己胸口的佳澄的手腕。

"快点儿去你的故乡吧。"

第八章　溯航

1

一下决心前往佳澄的故乡，某种东西就仿佛要去妨碍一样，内海从第二天便开始发烧。他竭尽全力忍受着无处可去的倦怠感和不时袭来的疼痛，连药都开始背叛他，退烧药和止痛药似乎都渐渐失去了效果。人类的临终难道就这样只能带来痛苦吗？怎么可能！佳澄的固执硬是驱使着她去照顾病人。她买来冰块，放入小塑料袋中，用毛巾包好，拼命给内海的额头和腋下降温。内海一呻吟好疼好疼，佳澄就会把自己温暖的手掌放到他的腹部。那样一来，内海就会稍微平静下来，把自己瘦弱的手压在上面，不让佳澄动弹。

"只有一件事，能跟我约好吗？"

内海用因发烧而游移的眼睛看着佳澄。

"什么？"

"只有插管这件事，希望你不要为我做。"

"疼也没关系吗？"

内海点了好几次头，把手放在跪立在窗边的佳澄头上。

"我会忍耐的。"

"为什么?"

"因为我想自然地死去。"

"我知道了。"

佳澄回答。她并不清楚"自然地死去"是什么意思,只是做好了心理准备:睡在身旁的内海也许会在某个早晨变凉。同时她也觉得,内海心中的"自然"是自己时刻都在身边。每天晚上,内海都想和佳澄一同就寝,想听佳澄说话。内海已经不再吃安眠药了,因为他说他想做梦。关于有香失踪的话题已经穷尽,佳澄连东京的生活、与道弘的婚姻以及与石山的恋爱经过都一一提起。最终,佳澄开始讲述自己的孩提时代。

"我觉得自己是个不可爱的孩子,只想做自己喜欢的事。然而我又讨厌自己的爱好和别人一样。在别人看来,我大概是个很任性的孩子吧。比如发生过这种事:上小学的时候,我们去远足登山,除了班主任,实习老师也跟着。那是个来自札幌的大学的、老家在旭川的男老师,还是大学生,所以着装和举止都很酷,很有人气。我也很喜欢那位老师。那老师一有什么事,就会拿出通红的瑞士军刀,采摘山葡萄的时候也是,在地上挖洞给我们看虫子的时候也是。那也是大家的憧憬呢。吃完便当后,突然下起雨来,实习老师用那把瑞士军刀割下了旁边的蜂斗菜的大叶子,说'用这个当伞吧'。每人一片,大家都得意洋洋地打着。老师给我割了最大的一片,我却打了自己带来的折叠伞,是很漂亮的蓝色。"

"为什么要那么做?"

"因为我觉得蜂斗菜叶子什么的很难看啊。老师一脸为难,从那以后就把我当成那种无计可施的孩子了。不懂幽默,也不像个孩子。但是,我只是觉得自己的蓝伞更好。"

"那家伙,是用瑞士军刀来耍帅啊。"

"对,是像你一样的实习生呢。"

内海小心翼翼地用骨头般的手指触碰佳澄丰满的胸部。这还是第一次。佳澄帮助那手指抓住了自己的乳房。内海的手指只剩骨头,力道却很强,乳房被抓住的疼痛让佳澄不由得发出惨叫。内海很快就会对无法生存下去的他自身感到痛苦难忍吧,就算断言能够忍受肉体的痛苦,但精神的痛苦仍无法忍受。佳澄一陷入沉默,内海终于放松了灌满力量的手指。

"睡吧。"

"我想醒着。"

"为什么?睡着了身体不是更轻松吗?"

"我已经没有听你说话的时间了。"

"没关系,还有很多呢。"

若是平常的内海,肯定会一脸讽刺地说"谁知道呢",但这一晚,他却老实地闭上了眼睛。不一会儿,内海便发出了睡着的呼吸声。在他入睡后不久,电话响了。佳澄飞身跃起,跑向电话所在的客厅,很担心好不容易睡着的内海会不会醒来。就像有香和梨纱还是小婴儿时好不容易睡着后打来的捣乱的电话。是谁打来的?佳澄疑惑地拿起听筒。内海家几乎没人打来电话,如果有,也就是询问情况的久美子、住在钏路的姐姐和同住在那里的母亲。没有亲密朋友和同事的内海清净无瑕,佳澄很是喜欢。

"你好,这里是内海家。"

听筒的另一侧传来惊讶的气息。

"是我。"

是道弘。久违的丈夫的声音让佳澄一时语塞。

"是佳澄吧?"

"是啊,好久不见。"

"你还好吗?我一直很担心,不知道你在哪里,在做什么。"

自从向道弘告别后,转眼已经过了一个月。

"我在札幌,现在在内海先生这里受他关照。"

"是吗?有香的事怎么样了?内海先生也没有跟我联系,我一直很在意到底怎么样了。"

"不知去向啊,虽然拼命寻找了。"

"你不回来吗?"

道弘怯懦地说。但佳澄没有言及此事。

"梨纱怎么样?去学校了吗?"

"嗯,她很好。今年夏天流行传染性软疣呢,结果在泳池感染了。"

道弘说出了梨纱治病的医院,是以前就带孩子去过的皮肤科。梨纱回忆起了东京的日常。

"去那里就放心了。嗯,真可怜。"

道弘艰难地开口:"石山那边似乎也离婚然后音信不通了。我要是也变成那样,会觉得很寂寞的。我们能不能各自反省,然后重新开始呢?"

"谢谢,我会考虑的。"

"那,只要给内海先生打电话,就能联系到你吧。但是,你在那里干什么呢?"

对内海的病情一无所知的道弘似乎萌生了新的疑心。佳澄觉得没人会理解内海和自己的事,于是避免了说明。

"有很多事要做呢。那,梨纱就拜托你了。"

佳澄感受到还想多说几句的道弘的留恋，挂断了电话。想要切断却仍然相连的羁绊。久未听闻的道弘的声音让佳澄心如乱麻，这不是因为念家，而是正相反。起飞后总之很顺利，所以只要不降落——正当佳澄这么想时，重新开始的邀请来到她的面前。佳澄拔掉了电话线，这样一来，就没人能联系了。她蹑手蹑脚地回到内海身旁，内海正在昏暗中睁着眼睛。

"谁打来的？"

"森胁。"

内海什么都没说，望着自己消瘦的手指。那是刚才抓住佳澄乳房的手指。佳澄发现内海的目光中涨满了力量。

"稍微睡了会儿，现在清醒了。"

"是吗，太好了。"

"明天要是不发烧就出发吧。"

内海似乎害怕森胁追来，语速飞快地提议道。

"再休息一下更好吧？"

"不，没时间了。"

佳澄坐在飞驰的车中望着外面。内海今早精神很好，简直让人无法相信他烧了长达一周。这恐怕是最后一次和内海一起出行了。内海似乎也明白这点，脸上浮现着紧张和从容交错的不可思议的表情。

一切力量迅速衰竭，走向凋零。佳澄一边望着在前方铺展开来的原野和山林一边思考。长势旺盛的夏草已经泛黄，树叶正在褪色，少数还在开放的粉色波斯菊也垂头丧气。山也好，原野也好，终归会变成芒草茫茫的原野或枯木遍地的山峦，被大雪完全遮蔽。

这是佳澄熟悉的风景。她打开窗，吸入寒冷的空气，让她怀念的荒凉的气息灌入喉咙深处，几乎要将她噎住。那是刮过海浪与原野的风的气息。

来到北海道一个月了。东京忙忙碌碌的生活也好，自己有丈夫和幼小女儿的事也好，都仿佛前世般遥远。如今，佳澄连为了寻找失踪的另一个女儿而踏上旅途的事也在渐渐遗忘。在这里，展现出时间确实不断流逝这一俨然事实的存在，只有内海这个人。佳澄看向握着方向盘的内海。内海的脸庞比第一次见面时更加尖细，只有野兽般的锐利目光没变，但比以前更加清澈而强烈。他的眼神仿佛在看着某个对象，但更多地投向那背后的什么。与年幼的孩子不断成长相同，只有走向死亡的病人才能用衰弱这一形式来如实表现时间的流逝。那是表现不可视时间的可视存在。注意到佳澄视线的内海并没有拒绝，而是柔和地全盘接受了。不，宛如 X 光一样，佳澄的视线穿透了内海的身体。真是寂寞。

"怎么了？"

内海瞥了佳澄一眼。佳澄摇了摇头，表示没事。只有声音没瘦下来吗？佳澄偷偷地比较着第一次听到内海那带有鼻音的低沉嗓音时的记忆。内海应该知道，自己是如此在意着他的变化，那一瞬间交汇的、只属于两人的思绪变得浓密而强韧。而另一方面，内海将要独自一人远去的稀薄气息也始终存在。内海还能活几个月？不，还能活几天？时间是无法停止的。佳澄焦急起来，思索着：自己到底是为什么才和内海相遇的？

"还要多长时间？"

内海在等信号灯时开口了。他们已经来到了接近石狩川河口的地方。大桥下方有大量茶色的水，不知是在流动，还是沉积在那里。那个巴士时刻表在佳澄脑海里复苏了。看到她陷入沉默,内海自己答道:"还有两个小时吗?"

"要是札幌就好了。"

"什么?"

"如果当时不是东京。"

如果自己离家出走是到札幌,那么有香也就不会消失了。那时,如果给古内打了电话,就不会遭受这样的命运了。但是,一切都是偶然的连锁。佳澄感到自己正在被讨厌的水的气息压迫,将身体埋在加里纳带着灰尘气味的坐席中。然而她立刻又抬起身子,因为她无法消去那样的想象:难道有香就在那海边的小村子里?她闭上眼,想要把沸腾的希望与不安压下去。

佳澄这个名字,是我自己取的。

要是生了女儿就叫霞,或者叫佳澄,因为喜欢"霞"这个词。[1]一说出"霞",脑海中就会浮现出春日轻柔的云朵,内心也舒缓起来。但是,我还没有见过真正的霞。这片土地的春天还有残雪,气候寒冷,不稳定的时日很多,时而阳光耀眼,时而有阴郁沉重的云连日遮天,随后便会迅速迎来初夏,因此我常想充分体会一次所谓的"霞光满天"。

我生长在距离这座村子五十公里的煤矿小镇,就在刚刚入山的地方。母亲早逝,如今住在留萌的姐姐抚养了我。做矿工的父亲总说我应该住在离海近的地方,因为空气更好,这就像他的口头禅。他也许讨厌四面环山,而且还要更深入山中的矿工这份工作。父亲

---

[1] 日语里"霞"和"佳澄"发音相同,读作 kasimi。

的话大概是在我内心的某个地方扎根了吧,我结婚的对象就是世世代代在沿海的小村中做渔夫的男人。一结婚,丈夫就立刻不再当渔夫,而是在海滨开了家小食堂,那就是喜来庄。

佳澄是个省心的孩子。她是独生女,我一直想好好养育她,可是一开食堂,繁忙中常常不知不觉就移开了目光。每到那种时候,一看不到她的身影,我就会担心得心跳加快。那孩子要是被海浪卷走了怎么办?要是在国道上被车轧了怎么办?要是经过国道的人起了歹心,把她带走了怎么办?但是,佳澄总是独自一人在家周围老老实实地玩耍。她有时在沙滩上捡拾易碎的砂岩,漂亮地排列在一起,做成砂房子,有时和流浪狗赛跑,有时用漂流到这里的木片在潮湿的沙滩上画画玩。

"佳澄,你在干什么呢?"

一呼唤海边的佳澄,佳澄就会开心地跑到我的身边。狗也会伴着她一起跑来,但只会跑到中途,绝不会靠近我。狗只喜欢佳澄,而佳澄或许也只对狗儿们放松警惕,而不是对我。明明还是个孩子,佳澄却有难以接近的地方。那么,如果有人问,佳澄就那么难对付吗?也没那么回事。佳澄只是会目不转睛地观察事物,且绝对不会向讨厌的事情妥协。她并不谨慎,在需要作出决断时不如说非常大胆,只要自己觉得好,就会懂事得让人觉得无趣。但是丈夫却觉得佳澄明明是个孩子还那么顽固,讨厌佳澄不按他的设想行事。

有时,根据季节劳动的人们会到我家店来。他们大部分都从事林业或建筑业工作,极个别的时候还有从天盐和羽幌那边来的水产业者。他们沿着海边的国道移动,看到我家的食堂后似乎想沾些人气,便进来一坐。我一直都知道他们非常疼爱年幼的孩子。不知是因为远离家人的寂寞,还是流浪漂泊的不安化作了对平日无缘的孩子的疼爱，他们都会在孩子面前笑容满面。幼小的佳澄只要在店里，也是颇有人气。有人说着"好可爱"，让她坐到膝头，有人说着"好柔软"，一次次蹭她的脸颊。丈夫很高兴地说"那是我家的招牌姑娘"，但我心里并不痛快，因为我知道那些人并不都是像对待自家孩子一样疼爱佳澄，其中也有紧紧拥抱着佳澄，看起来只是在赏玩的人。每次我都跟丈夫抱怨，但丈夫总是态度消极，说不能跟客人说这些。

一天，担心的事情发生了，佳澄被来参与修建水库的中年男人带走了。那时佳澄五岁，事情发生在连续晴天的六月末，一切似乎都活力融融。男人来到我们店里，从白天起就喝了很多酒，傍晚时付完账便走了出去。发觉佳澄不见了是在那之后不久，本该在外面玩耍的佳澄天黑了也没回来。我那天偏偏身体不舒服，原来就有的美尼尔症发作，一大早就开始眩晕，连站着都很费劲。点餐的工作勉强能处理，可佳澄的事就顾不上了。丈夫不得不代替我去热酒，一直气不打一处来。我三番五次拜托他看好佳澄，他却一句都不回应。没有人比我丈夫更任性、更像个孩子了。我一直后悔和丈夫结婚，而这天的事我至今都无法原谅他。佳澄长大后瞧不起我，也是因为我没法和丈夫离婚，这点我十分清楚。

两天后，佳澄被警方平安地找到了。在旭川市内的一家旅馆里，老板看出两人并非真正的父女，于是报警。我和丈夫停止营业前去迎接，看到佳澄正坐在警察局的椅子上低着头，面前放着不知是谁给的糖球。她被人套上了花哨的粉色连衣裙，就像糖果店的PEKO人偶，头上系着相同的大缎带。男人把佳澄打扮得更像女孩子，说这是自己的女儿，带着她到处走。"佳澄。"我跑过去紧紧抱住了她。佳澄吓了一跳，看着我。"对不起，害怕吗？"

"不。"她一脸固执地摇摇头。

"不害怕吗?"

丈夫惊讶地说。佳澄点点头。但是,当我从佳澄头上解下缎带时,不知是不是解除了紧张,佳澄几乎晕了过去。

"什么啊,这种东西!"

我把缎带扔在地板上,踩了又踩。佳澄呆滞地注视着这一切。一给她换上带来的衣服,大概是总算平静下来,佳澄的眼里突然溢出了泪水。

"为什么跟着那种叔叔走了?"

佳澄抽泣着,仿佛在说一切都是意外。五岁的孩子不可能有什么责任。我慌忙重新说道:

"已经没事了,对不起。因为妈妈太忙了啊,我必须要更注意你才行呢。"

佳澄干脆地否定了。

"不是。那个叔叔问我要不要坐巴士。"

"巴士什么的可不罕见啊。"丈夫插嘴道,"经常坐啊。"

"可是那个叔叔说,在另外一个地方,有我真正的爸爸妈妈。"

佳澄眼神认真地说。

"为什么?你的爸爸妈妈不是我们吗?"

我一个劲儿地晃着佳澄的肩膀,佳澄却盯着别的方向。硬是让她看我,她的眼睛也像蒙了一层膜一样,对不上焦点。警察让我们不要介意,说不是孩子有所不满,而是年幼的孩子容易接受别人的暗示,但我却受到了打击。丈夫似乎也一样,在那之后的一段时间,他变得对佳澄有些刻薄。

短短两天的诱拐让村子里谣言遍天。谣言中似乎有各种添油加醋的地方。或许是因为内容太过分了，并没有传到我的耳朵里。至于是不是丈夫保护了佳澄的名誉，我也不太清楚。丈夫有自己的交际圈，是作为外人的我不能进入的。但是我并不太担心。再怎么说也是五岁时的记忆，我一直乐观地认为，佳澄的成长应该能够跨过这件事。成为那些喜欢说三道四之人的标的究竟是怎么一回事，我也许看得太天真了。

不知是不是这个原因，佳澄变成了有些奇怪的孩子。她的身边仿佛总是吹着与他人不同的风，别人一旦看起来很冷，就只有她一人面色通红，别人一旦笑起来，她就一脸有什么可笑的表情转向一旁。难道让别人对自己避之不及很有意思吗？我感觉佳澄故意选择了道路的边缘。别人曾经在背后指着她，说她的衣服太花哨。佳澄并不花哨，只是故意选择了与他人不同的精致服装和发型。一有人说她奇怪，她就喜上心头。还有人抱怨她见到熟人却不打招呼。我一直信赖佳澄，但确实无法理解佳澄为何想远离大家。

佳澄招呼也不打便离家出走时的震惊无法用语言表达。我因为打击而好几天卧床不起。村人们你一言我一语，说佳澄一直很奇怪，所以原本就有离家出走的征兆。确实如此，佳澄一直想在高中毕业后就去札幌或东京，她讨厌村里的人际关系。而让我受到打击的，是她如此不信任我，竟然连离家出走的去向都不说。然后就是佳澄消除自身痕迹的事实，在出发前，她把自己的日记、照片和笔记之类的所有东西都处理好了，也没有留下信件，以至于让我们面面相觑，怀疑自己是否真的有佳澄这个女儿。女儿突然从我们面前消失了。

有什么东西那么讨厌呢。是母亲和任意妄为的丈夫居住在一起，还是丈夫完全无法理解佳澄？或者这村子的存在？村里的人际关系？还说说以上全部都是？但是，这是值得采取如此行为的情况吗？我抱病在家，丈夫也生气得总喝酒。我们夫妇都受伤了。向女儿复仇实在不可想象，但如果知道佳澄的地址，那时的丈夫也许会立刻前去复仇。佳澄五岁被男人带走时的话语一次次在我们夫妇间闪闪烁烁。

"可是那个叔叔说，在另外一个地方，有我真正的爸爸妈妈。"
怎么会，佳澄不至于一直相信那种男人的话。

但是，正因为发生了这样的事，我才会觉得无聊的生活也必须耐下心来等待。十年前，惊人的事情发生了。一个叫森胁道弘的男人突然从东京寄来了信，信中这样写道：

前略。
突然写信寄上，请原谅我的无礼。
我是在东京神田从事制版业的森胁道弘，老家在长野县，今年三十八岁。六年前，我经营的公司雇用了滨口佳澄。佳澄工作认真，我很信任她。然后前不久我提出跟佳澄结婚，获得了她的应允。
从以前开始，我就对佳澄从不提及自己的父母感到非常奇怪。我问出了她的老家在北海道留萌郡，然后就失礼地进行了秘密调查。这就是我给两位写信的缘由。
在我看来，既然结成婚姻关系，不可能不告知父母并获得同意。您二位能允许我们结婚吗？
佳澄并不知道此事，请务必保密。我会陆续向您二位报告，请放心。

丈夫和我都非常吃惊。我们从未想过长达十年音信全无的女儿的近况竟以这样的形式由他人告知。我迅速给道弘写了信，说没有什么同意不同意结婚的，擅自离家的女儿如今已经不需要我们同意。结果又来了一封信。

敬复者
关于和佳澄的婚姻，我谨当您二位已经同意。我们将于十月举行婚礼，我也将由此成为您二位的女婿，还请多多关照。至于佳澄离家出走一事，恐怕是十多岁年轻人的轻率所为，做出后便难以退缩。还请二位予以原谅。我会让佳澄幸福。

那个大胆的佳澄选择的结婚对象是个谨慎的、绝不愿与人发生争端的男人，这点实在意外。结尾的语句如此平凡，连丈夫也瞠目结舌。但是，能像这样偷偷与原本以为已经死去的女儿再次系上丝线，这着实让我欣喜。几个月后，道弘寄来了婚礼的照片。十年后看到佳澄的照片，我不由得呜咽。她变得漂亮了，也显得很平静。独自一人身在东京，到底过着怎样的生活？什么援助都没有，想必很艰难吧。这一定也是亲子关系的一种形式。丈夫独自走到海边，好半天没有回来，大概是哭了。

与此同时，我也无法压抑激烈的怒火涌上心头。离家出走已过十年，已经成人结婚的女儿一次都没有与我们主动联系过，究竟是怎么回事？既然结婚了，早晚都会有孙辈，但她肯定不会告诉我们，道弘的父母将会独占孙辈。正在担心，孙辈的照片就寄到了。我和丈夫都惊喜于道弘的通知，很快便开始盼望着信件的到来。道弘是个勤快的男人，给我们寄了大量孩子的照片。我尤其喜欢大外孙女有香，和佳澄小时候一模一样，仿佛时光倒流。丈夫看起来也抱有相同的想法，我们望着有香的照片，再次流下泪来。时间流逝，既然生命相连，那么命运就会一直为我们重复。我感到失去的女儿重生了，欣喜不已。我们忘我地关注着有香，得以忘了成为大人的佳澄。因此，每当道弘勤奋地寄来外孙女的照片和佳澄的抓拍，不能否认，我对一无所知悠然生活的佳澄的愤怒就更深一层。

佳澄结婚六年后的一天，道弘本人打来了电话。此前他只是写信，因此听到他声音的我格外惊讶。

"我是东京的森胁。"

"啊，一直麻烦你。我是佳澄的妈妈。"我战战兢兢。

"妈妈，第一次打电话。"

明明是第一次通话，道弘的声音却阴暗低沉。我开始担心是不是发生了什么不好的事。

"孩子们发生什么事了吗？"

"不，不是孩子。这种事情没法告诉任何人，所以我不由得就给您打电话了，对不起。"

"怎么了？佳澄发生什么了吗？"

"嗯。"道弘吞吞吐吐，"其实，我最近确认了，佳澄正在出轨，而且已经持续了两年。我遭到背叛了。"

"不会有什么弄错的地方吗？"

"不，我已经调查过了。"

既然是道弘，那么一定和找到我们夫妇时一样，让人好好调查过了。我一时失语，接下来便一个劲儿挖空心思向女婿道歉。正在和客人聊天的丈夫莫名其妙地回头看向我。为离家出走音信全无的女儿的行为不端而道歉确实奇怪，但道弘是将佳澄和孙辈们与我们连结在一起的、不可替代的重要人物。

"所以我很头疼，因为我感觉与其说是出轨，不如说那才是她的真心。"

"那个，对方是谁？"

"对方是我们的客户，姓石山，当然也有妻儿。调查员说他那边似乎也相当认真。"

"要是那样，既然那么没规矩，就请离婚吧。"

"不，那样一来，孩子可能会被带走。"

我猛地回过神来。没错，我又会被佳澄夺走孙辈。真是任意妄为不知羞耻的女儿。我对佳澄充满了强烈的憎恨。大概是察觉到发生了异常事态，丈夫从我手里夺过听筒。

"喂喂，道弘，能说得详细些吗？"

丈夫和道弘嘀嘀咕咕长谈了一番。从此道弘开始常常打来电话。到了七月，丈夫对我说：

"大外孙女准备要放在咱们家，你可别惊讶。"

"什么意思？"

"就像诱拐一样。"

我听了丈夫的话，脸色变了。无论发生什么，我也无法接受从亲生女儿那里夺走孙辈。绝对不行。但是，丈夫是认真的。他带着可怕的表情打断了表示反对的我。

"为什么？那家伙可是擅自离开了咱们家。她想变成陌生人，但血缘关系可不是那么简单的。要是没有道弘，我们连孙辈出生都不知道，这不是很残忍吗？那样的她还出轨，做些不干不净的事给道弘添麻烦，真是对不住人家。按道弘说的，孙辈们也都会被带走哟。怎么办？只能抢了。"

听说到了暑假，道弘和佳澄一家会被那个姓石山的男人邀请到别墅里，石山和佳澄肯定打算在那里幽会。那种蠢事岂能原谅，对孩子们也不好，所以道弘想这么做。幸好地点在距这里不远的支笏湖，道弘想让我们悄悄藏起年纪更大的有香，装成诱拐，然后把有香放在这里，让我们好好养育她长大。那样一来，佳澄就会受到打击，回到道弘身边，也能让石山为出轨付出代价。

诱拐并不稳妥。你们是认真的吗？我无法赞成。但是，丈夫和道弘推敲制定了计划。然后正如商量好的，八月十日离开了家门。我虽然觉得事情已然变得很棘手，却沉迷于迎接外孙女的准备中。新的书桌，新的被子，孩子的衣服。而且有香和佳澄一模一样。可以重新养育一次孩子。我虽然反对诱拐的粗暴，心里却因想要得到外孙女而坐立难安，不会再让佳澄的失败重演的决心也熊熊燃烧。我们这对年过六十的夫妇，将能够再次成为一度被人割裂的父母，真是喜从心生。

丈夫从八月十日起住到支笏湖畔，第二天一早便徒步爬到石山的别墅所在的山上。只要等在别墅前，有香就会按照程序出来，然后丈夫就会把有香带回村里。万一被人怀疑，因为是外祖父，也无法构成犯罪，这是道弘保证过的。尽管如此，丈夫也担心见到陌生老人的有香一旦不愿意，一切就会陷入僵局。不过，道弘已经事先帮我们跟有香打好了招呼，说"外公想要偷偷见你，要保密哟"。结果有香看到丈夫的身影十分高兴，听说牵着手连蹦带跳地就下了山。丈夫让有香坐上停在别墅区入口的车，把她带到了村里。如今，有香就在这个家和我们夫妇一起生活。

今年，有香九岁了。道弘每年都会偷偷来看她几次，但她一直相信我们才是她的父母。不过，她曾经这样问过我：

"有香的妈妈在哪里?"

"真是的,妈妈就是我呀。"

我一用手指向胸口,有香就露出一脸困惑的表情,撇开目光望向窗外。从佳澄用过的、如今属于有香的二楼房间可以看到大海。有香有一天会不会也说出佳澄五岁时在警察局说过的话呢?我的担心只有这点。

"可是那个叔叔说,在另外一个地方,有我真正的爸爸妈妈。"

我一直相信这次对孩子的培养十分顺利。有香不会像佳澄那样独自在海边玩耍,也讨厌狗。她不会带着深重的疑色望着大人的脸,在学校是个不起眼的普通学生。丈夫也已经变成了温柔的外公和宽容的丈夫。新的生命带来了新的时间,以及能够从头再来的喜悦。这就是人生。

道弘打来电话,说佳澄为了确认小樽的消息,离家出走了。

"要是离家出走,道弘,那孩子应该已经不打算再回去了。"

"嗯,因为我们吵了两句嘴。"

"为什么?"

"我不知不觉说出了我知道石山的事。"

"事到如今,为什么要说呢?"

"装好人也会累啊,就算是我。"

道弘在电话另一端笑了,但声音非常寂寞。他话是那么说,但他还是喜欢佳澄的吧。佳澄如今在哪里彷徨呢?你的女儿明明就在这里代替着你——我也曾感到想要告诉她的冲动,因为佳澄太过悲哀。但是,我应该到死都不会说吧。我不可能让佳澄夺走有香,因为我不可能让佳澄第二次夺走我们的人生。我绝不会把有香还给她。

传来不知来源的叫声，佳澄睁开眼睛。意识到那是自己的叫声，是因为她看到了内海询问般的目光。车子正在国道上行驶，两侧都是芒草茂密的原野。左侧的地平线前方空荡荡一片，表明大海就横在那里。啊，佳澄长长地叹了口气，泪水同时涌了出来。梦境的冲击让她的心跳依旧很快。

她完全不记得自己五岁时曾被季节劳动者带走。虽然她不知道那是不是真的，但梦境中连细节都一一呈现，过分的真实感将她打翻在地。

"做梦了吧？"内海问。

"嗯。与其说是梦，不如说更像幻觉。我成了我的母亲，从方方面面思考着我的事。情节很完整，我的父母和森胁合谋把有香带走了。"

"为什么？"

"森胁知道我和石山先生的事，很生气呢。"

内海沉默了片刻。

"我也那么想过。"

"我时不时会想象有香在喜来村，但从没考虑过与森胁有关。就算是做梦，也吓了一跳呢。"

"我在支笏湖也做梦了。"

"什么梦？"

"和泉杀了有香的梦。"

"怎么会。"

"细节我已经忘了，但是吓得不轻。"

"梦就是梦啊。"

"你的也一样。"

"我们到底是怎么了？"

内海什么都没有回答，但佳澄心生恐惧。前方有什么在等着她？她感到下一个弯道前方就有未来的模样，用手捂住了脸。

2

眼前是一座巨大的便利店。九月午后的阳光照在建筑的正面，宛若电影布景般闪耀着白光。不，明明是正午，所有荧光灯却都开着，从建筑内也放射出光芒。背景的茶色沙滩、远方的大海与建筑物的苍白对比明显，构成一幅可以用美丽来形容的画面。只是缺乏现实感。佳澄呆望着自己的家曾经所在的地方建起的便利店，周围是与往昔没什么不同的海边景色，只有房子变了。回头看去，国道绵延，车子来来往往，远处是平缓的光秃秃的丘陵。初中的校舍就在半山腰，顶部则是宠物墓地。一切都没变，只有自己的家从这个世界消失了。车中做的白日梦突然无力地散开，安心与失望再次袭击了佳澄。安心，是指刚才的白日梦和现实不同。失望，是因为有香不在这里。内海用骨节突出的手指拍了拍佳澄的肩膀。

"我去问问。"

佳澄在国道脏兮兮的白色护栏上坐下。她一边感受着嵌入大腿后方的护栏边缘带来的疼痛，一边反刍着记忆，回想自己儿时这里是否有护栏。透过玻璃，可以看到内海正在收银台前询问一个年轻的男店员。看到穿着工作罩衣的店员一个劲儿地歪头思考，佳澄觉得他肯定什么都不知道。这里，在什么时候，发生了什么？爸爸和妈妈去哪里了？佳澄再次将二十年未见的景色和心中的记忆对应在一起。村子里主路旁建筑的位置和整体的氛围都和以前一样，但各自都已焕然一新。和记忆稍有不同的房屋排列正是历经二十年岁月的证据。自己真的在这里住过吗？佳澄开始怀疑记忆本身。

佳澄走过便利店旁边，走向儿时玩耍的海滨。她踏着仿佛要将腿脚绊住的柔软细沙，向前走了几十米，一直走到用来防风的苇帘墙。前方海风强烈，细沙翻飞。佳澄蹲下身，捡起埋在砂中的灰色石头，想要弄碎却无能为力。没看见狗，取而代之的是数只野猫坐在苇帘阴影处腐朽的混凝土块上。一切都和自己心中的风景相似，又不尽相似。佳澄心一横，抬起头，望向此前无法正视的大海。大海横向铺开，海水高涨，水的姿态与分量压倒一切。一看到充满恶意般不断涌来的波浪，佳澄确信，这里果然毫无疑问就是自己的故乡。

看起来像是小学生的两个女孩走了过来。难道——她凝神注视，但怎么看都不是有香。她向走近的女孩们搭话：

"你们认识叫森胁有香的孩子吗？"

"不认识。"

"那，你们知道原来在这里的'喜来庄'食堂吗？"

"不知道。"

"你们没听说过姓滨口的一家人吗？"

"没有。"

女孩们似乎对突然发问的佳澄感到十分惊讶，提心吊胆地回答了问题，不一会儿便在波浪涌来之际装成赛跑的样子逃走了。

"森胁女士。"

悄无声息，内海不知何时站到了旁边。也许是正面承受强风让他呼吸困难，或是因为在不习惯的沙滩上一路走来，他喘着粗气。

海风掀起夹克，裹着 T 恤的瘦弱肉体暴露在外。佳澄痛切地看着他。

"走这么多不累吗？"

"那种事。"无法继续呼吸的内海切断了话语，"无所谓啊。"

佳澄沉默了。在询问内海打听的结果之前，她觉得自己已经知道了答案。

"好像什么都不知道，也没听说过姓滨口的人。那个巨大的便利店的店主貌似是旭川人。"

"我就觉得是那样，爸爸不可能有那么多钱。"

"是什么时候搬走的呢。森胁女士，有没有能问的人？"

"有是有。"佳澄询问自己：你到底想不想知道？事到如今还来找自己抛弃的家人——这样的想法格外强烈，"但我也有种不想知道的感觉。"

"找吧。"内海焦躁地踢了一脚沙子，"好不容易来了。"

"有个关系很好的孩子。不知道她在不在家，去看看吧。"

"叫什么？"

"阿部佐智子。"

佐智子听说佳澄要离家出走，觉得很有意思，是曾经帮助她推进计划的朋友。佐智子曾偷偷把佳澄准备带走的行李运到巴士站后方的树丛里藏好，还说"你不在了我会很寂寞，所以我也会离开哟"。但是，尽管抽烟喝酒，佐智子也不是会冒险踏上不归路的学生。佳澄觉得她恐怕留在了这里，而事实上她果然在娘家与在工程承包公司工作的丈夫过着朴实的生活。

"谁？"

完全变成中年主妇的佐智子一脸疑惑。佳澄犹豫了，站在昏暗的玄关处。内海说他在车里等，没有跟来。

"我是滨口佳澄。"

佐智子重复念叨了好几次这个名字，突然发疯似的"哎"了一声，慌忙打开玄关的灯。这边的住宅为了抵御暴风雪和强劲的海风，玄关和窗户都是双层结构。即使是白天，玄关也黑乎乎的。佐智子看了看佳澄的脸，爆发出欢快的声音：

"真的是佳澄，好怀念。"

"离家出走时谢谢你，也没能向你道谢。"

"别在意。我还担心你的行李会不会丢，每天都去看呢。后来你和行李都不见了，我想你是成功了，便安下心来。那件事我记得很清楚呢。"

在时过境迁的今天，两人依旧像共犯那样彼此互望着窃笑起来。一来到散落着杂志和零食袋的客厅，佐智子便用粗糙的手抓住佳澄的双手。

"一点儿都没变呢。"

汽油暖炉已经点火，水壶喀啦作响。房间里沉淀着些许酒精的臭气。

"佐智子你也没变啊。"

"瞎说。我可是老了啊。"

佐智子似乎对未经打理的烫发感到羞耻，一边用手压着凌乱的头发，一边跑进厨房，拿来了一升装的酒瓶。

"来，要热热吗？你喝酒吧。"

"我不用了。"佳澄摆摆手，"有人等我。"

"那我就随便喝了。"佐智子把酒倒进似乎用来喝茶的茶杯，一饮而尽，"我总是找各种理由喝上一杯，大白天的就开始呢。真是没办法啊。"

"晚上呢?"

"晚上也喝啊,要喝的。你看,这种地方有什么乐趣?冬天的大海,你去看看啊,会想死的。"

是酒精中毒吗?佳澄看着佐智子粗糙的皮肤。一副不良少女模样的佐智子总是拖着长长的裙子跟在佳澄身后。有传言说她智力有些偏低,但她一直十分理解佳澄。

"喂,我家父母怎么样了?"

倒上第二杯冷酒的佐智子缓缓地看向佳澄。

"你不知道吗?"

"不知道?"

"那之后就什么都不知道了?"

佳澄一点头,佐智子面露悲伤。

"你走后没多久,他们就在火灾中死了。你不知道就回来了?"

佳澄唔了一声,表情沉重地点头。佐智子不甘心地说:

"真帅啊,就因为你这样,我才喜欢你呢。"

"等等,是什么时候的事?"

佳澄压住想要喝酒的佐智子的胳膊,她想趁着佐智子还没有喝醉时问出答案。

"你离家出走是在刚毕业的时候吧。我也决定去北法水产工作了,所以记得很清楚呢。大概是那年秋天吧,你家全都烧了,据说是抽烟不小心引发的,所以我觉得你不在真是太好了。要是在,你就一起死了。"

"为什么?"

"因为那是半夜三点啊,那样怎么能救得了。"

"但是，如果没能离家出走，我是打算去札幌的学校的。"

"这样啊。那，总之会得救吗？佳澄真是个运气好的家伙。"

佐智子事不关己似的哈哈笑了起来。父母已经在二十年前离世了。佳澄确实打算切断这份羁绊，但在自己不知道的地方，这份羁绊真的被切断了。不知道父母已死，在终于习惯的东京，自己还一个劲儿地看向身后，担心万一父亲知道了地址，会把自己带回去。即使说到北海道，也无法含糊地点点头，因为考虑到会由此暴露，被人通报给父母。那些努力都是徒劳的。不，那么想本身就是徒劳的。佳澄一边感受着仿佛至今为止的自己正在崩塌的危机，一边拼命保持平静。

"到今天为止，我都一无所知地生活呢。"

"那，佳澄你是真的不通音信啊。"

"嗯。"

"真帅啊，我也想那么做呢。"

佐智子在脏兮兮的桌子上托起腮。

"现在开始也可以啊。"

"是啊。"佐智子表情忧郁地看着酒瓶，"我就只知道灌酒，没办法啊，哪儿都去不了。"

"这附近有叫森胁有香的孩子吗？你认识吗？"

"不知道啊，那种事。"佐智子摇摇头，"为什么问？"

"那是我的孩子啊。"

佐智子目瞪口呆。

"为什么？你的孩子怎么了？"

"没什么。"

佳澄对佐智子道过谢，便从昏暗的房子里飞奔而出。四周光辉一片，坑坑洼洼引人注目的混凝土国道也好，冬天浑浊的黑色大海也好，今天都光芒万丈。漫长的冬季正在降临，但现在仍是个安稳的秋天的午后。内海疲惫地靠在车上，像一株枯萎的青菜，明显没有精神。

"你坐在里面多好啊。"

佳澄可怜着内海的身体。

"腰很疼，所以还是站着更好。"

内海用手敲了敲已经没了肉的腰间。

"是开车导致的吗？"

"先不说这个，你那边怎么样了？"

紧邻国道的便利店就在视野中。尽管距离很远，白色的建筑平地而起，格外醒目。佳澄没有看内海的眼睛，回答道：

"两个人都死了。"

"死因呢？"内海毫不惊讶地回问。

"说是火灾。"

"那，要去警察局看记录吗？"

"看了不是也没办法吗？"佳澄盯住内海的眼睛，"事到如今了。"

"你说事到如今，那是什么时候的事？"

"说是二十年前，正好是我离家出走那年的秋天。"

内海面露疑惑。但是，话一出口，佳澄就觉得一切都陷入了虚无。伴随着父母的死，她感到自己失去了获知有香行踪的最后的方法。究竟是为什么才会做那样的梦？是谁让自己做了那样的梦？佳澄试图回忆起梦的细节，但连思考本身都是种麻烦。想到这里，她不禁脱口而出：

"笨蛋!"

佳澄自责的叫声并没有触动内海。只有内海的周围是安静的。但是,佳澄想把一切扔个一干二净:失踪的孩子,寻找孩子的自己,以及这个濒死的男人,一切的一切。佳澄毫无顾忌地靠近内海,盯着他的脸。深陷的眼窝中的阴影,削掉般的脸颊。要是死,一个人死就好。任性地做着各种梦就好。他们两个人都一样,摆出寻找有香的样子,却只考虑自己的事情。

"我,已经够了。女儿我也放弃了,也不想再找了。"

内海默默地听着佳澄的宣言。不一会儿,他把目光投向天空,目眩似的不停地眨眼。视线穿透对象飘在空中,内海的眼中,只有绝望和孤独。看到这一幕,佳澄急匆匆地踏上了村子里的国道。那是札幌的方向。她立刻就发觉从东京拿来的尼龙包还在内海的车里,但已经无所谓了,因为那里面装着有香的新衣服。内海的车从佳澄身后缓缓地追了上来。

"森胁女士。"

佳澄边走边回过头。内海从驾驶席探出憔悴的脸。

"关于刚才的话,有点儿奇怪,我会再去确认一次。"

"哪里奇怪了?"

"是直觉。"内海说罢轻轻一笑,"总之我先去问问,毕竟是个小村子。"

内海似乎找到了公共电话,便停下车。佳澄在那间便利店买了果汁,走向海边。她赶走野猫,在混凝土块上坐下,边喝果汁边眺望大海。内海回来了,太阳已经西斜。

"你母亲还在呢。"

"在哪里?"佳澄惊愕地回过头。迎面沐浴在夕阳里的内海皱起眉头。"听说在经营小酒吧。"

这个村子里食堂兼酒馆明明只有喜来庄一家,小酒吧又是怎么回事?佳澄依旧半信半疑。

"我爸呢?"

"谁知道呢。"内海耸了耸肩膀。今天的疲劳清晰地刻在他的脸上。

母亲所在的小酒吧名叫"小滨"。佳澄和内海一起走向村子里唯一的娱乐街。只是一条集中了几家酒馆的道路,佳澄住在这里时没有那条街。"小滨"位于道路最靠边的位置,是一栋涂着白漆的二层小楼,只有招牌大而醒目。时间还早,佳澄带着顾虑敲了敲胶合板门。

"来了,请进!"

母亲欢快的声音响起,佳澄一次也没有听过母亲如此兴奋的声音。那真的是自己的母亲吗?心跳加快,佳澄心一横,推门而入。那是一家只有吧台的、六个人就能坐满的小店,已经有客人先来了,一个是坐在吧台一端的初老男人,另一个是身着作业服的中年客人,正在喝啤酒。母亲站在吧台内侧,正一边和客人聊天一边做准备工作。她依旧动作飞快,认真地用中式铁锅煮着飘出生姜香气的东西,身上则穿着华丽的花朵图案的衬衫,系着粉色围裙。母亲抬起头,看向佳澄。她那头发花白、戴着老花镜看人的姿态无疑已是个老女人,但对于只在喜来庄的厨房里见过那张严厉面孔的佳澄来说,她年轻得让人目瞪口呆。

"欢迎光临。"

母亲笑脸相迎,没有认出自己。出乎预料的情况让佳澄站在原地，不知该说什么。有那么一瞬间露出犹豫表情的母亲看着佳澄和内海，然后指向正中间的座位。

"这里，请坐。"

"妈妈。"

母亲惊讶地张开了嘴，只说了句"哎呀呀"，就说不出话了。先来的客人们不知道发生了什么事，来回看着两人。内海靠着门，仍站在光线微暗的地方。

"是佳澄吗？"

"是的。"

"哎呀呀。"母亲再次发出了相同的声音，这次混入了些许的困惑。"吓了一跳啊，这是有多少年没见了。"

"对不起，有二十年了。"

"怎么了？"

仪态不佳地盘腿坐在吧台一端凳子上的初老男人问道，一副担心的样子与他的态度完全相反。

"哎呀，这是我的女儿哟，吓了我一跳。"

"这么一说，我是听说你有女儿呢。"

"是啊，叫佳澄，高中毕业后就失踪了。"

两个人把佳澄放在一边，聊得火热。佳澄不知所措，回头看向内海。瘦弱而身影单薄的内海溶入了角落的阴暗中，无论表情还是别的都看不见。穿着作业服的客人看不下去，站起了身。

"这里没关系，去二楼说说话吧。"

母亲说了声"抱歉"，关掉燃气，从店铺深处的梯子那里冲佳澄招手。佳澄跟在母亲后面爬上梯子。从后面望着母亲的腿，佳澄觉得离家出走不再与母亲见面的事情十分不可思议。那是和自己的腿肚子一模一样的形状。应该是有人睡在二楼,一组被褥放在角落里。

"好久不见啊。"佳澄以为母亲会哭,但母亲一直有些不知如何是好,"我没想过还能活着见到你。"

"对不起,我也没想过还会回来。"

"是啊。"母亲转而一脸厉色,"也很难和你泪眼相对啊。"

"是啊。"

佳澄一直有种自己会受到欢迎的感觉,但是母亲始终没有原谅一言不发离家出走的自己。她明明打算继续逃走,却从很久以前就被母亲放弃。佳澄觉得自己的自以为是实在可笑,不由得发出了笑声。这是她深感徒劳的瞬间:无论是抛弃父母不再见面,还是独自一人生活至今。母亲垂下目光,开始一个劲儿地摘去膝头磨薄的灰色裤子上的毛球。佳澄注视着那让人联想到年老动物的动作。母亲抬起头。

"为什么回来了?"

"你不高兴吗?"

"那个,当然高兴了。但是,为什么又这么突然?"

母亲的脸上不是没有嫌麻烦的表情。佳澄没有办法,说出了有香的事。

"我女儿在支笏湖行踪不明了,我一直找了四年呢。然后我就想,难道会在这里。"

母亲用与佳澄一模一样的手指压住了嘴唇,布满皱纹的眼睛里溢出了泪水。她或许是在忍耐着呜咽。

"怎么可能在。连你都会失踪的村子,不可能在吧。"

佳澄终于发觉母亲是在生气。

"是啊，什么都没有呢，是个无聊的地方呢。"

"在无聊的地方啊，长期居住也很辛苦。虽然逃走的人大概不会不明白。"

"是我不好啊。"

"没什么好不好的，那是你的人生。我啊，只是不想被你搞得一团糟，一直努力活到现在。你也要加油啊。"

母亲发福的脸上浮现出佳澄从不知道的毅然决然的表情。佳澄撇开目光。榻榻米是崭新的。

"爸爸呢？"

"三年前死了，是脑溢血。从那以后我就一个人努力，不过前年我再婚了。"

"是吗，再婚了吗？"

"不就在下面吗。"

母亲的说话方式充满了自信和从容。吧台一端的初老男人似乎就是对象。

"在哪里认识的？"

"在建筑工地，是光顾我们店的人，比我还年轻五岁呢，叫小村幸广。所以就和滨口合起来叫'小滨'了。现在还欠着债，穷是穷，但很开心。"

"因为有一起的人？"

"是啊。"母亲思考般歪着头，"我觉得这样就很好了。"

"就算我行踪不明？"

"嗯。"母亲的目光落在指尖开裂的手上，从未见过的戒指正闪闪发光。

"没找过我吗？"

"没有啊,因为带你回来也没用。"

"但是,我找女儿可是筋疲力尽。该怎么办啊?妈妈,我怎么办才好?"

"那个,只能和丈夫一起找孩子啊。"

"可是妈妈你不是没找我吗?"

佳澄对本应舍弃的母亲吐出了怨言。

"十八岁的女儿和五岁的孩子,情况可是不一样。"

虽然心里明白,但至今为止自己的时间和母亲的时间相差悬殊,佳澄还无法适应这一点。母亲或许也是如此。但眼前的母亲已经打开名为婚姻的另一扇门,已经不再是佳澄的"母亲"。母亲拿起旁边的围裙。

"我必须去下面了,没有人管店里。"

"嗯。"

疲倦突然袭来,佳澄仰面躺倒在榻榻米上。

"被褥可以用哦。还有,你带来的男人,不是你丈夫吧?"

"你为什么知道?"

佳澄只转动眼睛问道。

"因为他那么顾虑地站着,不是夫妻的感觉。"

"对啊,我们不是夫妻。"

"那个人,你不觉得有种阴气吗?"

"他生病了啊。"

母亲的脸上蒙上了阴影,佳澄从下方望着。这是在添麻烦,她想道。但是困意上涌,她已经睁不开眼了。

"真没办法啊,会感冒的。"

母亲快速铺好了被褥。不知是不是帮忙的女店员也用过,被褥上充满了脂粉的臭味儿。但是，佳澄毫不介意地闭上了眼睛。内海的事已经怎样都无所谓了。

房间昏暗，楼下的喧闹和笑声不绝于耳，其中夹杂着母亲分外高亢的笑声。佳澄突然察觉到人的气息。内海走到窗下，注视着佳澄。

"内海先生。"

"要起来吗？"

"嗯，我睡了多长时间？"

"一个小时多点儿吧。"

"别待在那种地方，来这边啊。"

佳澄邀他到被子这边。内海缓缓地在佳澄身边躺下。

"开车累吗？"

"不。"内海明显在说谎。

"没发烧吧？"佳澄用手摸了摸内海的额头，冷冰冰的，比正常体温更低的感觉让人不安。

"今天状态很不错。"

这样的状态能持续到什么时候？最近的内海周身飘荡着死亡切切实实地偷偷接近的气息。他那看向远方的眼神。仿佛要禁止内海去看，佳澄用双手捂住了内海的眼睛。惊讶的内海想拿开佳澄的手，佳澄摇头拒绝。

"不行，不能看。"

"为什么？"

"已经够了。"佳澄强行将自己的嘴唇重叠在内海的嘴唇上。过了片刻，佳澄一移开嘴唇，内海立刻伴着叹息低喃道：

"我想都没想过有这样的人生在等着我。"

"什么样的人生?"

"不是说生病,而是你。"

马上就要宣告结束了,佳澄悲伤起来。连喜欢都谈不上的男人,如今却让她觉得可怜。因为内海会率先独自一人死去。如果内海没有患上不治之症,就既不会像这样相遇,也不会一同踏上旅途,更不会一晚又一晚在睡着的内海耳边叨着失去的时光。

"内海先生,你多大了?"

"三十四。"内海嘟囔了一句。

"为什么会这么早就死啊。我明明已经告诉你那么多了。"

"告诉我什么?"

"你不知道的事啊。"

"不知道挺好,那种事。"

"明明不知道,还说什么说。"

内海的幼稚让佳澄发出厌烦的声音。佳澄粗暴地脱去内海的衣服。衣服很大,健康时的内海想必拥有着强健卓越的体格,现在却只剩下皮肤和骨头。佳澄自己也脱得精光,让内海仰面朝上,自己趴在上面,嘴唇在内海腹部长长的手术痕迹上滑动。内海默默地望着可以看到夜空的窗户。当佳澄开始舔舐内海萎靡的阴茎,内海便将手掌温柔地放在佳澄头上,视线却没有移动。将要去往某个地方不再回来,但现在还不能出发。佳澄伸出手,想让内海闭上眼睛,但内海却连那只手也抓住了。

"不行。"内海静静地说,"我已经做不了了。"

"为什么那么说啊。"

"做不了就是做不了。"

内海扭过身体，硬是逃离了佳澄的舌头。佳澄由双膝跪地的姿势转而轻轻跪坐到褥子上，给内海盖上被子。什么都做不了的无力感涌上心头，佳澄不禁觉得对虚弱的内海动手的自己实在不可思议。总之，佳澄想前往某个地方。回到故乡这一目的已经达成，明白了那里也空无一物。也许是因为突然失去了前进的方向，佳澄感觉自己变得空空荡荡。

"你母亲怎么样？"

内海询问道。佳澄沉默下来，倾听楼下的吵闹声。在客人一齐发出的高昂笑声中响起了刷刷的炒什么的声音。活力显露无遗。

"那个人和你很像。"

佳澄什么都没有回答，于是内海继续说话。佳澄的手钻入被子，寻找内海萎靡的阴茎。内海喘息着，巧妙地逃掉了。

"你们说什么了？"

"你想听吗？"

"那个，我想知道啊。"

"妈妈一直生我的气。好久没见面，感觉她比起高兴，更多的是气我为什么如今要来。"

"你受到打击了吗？"

"和我想象的不一样，仅仅如此。"佳澄思考后这样回答，"简而言之，只是不习惯而已。要是习惯了，立刻就会恢复。"

内海拉起佳澄的手。佳澄顺势躺到内海旁边，内海把佳澄的手放在自己的心窝上，然后用手掌压在上面。

"我啊，已经不会再找有香了。"佳澄像往常一样开始说话，"因为寻找本身会让我不安得无法忍受。我不知道有香是死是活，所以应该继续寻找，对吧？妈妈刚才这样说了：我只是不想被你搞得一团糟,一直努力活到现在。所以,我决定停下。我不会忘记有香,但不会再找。我决定带着不知何时也许会再见面的想法活下去。之前,当佐智子撒谎说我父母都烧死了的时候,我立刻就后悔了,觉得自己度过的时光何其虚无。我对薄情的自己也感到幻灭。我一直相信自己是在舍弃的前提下活着的。原来我一直生活在幻觉中,这让我害怕,也无法原谅自己的乐观,竟然一直相信父母活着。但是,那也许是相同的。我一直相信有香绝对还活着,但如果她已经死了,那么寻找她的时间就成了虚幻的时间。如果我认为有香已经死了,放弃了,那么若她还活着,放弃的时间就是虚幻的时间。我不明白那种事,所以我只能活在不属于任何一方的、我真正的时间里,不对吗?"

"嗯。"内海点点头。

"我在来这里的途中做的梦,是个很可怕的梦。尽管可怕,我也觉得那要是真的该多好,因为我将能为这无边无际的旅途画上句号,因为我将能找到有香。但是,到底哪一方更好,我也不知道。我会继续旅行,但寻找有香将不是我的目的。是吧?"

"那,什么才是目的?"

"没有目的啊。"

佳澄感到内海压住她的手指加了少许力气。

"只是,要一直活下去。"

内海改变了身体的位置,抱过佳澄。佳澄像包裹般抱住庞大的内海,想要让自己的健康给内海带去哪怕一点儿活力。"好暖和。"内海喃喃道。佳澄决定直到内海睡着都这样抱着他。

3

从第二天开始,内海就卧床不起了。佳澄跟母亲借了"小滨"的二楼,夜晚一边在酒吧帮忙一边照顾内海。母亲在店铺背后只有一间的小屋中和小村简朴地生活着。

"直到那个人好转为止,就让他在那儿吧。"

"行啊。二层反正是有人来帮忙时用的,住到什么时候都可以。"

母亲应该已经注意到了内海的生命即将终结,但她什么都没说。

"佳澄能来真是太好了,你妈妈啊,都变精神了。"

"原来不精神吗?"

"不,也精神,但现在可是精神得没头没脑呢。"

小村高兴地笑了。听说他才五十九岁,可是长时间的户外劳动让他晒得黝黑,体态蜷曲,看起来比实际年龄要老。他的乐趣是喝酒,以及接受母亲的温柔相待。他就像忠犬一样守护着母亲,在她身后亦步亦趋。

佳澄沉浸在对热海的照看中。她借用店里的厨房为内海和自己做饭,想让内海趁着还能用嘴吃饭的时候吃下任何东西。内海一感到倦怠,佳澄就会一个劲儿地摩挲他的后背。内海一发烧,佳澄就会用冰给他降温,试图在不消耗体力的情况下让他降温。有一次店里的冰也用完了,佳澄甚至大半夜跑到建在自家位置上的便利店去买。内海的情况一天天恶化,但即使肚子疼得来回打滚,内海也想和佳澄一起入睡。每天晚上,佳澄都会抱着内海睡下。因为终结正在接近，所以格外爱怜。同时，这也是停止寻找有香的佳澄当下的工作。

"我说你，照顾得真细心啊。"母亲感叹道，"明明不是你丈夫。"

"要是丈夫，就不会这样啦。"

小村插科打诨，两个人笑作一团。和发号施令的父亲不同，小村把店里的事情全都交给了母亲。一个人一动不动的待着很是寂寞，他最终还是来了店里。本来就是家小店，主人要是还坐在里面，简直太碍事。母亲虽然这样抱怨，可小村一坐到吧台的一端，她便会心情舒畅。两人关系很好，休息时会开着小村的奥拓出去兜风。说是手头不宽裕，可回来时却在公路休息处买了点心和羊羹，说是送给佳澄的慰问品。母亲精神奕奕地和客人说个不停，麻利地做着下酒菜，在恰到好处的时机端出来。小店因为母亲的人气而意外地热闹。母亲竟然是如此豪爽的人。在喜来庄，佳澄只见过母亲一脸不悦地做饭的样子，她感到在离家出走时，自己就是个一无所知的孩子。

进入十月后的寒冷夜晚，佐智子来到了店里，厚厚的羽绒外套下面穿着和睡衣毫无区别的针织衫。看到佳澄在吧台后面，她叫了出来：

"这不是佳澄吗？"

"前些日子谢谢了。"

佐智子朝着正在给先来的客人倒啤酒的母亲露出谄笑。

"老板娘，给我来平常那个。"

佐智子似乎喜欢烧酒苏打，母亲命令佳澄做一杯柠檬烧酒苏打。佳澄默默地端到佐智子面前。

"对不起啊。"佐智子道歉,"我本来没想说谎的,只是觉得这混账现在回来干嘛。"

"我并不是回来。"

母亲带着佯装不知的表情,正和常客起劲儿地聊着赛马。

"你说是那么说,不是还在吗?"

佐智子不满地噘起嘴。

"我不知道会待到什么时候。"

美滋滋地喝干烧酒苏打的佐智子立刻又点了一杯。佳澄用小碟端上了自己做的炖菜。

"这个,是你做的?"

"嗯。"

"立刻就习惯了嘛。"

正是如此。佳澄露出苦笑。佐智子用余光确认了佳澄的表情,随后催促道:

"烧酒苏打还没好吗?"

母亲使了使眼色,示意不要太浓。佐智子的酒品似乎很差。

"总之呢,我啊,觉得是被你扔下了。我一直没法原谅你呢。"佐智子从后裤兜里掏出七星烟点上,"我是说那个时候哟。没错,就是高中毕业的春天。我帮你搬了行李,但我其实想看看你是不是真的能做出那种事。结果你真的就不见了,你父亲还跑到我家一通发飙呢。没错吧?"

被佐智子寻求同意的母亲看着她说道:

"小佐,我已经忘得一干二净了呢。"

"为什么?这个人去了东京,只有她变得自由自在又耍帅,我却被丢下还挨了骂。都是你的错啊。真是不像样子,惹得人直生气。"

"对不起啊。"

佳澄道了歉，佐智子却不原谅。

"你啊，做了父母也该明白了吧。大家都带着什么样的心情在等你啊。你妈真是了不起，那么恨你，还这样让你在这儿。反正你是因为什么事又逃过来的吧。"

默默听着的小村插了一句：

"小佐要是能从酒那里逃出来就好了。"

"是啊。"佐智子动了气，"我是无所谓啊，因为这样每晚都能喝酒。"

"每晚？不是从白天就开始满脸通红了嘛。你丈夫很头疼吧。"

"糟了，要来劲儿了。"

小村和佐智子眼看着要吵起来了。

"佳澄，你去趟便利店，买点儿葱。"

母亲故意支开她。佳澄披上母亲挂在店门口的外套，走出门去，口袋里放着黄色钱包。她透过隔壁酒馆的灯光确认钱包里，发现有三张千元纸币。看着看着，她悲伤起来。在这片土地上坚忍地生活着。这让佳澄感到身负重担，想要把它们掸掉。她快步走向光芒皓皓的便利店，什么也不愿意思考，只是匆匆买了葱，然后直接走向背后的大海，去看海。踏着沙滩，与夜晚的大海对峙。海面波澜不惊。然而，看似安静，却从底部传来令人毛骨悚然的隆隆声。佳澄畏畏缩缩地转向身后开阔的原野，一丝风都没有。她想再次找回逃离此地时从左右两侧脸颊逼近的恐惧感。要是继续这样过下去，她似乎就要融入这里了。

提着大葱打开店门，喝醉了的佐智子正在纠缠别的男人。母亲用目光示意佳澄去楼上。于是佳澄放下袋子，快步上了二楼。

"真早啊。"

内海刚刚取出体温计。枕边开着灯，电视已经关了。

"嗯，因为佐智子来了。"

"啊，是常客吗？"内海一脸厌恶。

"体温怎么样？"

在内海回答之前，佳澄已经拿起体温计亲自确认。三十八度多。也许是已经习惯了发烧，内海显得相对平静，以和缓的目光看着佳澄。第一次见面时，内海的目光就像一头焦躁的野兽，满脸不悦，眼中透着贪婪与凶险。如今不一样了。内海虚弱不已，终于接受了现实。佳澄想道。接受现实也就意味着衰弱。佳澄焦急地想把内海拉回来。

"发生什么事了吗？"

"没有。"佳澄摇摇头，钻进内海的被窝。好暖和。之前只要一起睡，各自的温度明明会让人热气腾腾——佳澄感到了不安。她的手指一碰，内海便嫌恶地说了句"好冷"。这是因为刚从外面回来。佳澄想要辩解，但她并没有告诉内海，他的手脚最近其实更凉。她脱掉衣服，脸靠上内海瘦弱的胸口。"抱我。"毫无体力的内海缓缓地将佳澄揽入臂弯。

"我不要那样。"佳澄固执地说，"是男人就抱我。"

"做不到啊。"

"不要。抱我。我想和你睡。你死了也无所谓，我想和你睡到你死。"

"不可能啊。"

"不行！那样才会死呢。"

内海用只剩下骨头的手指摸向佳澄的胸部，佳澄拉着他的手，让他抚遍全身。无法抑制的狂野冲动涌上心头，内海的气息急促起来。佳澄担心这会给内海的心脏带来负担，却也想要催促内海，让他做得更多、更多。

"也舔舔我的。"

佳澄让内海触碰过身体后，把乳房伸到内海嘴前。内海吮吸着佳澄的乳头，发烧让他口中灼热，唾液很少，奇妙的感觉仿佛啪啦啪啦被火灼烧。

"难受吗？"佳澄抱着内海小了一圈的头。内海松开嘴唇，慢慢答道：

"没关系。"

但是，内海动作迟缓，心跳却格外激烈。佳澄虽然感到心痛，却苦于自己满溢的生命力无处可去。过度的焦躁让她抓起内海的手指插入自己体内。内海的手指一动，佳澄便草草迎来了终结，额头上渗出的汗水压在内海骨节突出的胸口上。

她喘着气道歉："对不起。"

"到了吗？"内海笑了。

"到了。真的很对不起，你明明那么痛苦。"

佳澄坐起身，用毛巾擦了擦内海的身体，让他服下药，便摩挲着他的后背睡着了。痛切感仍然没有消失。

"我想去那个有宠物墓地的山丘看看。"

内海说出这句话是在好几天后，他似乎还记得佳澄不知什么时候讲述过的往昔。那是一个小雪纷飞的寒冷阴天，山丘上风很强。佳澄想要阻止他。

"找个暖和的日子去吧。为什么想去那里？"

"因为我觉得后面去不了了。"

内海顽固地不肯让步。佳澄没办法，便拜托小村，请他开着奥拓把他们带到丘陵那边。内海的东西都在札幌，一件防寒服都没有。小村身材矮小，但变得瘦弱的内海穿得上他的衣服。内海穿上从小村那里借来的裤子和毛衣，坐车登上了走路也不算远的丘陵。途中，内海让车在初中的校园旁停下。

"这里就好，我想去外面。"

内海挣脱开想要制止他的佳澄，走下了车。高个子的内海那病态的瘦弱格外显眼，甚至让人担心他是否会被强风刮倒。内海在风中站了十多分钟，一直凝视着大海的方向。国道在下方延伸，那头就是白色的便利店，背景中可见灰色的大海。

"不冷吗？"佳澄问道，内海却没有回答。等在车里的小村无聊地打了个哈欠。

"你在看什么呢？"

"你住过的地方。"

内海一直眺望着便利店和背后广阔的大海，仿佛要把它们刻在眼里。然后，他终于回头仰望背后的宠物墓地。白色的细烟囱立在干枯的山间，喷出阵阵烟雾。风把烟吹向侧面，只有气味飘在四周。

"你觉得这里怎么样？"

内海抛出一句："是个无聊的地方。"

"是吧。"

"等我死了，你就快走吧。"

是为了确认那种事才来的吗？佳澄盯着内海的眼睛深处，内海却注视着佳澄前方的某个东西，目光更加遥远了。内海就要死了。佳澄清晰地预感到就在几天后，不由得倒吸一口凉气。初中的校园已经满足了内海，他没有登上宠物墓地就回来了。傍晚，也许是长时间吹了冷风的缘故，内海发烧了。

"因为很冷啊。"

佳澄把装了冰块的塑料袋夹在内海腋下。这不过是求得一时的安心。内海把手指放在佳澄的膝头，拜托道：

"我想见石山，能帮我联系到他吗？"

"见石山先生？为什么？"

"我想在死前见他一次。"

内海应该是讨厌石山的。佳澄取出挎包最底下的便条，试着拨打了石山的手机。石山立刻就接了。

"你好，请问是谁？"或许是在保持警惕，石山没有说出名字。

"我是佳澄。"

"是佳澄吗？我一直很担心呢，你在哪儿？"

"我很好。现在我已经回到老家了。"

"为什么？"

"内海先生不太妙啊。"

是吗。石山的吐气中混杂着叹息，一时半会儿没有说话。终于，他这样问道：

"有香怎么样了？"

"我期待过这边是否有什么线索，但什么都没有。其实是内海先生想见你，如果可以，能请你来一趟吗？"

"是不是越快越好？"

"嗯，尽快。"

石山回答明天就去。佳澄告知了地址，便挂断电话。听到石山的回应，内海满足地睡着了。

第二天午后，佳澄正在店门前扫地，石山的声音响起：
"佳澄。"
石山穿着像是爱马仕的土黄色皮夹克站在那里，小波浪短发的黄色比之前更加明亮。正好从家里出来的小村看到石山奢侈华丽的模样，吓得目瞪口呆。这价格可以买到五十件小村身上那种夹克吧，佳澄觉得十分可笑。
"这颜色真漂亮啊。"
佳澄抚摸着黄色的皮革，柔软而细腻。石山里面穿了高领的黑色开司米羊毛衫，戴着白色围巾。小村可能是认为从札幌来了个黑社会吧，慌忙跑回自己家中。
"是真菜给我买的。"
石山指了指后面，真菜就坐在停在国道上的红色宝马中，担心地盯着这边。
"这里就是你生活过的地方吗？"
石山饶有兴趣地望着几家酒馆并立的穷酸繁华街。
"我家原来的地方现在成了便利店呢。"
"那里吗？"石山笑了，"刚才去了一趟，真菜买了冰咖啡。"
"对，那个海滨那里。"
佳澄想起自己没对石山说过任何有关故乡的话题。明明对认识不到两个月的内海说了那么多，却只是追求与石山在身体上的联系。或许是佳澄的想法传递了过去，石山没有立刻进店，而是叼起一支烟。

"自从和你在支笏湖见面后,我思考了很多过去的事。"

"是吗?我也是呢。"

"有香的事情,你要怎么办?"

"我已经决定不再找了。"

"嗯。"石山点点头,用卡地亚的金打火机点燃香烟,"不明白的事情就是不明白,只能从那里开始。你终于意识到那一点了。"

"因为只有我还被囚禁在里面。"

"你是母亲,所以也没办法。"

"但是,这次或许真能获得自由了。"

"太好了,我很高兴。"

石山用手碰了碰佳澄的脸颊,这是任何人都无法模仿的、石山独有的温柔动作。佳澄瞬间闭上眼睛,沉浸在石山带来的一段段回忆中。但是石山突然回过头去,大概是担心真菜的嫉妒吧。

"妒火是不是在燃烧啊。"

"就让她稍微烧烧吧。最近她还责怪我,说想去海外旅行,我却没有护照,没法一起去。"

石山严肃地说着微不足道的话题,佳澄眩目地看向他。

佳澄心情愉快地打开店门,走到二楼,发现内海已经醒了,正在眺望窗外。太阳西下的时间越来越早,天一暗,内海就会感到寂寞,离不开佳澄。那样的时间就要到了,佳澄温柔地冲内海说:

"是石山先生哟。"

内海抬头打了声招呼,但他已经无法长时间抬头,脑袋立刻无力地落在枕头上。

"你好,让你特意过来,不好意思。"

石山若无其事地把慰问金放在枕边。

"我很在意你为什么会叫我来,要我说说事件的感想吗?"

"已经,不用了。"内海笑了,"我已经从佳澄那里听说了。"

"那,你怎么样?"

"不行啊。"内海爽朗地回答,"今天能见到真是太好了。就快来了。"

"什么?"

"眼睛看不见了。所以,我想趁现在让石山先生给我灌注点儿活力。"

"我有活力吗?"

"嗯。"内海说着闭上眼睛,"有城市的气息哟。"

看到内海突然疲倦起来,佳澄和石山来到外面。

"今天非常感谢。"

"没什么。那家伙,已经不行了啊。"

石山抬头看着店的二楼,压低了声音。

"嗯,他自己好像也明白。"

"之后你要怎么办?要是来札幌,能给我打个电话吗?"

石山认真地说。这已经是以内海死去为前提了。两人这样的对话让佳澄感到残忍,但她仍然点了点头。

"我会打,可是为什么?"

"唯独你的消息我还是想知道的。"

"我明白了。"

石山朝佳澄挥了挥手,返回一直停在国道上的红色宝马。等累了的真菜从车中走出,也许是在闹情绪,她啪嗒一声粗暴地关上了车门,声音一直传到这边。试图安慰的石山揽住真菜的腰,打开车门,小心翼翼地让真菜坐到里面。那一瞬间,佳澄想起了一件事。

是古内。开着红色进口车从札幌来的古内。是那个男人让自己的意志变得清晰而坚定,从液体到胶冻。石山就是古内。佳澄沉湎在那样的想法中。要是去了札幌,就去见见古内吧。佳澄久违地思考着向前向两边无限扩展的时间。换而言之,那就是欲望。

返回二楼,听到佳澄脚步声的内海说:

"开一下灯。"

灯一直开着,但佳澄还是"嗯"地应了一声。她想起内海说过眼睛看不见了。到底还是来了。佳澄已经有所觉悟,却依然悲伤。内海看着天花板喃喃道:

"真好啊,石山。"

"为什么?你不是看不起他是情夫吗?"

"很帅啊,那么潇洒。他穿着黄色的皮夹克吧,还戴着白围巾。那就是黑道大佬啊。真好啊,有城市的味道。"

内海重复着同样的话。佳澄握住内海的手,冰冷得让人吃惊。

"真好啊,我也想在薄野那边风风火火地走一遭啊。然后还有人说:看啊,是一课的内海过去了。"

内海看着佳澄,浅浅地笑了。目光锐利而贪婪,仿佛昔日的模样。从那天晚上开始,内海就陷入了昏睡。

第九章　放流

　　内海的意识在原野上奔跑。金色的芒草和带刺的蓟生机勃勃，干燥的小石头四处都是。在那里，内海不知化作了狐狸还是什么，越过了干涸的沼泽，奔跑过泥炭沼，又拨开针叶树林钻了进去，狂暴地踢起湿润的泥土。仰望天空的瞬间，内海化作鸟儿一飞而起。看到喙部呈现黑色弯曲状，内海知道自己成了乌鸦。他勇往直前地飞向森林。那是名为城市的森林，他以巨大的树木——高楼为巢，徘徊在上空。一落到建筑背后的路上，他就开始威胁停在电线上的鸽子们，奔走寻找食物。意识在各处飞翔驰骋，其迅猛与炫目压倒了内海，让他畏怯。但是只要顺其自然，便很轻松。当那样的想法出现时，形成内海这个男人的顽固的意识大大膨胀起来。我是刑警，只能是刑警。驰骋回旋的自由意识返回身边，即将被身为刑警的内海吸收。内海在那不安与痛苦中呻吟，不知道该听命于哪一方。在失去意识的内海体内，那样的战斗并未停息。

　　"很痛苦吗？真可怜啊。"

　　远远传来佳澄的声音。内海想说那不是肉体的痛苦，却发不出声音。肉体的痛苦已经逐渐感觉不到了，意识任性地时而远离，时而急速靠近，与原有的意识相互抗衡，这让内海痛苦不已。就算想要听命于驰骋的那一方，内海培养的自己也会出面妨碍。

突然，内海看见了不可思议的东西。一道可疑的光。在光的指引下，一个年幼的小女孩正像大人一样向前走去。童花头加上白色短裤，无疑是佳澄的女儿有香。"有香！"内海叫道。女孩回过头来，那张脸与佳澄惊人地相似，困惑的表情也是佳澄经常有的。那难道不就是佳澄吗？

"刚才，你是说'有香'？"

远处再次传来佳澄的声音。那时，内海感到那奔驰的意识正欲把他带向遥远的彼方。给我等等，别让我去。内海心生焦躁，为了不被带走，他抓住了某个东西。之所以觉得可能是佳澄的手，是因为那东西柔软而有着熟悉的感觉。内海拼命抓住不放，然而另一个意识已经动了起来。就像过山车一样，一旦坐上去，速度就会不断加快。下次是什么？要去哪里？内海一边被意识带走，一边用尽最后的勇气凝视着前方。

内海独自站在高中的自行车停车场里。

那是初春一个朦朦胧胧的阴天，傍晚的自行车停车场冷清而阴暗。破烂的学生书包随意放在垃圾遍地的水泥地板上，只有遮住整张脸的头盔小心翼翼地抱在左臂里。面前并列着十几辆四百CC的摩托车，位于一端的SR可怜兮兮地近乎赤裸，各处都有部件被拔掉。后视镜，坐垫，侧盖上胶套，仪表盘，连火花塞都没了，是有人故意整他。久久凝望的内海在愤怒的驱使下移开了目光。

再次出现的内海把头盔悄悄放在了后面的自行车筐里。一从裤兜里拿出钥匙，他便走向目标的CB400F。他迅速用钥匙打开油箱盖，从另一边的裤兜里掏出砂糖包，撕开袋子，将里面的砂糖倒进油箱。当全都倒完时，他环视四周，盖上盖子，又重新锁好，若无其事地用左手抱着头盔走开了。整个过程用了五分钟。

内海回到教室，把摩托车钥匙扔进挂在椅背上那件泛着油光的学生服的口袋里。操场上，同学们踢球踢得正起劲儿，发出粗野的叫声。另一组人应该正蹲在体育馆背后抽烟。

他在电梯口换上运动鞋。刚才还在外面玩耍的学生们尘土飞扬地走了进来。其中一个人对内海说："内海，听说你的SR被人偷了零件？"

"嗯。"

"那就走路呗。"那人看着头盔笑了，"那个头盔也不需要了吧，借给我呗。"

回头见。内海并不答话，迈开步子走了。

第二天，那个学生没来上学。同学对内海悄声道：

"听说是引擎着火摔倒了。脚也骨折了，两个月才能痊愈呢。"

"真是蠢货，连离合器都不会踩吗？"

在内海心中，一种可以称之为快乐的感觉正在狂舞。

"似乎有女人在车上，所以就慌了呢。女人也受伤了。"

那家伙是小偷，所以内海觉得管他是骨折还是死，怎样都好。既然直接蒙受了损失，就只有制裁。只是女人同车这一点是内海没有预料到的。他并非不在意女人受伤，但渐渐也就忘了。因为他的摩托车零件再也没有被偷过。

后来，听说女人没戴头盔，脸上受伤缝了几十针时，内海深受冲击：自己难道不就与罪犯一墙之隔吗？他是个心平气和做出无限接近犯罪的行为的人。对于高中生内海来说，这样的发现让他恐惧。如果自己没往油箱里放糖，或是借出头盔，女人的人生应该就不会改变。但是，内海非常喜欢制裁，把这个词换成报复也行，若是再多说一句，内海的本质就是充满攻击性而又喜好竞争的。他喜欢参与竞争，并最终成为胜者。那样的人只要站到抓捕他人的那一方就可以了，内海想。很单纯。上面的人会替自己完成制裁，进行报复。自己与罪犯相近的特质如果用于那个目的，将会非常有效，自己一定会成为优秀的警察吧。当内海表示想去警察学校时，当刑警的父亲露出了复杂的表情。

"你想成为什么样的警察啊？"

这个问题让内海穷于回答。不过从最初开始，他就没有考虑过像父亲那样平凡而终。内海的头脑中早就构筑起了坚实的等级制度，他要做的只有向上攀登到极限。越是向上，制裁和自身就越会走向同化。也就是说，想要得到制裁的快乐，就要手握权力。警察组织的特性与内海的愿望展现出完美的一致。对内海来说，问题不在于成为什么样的警察，而是在于成为什么地位的警察。

"我会成为道警一课的刑警，成为刑警部长，出人头地。"

"为什么？"

"因为我喜欢那样。"

"为什么喜欢？"

"不是很帅吗？"

"那可不是很帅的工作啊。"

父亲担心地看着内海。他或许已经看透了儿子的本质。内海瞧不起父亲，觉得父亲就是条败犬。他绝不要变成那样。

但是，一进入警察学校，内海的狂妄就被前辈们盯上，平白无故遭到了制裁。由此内海学习到，从里到外与警察这个组织一致的人是很擅长找到相似的人的。他们因为自己优秀而想要击溃。内海立刻判断出这是他无法左右的。做出判断后的内海是优秀的，在同期的学员中，他通过创造等级制度杀出了重围。头脑、臂力和坚定让内海站在了同期学员的顶点，他抬着下巴使唤懦弱的同期生，让他们照顾自己。在一年三个月的学校生活的后期，内海像犯人头儿一样君临学校，让弱者给他跑腿。他从没有自己买过香烟、饮料和漫画杂志，同时又排除掉了一切可能冲他露出敌意的人和能力出众的人。而对那些少见的、明显无法匹敌的人，他格外重视，思考着进入警界后如何利用他们帮到自己。既然是比自己更出色的人物，那么在警察组织中也必然会更快地出人头地。

对于前辈、同期生和后辈，内海全都如此应对。而在作为绝对权威的教官面前，他则被视为优等生。在表面上，他能忍受一切屈辱。无论是剃光头，还是穿着运动衫进行被称为远足的列队行进，他都会成为领头人赚得分数。没过多久，教官也不再训斥内海。内海觉得组织什么的实在是松散。

成了警察的内海完美地践行了在警察学校学到的东西。那是内海为了在警察这个组织里生存下去而创造的、专门为自己服务的指南。他以道警一课刑警为目标，就算前路漫漫，也绝不偏移。路只有一条，虽然遥远，但清晰可见。内海排挤的人到底有多少，离开的人，失败的人，他根本就没数过。

内海并不憎恨犯罪。正因为这世上有犯罪，自己才能飞黄腾达。这是在警察组织里的生存，自己的存在价值只存在于那里。不久后，内海也注意到这样的事实：只要能生存下来，报酬也会相应地增加。揭发犯罪的行为也是在学习犯罪自身。若是明白骗子的手法，就能学到如何做才不会被揭发。和俄罗斯人的走私贸易。因违反枪械法而没收的刀剑的去向。二手车买卖。暗中赚钱的手段多的是。只要权力在握，财产就会增加，送来女人的色情业者也多如牛毛。内海再次回忆起高中时代的发现：自己与罪犯一墙之隔。

但是，内海看了看四周。周围都是苍郁的森林。走到这里，内海并非没有走到尽头的感觉。他心急如焚。尽管一切经验都是出人头地时不可或缺的，但在这处派驻所工作明显是走上了岔道。在这种地方，什么案件都不会发生。内海瞪着从未响起过的电话。只要不在城市里，就没有内海活跃的份儿。只要不在人类蠢蠢欲动、互相碰撞的地方，就不会生出欲望，也不可能发生犯罪。内海以犯罪为食粮，好不容易来到这一步，分数却完全没有增加。他在这样的乡下闷居了长达两年，已经很想调职到大城镇的警察局了。但是，上司的联络也几近中断。自己或许就将这样被遗忘，直到烂在地里。内海难耐不安，用力折断了铅笔芯。啪咔一声，灰色的桌垫上出现了一个小黑洞。那里已经有无数小洞。畜生！快给我发生点儿什么！那时，或许是内海的愿望传递到了，电话响了起来。

内海化身成了胁田，在支笏湖畔的小派驻所里接起了电话。

"喂，这里是警察局！"声音跃跃欲试。

"喂，我是和泉。"

是那个老头吗？胁田失望了。他一边握着听筒，一边望着玻璃窗中映出的自己，背景是暮色渐浓的天空。微胖的身体，通红的脸颊，尖细的眼睛。

"我是胁田。"

和泉有什么事？是棕熊出现了吗？和泉似乎什么都没对购买别墅的客人说，但最近棕熊也沿着山下到了这一带。胁田的脑海中浮现出和泉的面孔：是个不好对付的老头儿。

"胁田先生，你去钓鱼吗？"

又是钓鱼吗？胁田每周都会接到一次邀请，每两次中拒绝一次。这次轮到了不能拒绝的时候。和泉如今虽然走了下坡路，但依旧是千岁市的权势者。一旦发生什么，或许能拜托他美言几句，只要亲密相处，就绝对没有坏处。胁田亲切地答应了：

"啊，好啊。"

"你什么时候不值班？"

"十二日吧。"

"那，能先来我家一趟吗？然后再出发。"

"我知道了。"电话就要挂断，胁田想起有件事要问和泉，"对了，和泉先生，今年能见到丰川先生他们吗？"

"啊，他们已经来了啊。"和泉悠然说道，"然后，虽然还没跟你说，山顶那里啊，卖给东京的人了哟。"

"哎，是吗？真好啊。"

胁田吃了一惊。丰川是凭借色情业成功的札幌富豪，但竟然有人身在东京却特意到北海道买别墅。

"嗯，是一位姓石川的先生，喜欢钓鱼，似乎已经喜欢得病入膏肓了。"

"原来如此。"

"下次趁那位也在的时候一起去吧。"

"嗯，一定。"

"对了，可能今天就要到了，会热闹起来呢。"

和泉听起来很高兴，胁田也情绪高涨。这处派驻所只有胁田一人。妻子和孩子讨厌严酷的环境，一直住在千岁市。不值班的时候，替班人员会从惠庭警察局过来。不知是不是知道胁田的野心，他们总会捉弄他："胁田，多好的地方啊。"那你们就每天都来试试吧！胁田压抑住想要怒吼的情绪。在游客到访的湖畔，只有旺季才会出动巡逻车。那边很好，因为游客会接连不断遇到麻烦，偷盗和砸车行窃频繁发生。但是这里管辖范围很广，到处都是山，几乎没有什么居民，只有和泉的别墅区和冷清的露营地，以及大崎温泉。在漫长的冬季，连巡逻都是种痛苦。也就是说，这处派驻所的工作属于偏僻地区的闲职。如果能那样待在岩见泽警察局，应该已经到刑事课工作了，但调任的惠庭警察局的刑事课没有空位。下一个职位也是偏僻地区的派驻所，然后在被众人遗忘的状态下退休，这样的可能性不是没有。胁田焦虑不已。

快到巡逻时间了。胁田戴好头盔，跨上停在派驻所旁边的小型摩托车，发动引擎。这里也配备了自行车，但净是山路，没什么用处。派驻所前方就是国道，两侧都是无边无际的原生林。胁田驶出派驻所，沿直线道路前行，将时速提高到了八十五公里的极限。夏日的风在耳边呼啸，摩托车的前轮不安稳地摇晃着，不知何时就会翻倒在地，惊险而有趣。前方开来一辆小汽车，胁田慌忙刹车。不知哪里就会有人看着，摩托车的速度猛然降低到法定范围内，温温吞吞地开着。高昂的情绪仍在继续。和泉那里又卖出了一处房子，而且一到孟兰盆节，游客也会增多。胁田期待着自己的管辖范围内能发生点儿案件。

胁田来到大崎温泉，从外面向站在温泉酒店前台处的经理敬礼。经理不愿意让穿制服的警察进入酒店。因为知道这点，胁田故意从正面走了进去。经理的表情僵硬。

"你好，胁田先生。"

"有什么情况吗？"

"没有，没什么特别的。今年不断有人取消预约呢。"

经理表情低落地说道。在自己赴任前,有个杀了男女二人的女人在这里投宿然后跳湖,这个大猎物成了一时的话题。听说这件事时,胁田深感遗憾。那种能让自己引人注目的事件似乎已经不会再发生了。一眼瞥去的大堂里只有泡过温泉后表情恍惚的一家人在那里放松。

"那,有什么事就通知我。"

胁田敬过礼,再次跨上小型摩托车。接下来,他还必须到别墅区巡逻一圈。在写有"泉乡别墅区"的牌子附近,前方开来的一辆帕杰罗右转驶向别墅区,陌生的一家人坐在车中。胁田瞬间就看出那是生活讲究的富裕家庭,华丽而潇洒,与带着吝啬的丰川他们和乡村企业家风格的和泉他们都不相同。面庞平和美丽的男女和可爱的孩子们,所有人都穿着时尚。那一定就是买下山顶别墅的、从东京来的石山。胁田仿佛被牵引一样追在后面。小型摩托车的马力不过如此,立刻就被帕杰罗甩开了距离。

胁田打算去和管理员水岛打个招呼,但对方不在家。胁田暗自发笑:水岛与和泉的妻子茑枝有一腿的事,在当地无人不知。水岛不是在别墅区内四处巡逻,就是赖在茑枝那里不走。到了冬天,水岛也会闲下来,有传言说他几乎都住在和泉家。那个老树一样的和泉究竟是怎样面对那两个人的呢?胁田想在冬天拜访一次,去确认和泉的表情。想到漫长的冬天有了一份期待,胁田颇感安慰。那是和自己的目的相距太远的乐趣,胁田空虚不已。同时,他也察觉到,身处只能感受到那么点乐趣的状况中,自己心中正在形成一种漠然的憎恨。他也不知道憎恨是针对什么的,但他心怀恨意。在前往和泉家的途中,胁田意外遇到了开着吉姆尼下山的水岛。

"喔,要去哪儿?"

水岛从驾驶席探出头。胁田和水岛属于那种可以亲切说话的交情。

"在工作呢。"胁田笑着，把摩托车停在吉姆尼的驾驶席旁，"社长在吗？"

"在啊。"

水岛从容地回答。胁田知道，水岛就算没到尊敬和泉的程度，也一直对和泉抱有敬畏的感情。这家伙应该知道和泉曾拜托上上个负责人核查他有没有前科。结果虽然是清白的，但和泉似乎因为水岛是萝莉控这一传闻而担心不已。不过在胁田观察的范围内，他对水岛是萝莉控的传闻充满疑问，证据正是他迷上了比他大二十岁的莺枝。但是，自己的管辖范围存在犯罪预备军，这一点是毫无疑问的。胁田总有种心跳加快的喜悦感。

"要回事务所了吗？"

胁田望着水岛健壮的上臂问道。水岛倾向于在夏天刻意露出皮肤。

"不，要去帮夫人办事。"水岛言语含糊，"得去趟千岁呢。"

"你也很不容易啊。"

"没有。"

对了，你是因为喜欢才做的。胁田藏起真心话，目送水岛的吉姆尼离开。他来到和泉家门前，和泉正站在那里，呆滞地注视着道路。

"社长。"

胁田从路上打招呼，和泉吓了一跳似的看向胁田，随后便一副不愿让人关注的样子挥了挥手。

"什么事都没有呢，什么都没有。"

"是吗？谢谢。"

胁田鞠了一躬，向山上驶去。和泉已经上了岁数，有情绪不稳的时候。这也许都是因为茑枝吧。明明是个老太婆，却异常妖艳，做她的丈夫必然会一直辛苦下去。茑枝肯定是冷落了和泉，把水岛捧在手里。自己要是被茑枝搭话，又该怎么办？胁田在心中将三番五次模拟过的场景再次上演了一遍。答案每次都会变，有时会高兴地接受，有时会厌恶地拒绝。情绪不稳的或许不是别人，而是胁田自己。

胁田径直驶向丰川家。丰川的房子里没有人的气息。胁田一直开到山顶的停车场兼调头处，看到没有丰川家的吉普，想必是全家一起出门了。他想顺便跟石山一家打声招呼，便开了过去。院子前方传来怒吼声。

"用得着那么生气吗？"

压抑的男声传来，应该是石山。

"可是连商店都没有，怎么准备饭啊！"

"所以不准备也可以啊。"

"你说是这么说，难道有外卖披萨？孩子们怎么办？你觉得那样无所谓，但女人不行啊。你啊，真是只考虑你自己。"

夫妻吵架已经在院子里拉开帷幕。胁田在树丛的阴影处听着。

"对不起啊，我会去买的，你给我列给清单。"

"就算列清单也不好办啊。森胁先生他们也会来，要买很多呢。那些人也是，人家刚买了别墅就要来，也不知道在想什么。"

"别说人家坏话啊。"

"对不起。"

妻子直率地道了歉，但有客人要来似乎让她坐立不安，争吵似乎还会继续。择日再来拜访吧,胁田准备离开,发现孩子就站在石阶上看向一旁。那是个长发飘飘的女孩,与父亲相似的容貌十分可爱。胁田立刻联想到了水岛。他想,如果水岛对这个孩子动手动脚,让那个歇斯底里的母亲大闹一番引起轰动就好了。那样一来,就该自己出场了。但是,性骚扰是很难立案的,到底该怎么做呢?考虑到这一步的胁田突然回过神来。因为没有犯罪发生,所以想要制造出犯罪。快回归正常吧!胁田左右扭了扭脖子,骑上摩托车开始下山。

途中,胁田去看了看已成废屋的几幢别墅。因为无人靠近,已经荒凉一片,其中一幢的地板下方已腐烂,满是积水。水岛恐怕也没有顾及这里吧。要是有人钻进去就危险了,只能拜托和泉进行拆除。调查废墟时,胁田一脚踩穿了腐烂的地板,不但腿被擦伤,袜子还因积水湿了个透。都是因为这种无聊的工作!胁田怒不可遏。

两天后,派驻所的电话响了。哎呀,是案件吗?胁田干劲十足地接起电话,是丰川的妻子打来的。

"胁田先生,我是丰川。哎,能帮我们处理一下吗?"

"怎么了?"

"院子里有狗的尸体,已经腐烂了呢。"

"哦,是狗的尸体吗?"

"是啊。"丰川的妻子怒气冲冲,"臭得没法忍呢。"

"之前都没注意到吗?"

"是啊,请快点儿扔掉!"

"但是,那个……"

"这种事警察就不能帮忙吗?"

"不,帮忙也行,不过——"

"那，我会给水岛先生打电话的，就不用你来了。"

丰川的妻子似乎对犹犹豫豫的胁田非常生气，电话咔嚓一声挂断了，这让胁田突然爆发出近乎愤慨的怒气。人类的尸体另当别论，可警察为什么连狗的尸体都必须要收拾？让水岛去做就好。过了好半天，胁田的怒气都无法平息，而且已经将至今为止的愤懑全部吞噬，膨胀起来。胁田刻意走到外面，甚至把自行车踢倒在地。可是无论怎么发火，这里都没有一个人路过，积蓄的不满无处发泄。这样的状态也给胁田的怒气火上浇油。所以我才讨厌闷在乡下！要是这样无法逃离，一直被放在派驻所工作，我该如何是好？一想到这里，胁田甚至感到恐惧。

突然，在别墅区浮现在脑海中的思考苏醒过来。只要自己制造犯罪就好，而且要来个不得了的大案，大到需要成立搜查本部的程度。如果自己能站在阵前指挥，做出引人注目的举动，或许就能抓住再次被召回的机会。两天前，胁田立刻就克制住了自己，觉得是个骇人听闻的想法，然而这天的他却让想法持续放任自流。他在脑海中描绘出熟悉的现场，埋头制定起缜密的计划。

万全的准备已经做好。

听说孩子们早上有时会自己出去散步，胁田觉得只有一大早才有机会，而诱拐的对象，胁田准备选择后来到达的一家人中的姐姐或妹妹。石山的长女七岁，有点太大了，万一在失败时被她告发，就万事休矣。要是选年幼的男孩，就无法栽赃到水岛身上。而那对姐妹年龄正好，长得又很可爱，被人带走是有可能的。问题就在于时机。

胁田在前一晚偷偷拖着自行车爬到了别墅区的最上方。从下面的道路上来花了四十分钟，但摩托车的声音会被人听到，所以从一开始就没有考虑。他把自行车藏到事先找好的树丛里，在制服外面套上夹克衫，在旁边等了一整夜。他之所以穿着制服，是因为觉得无论发生什么都可以为自己开脱。这无疑是危险的赌注。虽是盛夏，山上也凉意嗖嗖，胁田一边在寒冷中颤抖，一边等待黎明，却产生了仿佛正在监视般的兴奋。与此同时，不安也在他心中生成：如此辛苦是否能得到回报？石山的家中似乎半夜里也有人一直醒着，不知在做些什么。

他好像睡了一会儿。孩子们明快的声音传来，玄关的门打开了。夜色已经完全褪去，山中清凛的空气将会渐渐地被升起的朝阳温暖。胁田紧张起来，等待着机会。孩子们终于出现了，但同行的还有个男人，看起来像是那对姐妹的父亲。胁田失望地单膝跪在潮湿的土地上，难道明天早上也不得不做同样的事吗？

四个孩子与男人一起走到下面，又迅速回来了，所有人都进了别墅。胁田没有办法，正在观察返回的时机，却惊讶地发现作为目标的女孩竟然一个人出了家门。她走下水泥台阶，毫不犹豫地开始沿道路下行。胁田冲到路上，女孩回过头一激灵，却立刻垂下肩膀，或许是看到警察的制服让她放心了吧。胁田不容分说地捂住女孩的嘴，让她不要发出声音。接下来就只能下手了。

胁田推出自行车，把杀掉的女孩塞进捆在自行车后架上的纸箱里，飞速朝山下冲去。爬上来花了四十分钟的道路，下去只用了不到五分钟。胁田完全没有刹车，陡坡让车把摇摇晃晃，后面的箱子每每都会偏离。胁田一次次擦去满头冷汗，疯狂地向下骑行。一路没有遇到任何人，下到山麓的道路上时，他终于松了一口气，将自行车暂时停下，调整呼吸。甚至没工夫擦汗，他回到派驻所，给女孩的尸体套上三层黑塑料袋，藏在天花板内侧。一看表，早上七点半。现在家长们正在到处寻找吧,胁田感到了些许愉快。在等待报警期间,胁田一遍又一遍琢磨自己有没有留下什么疏漏。只要没有目击者,就是完美的。如果留下了什么证据,那么在被叫到现场时偷偷处理就好。胁田完全平静下来。

幼女一个人在山里消失了。大家恐怕会发动巡山,警犬也会从各处被带来。要是立刻找到遗体就麻烦了,一不小心有了物证,自己就很有可能遭到怀疑。但是,找不到遗体也是头疼的事,因为那样就不会成为案件。两者很难兼顾。如果不能制造出诱拐杀人案,就没有意义了。胁田决定稍后再考虑处理遗体的事,思索着如何避免警犬来闻这处派驻所。为此,他只有尽快将女孩的衣服等物证弄到手并放在这里。

一看日历,胁田想到第二天是休息日,已经约好了跟和泉去钓鱼。他觉得也许还是尽早取消为好,而且也想知道别墅区的情况。然而接电话的是水岛,让胁田吓了一跳。

"我是胁田,早上好。"

"啊,你好,找社长吗?"

水岛回答得格外从容。听筒的另一端断断续续传来NHK连续剧开演的声音。

"对。你在那里干什么呢?"

"他们请我吃早饭呢。"

胡说,你已经住了一晚了吧。胁田不怀好意地想,却又焦虑起来:要是水岛有了不在场证明可就头疼了,这是他之前没有考虑过的。毕竟这是要嫁祸于水岛的行动。胁田决定,只要水岛顺利遭到怀疑,他就会面不改色地作伪证。如果那副模样的人物有不在场证明,那么就只能当成外来者的犯罪了。

"现在有客人来了,社长在接待。"

"啊,是吗。那你转达给他,就说是关于明天钓鱼的事。"

"我知道了。"

所谓客人,应该就是与那个女孩相关的人吧。胁田想到了这一步,但他在因多嘴而自掘坟墓前挂断了电话。

报警发生在一个小时后,是和泉本人打来的。我立刻就去,胁田回答完就骑上摩托车出动了。到了一看,果然形成了超乎想象的大骚动。小女孩在山路上可去的地方几乎没有,也没有车从外部进来的迹象——歇斯底里的父亲大吵大嚷。看到哭泣的母亲,连胁田也心痛起来。

"支援很快就到,夫人,请放心。"

告知这句话时,尽管是自己犯下的罪行,胁田却忘得一干二净。后来的发展和他的剧本一致得让人恐惧。胁田出色地管理着现场,不仅惠庭警察局,就连从千岁警察局和苫小牧警察局来的支援部队也十分信任他。只是与和泉说话时,他有种身体冻僵了的感觉。

"你,第一次来这儿?"和泉开口就问。

"是的。"

胁田心惊胆战。莫非早上这老头儿看到了他的自行车?尽管他在路过和泉家时已经格外小心了。

"是吗。"

和泉没再说什么,打开别墅区的地图,说要重点看一下已成废屋的别墅。胁田松了口气。他确信,只要能糊弄过去,应该就能成功。

有机会和苫小牧警察局来的刑警内海说话时,胁田兴奋不已,觉得自己很可能会被这家伙看穿，但又觉得要是被这家伙逮捕也无所谓。内海一副附近流氓的打扮，总是走来走去，说话方式粗野却绝不妥协。也有同事毫不遮掩地说内海的坏话，说他是个贪得无厌的讨厌家伙。但胁田却认为他是理想中的警察。内海只是稍稍负责了搜山的指挥工作就回去了。我想变成那样，不，绝对要变成那样。胁田坚定了决心，精神饱满地工作着。无论是在上司面前，还是在其他警察局的干部面前，自己不眠不休的活跃与做出精确指示的身影都已经得到了充分的彰显，这让胁田心满意足。

第三天，警犬回去了。次日，当地的消防队仍在继续搜山。胁田开始为如何处理藏在天花板内侧的幼女尸体感到为难。他希望尸体在适当的时期和恰到好处的地点被顺利发现。想是这么想，可是人员太多，连搬运都不可能做到。胁田没有办法，以回去替换衣服为由借了车，偷偷把尸体从天花板里移出，埋到了惠庭岳山麓的原生林里。

搜查队和媒体回去后，胁田也装作继续寻找的样子。他分发搜索传单，骑着摩托车到处打听。有时，独自留下的幼女的母亲也会骑着本田幼兽来见他。他一定会安慰道：

"您也不要灰心，请继续加油。我也会找的。"

"非常感谢。"

母亲只说了这句话便哭倒在原地。那是个漂亮的女人，却因精神上的疲劳而憔悴不已。真可怜啊，胁田想。要是能尽早找到那具遗体立案就好了。虽然这么想，却不可能由胁田自己去发现。或许是因为负责搜查工作的是同一警察局的刑警浅沼，事件迟迟没有进展。这对真凶来说是幸运的，但一直清高地认为搜查不可能波及自己的胁田却相当不满。如果是内海负责——他之所以这样期盼，大概是因为内海和他颇为相似吧。

当事件开始陷入迷宫时,喜讯传来,上面下发了对胁田的任免令。在这次事件中注意到胁田的上司将他调到了美呗警察局,胁田如愿以偿成了刑警。在离开支笏湖的日子,胁田回身望向埋下幼女的惠庭岳的山麓,回想起拼命冲下早晨的陡坡时自行车把手的摇摇晃晃与刹车咯吱作响的声音。

"不可能!"

内海回过神来怒吼。这是什么梦!临终前的梦就是这个吗?内海流下了眼泪。心脏即将停跳,只有意识变得清晰。

"怎么了?"佳澄仿佛要覆盖在内海身上一样凑过来盯着他的眼睛,"什么不可能?"

怒吼让内海的心脏马上就要停跳了。他狂乱地喘着气,眼泪流个不停,悲伤得无法忍受。佳澄似乎握住了他的手,但他已经感受不到,也看不到佳澄的脸,只是觉得她的气息就在那里。对不起啊,内海想向佳澄道歉,却发不出声音。有香就像是他自己杀死的。那就是自己原本的模样,如今明白了。内海点了好几次头,离开了人世。

伴随着一次长长的沉重的呼吸,生气显然脱离了内海的身体。一直清澄明朗的、绽放出异常力量的瞳孔带着漆黑的模样失去了光辉,想要传达什么而拼命抓住虚空的手无力地松弛下来。这就是死亡。内海的思维被啪的一下斩断,正欲融入这房间的空气中。佳澄不由得仰望熏黑了的天花板,想知道内海的灵魂是否还漂浮在身体上方。但是,内海应该没有纵然变成魂魄也要告诉佳澄的话。就算有，也会随着内海的死亡而消失在某处。结束了，佳澄想道。仿佛失去了无可替代的东西，仿佛终于解决问题一身轻松，心情很是奇妙。佳澄转向待在身后的母亲。

"死了。"

与心情相反，自己的声音听起来格外振奋。

"嗯。"母亲静静地点点头。

"死了呢。怎么办啊？"

这次换成了呻吟。实际死了一看，生命过分的脆弱只会让人感到不知所措。

"没办法啊，毕竟是重病。这样就能解脱了哟。"

母亲跪在地上蹭了过来，像初次见面一样端详着内海的脸。她灵巧地活动起关节粗壮的手指，让内海单薄的眼皮覆盖在瞳孔上。佳澄突然感到疲惫，几步退到墙角，靠在胶合板墙壁上。她向后一仰头，却一下子撞到墙上，发出吧嗒一声闷响。她用墙壁支撑着头，凝视着变成尸体的内海。内海就和服了安眠药睡得不省人事时一样，半张着嘴，眼睛紧闭。

"站远了一看，像是还活着。"

母亲用严肃的声音打断了还处于惊慌中的佳澄。

"佳澄，必须要联系医生。"

"为什么？"

"需要死亡诊断书啊，否则就开不出埋葬许可证。"

"是吗。"

佳澄好不容易站了起来，看了眼手表。现在是十月二十八日晚上九点二十分。她想记住内海的死亡时间。

"医生就不用了，让那个人联系吧。你给内海先生的夫人打个电话。"

"我知道了。"

从早上开始,内海的情况就不太乐观,于是母亲关闭店门,和佳澄一起守在内海枕边。心地善良的小村担心地走来走去,时而爬上梯子到二楼看看,时而趴在店里的吧台上睡觉,焦虑得简直居无定所。佳澄站在被褥旁边,从正上方俯视内海。内海的脸颊上还残留着濒死时流下的泪水的痕迹。佳澄跪下身,用舌尖舀起内海眼角流出的泪水。什么味道都没有。

"这个人,为什么要哭啊。"

"谁知道啊。"母亲抱起内海软塌塌的胳膊,试图让它们交叉在胸前。

"死的时候,大家似乎都会哭呢。"

"爸爸也是那样吗?"

佳澄的视线仍在内海身上。

"我已经忘了。"母亲冷淡地回答,抬眼看着佳澄,"快报告给他夫人吧。你应该不想由你这边举办葬礼吧。"

佳澄和母亲四目相对。母亲的脸上带着这下女儿就能走了的放松表情。尽管想把时隔二十年才回来的女儿赶走,但女儿带着重病的男人,所以话也说不出口吧。母亲想回到和小村共同生活的平稳日常。佳澄如今再次感受到自己放任不管的岁月的重量。

"我知道了,我去打电话。"

"我帮你看着这个人。"

拜托了。佳澄客套地低下头,走下梯子。小村就坐在昏暗的吧台一端,正托着腮无聊地盯着便携式电视。佳澄一指二楼,小村立刻从椅子上跳了下来。

"内海先生,怎么样了?"

"就在刚才。"佳澄只说出这句,就低下了头。小村慌忙爬上了梯子。佳澄用店里古旧的粉色电话拨了久美子的医院的电话号码,电话直通到了外科的护士站,几分钟后,久美子便出来接了。也许是患了感冒,她说话带着鼻音。

"内海先生,刚才去世了。"

"是吗。真是承蒙你照顾了。"

佳澄以为会被轻慢对待,没想到久美子郑重地表示明天会来迎接遗体。

"葬礼要在哪边举行?"

"在札幌。我们还没有离婚,我是丧主。而且要是在那种陌生的地方举行葬礼,内海也太可怜了。"

"那,就拜托你了。"

佳澄告知地址,便挂断电话。一切就这样公事公办地完成了,甚至让人觉得太过草率。久美子连内海临终的情形都没问,大概是在医院见过太多同样的情况了吧,还是因为内海拒绝了久美子的照顾?佳澄觉得并非如此,而是因为内海的死是事先预料到的死,没有丝毫意外。走向死亡的内海的恐惧正在于此。周围人一旦窥探到自己的变化,就会对他往后的未来做出解读。只能选择那种死法的命运,内海想必心有不甘。他不想与之妥协的现实,也包含了知晓他病情的人们。只有寻找失踪孩子的自己是特别的。佳澄溢出了意想不到的眼泪。她放好听筒,推门而出。寒冷彻骨,道路昏暗,只有其他店的招牌点着灯。也没有人影。在对面杂草丛生的空地上,枯草正在刷拉刷拉地摇晃。繁星满天,不知是波涛还是雷鸣,无法判断的声音正在轰响。

喊出"不可能！"的内海，那究竟是指什么事？是指死在这个村子里吗，还是指死亡本身？无论怎么思考，内海都已经去了不同的世界，也没法再明白了。有香可能也已经死了吧，佳澄唐突地想道。对于有香的死，以前她连想都不愿意想，但在内海死去的夜晚，这一想法就像吹入怀中的风般自然地钻进了心里。有香的临终是什么样的？那也不可能知道了。有香与内海都不在了，石山也离开了，哪里都没有能慰藉自己的人了。凝冻的风从海面吹来，佳澄猛地沿着道路跑了起来。寒冷让她的牙齿打战。她用双手紧紧地抱着自己，瑟瑟发抖间，眼泪渐渐干了。然而佳澄的神经就像夜晚的气息一样清澈，宛如树叶般嘈杂。从今以后，自己该怎样活下去呢？

"等我死了，你就快走吧。"佳澄感觉听到了在丘陵上低喃的内海的声音。逃离。再一次，离开这个村子。与十八岁时相比，这是多么容易的事。在佳澄心里，已经没有了那种企盼在东京获得自由的焦急。没有人阻止她，也没有人劝说她。这次，她必须细细品尝毫无目的的逃离带来的艰辛。佳澄想到了只身一人待在这里。这漫无目标的想法是不知不觉出现的，佳澄开始追溯记忆。那是独自留在支笏湖畔寻找有香的日夜。那时，只要能找到有香，佳澄就应该能得到慰藉。如今已经什么都没有了，剩下的只有在寒冷中哆哆嗦嗦的无力的自己。佳澄一直紧紧抱着自己的身体。突然传来嘎啦嘎啦的开窗声，回头一看，是内海死去的二楼的窗户。母亲大概正在换气，白炽灯的黄光从黑暗中漏出。佳澄觉得死人躺在其中的空虚感或许也会流动到这里，便一直盯着窗框中的空间。如果内海的灵魂飘来，那就迎接吧。佳澄张开双手。但是小村的手却伸了出来，啪嚓一声使劲关上了窗户。永别了。佳澄嘟囔道。内海带着想要告诉佳澄的某件事情消失了,而在未来的某一天,自己也会消失。

去札幌吧,佳澄想。如果像石山一样随遇而安,或许有一天就会出现能填满自己的内心东西。我要不屈不挠地活下去。

第十章　砂岩

　　三岁时，有香相信五岁就是大人。如今到了五岁，她又觉得小学生看起来十分成熟。她一直认为这个世界就是由大人和孩子组成的。但是，妈妈是妈妈，爸爸是爸爸，梨纱是梨纱。这些人都是自己的家人，没有大人和孩子的区别。不过最近，有香觉得妈妈不再是妈妈，而是一个成年女人。

　　有香坐在前往北海道的飞机上，眺望着相隔一个座位的妈妈的侧脸。她觉得妈妈比其他女人漂亮得多。

　　在来到托儿所的妈妈们中，最年轻漂亮的是真琴的妈妈，但有香更喜欢自己妈妈的脸。而且，她也喜欢妈妈坚强果断的性格。可是——有香低下头，她总觉得妈妈心里住着另一个人。妈妈把梨纱抱坐在腿上，但有香已经不会像以前那样嫉妒梨纱了。她知道妈妈正在心不在焉地思考着别的事情。妈妈或许已经不像过去那样喜欢她们了。

　　"这是秘密哟。"今早，爸爸在单轨电车中告诉了有香，因为有香一个劲儿地请求。"接下来要去的北海道，是妈妈出生的地方。"

　　"那，有香的外公外婆在那里吗？"

　　"应该在吧。"

爸爸轻轻地叹了口气，瞥了一眼妈妈。妈妈似乎并没有注意，正抱着梨纱透过宽大的窗户望着外面。亮晶晶的海面铺满了窗外，单轨电车仿佛浮在空中。有香担心妈妈会掉下去。

"外公和外婆是什么样的人？"

"我没见过，所以也不知道。也许他们已经死了。"

爸爸似乎有些嫌麻烦。也许已经死了这句话让有香一惊。

"为什么不知道呢？"

"妈妈也不知道哦。"

"为什么不知道？"

"这个嘛，应该是不太喜欢吧。"

震惊的有香沉默下来。

会有孩子不喜欢自己的妈妈吗？会有人不知道自己的妈妈爸爸是生是死吗？那不就等同于自己不再喜欢妈妈，不会再见第二面吗？那种事有香连想都不愿意想。妈妈一直对自己十分温柔，但或许她其实是个可怕的人。最初听说时格外期待的旅行也突然变得讨厌起来。或许一到北海道，外公和外婆就会来向妈妈复仇。那么一想象，有香害怕得瑟瑟发抖。

一到北海道，石山叔叔已经来到机场。我很喜欢石山叔叔，觉得他比爸爸更帅，总是态度温柔，身上的味道也很好闻。比起梨纱，石山叔叔似乎也更喜欢我。他先握住了我的手，拥抱时也是先抱我。这与我比梨纱年长并无关系，而是石山叔叔喜欢我这个孩子。我一直认为自己对石山叔叔来说是特别的。

妈妈与石山四目相对，露出笑容。有香发现妈妈的目光比平时更加充满活力，熠熠生辉。

妈妈最近有时会似看非看地对着我,但石山叔叔会认真地与我交换目光,能感到他想要传递的信息如电波般飞出。我不太明白自己对此到底是悲伤还是喜悦,因为这两个人我都非常喜欢,也许是这世界上最喜欢的。

如果和石山叔叔一起,那么北海道之行或许会开心,只要不考虑外公外婆会来复仇的问题就没关系。

有香在摇摇晃晃的车中睡着了。

迷迷糊糊中,大人们的说话声断断续续地传入耳中,像催眠曲一样动听。特别是石山叔叔的声音,是其中最让人舒服的,低沉却柔软,在体内沉甸甸地回响。靠在妈妈胸前听着那声音入睡,就会发现妈妈只有在和石山叔叔说话时才会心跳加速。妈妈或许喜欢石山叔叔。

爸爸正在说话。爸爸是家人,我也喜欢他,但也有很多讨厌的地方。爸爸在家里总是一脸不快怒气冲冲,只要他在,梨纱和我就总觉得缩手缩脚,气氛沉重。所以虽然对爸爸很抱歉,但我也稍微想过,如果石山叔叔是爸爸就好了。

来到这里,遇到了各种各样的人。典子阿姨是喜欢的。温柔漂亮,衣着也十分有品位。我长大以后,也要给妈妈买很多那种美丽的衣服。也喜欢瑠璃子和龙平。和泉伯伯很可怕,但并不讨厌,不过那个姓水岛的叔叔很讨厌,总觉得他臭臭的,一见面就立刻想拉手,拉住的手会变得黏糊糊的。瑠璃子也说不喜欢他。丰川家的大哥哥柔柔弱弱的很有意思,虽然是大人,却像个孩子。外公和外婆都还没出现,太好了。

但是,说句实话,我已经不太喜欢石山叔叔了。因为今天早上,他和典子阿姨吵了一架。而且即使看到我,他也不再像平时那样冲我微笑，一直都烦躁地和阿姨吼来吼去。那样的叔叔很讨厌。就算如此，妈妈也还是喜欢石山叔叔吗？

    有香在黑暗中醒了过来。

    也许是因为传来了响动。有香想要钻进睡在旁边的妈妈的被窝中，一点点蹭过去，却发现那里是空的，被子里也是冷冰冰的。到底去哪儿了？有香不安地环视四周，但妈妈不在屋里。那时，有香察觉到楼下传来了细微的声响。

    那是谁？外公和外婆不会真来复仇了吧？妈妈也许正在楼下受到欺负。如果是那样，自己就必须保护妈妈。

    有香下定决心，站起身来。走廊开着灯，所以并不害怕，但楼梯下方却是一片漆黑。

    妈妈究竟去哪儿了呢？

    有香用尽全部勇气，一级一级地走下楼梯。客厅没有开灯，看起来像是和白天不同的另一个房间。角落里或许潜伏着什么东西。有香到底还是害怕起来，正想回房间，却听到了叫声。

    那是妈妈的声音。

    有香呆立在原地，侧耳倾听，觉得声音似乎是从玄关那边传来的。黑洞洞的玄关的门似乎就要打开，让人畏惧，而外面的黑暗则更加恐怖。但是声音再次响起，正准备迈出脚步的有香一惊，停了下来。一扇门的背后传来了喘息声和叫声。

    妈妈和石山叔叔在那里。

    有香瞬间悟到了，两个人正在做绝对不能去看的事。不知为什么，她心里很清楚。妈妈如今在那里的所思所想已经隔着门传递给了有香。

妈妈正在这么想：为了石山叔叔，抛弃自己的孩子们也无所谓。

有香缓缓后退，然后登上楼梯，回到卧室。她钻进被窝，睁着眼睛，瑟瑟地哆嗦了一会儿。那不是因为寒冷，而是这刹那的孤单让她寂寞得无法忍受。爸爸就睡在对面，旁边是睡姿难看的梨纱，但有香觉得自己是孤身一人。她只有五岁，却仿佛超越了小学生，变成了大人。

早晨一起床，妈妈正踏实地睡在被窝里。我一把她叫起来，她就恢复成了温柔的妈妈。真是太好了。

有香满足于妈妈摩挲她脸颊的动作，觉得昨夜的事果然是场梦。梨纱吵着要去散步，于是有香与爸爸和梨纱一起到了楼下。他们与瑠璃子和龙平手牵手到外面散步，却因为梨纱说要小便而走了回来。爸爸带着梨纱冲进厕所。"有香——"瑠璃子在外面呼唤。但是，有件事让有香格外在意，就是那个房间。她瞒着正在厕所费力地给梨纱脱裤子的爸爸，心一横便打开了玄关旁边的房门。屋内微暗，堆成山的被褥和亚麻布的那头放着一张床。

这里有妈妈的气味，是和平时不同的气味。

有香一阵恶心，冲出房间，一个人快速走下石阶，来到路上。几乎被石块绊倒。她想起了妈妈昔日嘟囔过的话：

"妈妈住过的地方啊，有种咔吧一下就能切断的石头哟，是沙子凝固形成的。"

有香捡起石头想要切断，却硬得切不动。净是谎话。有香扔掉了石头，石头骨碌骨碌滚下坡道，仿佛在招呼有香过去。在跑出去之前，有香抬头望了望别墅。

妈妈就睡在二楼的房间里。但是，我孤身一人。

有香觉得自己终于理解了妈妈为什么讨厌她自己的爸爸妈妈。

后面传来声响，有香一回头，一个男人正笑眯眯地看着有香。

这个人会杀了我。

有香伸出了纤细的脖颈。快点杀了我吧。

图书在版编目（CIP）数据

柔嫩的脸颊/（日）桐野夏生著；史诗译.-- 上海：上海文艺出版社，2019
ISBN 978-7-5321-7038-8

Ⅰ.①柔… Ⅱ.①桐… ②史… Ⅲ.①长篇小说—日本—现代
Ⅳ.①I313.45

中国版本图书馆CIP数据核字(2019)第028337号

YAWARAKA NA HOHO
by Natsuo Kirino
Copyright ©1999 Natsuo Kirino
All rights reserved.
Originally published in Japan by Kodansha Ltd., Tokyo.
Chinese (in simplified character only)translation rights arranged with Natsuo Kirino, Japan through THE SAKAI AGENCYand BARDON-CHINESE MEDIA AGENCY.
著作权合同登记图字：09-2017-267

发 行 人：陈　徵
责任编辑：肖海鸥　田肖霞
装帧设计：山川 @ Gabryl Duke Workshop

书　　名：柔嫩的脸颊
作　　者：（日）桐野夏生
译　　者：史　诗
出　　版：上海世纪出版集团　上海文艺出版社
地　　址：上海绍兴路7号　200020
发　　行：上海文艺出版社发行中心发行
　　　　　上海市绍兴路50号　200020　www.ewen.co
印　　刷：上海盛通时代印刷有限公司
开　　本：880×1230　1/32
印　　张：13.75
插　　页：2
字　　数：357,000
印　　次：2019年5月第1版　2019年5月第1次印刷
ＩＳＢＮ：978-7-5321-7038-8/I.5630
定　　价：58.00元

告 读 者：如发现本书有质量问题请与印刷厂质量科联系　T：021-37910000